U0090854

# 古典文學研究輯刊

九　編

曾永義 主編

第2冊

## 中國梧桐審美文化研究

俞香順 著

國家圖書館出版品預行編目資料

中國梧桐審美文化研究／俞香順 著 -- 初版 -- 新北市：花木蘭文化出版社，2014〔民 103〕

序 4+ 目 6+232 面；19×26 公分

（古典文學研究輯刊 九編；第 2 冊）

ISBN：978-986-322-534-8（精裝）

1. 中國文學 2. 文學美學 3. 文學評論

820.8　　103000743

古典文學研究輯刊

九 編 第二冊　　ISBN：978-986-322-534-8

# 中國梧桐審美文化研究

作　　者　俞香順

主　　編　曾永義

總 編 輯　杜潔祥

副總編輯　楊嘉樂

編　　輯　許郁翎

出　　版　花木蘭文化出版社

社　　長　高小娟

聯絡地址　235 新北市中和區中安街七二號十三樓

電話：02-2923-1455／傳真：02-2923-1452

網　　址　http://www.huamulan.tw 信箱 hml 810518@gmail.com

印　　刷　普羅文化出版廣告事業

初　　版　2014 年 3 月

定　　價　九編 27 冊（精裝）新台幣 48,000 元

# 中國梧桐審美文化研究

俞香順　著

## 作者簡介

俞香順（1971 ～），男，江蘇溧水人；南京師範大學新聞與傳播學院教授，文學博士，致力於花木審美文化研究、花木名物考證。出版專著《中國荷花審美文化研究》（巴蜀書社，2005 年），這是國內首部人文意義上的荷花研究專著。發表花木研究論文四十餘篇，代表論文有《林黛玉「芙蓉」花簽考辨》、《中國梔子審美文化探析》、《白居易花木審美特點與貢獻》、《〈愛蓮說〉主旨新探》、《荷花佛教寓意在唐宋的演變》、《「鬱金」考辨——兼論李白「蘭陵美酒鬱金香」》等。

## 提　　要

《中國梧桐審美文化研究》是首部闡發梧桐人文意義的專著，總共包括六章。第一章「梧桐審美文化歷程」；梧桐審美文化內涵是一個逐漸生成、逐漸豐富的過程。第二章「梧桐審美文化內涵」。梧桐「雅俗兼賞」，而非像梅、蘭、菊、竹等更多是文人「清供」。梧桐與「比德」、音樂、愛情、民俗、宗教等有著千絲萬縷的聯繫，內涵豐富。第三章「梧桐『部件』研究」。桐花既是清明「節氣」之花，又是清明「節日」之花，地位重要；桐葉雨聲、桐葉題詩、桐葉封弟都是重要的意象、典故。此外，梧桐枝條疏朗、樹陰濃密，其各個「部件」均成爲獨立的審美對象。第四章「梧桐『形態』研究」。梧桐又有井桐、雙桐、孤桐、半死桐、焦桐等名稱，「名」既不同，內涵也各有異。第五章「梧桐『製品』研究」。這一章著重於梧桐實用功能的梳理、介紹，實用功能是文化內涵的物質基礎。第六章「梧桐『朋友』研究」。中國文化中，桐梓、梧楸、桐柏、桐竹等是常見的並稱；所謂「物以類聚」，它們有著相似的外部形狀、實用功能、文化內涵等。第一章與第二章一爲經、一爲緯，揭明了梧桐的審美文化內涵，是總括部分。第三章至第六章是梧桐審美文化內涵的具體輻射、體現，是分論部分。

# 序　言

承臺灣花木蘭文化出版社厚意，拙著《中國梧桐審美文化研究》即將付梓，聊弁數語，以誌研究緣起，亦且「自我吆喝」。

與一般的古典文學研究著作相比，《中國梧桐審美文化研究》的面目在「似」與「非似」之間。相「似」之處在於：謹守古典文學研究「家法」，言必有據、「義理」從「考證」而出，面向傳統。「非似」之處在於：通常的古典文學研究對象是作家作品、風格流派、運動思潮、文體特性等，而拙著的研究對象是植物意象或曰植物題材；我姑且稱之爲「花木審美文化研究」。

這樣的題材和意象研究路徑狹小，與作家作品、流派思潮等傳統視角相比，較爲邊緣、另類，然而小徑多通幽，偏師易致勝；小題可大做，一花一世界。中國文學和文化意象系統中，植物意象是頗爲豐富的。早期的神話傳說和宗教圖騰中，天文、氣候與動物意象比較重要，隨著農耕文明和世俗社會的長足發展，植物意象越來越受重視，人文意義得到開發和張顯。文學領域從「詩騷」比興到後來的山水田園、寫景詠物蔚爲大觀，繪畫中花鳥題材的勢頭也是愈來愈勁。「花木審美文化研究」在研究旨趣上庶幾近乎文學研究中的「主題學」研究，但是又突破了文學研究範疇，涉及民俗、宗教、音樂、繪畫、園林、飲食等諸多領域。所謂「橫看成嶺側成峰」，「花木審美文化研究」就是要從不同的角度、不同的學科去觀照一花一木。

「花木審美文化研究」是對建立在自然科學基礎之上的花木之學的補充。唐人崇尚牡丹，宋人崇尚梅花，這不是個體的、純粹的物色審美行爲，而是有著深厚的時代文化心理基礎。中國文化中的花木意象往往有著歷時性的固定意蘊。張潮《幽夢影》云：「梅令人高，蘭令人幽，菊令人野，蓮令人淡，春海棠令人豔，牡丹令人豪，蕉與竹令人韻，秋海棠令人媚，松令人逸，桐令人清，柳令人感。」在長期的審美積澱下，中國文化中的花木意象已經與中國文人的品格修養建立了對應的關係。《幽夢影》又云：「天下有一人知己，可以不恨。不獨人也，物亦有之。如菊以淵明爲知己，梅以和靖爲知己，竹以子猷爲知己，蓮以濂溪爲知己。」研究中國文化中的花木意象對於認識民族文化特色與心理、時代文化心理、文人心理結構、個體情感心態都有著至爲重要的作用。

南京師範大學文學院的程傑教授在國內首開先河，從事「花木審美文化研究」，取得了豐碩的成果。他主持了江蘇省哲學社會科學基金「十五」、「十一五」規劃項目「中國花卉題材文學與花卉審美文化研究」，出版了專著《中國梅花審美文化研究》（巴蜀書社，2008 年）、《宋代詠梅文學研究》（安徽文藝出版社，2002 年）、《梅文化論叢》（中華書局，2007 年），發表論文 40 餘篇。此外，他指導的博士生也步武其後，出版了《中國荷花審美文化研究》（俞香順，巴蜀書社，2005 年）、《中國古代文學桃花題材與意象研究》（渠紅岩，中國社會科學出版社，2009 年）、《中國楊柳審美文化研究》（石志鳥，巴蜀書社，2009 年）等專著。王立《20 世紀主題學研究的價值定位》（《廣東社會科學》2011 年第 1 期）、劉桂榮《回顧與展望——中國古典美學之路》（《河北大學學報》「哲學社會科學版」2009 年第 1 期）、周武忠《中國花文化研究綜述》（《中國園林》2008 年第 6 期）等均對程傑教授及其團隊的花木文化研究作出了比較高的評價。

筆者大約在 2000 年開始涉足這一研究領域，根據博士論文增飾而成的《中國荷花審美文化研究》於 2005 年出版。《中國荷花審美文化研究》分爲上、中、下三卷。上卷爲「原型主題」篇。論述荷花的《詩經》原型、《楚辭》原型、佛教原型、道教原型以及中國文學中的採蓮主題。中卷爲「審美認識」篇，勾勒從漢魏六朝到唐宋荷花審美認識的發展歷程，描述荷花的「豔」美、「清」美、「哀」美等不同美感特質的發現，揭櫫荷花人格象徵意義的生成及內涵。下卷爲「藝術實用」篇。荷花不僅僅屬於文學，也屬於其他的領域。荷花與繪畫、園林、園藝、飲食、藥用、民俗、建築均有著密切的關係。荷花審美認識的發展、文人意趣的滲透影響著荷花在這些領域中的表現形式。

近年來，筆者致力於梧桐研究，已經發表相關單篇論文 10 餘篇。《大雅・卷阿》中的「鳳凰鳴矣，于彼高岡。梧桐生矣，于彼朝陽」引人高遠。梧桐是中國最「本土化」的樹木之一，可以說是無遠弗屆、無處不在。青桐與白桐均是良好的綠化樹，樹身高大、易生速長、習性清潔，可以綠化、遮陰，種植於道旁、院中。梧桐具有廣泛的實用功能，能製雅琴，也可充薪柴。梧桐具有較高的審美價值，桐花爛漫嫵媚、桐葉闊大婀娜、桐枝扶疏挺秀、桐幹高聳偉岸、桐陰清嘉可喜。梧桐更有著豐富的文化內涵。人文象徵層面，梧桐是家園的「地標」、祥瑞的象徵、「比德」的符號、悲秋的意象，是愛情之樹、宗教之樹。總之，如同其遍佈華夏大地的根系一樣，梧桐已經滲入了我們的日常生活、精神生活。這從全國難以計數的梧桐地名、人名就可見一斑。梧桐的實用功能、審美價值、文化內涵「三足鼎立」，缺一不可。

《中國梧桐審美文化研究》是國內首部闡發梧桐人文意義的專著，總共包括六章。第一章「梧桐審美文化歷程」。梧桐審美文化內涵是一個逐漸生成、逐漸豐富的過程，先秦兩漢、魏晉南北朝、唐宋、元明清各有其特色與重點。第二章「梧桐審美文化內涵」。梧桐的原型修潔、高遠，具有神話色彩，同時又是民間最喜種樂見的樹木之一。可以這麼說，梧桐是「雅俗兼賞」的，而非像梅、蘭、菊、竹等更多是文人雅士的「清供」。梧桐與「比德」、音樂、愛情、民俗、宗教等有著千絲萬縷的聯繫，內涵豐富。第三章「梧桐『部件』研究」，包括桐花、桐葉、桐枝、桐陰、桐子研究。中國原產樹木中，梧桐的花、葉碩大，極爲突出。桐花既是清明「節氣」之花，又是清明「節日」之花，地位重要；桐葉雨聲、桐葉題詩、桐葉封弟都是重要的意象、典故。此外，梧桐枝條疏朗、樹陰濃密、桐子「高產」。隨著審美漸趨深入、細緻，梧桐的各個「部件」均成爲獨立的審美對象。第四章「梧桐『形態』研究」。梧桐因生長形態、生命狀態的不同，又有井桐、雙桐、孤桐、半死桐、焦桐等名稱，「名」既不同，內涵也各有異。第五章「梧桐『製品』研究」。這一章著重於梧桐實用功能的梳理、介紹，實用功能是文化內涵的物質基礎。桐木在現實生活中應用非常廣泛，如喪葬、祭祀、建築、農業、交通等各個領域。此外，梧桐葉可以製成「青桐茶」，梧桐皮可以製成「梧桐角」、「桐帽」等。第六章「梧桐『朋友』研究」。中國文化中，桐梓、梧楸、桐柏、桐竹等是常見的並稱；所謂「物以類聚」，它們有著相似的外部形狀、實用功能、文化內涵等。本章將研究這些並稱所產生的基礎。此外，刺桐、赬桐、油桐、楊桐、海桐、胡桐、拆桐等也以「桐」命名，本章聯類而及，也將對這些花木進行簡單的研究。第一章與第二章一爲經、一爲緯，揭明了梧桐的審美文化內涵，是總括部分。第三章至第六章是梧桐審美文化內涵的具體輻射、體現，是分論部分。

私心以爲：古典文學研究必須要與現代生活發生聯繫，才能煥發生機與活力。「人事有代謝，往來成古今」，而花木卻多不然；無論是梅蘭菊竹「四君子」還是松竹梅「歲寒三友」，抑或是荷花、梧桐，依然是這一時代的植物圖景。我們民族文化的「潛意識」內聚於這些歷經人事代謝、滄桑變化的「活化石」；我們所做的工作，就是發掘這些花木背後的文化內涵；追溯、尋覓我們的文化之源、文化之根，化「潛」爲「顯」。余雖不敏，願由斯道。是爲自序。

南京師範大學新聞與傳播學院

俞香順　2013 年 11 月 1 日

# 目次

# 緒　論

## 一、梧桐之名：中國典籍中的梧桐兼指梧桐（青桐）與泡桐（白桐）

中國古代的「桐」是一個寬泛的概念，《詩經》中三次出現了「桐」或者「梧桐」，即《鄘風・定之方中》：「椅桐梓漆，爰伐琴瑟」、《小雅・湛露》：「其桐其椅，其實離離」、《大雅・卷阿》：「鳳凰鳴矣，于彼高岡。梧桐生矣，于彼朝陽。」自此，歷代《詩經》注疏中關於「桐」或「梧桐」的所指、桐樹的分類一直聚訟不已、莫衷一是，正如吳國陸璣所撰、明代毛晉增廣的《陸氏詩疏廣要》「卷上之下」所云：「桐之類不可枚舉，其實各各不同。諸家紛紛致辨，轉致惑人。」明代馮復京《六家詩名物疏》卷十五亦云：「桐種大同小異，諸家各執所見，紛紛致辯，亦不能詰矣。」中國古代的各種花木志、農書也是各執一詞，理絲愈紛。今人周明儀《古典詩文中的桐樹意象與文化內涵》一文的第三部分「桐樹名類辨異」列舉諸說，並加以分辨，可以參看〔註1〕；蔡曾煜《梧桐的歷史傳說與栽培史》一文也簡單提及〔註2〕。

關於「桐」樹種類的探討，難以一一臚列，我們僅看兩例。先看北魏賈思勰《齊民要術》卷五：「桐葉花而不實者曰『白桐』，實而皮青者曰梧桐，按今人以其皮青，號曰『青桐』也。青桐，九月收子。二三月中，作一步圓畦種之。……明年三月中，移植於廳齋之前，華淨妍雅，極爲可愛。後年冬，

〔註1〕《明新學報》第32期。

〔註2〕《古今農業》2006年第1期。

不復須裹。成樹之後，樹別下子一石。子於葉上生，多者五六，少者二三也。炒食甚美。味似菱芡，多啖亦無妨也。白桐無子，冬結似子者，乃是明年之花房。亦繞大樹掘坑，取栽移之；成樹之後，任爲樂器，青桐則不中用。於山石之間生者，樂器則鳴。青、白二材，並堪車板、盤合、木屧等用。」這是最爲簡明的「二分法」；賈思勰從顏色、繁殖、應用等方面將桐樹分爲「白桐」與「青桐」兩類。「白桐」即泡桐，「青桐」即梧桐；無論從地理分佈，還是從現實應用來看，泡桐、梧桐最爲廣泛與普遍，兩者在外形上也有諸多相似之處，迥別於他「桐」，後文還將有論及。雖然梧桐（青桐）也有多種用途，但「爰伐琴瑟」的則應該是泡桐（白桐），泡桐的用途差勝一籌；當今生活中，桐木製品也更多的是採用泡桐（白桐）。

再看北宋陳翥《桐譜》「敘源第一」:「《詩》、《書》或稱桐，或云梧，或曰梧桐，其實一也。」《桐譜》借鑒了陸璣《毛詩草木鳥獸蟲魚疏》、陶弘景《本草集注》的分類法，踵事增華，採用「六分法」,「類屬第二」云:「桐之類，非一也，今略誌其所識者。一種，文理粗而體性慢，葉圓大而尖長、光滑而粗稚者，三角。因子而出者，一年可拔三、四尺；由根而出者，可五、七尺；已伐而出於巨樁者，或幾尺圍。始小成條之時，葉皆茸，毳而嫩，皮體清白，喜生於朝陽之地。其花先葉而開，白色，心赤內凝紅。其實穟先長而大，可圍三四寸。內爲兩房，房中有肉，肉上細白而黑點者，即其子也，謂之白花桐。一種，文理細而體性緊，葉三角而圓大，白花，花葉其色青，多毳而不光滑，葉硬，文微赤，擎葉柄毳而亦然。多生於向陽之地，其茂拔，但不如白花者之易長也。其花亦先葉而開，皆紫色，而作穟有類紫藤花也。其實亦穟，如乳而微尖，狀如訶子而黏。《莊子》所謂『桐乳致巢』正爲此。紫花桐實，而中亦兩房，房中與白花實相似，但差小，謂之紫花桐。其花亦有微紅而黃色者，蓋亦白花之小異者耳。凡二桐，皮色皆一類，但花葉小異，而體性緊慢不同耳。至八月，俱復有花，花至葉脫盡後始開，作微黃色。今山谷平原間惟多有白花者，而紫花者尤少焉。一種，枝幹花葉與白桐花相類，其聳拔遲小而不侔，其實大而圓，一實中或二子或四子，可取油爲用。今山家多種成林，蓋取子以貨之也。一種，文理細緊而性喜裂，身體有巨刺，其形如欓樹，其葉如楓，多生於山谷中，謂之刺桐。晉安《海物異名志》云:『刺桐花，其葉丹，其枝有刺云。』凡二桐者，雖多榮茂，而其材不可入器用，乃不爲工匠之所瞻顧也。一種，枝不入用，身葉俱滑如柰之初生。今兼併之家，成行植於階庭之下、門牆之外，亦名梧桐，有子可啖，與《詩》所謂梧桐者非矣。一種，身青，葉圓大而長，高三四尺便有花，如眞紅色，甚可愛，花成朶而繁，葉尤疏，宜植於階壇庭榭，以爲夏秋之榮觀，厥名『眞桐』，亦曰『頳桐』焉。凡二種，雖得桐之名，而無工度之用，且不近貴色也。」〔註 3〕

陳翥將桐分爲白花桐、紫花桐、刺桐、油桐、梧桐、頳桐六種，描述了各種桐的性狀。白花桐、紫花桐即泡桐（白桐），大同而小異；梧桐即青桐。陳翥從平民立場、實用價值出發，具有根深蒂固的泡桐「本位主義」，《桐譜》即是世界上第一部泡桐專著。以此非彼，他對梧桐（青桐）頗有微辭，認爲《詩經》中的「梧桐」不是青桐，而是泡桐（白桐）。陳翥捍衛泡桐（白桐），其志可嘉，然而在做法上則不免草率、武斷，我們很難斷定《桐譜》「雜說第八」所引的梧桐之例，就一定是泡桐（白桐）。宣炳善《陳翥〈桐譜〉梧桐混用爲泡桐糾謬》一文頗有價值，考辨翔實〔註 4〕。當然，我們同樣很難斷定，梧桐就一定不是泡桐（白桐），很多時候是「兩可之間」。青桐（梧桐）與白桐（泡桐）已經「兼容」「互滲」，難以甄別。

總之，調停諸說，中國古代典籍中的梧桐其實兼指梧桐與泡桐，事實上，古代各類記載中很少有「泡桐」之專名。拙著所論述的梧桐采其廣義。在現代植物分類學上，梧桐爲梧桐科梧桐屬，泡桐爲玄參科泡桐屬，既不同科也不同屬；但二者都是高大的落葉喬木，樹幹通直、樹冠舒展、樹葉寬大，頗多形似。梧桐、泡桐都是良好的行道樹、綠化樹。

兩者最直觀的差異乃在於樹幹顏色。梧桐樹皮綠色、平滑；泡桐樹皮灰色、灰褐色或灰黑色，幼時平滑，老時皸裂。兩者花、果也不同，梧桐夏季開花，雌雄同株，花小，淡黃綠色，圓錐花序。果實分爲 5 個分果，分果成熟前裂開呈小艇狀，種子生在邊緣；泡桐春季開花，花大，是不明顯的唇形，略有香味，盛放時，一樹高花，非常壯觀，花落後長出大葉。我們所說的「桐子」一般是指梧桐子，而所說的「桐花」則一般指泡桐花。兩者的繁殖方法不同，梧桐主要是「播種法」，泡桐則主要是「插枝法」。兩者都喜陽光，但梧桐較泡桐耐寒，南北各省都有，泡桐一般分佈在海河流域南部和黃河流域

〔註 3〕「訶子」原名「訶黎勒」，爲常見中藥材，始載於唐代《唐本草》，記有：「樹似木，花白，子形似梔子，青黃色」；「欓樹」爲落葉喬木，枝上多有刺；「柰」音「nài」，一種果樹，與蘋果相似。

〔註 4〕《中國農史》2002 年第 2 期。

以南〔註5〕。梧桐與泡桐如兄如弟，除非是青桐、碧梧、碧桐等指向明確的稱謂，一般情況下，我們無須強爲分辨。拙著所採用的即是廣義的梧桐。

## 二、研究意義與研究現狀

梧桐是中國最「本土化」的樹木之一，可以說是無遠弗屆、無處不在。青桐與白桐均是良好的綠化樹，樹身高大、易生速長、習性清潔，可以綠化、遮陰，種植於道旁、院中。梧桐具有廣泛的實用功能。青桐（梧桐）與白桐（泡桐）均材質輕軟，物美而易得，《齊民要術》卷五：「青、白二材，並堪車板、盤合、木屧等用。」白桐的用途尤其廣泛，陳翥《桐譜》「器用第七」列舉了棟梁、桁柱、琴瑟、甑杓、木魚等。現代，白桐的應用又另開新域，適合製作航空艦船模型、膠合板、救生器械等。青桐與白桐的花、果、葉等多可入藥，《神農本草經》中即有著錄，《本草綱目》中則多有藥方收錄。陳翥《桐譜》「敘源」第一列舉白桐的藥用價值：「其葉味苦寒無毒，主惡蝕瘡；蔭皮主五痔，殺三蟲，療賁豚氣病。」古人更以泡桐花爲「添加劑」，用來養豬，《桐譜》「敘源」第一：「其花飼豬，肥大三倍。」此外，青桐種子炒熟可食或榨油，油爲不乾性油；青桐樹皮的纖維潔白，可用以造紙和編繩等。白桐木材的纖維素含量高、材色較淺，是造紙工業的好原料。梧桐具有較高的審美價值，桐花爛漫嫵媚、桐葉闊大婀娜、桐枝扶疏挺秀、桐幹高聳偉岸、桐陰清嘉可喜。梧桐更有著豐富的文化內涵。中國文化中，梧桐是家園的「地標」、祥瑞的象徵、「比德」的符號、悲秋的意象，是「琴材」之樹、愛情之樹、宗教之樹。

梧桐的實用功能、審美價值、文化內涵「三足鼎立」，缺一不可。總之，如同其遍佈華夏大地的根系一樣，梧桐已經滲入了我們的日常生活、精神生活。這從全國難以計數的梧桐地名、人名就可見一斑。地名略舉數例，如安徽桐城、浙江桐廬與桐鄉、福建省永泰縣梧桐鎮、山西省孝義縣梧桐鎮；人名亦略舉數例，如清代的徐桐、臺灣作家焦桐。從審美與文化的角度全方位地研究梧桐，是一項「知識考古」工作，將我們民族文化心理中的「無意識」呈現出來。

花木文化研究既不屬於傳統的「花木學」，也突破了古典文學研究的邊

〔註5〕在南方，泡桐比梧桐更爲常見，筆者小時在江蘇南京鄉間生活，泡桐分佈廣泛，而方言中甚至連「梧桐」這一詞彙也沒有。

際。傳統的「花木學」是一門綜合性的科學，它的理論體系是建立在生物科學、環境科學和有關學科的基礎上的；「花木學」是研究花木的種類、形態、栽培、育種和利用的科學，主要內容有花木的生物學特性及其與外界環境的關係等。正如佛家所說「一花一世界」、「芥子納須彌」，「花木文化研究」則是「以小見大」，可以藉此認識民族文化心理、時代文化心理、中國文人的心理結構、創作個體的情感心態。花木文化研究謹守古典文學研究有「一分證據說一分話」的「家法」，但在研究內容上卻超越了傳統的作家研究、流派研究、風格研究等，體現了開放意識、當代意識，方法上也更加靈活多樣。花木文化研究必須要和現有的花卉學、園藝學等研究相結合，體現了學科研究之間的交融滲透，打破了傳統的自閉的研究格局。

梧桐是中國文學中的常見意象與題材。從上世紀八十年代以後，隨著意象研究方法的興起，陸續有研究梧桐意象的單篇論文問世。筆者《中國文學中的梧桐意象》一文，探討了梧桐與人格象徵、音樂、悲秋、愛情、宗教、民俗的關係，粗略剖析了梧桐意象的文化內涵〔註 6〕；這也是《中國梧桐審美文化研究》一書的發軔。與筆者研究大約同步，湖南人文科技學院的劉紅梅推出了五篇系列文章，較爲全面地研究梧桐意象：《唐詩中梧桐意象的君子意義》〔註 7〕；《唐詩中的梧桐意象與愛情》〔註 8〕；《唐詩中梧桐意象的情感意義》〔註 9〕；《唐詩中梧桐意象的家園意義》〔註 10〕；《唐詩中梧桐意象的友情意義》〔註 11〕。

根據「中國期刊網」檢索，近年來的研究成果尚有：艾立中《試析唐宋詞中的「梧桐」意象》〔註 12〕；曾肖《淺析古代文人的「梧桐」意蘊》〔註 13〕；買豔霞《祥瑞·琴韻·悲秋——淺析「梧桐」在中國文學中的文化意蘊》〔註 14〕；宣炳善《「井上桐」的民間文化意蘊》〔註 15〕；孫克誠《梧桐的象徵意蘊考

〔註 6〕《南京師範大學文學院學報》2005 年第 4 期。
〔註 7〕《湖南城市學院學報》2004 年第 6 期。
〔註 8〕《西安文理學院學報》2005 年第 3 期。
〔註 9〕《湖南人文科技學院學報》2005 年第 3 期。
〔註 10〕《固原師專學報》2005 年第 4 期。
〔註 11〕《船山學刊》2006 年第 2 期。
〔註 12〕《景德鎮高專學報》1998 年第 1 期。
〔註 13〕《桂林市教育學院學報》2000 年第 4 期。
〔註 14〕《社科縱橫》2000 年第 5 期。
〔註 15〕《中國典籍與文化》2002 年第 2 期。

論》〔註 16〕；高衛紅《論古典詩詞中的梧桐意象》〔註 17〕；陳涵子《梧桐的文化意蘊及其在園林綠化中的作用》〔註 18〕；吳志文《梧桐・鳳凰・女皇——梧桐的女皇歷史文化象徵及其生態文明價值》〔註 19〕等。

從上述羅列的論文可以看出，梧桐意象已經進入研究視界，梧桐審美文化內涵的主要方面也已涉及。「學如積薪」，現有研究成果值得借鑒，但尚可拓展、細化、深入。首先，梧桐審美文化內涵是「層累式」形成的，是動態豐富的過程；本研究將描述其歷史進程。其次，以梧桐「母體」爲中心產生、聚合了豐富的「意象叢」，這些意象既相關又獨立，而目前學界鮮有單獨、縱深研究，比如桐花、桐葉、雙桐、孤桐、桐竹、桐梓等。本研究則將首次對梧桐的「部件」、梧桐的「形態」、梧桐的「朋友」展開系統研究。再次，梧桐的審美文化內涵尚可「開疆闢土」，已有研究更可「精耕細作」。比如梧桐與繪畫、梧桐與喪葬的關係等未見研究；梧桐與人格、梧桐與音樂的研究都比較簡略。

## 三、研究方法與研究內容

《中國梧桐審美文化研究》與筆者的《中國荷花審美文化研究》（巴蜀書社，2005 年 12 月）一脈相承，借鑒意象研究、主題研究、原型批評的理論和方法，在資料來源與研究闡釋上體現了三「跨」。一、跨文體綜合研究：打破文體界限，整合各種文學、文本的有關信息材料，進行統一的考察梳理；二、跨時代歷時性研究：側重於動態過程或發生、發展軌迹的縱向梳理與建構；三、跨學科文化研究：在綜合的文學研究的基礎上進一步延伸至藝術、宗教、民俗、思想學術乃至於園藝、經濟、政治等廣泛方面，力求全面、立體、有機地展示植物意象的人文意義及其社會功能機制。或者說，「法無定法」、「拿來主義」，這種研究庶幾近乎蘇軾所說的「八面受敵」，從不同的角度觀照梧桐，橫看、縱看、側看，力圖全面、動態地揭示梧桐的審美文化內涵。

《中國梧桐審美文化研究》總共包括六章。第一章「梧桐審美文化歷程」。梧桐審美文化內涵是一個逐漸生成、逐漸豐富的過程，先秦兩漢、魏晉

〔註 16〕《青島科技大學學報》2002 年第 3 期。
〔註 17〕《河南社會科學》2005 年第 6 期。
〔註 18〕《金陵科技學院學報》2006 年第 01 期。
〔註 19〕《北京林業大學學報》（社科版）2009 年第 4 期。

南北朝、唐宋、元明清各有其特色與重點。這一過程既遵循著審美文化發展的「內在理路」，也受到時代思想文化的「外緣影響」。第二章「梧桐審美文化內涵」。梧桐的原型修潔、高遠，具有神話色彩，同時又是民間最喜種樂見的樹木之一。可以這麼說，梧桐是「雅俗兼賞」的，而非像梅、蘭、菊、竹等更多是文人雅士的「清供」。梧桐與「比德」、音樂、愛情、民俗、宗教等有著千絲萬縷的聯繫，內涵豐富。第三章「梧桐『部件』研究」，包括桐花、桐葉、桐枝、桐陰、桐子研究。中國原產樹木中，梧桐的花、葉碩大，極爲突出。桐花既是清明「節氣」之花，又是清明「節日」之花，地位重要；桐葉雨聲、桐葉題詩、桐葉封弟都是重要的意象、典故。此外，梧桐枝條疏朗、樹陰濃密、桐子「高產」。隨著審美漸趨深入、細緻，梧桐的各個「部件」均成爲獨立的審美對象。「一月普現一切水，一切水月一月攝」，梧桐的內涵映現於不同的「部件」之中，所有的「部件」內涵又由梧桐一樹統攝。第四章「梧桐『形態』研究」。梧桐因生長形態、生命狀態的不同，又有井桐、雙桐、孤桐、半死桐、焦桐等名稱，「名」既不同，內涵也各有異。第五章「梧桐『製品』研究」。這一章著重於梧桐實用功能的梳理、介紹，實用功能是文化內涵的物質基礎。現有的梧桐研究大多著眼於梧桐的內涵，即梧桐之「道」，而疏略了梧桐的應用，即梧桐之「器」。正如清代王夫之在《周易外傳》中所云：「無其器則無其道，人鮮能言之」，對梧桐實用功能的描述、鈎沉是梧桐研究不可或缺的部分。桐木在現實生活中應用非常廣泛，如喪葬、祭祀、建築、農業、交通等各個領域。此外，梧桐葉可以製成「青桐茶」，梧桐皮可以製成「梧桐角」、「桐帽」等。本章將對梧桐製品進行翔實的考證。第六章「梧桐『朋友』研究」。中國文化中，桐梓、梧楸、桐柏、桐竹等是常見的並稱；所謂「物以類聚」，它們有著相似的外部形狀、實用功能、文化內涵等。本章將研究這些並稱所產生的基礎。此外，刺桐、赬桐、油桐、楊桐、海桐、胡桐、拆桐等也以「桐」命名，本章聯類而及，也將對這些花木進行簡單的研究。

第一章與第二章一爲經、一爲緯，揭明了梧桐的審美文化內涵，是總括部分。第三章至第六章是梧桐審美文化內涵的具體輻射、體現，是分論部分。由於論述的角度、重點不同，本書的不同章節之間偶有重合，筆者將盡量採用「互見法」。

此外，本書所引文獻較多，尤其是唐宋詩詞；如未有特殊說明，凡先唐詩皆出自《詩經》、《先秦漢魏晉南北詩》，凡唐詩皆出自《全唐詩》，凡宋詩皆出自《全宋詩》，凡宋詞皆出自《全宋詞》。本書採用腳註，爲避免「尾大不掉」、繁瑣注釋，唐宋詩詞不再一一注出，特此說明。

# 第一章　梧桐審美文化歷程

梧桐審美文化是一個層累發展、深入充盈的過程，本章即梳理其發展歷程。先秦時期，梧桐的原型意義奠立，但尚未成爲審美對象；魏晉南北朝時期，梧桐開始了「美的歷程」，梧桐的各個「部件」、不同「形態」均成爲審美對象；唐宋時期，審美認識深入發展，梧桐成爲儒家「比德」符號；元明清時期，梧桐的「比德」意義更擴充、滲透於園林、繪畫領域。總之，在日常生活、文學作品、藝術領域，梧桐的應用不斷拓展、內涵不斷豐富，從「物象」上昇爲「意象」，在中國古人的物質生活與精神生活中佔有重要的地位。

## 第一節　先秦兩漢時期：原型意義的奠立

先秦時期，梧桐就已經普遍分佈，「陽木」、「柔木」等特點也被發現，用途廣泛。梧桐祥瑞高潔的原型意義奠立，鳳凰、梧桐成爲固定組合。梧桐是重要的琴材，梧桐自此與禮樂、音樂結下不解之緣。桐花吐露、桐葉凋落分別成爲春天與秋天的標誌景物。此外，也正是因爲梧桐的常見與特殊的「樹性」，這一時期梧桐成爲比興之具。

### 一、梧桐的分佈、認識、應用

梧桐是中國的傳統樹種，先秦時期就已經常見，以《山海經》爲例，《北山經》卷三：「又北三百八十里，曰虢山，其上多漆，其下多桐椐」；《東山經》卷四：「又南水行七百里，曰孟子之山，其木多梓桐」；《中山經》卷五：「東

北五百里，曰條谷之山，其木多槐桐。」〔註 1〕

先秦時期，以「梧」、「桐」命名的地名頗多，這是梧桐分佈廣泛的體現。《山海經》有「蒼梧」之地、《尚書・禹貢》有「桐柏」之山，這兩個地名應該得之於梧桐。《史記・殷本紀》:「帝太甲既立三年，不明，暴虐，不遵湯法，亂德，於是伊尹放之於桐宮。」桐樹在商代時爲桐人之社樹，商王宮有桐宮，城門有桐門，邑里有桐里、桐鄉、桐丘、桐社〔註 2〕。

此外，齊國有「梧宮」，《說苑》第十二:「楚使使聘於齊，齊王饗之梧宮。使者曰:『大哉梧乎！』王曰:『江海之魚呑舟，大國之樹必巨，使何怪焉！』」「梧宮」又稱「梧臺」，《水經注》:「楚使使聘於齊，齊王饗之梧臺」；至今山東省淄博市臨淄區還有梧臺鎭、梧臺村。

梧桐的分佈廣泛還體現在人名，如《莊子・齊物論》有「長梧子」、《莊子・徐無鬼》有「董梧」、《莊子・則陽》有「長梧封人」(「長梧」爲地名、「封人」爲官職)。《戰國策》卷三十二則有「梧下先生」,「梧下」應與「柳下」是同類。

中國古人很早就對梧桐的季候、生態、生長、木質等特點有了科學的認識。梧桐是「陽木」，喜陽光，《大雅・卷阿》云:「梧桐生矣，于彼朝陽」，《尚書・禹貢》亦云:「嶧陽孤桐」。梧桐易生速長、木質輕柔，是典型的「柔木」，《論衡》卷十四將梧桐與檀木進行了對比:「楓桐之樹，生而速長，故其皮肌不能堅剛。樹檀以五月生葉，後彼春榮之木，其材強勁，車以爲軸。」文中提到的「檀樹」則是典型的硬木。梧桐適應性強，尤其喜肥沃之土，《管子・地員》記載說:「五息之土，若在陵在山，在墳在衍，其陰其陽，皆宜桐、柞，莫不秀長」，這和宋代《桐譜》「所宜第四」中的記載可以互相印證，「樂肥與熟者，惟桐耳，縱桑柘亦無所敵」、「以糞擁之，尤良，蓋厥性耐肥故也。」

桐木紋理通直、質地柔軟，先秦時期即已廣泛應用，後文將有《梧桐「製品」研究》一章詳述。《莊子》中出現了三次「據梧」,《齊物論》:「昭文之鼓琴也，師曠之枝策也，惠子之據梧也，三子之知幾乎」;《德充符》:「……今子外乎子之神，勞乎子之精，倚樹而吟，據槁梧而瞑」;《天運》:「倘然立於四虛之道，倚於槁梧而吟。」「據梧」固可以望文徑解爲倚靠在梧桐樹

〔註 1〕「漆」爲「漆樹」,「椐」即靈壽木，樹身多節，可以製作手杖。

〔註 2〕何光岳《桐與桐國考》,《農業考古》1995 年第 1 期。

上，但亦可理解爲倚靠在「几案」之上。桐木是几案的原材料，遂爲几案之代稱。

## 二、梧桐原型意義的確立：鳳凰、梧桐組合；祥瑞；高潔

鳳凰是中國文化圖騰之一，梧桐是其棲止之所，這屢屢見諸文獻記載。《大雅・卷阿》:「鳳凰鳴矣，于彼高岡。梧桐生矣，于彼朝陽」，這裡用了「互文見義」的修辭方法。姚際恒《詩經通論》云:「詩意本是高岡朝陽，梧桐生其上，而鳳凰棲於梧桐之上鳴焉；今鳳凰言高岡，梧桐言朝陽，互見也。」《藝文類聚》卷九十九引《韓詩外傳》:「鳳乃止帝之東園，集梧桐樹，食竹食，沒身不去。」《莊子・秋水》亦云:「南方有鳥，其名鵷雛，子知之乎？夫鵷雛，發於南海而飛於北海；非梧桐不止，非練實不食，非醴泉不飲。」「鵷雛」爲鳳凰一類的鳥。

鳳凰習性高潔，梧桐也是卓爾不凡；鳳凰、梧桐成爲經典組合。《桐譜》「敘源第一」對此有闡釋:「或者謂鳳凰非梧桐而不棲，且眾木森森，胡有不可棲者，豈獨梧桐乎？答曰：夫鳳凰，仁瑞之禽也，不止強惡之木。梧桐葉軟之木也，皮理細膩而脆，枝幹扶疏而軟，故鳳凰非梧桐而不棲也。又生於朝陽者多茂盛，是以鳳喜集之。」所謂「良禽擇木而棲，良臣擇主而事」；在後代，「梧桐」常喻指「明主」、環境，「鳳凰」則喻指「賢士」、人才。《三國演義》第三十七回:「鳳翱翔於千仞兮，非梧不棲；士伏處於一方兮，非主不依。」民間則有「栽下梧桐樹，引來金鳳凰」的諺語。

中國文化中，梧桐原型有著祥瑞、高潔意義，這固然得之於其與生俱來的「內美」，但與鳳凰原型的「連橫」強化也是重要的原因，梧桐亦遂有「鳳凰樹」之美稱〔註3〕。梧桐與鳳凰「各美其美」，但又「美美與共」〔註4〕。

## 三、梧桐與古琴關係的確立：嶧陽孤桐；半死桐

梧桐最爲重要的用途是製琴，《鄘風・定之方中》云:「椅桐梓漆，爰伐琴瑟。」嶧山「孤桐」、龍門「半死桐」是描寫古琴、梧桐的常見意象，都出

---

〔註 3〕梧桐的英文名即爲「phoenix tree」，但「鳳凰樹」又另有所指。鳳凰樹別名鳳凰木、火樹、紅花楹等，原產非洲馬達加斯加島，是蘇木科落葉喬木。該樹種高達 20 米，樹冠傘形開展，枝秀葉美，花色鮮紅豔麗，是熱帶地區優美的庭園樹及行道樹。

〔註 4〕「各美其美」、「美美與共」借用費孝通晚年所提出的：「各美其美，美人之美。美美與共，天下大同。」

現或萌芽於先秦時期，《尚書・禹貢》:「嶧陽孤桐」;《周禮・春官・大司業》云:「龍門之琴瑟。」漢代枚乘的《七發》則由《周禮》記載而生發，鋪陳、誇飾龍門「半死桐」的生長環境、琴聲的動人心魄。

古琴是梧桐之「用」，是儒家禮樂文化重要的樂器；梧桐之「體」則高潔、祥瑞，是鳳凰的棲止之所。梧桐「體用一源」，「本末兼賅」，從而奠定了在中國樹木譜系中特殊的位置。

## 四、梧桐物候標記的確立：春、秋代序

梧桐的樹身高大，花、葉碩大顯眼，先秦時期梧桐之花開、葉落即成爲春秋遞嬗的物候標記。《夏小正》:「三月……拂桐芭（葩）」;《禮記・月令》:「清明之日，桐始華」;《逸周書・時訓》:「穀雨之日，桐始華。……桐不華，歲有大寒。」《呂氏春秋・季春紀》:「桐始華。」這些記載大同而小異，穀雨、清明是接續的兩個節氣；桐花是重要的節序之花，其地位在先秦時期即已奠定。在後代流行的「二十四番花信風」中，桐花則被明確爲清明節氣之「一候」。

梧桐葉形闊大、葉柄細長，容易凋落、飄零。「悲秋」傳統的奠立者宋玉在其《九辯》中云:「白露既下百草兮，奄離披此梧楸」，即以梧桐葉落爲秋至的典型景物。

## 五、梧桐比興之具的應用：養生存性；美德多端；因果關係；遺傳規律

先秦時期，梧桐成爲常見的比興之具，這一方面是因爲梧桐樹很常見，「取則不遠」，另一方面這是建立在對梧桐「樹性」認識的基礎之上。我們看幾則例子：

（一）梧桐材質優良，孟子用來闡釋養生、存性之道。《孟子・告子上》:「人之於身也，兼所愛。兼所愛，則兼所養也。無尺寸之膚不愛焉，則無尺寸之膚不養也。所以考其善不善者，豈有他哉？於己取之而已矣。體有貴賤，有小大。無以小害大，無以賤害貴。養其小者爲小人，養其大者爲大人。今有場師，舍其梧檟，養其樲棘，則爲賤場師焉。養其一指而失其肩背，而不知也，則爲狼疾人也。」「樲棘」指矮小、多刺的酸棗樹；「檟」是梓樹，與梧桐一樣，也是樹身高大而材質優良。樹木中的「樲棘」與「梧檟」有小大、賤貴之別，種樹之人要有所取捨；同樣，身體上的「指」和「肩背」也有小

大、賤貴之別，於人而言，不能「因小失大」。推而廣之，「身」與「義」也有小大之別，不能「捨義全身」，而應該「捨生取義」。《孟子・告子上》又曰：「拱把之桐梓，人苟欲生之，皆知所以養之者。至於身，而不知所以養之者，豈愛身不若桐梓哉？弗思甚也。」

（二）梧桐秋來結子，桐子累累成串，狀如乳房，所以有「桐乳」之稱；桐子自然繁殖，成活率高。先秦時期，桐子成爲比興意象。

《小雅・湛露》：「其桐其椅，其實離離。豈弟君子，莫不令儀。」孔穎達疏云：「言二樹當秋成之時，其子實離離然，垂而蕃多。」〔註 5〕這裡就是用梧桐和椅樹的果實離離來比喻君子的「令儀」多方、美德多端。《越絕書》「第四」以「桂實生桂，桐實生桐」比喻子代與親代之間的相似或類同，揭示了生物學上的遺傳規律，其取喻方式體現了中國農業社會的特點。

《太平御覽》卷九五六引《莊子》：「空門來風，桐乳致巢」，司馬彪注曰：「門戶空，風喜投之；桐子似乳，著葉而生，鳥喜巢之。」莊子用兩種現象形象地說明了事物之間的因果聯繫。

（三）秦漢時期在日常應用中，梧桐「柔木」的特性已經被發現。《淮南子・說山訓》用以說明剛柔相濟、「柔能克剛」的道理：「擊鐘磬者必以濡木，轂強必以弱輻，兩堅不能相和，兩強不能相服。故梧桐斷角，馬氂截玉。」「濡」有柔軟之義，如《鄭風・羔裘》：「羔裘如濡」，「濡木」即柔木。《淮南子・兵略訓》中還有一處比喻，也指出了梧桐柔軟、易於剖析的特點，以此來論「勢」：「夫以巨斧擊桐薪，不待利時良日而後破之。加巨斧於桐薪之上，而無人力之奉，雖順招搖，挾刑德，而弗能破者，以其無勢也。」

此外，一些常見的典故、意象，如「帝梧「、「孤桐」、「半死桐」、「桐葉封弟」也出現在這一時期。梧桐常常用來用作比興之具，足證分佈之普遍。然而，先秦兩漢時期，梧桐尚未成爲獨立的審美對象，雖有高大之整體印象，卻沒有細部的觀察與描摹，正如錢鍾書《管錐編》所云：「觀物之時，瞥眼乍見，得其大體之風致，所謂『感覺情調』或『第三種性質』；注目熟視，得其細節之實象，如形模色澤，所謂『第一、二種性質』。」〔註 6〕魏晉南北朝時期，梧桐「形模色澤」的風神外貌描寫才漸漸出現。

---

〔註 5〕「椅」即椅樹，又名山桐子。雌株果序大而下垂，秋天紅果累累，鮮豔奪目。

〔註 6〕錢鍾書《管錐編》，中華書局，1991 年，第 70 頁。

## 第二節　魏晉南北朝時期：審美歷程的開始

魏晉南北朝時期，梧桐廣泛人工栽植，成爲獨立的審美對象，走出了「混沌」狀態，桐葉、桐枝、桐幹、桐根、桐陰等不同的「部件」各自分疏、自名。由於生長「形態」之不同，梧桐又衍生出雙桐、疏桐、井桐等意象，漢朝已有的古琴符號「孤桐」、「半死桐」意象也得到了發展。梧桐的不同「部件」與各種「形態」組成了豐富的「意象叢」。梧桐的人格象徵意義也開始萌生，表現、寄託了六朝人物風流。

### 一、梧桐的「人化」與普遍栽植

梧桐樹身端直、顏色青碧，很早就被引種於宮廷園囿之中，任昉《述異記》:「梧桐園在吳宮，本吳王夫差舊園也，一名琴川。」《西京雜記》:「初修上林苑。……桐三，椅桐、梧桐、荊桐」;「五柞宮……其宮西有青梧觀，觀前有三梧桐樹。」

漢代以後，梧桐開始突破宮廷「禁區」；魏晉南北朝時期，梧桐成爲「人化」之景，廣泛栽植，是庭院的常見景觀，《齊民要術》卷五：「青桐……移植於廳齋之前，華淨妍雅，極爲可愛。」官署、庭院、門前、井旁均是梧桐的生長之所，再如傅咸《梧桐賦》:「蔚莘莘以萋萋兮，鬱株列而成行。夾二門以駢羅，作館寓之表章」,「成行」與「駢羅」是對稱列植；梧桐樹身高大，可以作爲寓所的標記。夏侯湛《愍桐賦》:「有南國之陋寢，植嘉桐乎前庭」;蕭子良《梧桐賦》:「植椅桐於廣囿，嗟倏忽而成林；依層楹而吐秀，臨平臺而結陰」,「成林」是叢植。梧桐易生速長，蕭子良用「倏忽」來形容其長勢；梧桐可以栽種於庭院之中、高臺之前。

### 二、梧桐原型意義的強化：「嘉木」；鳳凰所棲；琴瑟之用

先秦典籍中，梧桐與鳳凰聯袂出現，地位尊崇。六朝時期的梧桐題材作品往往「鋪采摛文」地刻畫「朝陽」「高崗」的生長環境，沿襲梧桐與鳳凰的組合依附關係，都是爲了揭示其珍異品格、強化其原型意義，如傅咸《梧桐賦》:「瞻華實之離離，想儀鳳之來翔」；劉義恭《梧桐賦》:「伊梧桐之靈材，蔚疏林而擢秀；玄根通徹於幽泉，密葉垂藹而增茂。挺修幹，蔭朝陽，招飛鸞，鳴鳳凰。甘露灑液於其莖，清風流薄乎其枝；丹霞赫奕於其上，白水浸潤乎其陂」；袁淑《桐賦》曰：「貞觀於曾山之陽，抽景於少澤之東。被籍兮

煙霞，懷珮兮星虹。儀丹丘之瑞羽，棲清都之仙宮」，「瑞羽」即鳳凰，清代厲荃《事物異名錄・禽鳥上・鳳凰》：「瑞羽，謂鳳也。」

《大雅・卷阿》中的描寫作爲典故而被沿用，如傅咸《梧桐賦》曰：「美詩人之攸貴兮，覽梧桐乎朝陽」；夏侯湛《愍桐賦》曰：「昔詩人之所稱，美厥生之攸奇。植匪崗其不滋，鳳非條其不儀」；蕭子良《梧桐賦》：「發雅詠於悠昔，流素賞之在今。必鸞鳳而後集，何燕雀之能臨。」「詩人」、「雅詠」皆指《詩經》中的記載。

梧桐是上好的琴材。六朝時期，梧桐原型意義的強化有「主線」與「副線」兩條路徑，「主線」即梧桐題材作品，「副線」即爲古琴題材作品。東漢時期，傅毅、馬融、蔡邕均有《琴賦》，都有涉及梧桐的文字；魏晉時期，嵇康的同題作品在篇幅、規模方面遠超前作，其中關於梧桐的描寫更是鋪張渲染：「惟椅梧之所生兮，託峻嶽之崇崗。披重壤以誕載兮，參辰極而高驤。含天地之醇和兮，吸日月之休光。鬱紛紜以獨茂兮，飛英蕤於昊蒼。夕納景於虞淵兮，且晞幹於九陽。輕千載以待價兮，寂神跱而永康。且其山川形勢，則盤紆隱深，磪嵬岑嵓。玄嶺巉巖，岝崿嶇崟。丹崖嶮巇，青壁萬尋。若乃重巘增起，偃蹇雲覆。邈隆崇以極壯，崛巍巍而特秀。蒸靈液以播雲，據神淵而吐溜。……」梧桐奇特的生長環境鑄就了非凡的琴材，所以：「顧茲梧而興慮，思假物以託心。乃斫孫枝，准量所任；至人攄思，製爲雅琴。」謝惠連《琴贊》、宋孝武帝《孤桐贊》等作品也都語帶雙關，既贊古琴，也贊梧桐。

郭璞《梧桐贊》雖寥寥六句，但綜括了先秦時期梧桐的原型意義以及典故手法：「桐實嘉木，鳳凰所棲。爰伐琴瑟，八音克諧。歌以永言，噰噰喈喈。」

## 三、梧桐審美之「部件」細分：樹葉；樹蔭；樹幹；樹枝；果實

隨著梧桐的普種，梧桐也開始走出遠古洪荒、走下崇崗峻嶽，與人們日親日近。梧桐審美認識漸趨細緻，梧桐正式踏上了「美的歷程」，樹幹、樹枝、樹葉、果實、樹蔭甚至樹根都成爲描寫對象，這也正如錢鍾書《管錐編》所說：「觀物由渾而晝矣。」〔註 7〕梧桐修幹弱枝、闊葉疏枝、樹蔭廣佈、通體翠綠的特點得到了表現，如夏侯湛《愍桐賦》：「闡洪根以誕茂，豐修幹以繁

〔註 7〕錢鍾書《管錐編》，中華書局，1991 年，第 70 頁。

生。納穀風以疏葉，含春雨以濯莖。濯莖夭夭，布葉藹藹。蔚童童以重茂，蔭蒙接而相蓋」〔註 8〕；蕭子良《梧桐賦》:「乃抽葉於露始，亦結實於星沈；聳輕條而麗景，涵清風而散音」；劉義恭《梧桐賦》:「密葉垂藹而增茂」；袁淑《桐賦》曰:「越眾木之薰徇，勝雜樹之藻縟。信爽幹以弱枝，實裏素而表綠。若乃根荑條茂，迹曠心沖。」

這一時期，梧桐審美往往是爲了印證梧桐的原型意義。「蔚疏林而擢秀」、「越眾木」、「勝雜樹」均是將梧桐與其他樹木對比，突出其穎秀、超拔。梧桐審美雖然發軔，但並未完全「自立」，審美欣賞與原型意義之間若即若離。

## 四、梧桐審美之「形態」區分：疏桐；雙桐；井桐；孤桐；半死桐

梧桐審美認識的細緻一方面體現在對整株梧桐的「部件」刻畫，如枝、幹、葉，也體現在對不同梧桐的「形態」區分，如疏桐、雙桐、井桐、孤桐、半死桐等。

### （一）疏桐

梧桐樹身高大、樹枝疏朗；秋冬葉落之後，「疏桐」是寥落而突兀的景致，如梁元帝《藩難未靖述懷》:「井上落疏桐」；周明帝《過舊宮》:「寒井落疏桐」；劉孝先《和亡名法師秋夜草堂寺禪房月下詩》:「數螢流暗草，一鳥宿疏桐」；江總《姬人怨》:「庭中芳桂憔悴葉，井上疏桐零落枝。」

### （二）雙桐

梧桐可以叢植成片，也可以列植成行。梧桐常常以雙數對稱出現，正如傅咸《梧桐賦》所云:「夾二門以駢羅。」漢樂府民歌《古詩爲焦仲卿妻作》中出現了雙桐意象之雛形:「東西植松柏，左右種梧桐。枝枝相覆蓋，葉葉相交通。」魏明帝《猛虎行》詩中明確出現了雙桐意象:「雙桐生空枝，枝葉自相加。」雙桐意象所承載的是男女「在地願爲連理枝」的願望。《藝文類聚》卷九十八引晉范寧《爲豫章郡表》:「……縣西北出二里，有林，中兩桐樹，下根相去一丈，上枝相去丈八，連合成一。」

此外，雙桐也出現於寺廟之前，具有宗教寓意，南朝何遜《從主移西

〔註 8〕「谷風」指東風。《詩經・邶風・谷風》:「習習谷風，以陰以雨。」《爾雅・釋天》:「東風謂之谷風。」邢昺疏引孫炎曰:「谷之言穀。穀，生也；谷風者，生長之風也。」

州，寓直齋內，霖雨不晴，懷郡中游聚詩》：「不見眼中人，空想山南寺。雙桐傍簷上，長楊夾門植。」寺廟前的「雙桐」其實是佛教中「娑羅雙樹」的替代品。

### （三）井桐

《周禮・秋官・野廬氏》：「宿昔井樹。」鄭玄注：「井共飲食，樹爲蕃蔽。」井和樹陰，借指飲食休息之所；井、樹的設置被看成是政府的一項惠政。梧桐是常見的井邊之樹，如梁簡文帝《豔歌篇》：「寒疏井上桐」；庾肩吾《九日侍宴》：「玉醴吹岩菊，銀床落井桐」，「銀床」爲井床之美稱。

### （四）孤桐

「孤桐」出現於《尚書・禹貢》，是上佳的琴材、爲古琴之代稱；魏晉南北朝時期，意指單株梧桐的「孤桐」出現於詩歌之中，鮑照《山行見孤桐》中明確標舉孤桐意象：「桐生叢石裏，根孤地寒陰」；沈約《悲落桐》：「悲落桐，……幽根未蟠結，孤株復危絕。初不照光景，終年負霜雪。勿言草木賤，徒照君末光。末光不徒照，爲君含嗷咷。……」孤桐常用來抒發身世之感或政治願望。

### （五）半死桐

「半死桐」出現於枚乘《七發》，亦與古琴、音樂有關。南北朝時期，庾信發展了半死桐意象，《枯樹賦》：「桂何事而銷亡，桐何爲而半死？……若乃山河阻絕，飄零離別；拔本垂淚，傷根瀝血。火入空心，膏流斷節。橫洞口而敧臥，頓山腰而半折。文衺者合體俱碎，理正者中心直裂。」賦中可見作者出仕北朝的矛盾憂傷、思家念國之情。「半死桐」即是作者若存若歿、煎熬「碎」「裂」的生存狀態寫照。其《擬連珠四十四首》、《慨然成詠詩》中也數次出現「半死桐」意象。

## 五、梧桐人格象徵意義的萌生：玄學浸潤；自然風神

梧桐原型具有高潔、高特之意，梧桐人格象徵意義的「種子」包裹在梧桐原型之內，不同時代具有不同的樣態，但是又「萬變不離其宗」、「理一分殊」。

《世說新語・賞譽》：「時（王）恭嘗行散至京口謝堂，於時清露晨流，新桐初引，恭目之曰：『王大故自濯濯』。」「清露晨流，新桐初引」的景致引發了「故自濯濯」的「讚譽」之詞，兩者似斷實續，王大的俊朗風神與「新

桐初引」具有同構關係。東晉士族建立了「名教」與「自然」合一的人格模式，這也影響了南朝士人，南朝時期的梧桐人格內涵也具有這種時代特點。（詳見後文「梧桐與人格」一節）

這一時期的梧桐審美上承先秦、下啓唐宋，具有重要意義。梧桐的「部件」與「形態」雖然進入了審美視野，但基本只是被「言及」，尙不夠細緻。情景疏離是六朝詩歌的一個特點，梧桐意象並未與作者情緒熨帖無痕，「疏桐」意象就是一個典型，後文將有論述。梧桐雖然已具人格象徵意味，但並未成爲儒家「比德」符號。梧桐審美文化「盈科而後進」，上面所提及的這些不足、缺憾有待唐宋時期完成。

## 第三節　唐宋時期：審美發展的「峰値」；人格象徵的成熟

唐宋以後，經營園林、蒔弄花木成爲文人雅事，梧桐易栽速長、綠蔭高廣，又具有特殊的原型意義，因而爲文人所喜植，如劉敞《種桐》、《種梧桐》、劉攽《種梧桐》、章惇《栽桐竹》等。以梧桐命名的書房、軒齋也很多，如文同《屬疾梧軒》、文同《子駿運使八詠堂》「桐軒」、滿維端《桐軒》等。

梧桐審美認識也在魏晉南北朝的基礎上更加細緻、深入。梧桐的「部件」，如桐葉、桐花、桐陰、桐枝等不僅僅是被「言及」，更是被「言說」，窮形盡相。梧桐的「形態」，如孤桐、半死桐等在這一階段又生成了新的內涵。梧桐「意象叢」與作品情緒不再若即若離，而是情景交融，最典型的當推「梧桐夜雨」；中唐以後，這成爲抒發淒清、幽怨情緒的最著名的意象之一。梧桐的人格象徵意義也更加豐富，儒家的貞剛氣節成爲其主要內涵。

### 一、梧桐「部件」的審美發展

魏晉南北朝時期，梧桐脫離了先秦時期「混沌」狀態，輪廓漸顯，桐葉、桐枝等「部件」進入審美視野。唐宋時期，遵循審美發展的「內在理路」，梧桐的「部件」分途縱深演進、細節分明，與日常生活、情緒交織在一起。

#### （一）桐枝・桐孫

「桐孫」是桐枝的別稱。梧桐易生速長，樹圍、枝圍逐年增加；梧桐是歲月流年的標記。庾信最早寫出了梧桐樹幹、樹枝的變化，《喜晴應詔敕自疏韻詩》:「桐枝長舊圍，蒲節抽新寸」;《謹贈司寇淮南公詩》:「回軒入故里，園柳始依依。舊竹侵行徑，新桐益幾圍。」唐宋時期，梧桐、桐枝的變化可以「紀年」，如元稹《桐孫詩》:「去日桐花半桐葉，別來桐樹老桐孫」;張士遜《雍熙中植桐於蕭寺，壬辰登科，後告老來寺留題》:「桐枝手植有桐孫，二紀重來愧此身」、張舜民《再過黃州蘇子瞻東坡雪堂，因書即事，題於武昌王叟齋扉》:「門前桃李添新徑，井畔梧桐長舊圍。」

先秦時期，梧桐即已成爲物候標記，但卻含意未伸；唐宋時期，桐枝、桐葉、桐花的描寫全方位展開，見證著季節的變遷。也就是說，先秦時期只是提供了一個「論點」，即梧桐「是」季節變化的標記；而唐宋時期則展示了「論證」過程，即梧桐「何以是」季節變化的標記。秋風、冬雪中抗爭的桐枝是常見的秋冬景物。

梧桐枝條萌蘗能力很強，唐宋時期，「桐孫」成爲祝賀添丁的常見意象，如孫覿《得子次叔毅韻》:「人言種木十年期，桐已生孫竹有兒。添丁哇笑已堪喜，老幹輪囷只自奇」;何夢貴《賀中齋黃大卿得子》:「朱顏白髮方強壯，要看梧孫長碧枝。」

### （二）桐葉雨聲・桐葉題詩

中唐時期，契合社會心理、文學風格的變化，梧桐雨聲、芭蕉雨聲、荷葉雨聲等長於抒發悲苦意緒的聽覺意象蔚然興起。梧桐葉落是秋天到來的徵兆，白居易《長恨歌》:「春風桃李花開日，秋雨梧桐葉落時」具有「標誌性」的意義；從此，梧桐雨聲成爲重要的「秋聲」、悲秋意象。韓偓《雨中》詳細地描寫了聽覺感受：「青桐承雨聲，聲聲何疊疊。疏滴下高枝，次打欹低葉。」梧桐樹葉闊大且錯落有致，雨落在梧桐葉上的聲音不僅清晰且有「層次感」。再看兩例，畢仲游《芭蕉》:「桐葉芭蕉最多事，曉昏風雨報人知」;陸游《秋懷十首……》其三：「雨滴大梧葉，風轉孤蓬窠。秋色固悽愴，二物感人多。」梧桐樹葉飄落的聲音被誇飾、放大，如方岳《初秋》:「時聞梧葉落，一似打門聲」;衛宗武《和黃山秋吟》其一：「錚然梧葉響敲風。」

桐葉是男女之間傳情達意的信箋，唐代「桐葉題詩」的故事有數個版本；後代，「桐葉題詩」亦爲小說、戲劇之題材。

### （三）桐陰・桐影

梧桐樹幹高大、樹冠廣佈，所形成的陰影部分自然較多，桐陰、桐影常常通用。從夏天到秋天，梧桐樹陰由密轉疏；從白天到黑夜，梧桐樹影轉換方位。所以，桐陰、桐影是季節變化、晝夜輪替的標記。「桐陰」之例如李頎《題盧道士》:「看弈桐陰斜」、程顥《夏》:「桐陰初密暑猶清」、王安石《秋日在梧桐》:「秋日在梧桐，轉陰如急轂」、周紫芝《題呂節夫園亭十一首》「朝陽臺」:「白露亦已晞，桐陰轉簷曲。」「桐影」之例如王安石《日夕》:「日西階影轉梧桐」、張綱《燒香三絕句》其一 :「臥看桐影轉簷牙。」

唐宋時期，梧桐人格象徵意義也漸趨成熟、豐富。桐陰之下不僅是文人的「生活空間」，亦是「精神空間」。

### （四）桐花

桐花是泡桐樹的花，先秦時期，桐花即已成爲春天物候。南朝時期，桐花是比興之具；梧桐之「梧」諧音雙關「吾」，梧桐之「桐」則諧音雙關「同」。唐代，桐花的物色審美開始，元稹是桐花的「發現者」，元稹、白居易之間關於桐花的唱和之作頗多，桐花的地點、時令、色彩契合文人的落落寡合、修身自潔的處境與心態，如《桐花》:「朧月上山館，紫桐垂好陰。可惜暗澹色，無人知此心。」又如《送孫勝》:「桐花暗澹柳惺忪，池帶輕波柳帶風。」

桐花有白色、紫色兩種，是清明這一「節氣」花卉景物的代表，同時從唐代開始，清明成爲重要的民俗節日，桐花也也浸染了清明「節日」的社會習俗。

## 二、梧桐「形態」的審美發展

唐宋時期，各種「形態」的梧桐內涵在原有基礎之上更加豐富。我們擇要介紹幾種：

### （一）孤桐

魏晉南北朝時期，「孤桐」一般比喻出身之孤寒、立身之孤危。唐宋時期，「孤桐」意象實現了「兩級跳」，完成了人格象徵符號的鑄塑。白居易《雲居寺孤桐》:「一株青玉立，千葉綠雲委。亭亭萬丈餘，高意猶未已。山僧年九十。清淨老不死。自云手種時，一顆青桐子。直從萌芽發，高自毫末始。四面無附枝，中心有通理。寄言立身者，孤直當如此」，明確賦予孤桐「孤直」的人格化內涵。白居易之「孤桐」類於「有所不爲」的「狷者」，而王安石之孤桐則近於「進取」的「狂者」，勁悍淩厲，《孤桐》:「天質自森森，孤高幾百尋。淩霄不屈己，得地本虛心。歲老根彌壯，陽驕葉更陰。明時思解慍，願斫五弦琴。」王安石的「孤桐」內涵庶幾可用「剛直」概括。

### （二）雙桐

唐宋時期，雙桐與愛情、宗教、民俗的關係得到強化。井邊雙桐極爲常見，如胡宿《井桐》:「一水清無底，雙桐碧有情」；宋庠《晚春小園觀物》:「雙桐夾路元標井，酸棗依牆本乏臺。」中國鄉土社會中，「井」是故園的象徵，井邊雙桐遂成爲故園的「地標」。

此外，文人的書齋、庭院中常常栽植雙桐，既以造景取蔭，亦爲擇友明志，如馮山《利州漕宇八景》:「幽軒處清奧，前有雙桐起。婆娑視初合，修聳意未已。……主人相對樂，性靜窮物理。純音藏未兆，孤幹直不倚。安得千仞禽，來哉共棲止」；謝逸《夏夜雜興》:「窗前兩梧桐，清陰覆東牆」；鄭剛中《獨酌》:「庭前兩梧桐，濃綠涵清輝。」明清時期，以「雙桐」爲書齋、名號、文集的文人則不一而足；雙桐成爲文人的「芳鄰」。

### （三）疏桐

唐代，「疏桐」成爲抒發秋思、鄉思等愁苦情緒的意象，如戎昱《秋月》:「江干入夜杵聲秋，百尺疏桐掛斗牛。思苦自看明月苦，人愁不是月華愁」；吳商浩《秋塘曉望》:「鐘盡疏桐散曙鴉，故山煙樹隔天涯。」

宋代，蘇軾提高了疏桐的品格，疏桐、缺月、孤鴻三者妙合，高潔之志與孤寂之感交滲一體，《卜算子》:「缺月掛疏桐，漏斷人初靜。時見幽人獨往來，縹緲孤鴻影。驚起卻回頭，有恨無人省。揀盡寒枝不肯棲，楓落吳江冷。」蘇軾的心理結構、情感取向具有普遍意義，蘇軾的意象組合也成爲經典，宋代頗爲流行，如汪莘《竹洲見寄次韻》:「遙知疏桐下，缺月見深省。我來如征鴻，愛此沙洲冷」；項安世《次韻答蜀人薛仲章》:「想見疏桐涼月下，幽鴻無伴立寒沙」；牟子才《淳祐七年……》:「疏桐缺月漏初斷，鴻影縹緲還見麼。」

### （四）半死桐

唐宋時期，「半死桐」不再指一株梧桐「半死半生」，而是指兩株梧桐「一死一生」。「半死桐」遂成爲悼亡的常見意象，最有名的例子爲賀鑄《鷓鴣天》:「梧桐半死清霜後，頭白鴛鴦失伴飛」，《鷓鴣天》詞牌亦遂有《半死桐》的別名。

「半死桐」意象的悼亡指向是在「雙桐」意象基礎之上衍生的。民間傳說，梧桐爲雌雄雙樹，所以死去一棵即是「半死」，也就是喪偶。同理，「孤桐」亦可以指「雙桐」死去一棵、只剩孤單一棵，也可以用來悼亡，如顧況

《晉公魏國夫人柳氏輓歌》:「雙劍來時合，孤桐去日凋。」

## 三、梧桐人格象徵意義的發展：「清」、「柔順」、「剛直」

唐宋時期，梧桐意象的人格象徵繼承了六朝時期的風神俊朗之義，韓愈《殿中少監馬君墓誌銘》:「退見少傅，翠竹碧梧，鸞鵠停峙，能守其業者也。」「碧梧」取象於梧桐青翠碧綠的顏色、修長挺拔的樹身、瀟灑飄逸的姿態；可以說，「碧梧」所展示的是人格的「清」性。「碧梧翠竹」在後代成爲人物品藻的常用典故。

另一方面，梧桐意象又折射了時代思潮，兼具道、儒精神，最終發展成爲「中」「外」一致、貞剛勁健的儒家人格象徵符號。

崔鎮的《尚書省梧桐賦》從題材上繼承了漢魏六朝的《梧桐賦》，但脫略了靈異色彩，這是唐代最爲全面闡述梧桐人格象徵的一篇文章，道家思想浸潤痕迹昭然。(詳參後文「梧桐與人格」一節。）梧桐外表光滑、直聳而上，王昌齡《段宥廳孤桐》:「虛心誰能見，直影非無端」；戴叔倫《梧桐》:「亭亭南軒外，貞幹修且直。」梧桐之高「直」暗合於儒家的「直道」。王昌齡已經捕捉到梧桐「直影」與「虛心」之間的關係。白居易《雲居寺孤桐》延續了王昌齡的發現，並且明確賦予梧桐以「孤直」的人格象徵意義。

宋代繼續推闡，一方面抉發梧桐的「剛」性，一方面揭明梧桐「外」與「中」之間的關係。前面已引王安石《孤桐》，再看釋道潛《證師聖可桐虛齋》:「聞道嶧山桐，猗猗排秀幹。棲鸞宿鳳信所奇，眾木紛紛何足算。嗚呼，天相彼質，復虛彼心。……嘉上人之妙齡兮，無適俗之卑韻。剛有擬於斯桐兮，廓中虛以受訓……。」梧桐是典型的「柔」木，而在宋代儒學復興、人格自勵的文化背景之下，卻被主觀賦予了「剛」質。其實，不僅梧桐，盈盈弱質的梅花、亭亭玉立的荷花在宋代都成爲儒家氣節的託載。

宋代人對於梧桐「外」與「中」關係的揭示更加題無剩義。我們如果與荷花審美類比的話，發現這並非個案，體現了宋代的思想文化特點。荷花直立水中，荷梗中虛而外直，與梧桐相似。《愛蓮說》以「中通外直」形象化地闡釋了理學家的本體論、方法論。「中」指心性本體，「通」是對心性本體狀態的描述，即透脫通達，這是周敦頤《通書》中反覆申述的一個概念。「外」是指立身處世，「直」是指端毅剛直。「中通」則「外直」，「中通」爲體，「外直」爲用；「中通外直」是理學心性修養學說、道德自隆意識與立身處世、倫理責任的有機統一，本體論與方法論的有機統一〔註9〕。

可以說，梧桐的人格象徵意義具有「復合性」、取擬於其不同的特性，而在宋代以後，其主導方向則是儒家「行健」「自強」的有爲精神。

### 四、桐樹專著《桐譜》的問世

「中國人對花卉之審美意識，當定型於宋代，專類花譜之著作，脫胎自宋人」〔註10〕，《芍藥譜》、《菊譜》、《海棠譜》等等，不一而足。中國的第一部泡桐（白桐）專著也產生於宋代，作者爲安徽銅陵人陳翥。《桐譜》序云：「古者《氾勝之書》，今絕傳者，獨《齊民要術》行於世。雖古今之法小異，然其言亦甚詳矣。雖茶有經，竹有譜，吾皆略而不具。植桐乎西山之南，乃述其桐之事十篇，作《桐譜》一卷。其植桐則有紀志存焉，聊以示於子孫，庶知吾既不能干祿以代耕，亦有補農之說云耳。」在生產與生活中，梧桐與茶葉、梧桐與竹子往往並稱；南朝戴凱之有《竹譜》，唐代陸羽有《茶經》，陳翥則補足了桐類專著。

陳翥有強烈的泡桐（白桐）「本位主義」，所以對於梧桐（青桐）頗不在意：「一種，枝不入用，身葉俱滑如柰之初生。今兼併之家，成行植於階庭之下，門牆之外，亦名梧桐，有子可啖，與《詩》所謂梧桐者非矣。」悖論在於：中國古代典籍中的梧桐是一個寬泛的概念，含梧桐（青桐）、泡桐（白桐）兩種；作者引爲佐證的泡桐（白桐）材料，很有可能就是屬於他「看不上眼」的梧桐（青桐）〔註11〕。不過，同樣的道理，古人關於梧桐的贊詞、美語，也未必就是專屬於梧桐（青桐），泡桐（白桐）很有可能也「與有榮焉」。

總之，梧桐審美文化認識在唐宋時期達到了「峰値」。元明清時期，梧桐作爲「符號」，彌散於藝術、生活領域。

## 第四節　元明清時期：文化、藝術、精神領域的擴散

唐宋時期，梧桐審美文化內涵、人格象徵意義已經成熟；元明清時期，梧桐「內化」、彌散滲透在文人的日常生活、精神世界。梧桐是重要的園林、

〔註9〕俞香順《〈愛蓮說〉主旨新探》，《江海學刊》2002年第5期。

〔註10〕張高評《宋詩特色研究》，長春出版社，2002年，第427頁。

〔註11〕宣炳善《陳翥〈桐譜〉梧桐混用爲泡桐糾謬》，《中國農史》2002年第2期。

庭院景觀，「碧梧翠竹堂」聲名卓著，此外，桐軒、梧軒也很常見。梧桐是文人畫中重要的題材，具有清雅、脫俗的象徵意義。文人字號、文集、書齋與梧桐相關者不可勝數；倪瓚的「洗桐」之癖其實是梧桐人格象徵成熟背景下的「變異」之舉，「洗桐」在後代成爲雅談、常典。花木類專著、生活類雜著中對梧桐的特性、應用等多有總結。

## 一、梧桐與園林、居所的關係更加密切

元明清時期，梧桐與園林、居所的關係更加密切，梧桐可以營造清幽之境，「結廬在人境，而無車馬喧。」梧桐樹蔭高廣，或者眾梧環翠、或雙梧拱衛、或一梧挺立。明代計成的園林專著《園冶》多次提到梧桐，卷一「相地」：「虛閣蔭桐，清池涵月」；卷三「借景」：「南軒寄傲，北牖虛陰；半窗碧隱蕉桐，環堵翠延蘿薜。」清代《揚州畫舫錄》卷二有「桐軒」：「桐軒在飛霞樓後，地多梧桐。聯云：涼意生竹樹，疏雨滴梧桐。」

「一梧軒」最爲特殊，貝瓊《一梧軒記》：「無錫張止齋先生，老於九龍也。嘗植一梧於庭，閱十年，挺然秀聳而密葉雲布，不知三伏酷烈之氣也。先生日徜徉其下，酒酣興發，輒倚而嘯歌，同乎惠子之曠焉……」〔註 12〕一般的樹木是「獨木難支」，需要互相倚靠才能「成勢」，正如杜甫《白小》詩中所描寫的一種名爲「白小」的小魚，「白小群分命」。梧桐卻可以「一木成勢」，獨立不遷，這象徵著士大夫特立的人格。貝瓊「因梧而考其人」，以「剛姿勁氣」贊許梧桐，也以此稱許張止齋。

以「梧」名軒在元代以後極爲常見，如張昱《碧梧軒爲賈彥仁彥德二貢士賦》、宋禧《凰山范氏碧梧軒》、丁鶴年《題碧梧軒》、胡居仁《棠溪書院記》：「池之內有蓮，因書茂叔《愛蓮說》，雪窗之前匾『碧梧軒』。」〔註 13〕

園林景物中，梧桐與竹子常常組合。最有名的當推元代顧瑛「玉山草堂」中的「碧梧翠竹堂」；明代「拙政園」中的「梧竹幽居」。我們再以軒爲例，郭諫臣有《竹梧軒晨起》〔註 14〕、陶宗儀有《題沈宗文竹梧軒》：「玉立涓涓冰雪操，翠融挺挺鳳皇枝。」〔註 15〕後文論述梧桐與竹子的關係將更有詳述。

〔註 12〕《清江文集》（文淵閣《四庫全書》本）卷十六，上海古籍出版社，1987 年。
〔註 13〕《胡文敬集》（文淵閣《四庫全書》本）卷二，上海古籍出版社，1987 年。
〔註 14〕《鯤溟詩集》（文淵閣《四庫全書》本）卷四，上海古籍出版社，1987 年。
〔註 15〕《南村詩集》（文淵閣《四庫全書》本）卷三，上海古籍出版社，1987 年。

文人居所栽植梧桐不僅是景物布置，也是以梧爲友、寄託情志，明代黃樞《後圃黃先生存集》卷一即有《題朱氏友梧軒》。

## 二、梧桐成爲常見的繪畫題材

中國繪畫中，「歲寒三友」、「四君子」是常見的題材；梧桐步武其後，從元代開始也爲常見。與文學中的梧桐一樣，繪畫中的梧桐不是純粹客觀的「物象」，而是寄託了作家主觀情志的「意象」，具有清高絕俗的表意功能。「桐陰高士」是元代的常見題材；「梧桐仕女」注入了文人意趣，超越了傳統的「仕女圖」，而與「高士圖」潛息相通。梧桐與竹子、石頭常「物以類聚」。

### （一）梧桐與高士

元代開始，梧桐成爲常見的繪畫景物、題材；「桐陰」與「高士」組合爲元人喜用。「桐陰」不僅僅是「高士」燕處的自然空間，而且具有象徵意味，與「高士」精神契合，與「高士」形成「互文性」。

李日華《六研齋筆記・三集》卷三：「元人喜寫《桐陰高士圖》。子久、叔明、雲林、幼文俱有之。雖景物各異，而一種瀟灑超逸之趣，令人不知人間有利祿事則一也。丙寅六月，偶過石佛禪堂藏經室，前除四五桐，樹間桐正作花，香雪滿地，啜茶談詩，亦自慶暫遊諸公圖畫中也。」點檢清朝的《御製詩集》，相關題畫詩即有：《錢選桐陰撫琴圖》、《題陸治桐陰高士》、《題張宗蒼桐陰高士圖》、《題趙孟俯桐陰高士圖》、《崔子忠桐陰博古圖》、《題董誥四季山水冊・桐陰琴趣》、《題沈周桐陰玩鶴圖》等。此外，明清諸多的畫譜、繪畫題跋中，這一題材作品著錄更多，如江珂玉《珊瑚網》卷三十八有「桐陰宴息圖」、卷四十二有「桐陰讀書圖」等。（詳見後文《桐陰・桐影》一節）

我們簡單瞭解一例此類題材的畫作。清代乾隆五十八年進士左輔繪有《桐陰讀書圖》，圖中執書而讀者爲嘉慶進士馬光瀾。圖成後，馬光瀾請二十一位嘉慶、道光年間的狀元、進士題跋。《桐陰讀書圖》初出一手，但最後其實成了畫、書、詩俱全的「集體創作」。

### （二）梧桐與仕女

仕女是人物畫最常見的題材之一。「仕女圖」中的女子往往簪花、持花，或在花下，總之，「花面交相映」。花與女子之間的類比由來已久，基於視覺相似性，姚際恒《詩經通論》評論《桃夭》:「桃花色最豔，故以取喻女子，開千古詠美人之祖」,「桃花仕女圖」歷代都有。而從元代開始，梧桐與仕女的組合開始出現在繪畫中,《御定歷代題畫詩類》卷五十八收錄了剡韶《梧桐仕女圖》、鄒亮《梧桐仕女圖》、華幼武《題碧梧美人》；卷五十九有高啓《題理髮美人圖》:「桐風朝動內園枝，吹動花前髮幾絲」；卷六十則有薩都剌《題四時美人圖》:「小扇輕撲花間蛾，淡陰桐樹一女立。」

梧桐的修聳反襯出仕女的嬌弱，更爲重要的是，梧桐提升了仕女的品格。在梧桐的蔭蔽下，仕女褪去了嬌紅膩翠，淡雅、清麗，庶幾近於杜甫《佳人》「天寒翠袖薄，日暮倚修竹」中的「佳人」形象。而且我們發現,「洗桐」也不僅僅是男子的「專利」，余懷《板橋雜記》中卷:「李十娘……軒右種梧桐二株，巨竹十數竿。晨夕洗桐拭竹，翠色可餐。」與梧桐爲友的女子，在精神意趣上已經「文人化」。

### （三）梧桐與小軒、竹子、石頭的組合

上面所提到的「桐陰高士圖」中，高士形象鮮明、昭然紙上。此外，高士還有一種「隱秀」的「在場」方式，即梧桐與草堂、小軒等建築物的組合，屋子在梧桐的掩映之下，而人在屋中。故宮博物院藏有明代卞文瑜《一梧軒屋圖》，自識:「丁丑端陽摹王叔明一梧軒圖，卞文瑜。」畫中有一座草堂，前有梧桐一株，梧桐樹葉勾染精細，枝葉穿插自然得體；草堂之中，一人撫琴，一人聆聽。「一梧軒」在明代是常見的繪畫題材。書畫收藏家謝稚柳藏有董其昌《一梧軒圖》，自識:「王叔明、倪元鎮，皆有一梧軒圖，略仿關同筆意爲此，戊午七月，玄宰。」

梧桐、竹子在先秦時期並列出現，一爲鳳凰所棲，一爲鳳凰所食；文學、文化中梧、竹並舉的例子很多，難以遍舉。元代以後，梧、竹作爲繪畫題材而共同出現，這除了二者在外形上的相似之外，更因爲二者具有共同的符號功能。《石渠寶笈》卷十七著錄仇英《碧梧翠竹圖》；江珂玉《珊瑚網》卷三十八有沈周自題「梧竹」詩:「畫了梧枝又竹枝，綠陰如水墨淋漓。」（詳參後文《梧桐與竹子》一節。）

中國文人畫中，梧桐又常與石頭組合。石頭之怪奇犖確也是文人嶔崎磊落、不合於俗的情懷外化，如《御定歷代題畫詩類》卷七十三有唐肅《題自畫梧石》、劉崧《題梧石》、程本立《題浦人畫梧竹奇石》；《御定佩文齋書畫譜》卷八十六有《元倪瓚梧竹草亭圖》、《明陸行直碧梧蒼石圖》；明代張寧《方

洲集》卷十有《畫梧石題寄王君載》。

《御定佩文齋書畫譜》在梧桐繪畫流行的基礎之上總結了其應用與技法，卷十四引董其昌語：「畫樹木各有分別，如畫『瀟湘圖』，意在荒遠滅沒，即不當作大樹及近景叢木，畫五嶽亦然。如畫園亭景，可作楊柳梧竹及古檜青松」；卷十四「皴樹法」：「梧桐樹身稀，二三筆橫皴。」

## 三、梧桐名號的流行與倪瓚「洗桐」的雅癖

元明清時期，隨著梧桐人格象徵意義的成熟，與梧桐相關的字號、文集、書齋非常流行。筆者在後面的「雙桐」專論中，有一張以「雙桐」命名的簡表，可見一斑；在「孤桐」專論中，也列舉了近現代以「孤桐」爲名號的名人。再如「據梧」，明代有「據梧子」者，撰有《筆夢》；清代管棆著有《據梧詩集》，陳詩著有《據梧集》。清代名臣朱鳳標，字桐軒；現代學者吳晗號梧軒，吳晗故居中至今尚存著三個大書櫥，上有「梧軒」的標識。

梧桐是文人用以表德、明志的「樹友」，例子不勝枚舉，梧桐與文人的生活已經打成一片。本節特別要標舉的是倪瓚。

倪瓚（1301～1374），元代著名畫家、詩人；世居無錫祗陀里，多喬木，建堂名「雲林」，因以雲林自號。倪瓚有潔癖，其所居之處有梧桐，他遣童子洗濯；桐葉上有唾痕，則使童子剪棄。借用晉代杜預的「《左傳》癖」之例，倪瓚則有「桐癖」；倪瓚的「桐癖」輾轉流傳，有不同的版本。《廣群芳譜》卷九十一引《雲林遺事》：「倪元鎭閣前置梧石，日令人洗拭。及苔蘚盈庭，不留水迹，綠褥可坐。每遇墮葉，輒令童子以針綴杖頭刺出之，不使點壞」；《元明事類抄》卷三十六引《語林》：「倪瓚性好潔，庭前有六桐，命童日汲水洗之。」《廣群芳譜》卷七十三引《雲林遺事》：「倪元鎭嘗留客夜榻，恐有所穢，時出聽之。一夕聞有咳嗽聲，侵晨令家僮遍覓無所得，童慮捶楚，僞言窗外梧桐葉有唾痕者，元鎭遂令翦葉，棄十餘里外。蓋宿露所凝，詭指爲唾，以紿之耳。」

「洗桐」超越了病態的生活潔癖，象徵著文人的特立獨行、精神澡雪。倪瓚流風餘韻綿綿不絕，元代末年，常熟曹善誠傚仿倪瓚，有「洗梧園」，《元明事類抄》卷三十六：「明劉溥《題福山曹氏畫詩》：『如今桐樹無人洗，風雨空山幾度秋。』注：『曹氏富甲一郡，植梧桐數十畝，將納涼其下，令人以新水沃之，謂之「洗梧」。淮兵入福山，曹氏園亭首被禍。』故云。」明代崔子

忠有《雲林洗桐圖》，自題：「古之人潔身及物，不受飛塵，爰及草木，今人何獨不然！治其身，潔其澣濯，以精一介，何憂聖賢！聖賢宜一，無兩道也。……」

後代以「洗桐」為名號的文人或為題材的繪畫頗多，茲舉數例。清代顧陳垿撰有《洗桐軒文集》；清代畫家汪採白別號洗桐居士。近代李芳園有《洗桐圖》、李可染有《倪迂洗桐》、傅抱石有《洗桐圖》。

## 四、花木專著、生活雜著中的梧桐

元明清時期，《二如亭群芳譜》、《佩文齋廣群芳譜》中都有梧桐專卷，輯錄了關於梧桐的分類、性狀、故實、詩文等；《佩文齋廣群芳譜》可稱之為中國傳統花木之學的淵藪、「集大成」之作。此外，花木類專著、生活類雜著中也多有關於梧桐的記載、研究。中國傳統的花木之學、梧桐著錄也至此「結穴」。

我們看兩例，文震亨《長物志》卷二「花木」：「青桐有佳蔭，株綠如翠玉，宜種廣庭中。當日令人洗拭，且取枝梗如畫者，若直上而旁無他枝，如拳如蓋，又生棉者，皆所不取，其子亦可點茶。」〔註 16〕這段文字簡要地描述了梧桐的觀賞、實用價值。有兩點值得注意，一為「洗拭」、一為「如畫」。「洗拭」則可看出倪瓚「洗桐」之影響；「如畫」則可看出元明以來，梧桐已經成為繪畫的常見題材，而藝術又「能動」地影響了生活。梧桐審美有著鮮明的文人印迹。

陳淏子《花鏡》卷三「花木類考」：「梧桐，一名青桐，一名櫬。木無節而直生，理細而性緊。皮青如翠，葉缺如花，妍雅華淨，新發時賞心悅目，人家軒齋多植之。四月開花嫩黃，小如棗花，墜下如䄡。五、六月結子，蒂長三寸許，五棱合成，老則開裂如箕，名曰橐鄂。子綴其上，多則五六，少則二三，大如黃豆，皮乾則皺而黃，其仁肥嫩而香，可生咁，亦可炒食點茶。此木能知歲時，清明後桐始華；桐不華，歲必大寒。立秋是何時，至期一葉先墜，故有『梧桐一葉落，天下盡知秋』之句。……二、三月畦種，如種葵法，稍長移種背陰處方盛，地喜實，不喜松。凡生岩石上，或寺旁，時聞鐘磬聲者，採其東南大枝為琴瑟，音極清麗。別有白桐、油桐、海桐、刺桐、

〔註 16〕文震亨著；陳植校注《長物志校注》，江蘇教育出版社，1984 年版，第 70 頁。

赬桐、紫桐之異，惟梧桐世人皆尚之。」〔註 17〕考鏡源流，這段文字其實基本襲自明代王象晉的《二如亭群芳譜》，全方位地介紹了梧桐的葉、花、實以及物候、繁殖、應用、分類等。有一點值得注意，即「四月開花嫩黃，小如棗花」，這才是眞正的梧桐花，標誌著梧桐認識的深入；而通常所謂的「桐花」其實是清明時節開放的碩大的、紫白兩色的泡桐花。然而，《花鏡》仍未擺脫梧桐、泡桐混同的通病，後文的「清明後桐始華」其實指的是泡桐花。宋代陳翥《桐譜》是泡桐本位主義，而《花鏡》正好相反，是梧桐本位主義；在列舉了「桐」類植物之後，《花鏡》云：「惟梧桐世人皆尚之。」梧桐（青桐）、泡桐（白桐）無需軒輊；因爲中國傳統的梧桐本來就是廣義概念，兼指二者，青、白二桐早就「你中有我，我中有你」，難以分辨了。

總之，從先秦到明清，梧桐的審美文化認識不斷深入、漸趨豐富，滲透進入中國人的精神生活。

〔註 17〕陳淏子輯；伊欽恒校注《花鏡》，農業出版社，1979 年版，第 137～138 頁。

# 第二章　梧桐審美文化內涵

第一章縱向梳理了梧桐審美文化的生成過程，本章則橫向剖析其內涵，這屬於靜態的「切片」研究。我們可以發現，梧桐這一詞語的「所指」已經不是簡單實物，而是一種「觀念」，指向中國古人的精神世界、文學領域、藝術空間，象徵與表達著祥瑞、悲秋、愛情、音樂、人格等豐富意義。

## 第一節　梧桐與祥瑞

梧桐喜生於茂拔顯敞之地、喜陽光，是所謂的「陽木」，《太平御覽》九百五十六引《王逸子》:「扶桑、梧桐、松柏，皆受氣淳矣，異於群類也。」

### 一、梧桐的「內美」與祥瑞

梧桐碧綠通直、疏枝茂葉，賞心悅目。桐木質地疏鬆潔白，是所謂的「柔木」，日常生活中應用廣泛。正是因爲其與眾不同的習性、外觀、用途，在中國文化中，梧桐成爲祥瑞的象徵。「紛吾既有此內美兮，又重之以修能」；除了自身「內美」之外，梧桐與鳳凰的「結伴」也爲其祥瑞色彩而加碼。鳳凰是傳說中的瑞鳥，四靈之一、百禽之長，《大戴禮・易本命》云:「有羽之蟲三百六十，而鳳凰爲長。」鳳凰就是棲息於梧桐之上，《大雅・卷阿》:「鳳凰鳴矣，于彼高岡。梧桐生矣，于彼朝陽。菶菶萋萋，雝雝喈喈」，「菶菶萋萋」形容梧桐，「雝雝喈喈」描摹鳳鳴。梧桐構成了一個「隱喻」，喚起我們對鳳凰的想像，傅咸《梧桐賦》曰:「停公子之龍駕，息旅人之行肩；瞻華實之離離，想儀鳳之來翔。」在民間也有「栽下梧桐樹，引來金鳳凰」的俗語。

梧桐象徵著社稷安寧、政治清明，《桐譜》「雜說第八」引《禮斗威儀》：「君乘火而王，其政平，梧桐長生」，又引《遁甲》：「梧桐不生，則九州異君」、《瑞應圖》：「王者任用賢良，則梧桐生於東廂。」《初學記》卷二十八引伏侯《古今注》：「昭帝丹鳳三年，馮翊人獻桐枝，長六尺，九枝；枝一葉也。」

### 二、梧桐與圖案

梧桐是祥瑞的象徵，所以無論是在宮廷或者民間都是廣泛種植。《初學記》卷二十八引《晉宮闕名》曰：「華林園青白桐三株。」南朝劉義恭則稱華林園桐樹爲「瑞桐」，《華林四瑞桐樹甘露贊》曰：「遠延鳳翮，遙集鸞步；惠潤何廣，沾我萌庶。」民間以梧桐、青桐命名的村落很多，一方面固然因爲梧桐是「本地風光」，另一方面也因梧桐有著祥瑞的寓意。廣東省湛江市徐聞縣邁陳鎮青桐村，爲詹姓世居，祖籍江西婺源，祠堂對聯「河間溯深源萬派支流皆活潑，青桐推良樹千年枝葉永蕃昌。」（參見後文「梧桐與家園」一節。）中國古代以「桐」爲名、號的，更是難以計數，這也是梧桐祥瑞色彩的紛紛映現。

傳統裝飾圖案中，常常以梧桐入圖，如「同喜」，圖案爲梧桐、喜鵲。「桐」與「同」諧音；中國民間認爲喜鵲能夠「報喜」，帶來喜慶、好運。「六合同春／鹿鶴同春」，「六合」指天地四方，泛指天下。「六合」有時以「鹿鶴」諧音，有時又以「六鶴」諧音。楊慎《升菴外集》卷九十四：「北之語合、鶴迥然不分，故有繪六鶴及椿樹爲圖者，取『六合同春』之義。」椿樹也是中國古代的吉祥樹木，古人以「椿齡」比喻長壽。在一些建築物中，則常以梧桐與椿樹爲材料，或者在周圍栽種梧桐與椿樹，均取「同春」諧音，如江蘇省宿遷市皀河南面有一座安瀾龍王廟；龍王廟建於雍正五年，相傳初建時，廟前植有柏樹、柿樹、梧桐、椿樹各一株，取「百世同春」之義。浙江蘭溪諸葛村是保存比較完好的古村落，村內的「大公堂」門口以柏樹、梓樹、梧桐、椿樹製成四根大柱，取「百子同春」之義。此外，松樹、柏樹、桐樹、椿樹喻「松柏同春」亦爲常見。

## 第二節　梧桐與家園

農耕社會裏，樹木是生產與生活資料的來源，與人類關係密切；如《詩經・小雅・小弁》：「維桑與梓，必恭敬止」，「桑梓」遂爲故園之代稱。中國傳統樹木中，梧桐與人類的關係尤為密切。

## 一、梧桐的日常應用與吉祥寓意

梧桐是中國民間栽種最廣的樹木之一。自北至南、自高崗至平原、自肥沃之土至鹽鹼之地，梧桐分佈廣泛；相比較而言，楊柳、松樹等樹木的地域、地勢的局限性比較明顯。還有重要的一點，梧桐是「鳳凰樹」，是祥瑞之征，栽種梧桐樹是「吉兆」。

梧桐材質優良，用途廣泛，許多日常器具即以桐木製成，後文將有詳論。梧桐既有製琴之「雅」，也有入竈之「俗」，蔡邕的「焦尾琴」即以入爨之焦桐製成；《淮南子・兵略訓》中也有「桐薪」一詞：「夫以巨斧擊桐薪，不待利時良日而後破之」，「桐薪」即為充用柴火的桐木。梧桐身姿挺拔、瀟灑，樹葉闊大、青綠，均賞心悅目。梧桐樹蔭高廣，可以遊憩其下。漢字「休」為會意字，從「人」從「木」，梧桐則為常見的「休」止之樹。

## 二、梧桐與村落、地名

地名是文化符號、文化遺產，往往是該地自然風貌的記錄，「得之於當時目驗者」〔註1〕，雖然世變事遷、未必盡存，但可以想見當日風光。浙江是梧桐的原產地之一，有桐鄉市、桐廬縣，桐廬境內有桐江；安徽則泡桐分佈廣泛，有桐城市，宣城與銅陵兩市的市樹均為泡桐。

中國有很多以梧桐命名的村落；將這些地「點」串連起來，就可以繪製出一幅中國古代梧桐生長「地圖」。下面這張簡表雖不免掛一漏萬，但梧桐分佈的廣泛已可略見一斑。

| 浙江省 | 麗水市 | 景寧縣 | 梧桐鄉 | 梧桐村 |
|---|---|---|---|---|
|  | 嘉興市 | 桐鄉市 | 梧桐街道 | 梧桐村 |
|  | 金華市 | 婺城區 | 沙畈鄉 | 梧桐村 |
|  | 杭州市 | 桐廬縣 | 分水鎮 | 梧桐村 |
| 安徽省 | 六安市 | 壽　縣 | 安豐鎮 | 梧桐村 |
|  | 淮北市 | 杜集區 | 石臺鎮 | 梧桐村 |
|  | 福州市 | 閩侯縣 | 白沙鎮 | 梧桐村 |

〔註1〕錢鍾書《管錐編》第一冊，中華書局，1986年版，第90頁。

| 福建省 | 寧德市 | 周寧縣 | 咸村鎮 | 梧桐村 |
|---|---|---|---|---|
| | | 永泰縣 | 梧桐鎮 | 梧桐村 |
| | 晉江市 | | 羅山鎮 | 梧桐村 |
| 廣西自治區 | | 象州縣 | 中平鎮 | 梧桐村 |
| 河南省 | 安陽市 | 內黃縣 | 宋村鄉 | 西梧桐村 |
| 四川省 | 廣元市 | 朝天區 | 花石鄉 | 梧桐村 |
| | | 雲陽縣 | 鳳鳴鎮 | 梧桐村 |
| 重慶市 | | 榮昌縣 | 昌元鎮 | 梧桐村 |
| 山東省 | 臨沂市 | 蒼山縣 | 向城鎮 | 梧桐村 |
| | | 郯城縣 | 郯城鎮 | 梧桐村 |
| 湖南省 | 郴州市 | 桂陽縣 | 仁義鎮 | 梧桐村 |
| 寧夏自治區 | 靈武市 | | 梧桐樹鄉 | 梧桐樹村 |
| 山西省 | | 陵川縣 | 西河底鎮 | 梧桐村 |
| | 呂梁市 | 孝義市 | 梧桐鎮 | 梧桐村 |
| 甘肅省 | 武威市 | 民勤縣 | 昌寧鄉 | 梧桐村 |

梧桐又名「青桐」，中國民間也有許多以「青桐」命名的村落，如：

| 廣西自治區 | | 橫　縣 | 校椅鎮 | 青桐村 |
|---|---|---|---|---|
| 江西省 | | 廣昌縣 | 盱江鎮 | 青桐村 |
| 廣東省 | | 羅定市 | 泗綸鎮 | 青桐村 |
| | | 雷州市 | 英利鎮 | 青桐村 |
| | | 徐聞縣 | 邁陳鎮 | 青桐村 |
| 湖南省 | 衡陽市 | 祁東縣 | 洪橋鎮 | 青桐村 |
| 四川省 | 眉山市 | 丹棱縣 | 仁興鄉 | 青桐村 |

至於村名中含「梧」或者「桐」者，則是難以計數。梧桐常栽植在庭內、井邊。「庭梧」是詩詞中的常見意象，如張耒《冬日雜書六首》其三：「庭梧搖落盡，棲鳥夜歸稀」、王同祖《秋閨》其一：「西風昨夜到庭梧，曉看窗前一葉無」、程垓《滿庭芳》：「歸情遠，三更雨夢，依舊繞庭梧。」梧桐葉落是秋天到來的象徵，雖「不出戶」，但是由「庭梧」即可知季節變化。「井桐」

在後文還有詳論，這裡舉兩例，寇準《初夏雨中》:「綠樹新陰暗井桐，雜英當砌墜疏紅」、陸游《幽居》:「梁燕委巢知社近，井桐飄葉覺秋深。」

梧桐常以雙數種植，「雙桐」遂爲家園象徵，如范梈《苦熱懷楚下》:「我家百丈下，井上雙梧桐。自從別家來，江海信不通。」《元詩選・梧溪集》小序云:「(王) 逢，字原吉。名寓所曰：梧溪精舍，自號梧溪子。蓋以大母徐嘗手植雙梧於故里之橫江，誌不忘也。」

總之，中國傳統社會裏，凡有人煙之處即有梧桐，梧桐是家園象徵的「優選」樹木。

## 第三節　梧桐與悲秋

在傳統農業社會，人與自然的關係密切，能夠敏銳感知自然節序的變化；樹木、花卉的開花、布葉、枯榮成爲季節變化的標誌，梧桐在四季「符號」譜系中有著顯著的地位。桐花是三月之花、清明之花，「梧桐一葉落，天下盡知秋」，梧桐葉落意味著秋天的來臨。

### 一、梧桐與春夏秋冬四季變化

中國古代的梧桐兼指梧桐（青桐）與泡桐（白桐）兩種，桐花一般是指泡桐花。桐花有紫、白兩色，花冠碩大、狀如喇叭，在泡桐布葉之前開放，滿枝滿樹，非常顯目。中國古人很早就以桐花作爲物候的標記，如《大戴禮記・夏小正》:「三月……拂桐芭（葩）」〔註2〕、《逸周書・時訓解》:「清明之日桐始華」;《禮記・月令》:「三月……桐始華，萍始生。」桐花是在三月份開放，所以古代三月又有「桐月」的別名；在中國傳統的「二十四番花信風」裏，桐花則是「清明」的第一「候」〔註3〕。正是因爲桐花的赫然獨特，泡桐有「榮桐」之名，「榮」即是花，「榮桐」之名見於《爾雅》,《爾雅翼》卷九:「木物之榮者多矣，獨『桐』名『榮』者，桐以三月花。蓋自春首，東風解凍，蟄蟲、魚獺、鴻雁皆應陽而作，惟桃桐之作花乃在眾木之先，其榮可紀，故名『桐』爲『榮』也。」清代《欽定授時通考》卷一:「清明，三月節，萬物至此皆潔齊而明白也，一候桐始華，桐有三種，華而不實曰『白桐』，亦曰

〔註2〕宋代傅崧卿注《夏小正戴氏傳》卷二:「拂也者，拂也，桐芭之時也。或曰：言桐芭始生貌，拂拂然也。」「拂拂」同「茀茀」，茂盛的樣子。

〔註3〕詳參後文《桐花》一節。

『花桐』,《爾雅》謂之『榮桐』,至是始花也。」

南朝宋郊廟歌辭《青帝歌》云:「雁將向,桐始蕤」,「青帝」是中國古代神話中的司東方之神。春天到了,南雁北飛、梧桐開花、萌葉。

夏大時節,桐葉闊大、桐陰廣袤,梧桐既展示出旺盛的生命力,又給人們張起了一頂天然的「清涼傘」。漢郊祭歌《朱明》:「朱明盛長,敷與萬物,桐生茂豫,靡有所詘」,古代稱夏天為「朱明」,《爾雅・釋天》:「夏爲朱明。」「詘」是彎曲、屈服的意思。「靡有所詘」一方面描述了梧桐樹身的端直,沒有絲毫的彎曲;另一方面也描述了梧桐樹身的高聳,凌越於眾木之上。再看王微《四氣詩》:「蘅若當春華,梧楸當夏翳」,梧桐與楸樹都是夏天的蔭蔽。

秋冬時節,梧桐則葉落枝脫,《廣群芳譜》卷七十三引《遁甲書》:「梧桐可知月正閏。歲生十二葉,一邊六葉,從下數,一葉爲一月。有閏則十三葉,視葉小處則知閏何月。立秋之日,如某時立秋,至期一葉先墜,故云:『梧桐一葉落,天下盡知秋。』」這段文字的描述頗爲玄妙,無稽可考,然而梧桐葉落確實是秋天到來的顯著標誌。季節漸深、「白露爲霜」,梧桐樹葉由青變黃、由密變疏;梧桐葉柄細長、葉片薄大,凋零飄落,分外醒目且驚心,如謝朓《秋夜講解詩》:「霜下梧楸傷」;鮑泉《秋日詩》:「露色已成霜,梧楸欲半黃」;鮑照《秋夕詩》:「紫蘭花已歇,青梧葉方稀。」

## 二、梧桐與悲秋情緒

「物之感人」,梧桐是悲秋、閨怨、羈旅等等悲苦情緒的載體,如宋玉《九辯》:「悲哉!秋之爲氣也!蕭瑟兮,草木搖落而變衰。……白露既下百草兮,奄離披此梧楸」;王昌齡《長信秋詞五首》其一:「金井梧桐秋葉黃,珠簾不卷夜來霜。」李白《贈別舍人弟臺卿之江南》中有詩句:「去國客行遠,還山秋夢長。梧桐落金井,一葉飛銀床。」

中唐時期,隨著時代心理的變化、詩歌藝術的發展,以「梧桐夜雨」爲代表的「桐葉秋聲」意象蔚然興起,如白居易《宿桐廬館同崔存度醉後作》:「江海漂漂共旅遊,一尊相勸散窮愁。夜深醒後愁還在,雨滴梧桐山館秋。」劉媛《長門怨》:「雨滴梧桐秋夜長,愁心和雨到昭陽。淚痕不學君恩斷,拭卻千行更萬行。」元代白樸《梧桐雨》敷陳唐明皇、楊玉環的愛情故事,劇名來自於白居易《長恨歌》:「秋雨梧桐葉落時」。《梧桐雨》第四折《三煞》

將「梧桐雨」與「楊柳雨」、「杏花雨」等進行了比較，引發、增助愁懷者莫過於「梧桐雨」:「潤濛濛楊柳雨，淒淒院宇侵簾幕；細絲絲梅子雨，裝點江干滿樓閣；杏花雨紅濕闌干，梨花雨玉容寂寞；荷花雨翠蓋翩翻，豆花雨綠葉蕭條。都不似你驚魂破夢，助恨添愁，徹夜連宵。莫不是水仙弄嬌，蘸楊柳灑風飄。」〔註4〕

秋天西風吹拂，梧桐「應」風而落。西風「形而上」，梧桐葉落為「形而下」；西風為「因」，梧桐葉落為「果」。西風與梧桐葉落「虛實相生」，昭示著秋天的來臨，如李清照《憶秦娥》:「西風催襯梧桐落」、黃機《憶秦娥》:「梧桐落盡西風惡。」

梧桐還與其他植物意象組合，營造秋境。梧桐與芭蕉同為闊葉型植物，「桐葉雨聲」與「芭蕉雨聲」歷歷可聽，都是中唐時期產生的聽覺意象，「物以類聚」，常常並列出現，如朱淑真《悶懷二首》「其二」:「芭蕉葉上梧桐裏，點點聲聲有斷腸」、畢仲游《芭蕉》:「桐葉芭蕉最多事，曉昏風雨報人知。」菊花是秋天最具代表性的花卉，梧桐葉落時，菊花也將殘，兩者也常常聯類而及，如晏幾道《滿庭芳》:「開殘檻菊，落盡溪桐」、楊徽之《句》:「開盡菊花秋色老，落殘桐葉雨聲寒」、陸游《九月晦日作四首》其一:「菊枝傾倒不成叢，桐葉凋零已半空。」梧桐與竹子是「知己」，庭院中，桐、竹的景物搭配極為常見；秋天風雨交加，桐、竹有「聲」，標誌著季節的轉換，如羊士諤《山郭風雨朝霽悵然秋思》:「桐竹離披曉，涼風似故園。驚秋對旭日，感物坐前軒」、韓偓《五更》:「秋雨五更頭，桐竹鳴騷屑。」

梧桐葉落與蟋蟀聲、搗衣聲等秋聲意象「相和」，都是秋天到來的象徵，如梅堯臣《秋思》:「梧桐在井上，蟋蟀在床下。物情有與無，節候不相假。」楊萬里《醉吟二首》其一:「梧桐葉上秋無價，蟋蟀聲中月亦愁。」蟋蟀秋鳴的時候，甚至「如響斯應」、「連鎖反應」，梧桐即刻凋落，如李清照《行香子》:「草際鳴蛩，驚落梧桐。正人間、天上愁濃。」朱淑真《菩薩蠻》:「秋聲乍起梧桐落，蛩吟唧唧添蕭索。」古代縫製冬衣，預先把布帛鋪於平滑的砧板之上，用木杵敲平，以求柔軟熨貼、便於裁製。這稱之為「搗衣」，多於秋夜進行。梧桐葉落與砧杵之聲，一為自然意象，一為社會意象，也都是秋天標誌，如賈至《答嚴大夫》:「梧桐墜葉搗衣催。」

〔註4〕詳參後文《桐葉》一節。

## 第四節　梧桐與愛情

中國文化中，梧桐意象與愛情的關係源遠流長。梧桐是鳳凰的棲止之所，《大雅・卷阿》:「鳳凰鳴矣，于彼高岡。梧桐生矣，于彼朝陽。」鳳凰爲雌雄雙鳥，可以比喻男女恩愛，《左傳・莊公廿二年》:「初，懿氏卜妻敬仲。其妻占之曰：吉，是謂『鳳凰於飛，和鳴鏗鏘。』」相傳爲司馬相如所作的《琴歌二首》即云：「鳳兮鳳兮歸故鄉，遨遊四海求其凰。」鳳凰是「愛情鳥」，梧桐在原型意義上即具有愛情因子，堪稱「愛情樹」。

梧桐意象表現愛情大致有四種模式：雙鳥與雙桐組合；桐花鳳與桐花組合；諧音雙關；桐葉題詩。

### 一、雙鳥與雙桐

中國民間的梧桐常以偶數來栽植〔註 5〕，相傳梧桐爲雌雄兩樹，梧爲雄、桐爲雌。梧桐雙植體現了陰陽和合的觀念。漢樂府民歌《古詩爲焦仲卿妻作》結尾出現了雙桐意象的雛形：「兩家求合葬，合葬華山傍。東西植松柏，左右種梧桐。枝枝相覆蓋，葉葉相交通。中有雙飛鳥，自名爲鴛鴦。」古代墓地多種植梧桐，用以堅固墳塋的土壤，並作爲標誌，便於子孫祭掃。梧桐樹幹高大，樹枝旁生、延展，兩樹之間「覆蓋」、「交通」，眞是「你中有我，我中有你」，莫辨彼此。鴛鴦被古人稱爲「匹鳥」，形影不離、雄左雌右，棲則連翼、交頸而睡，是愛情的象徵。《古詩爲焦仲卿妻作》是一曲愛情悲歌，「雙桐」與「雙鳥」伴生，與愛情結下不解之緣。《孔雀東南飛》的結尾與祖沖之《述異志》中的「雙梓」非常相似，梧桐與梓樹在古代往往連稱，可以互相參證：「吳黃龍年中，吳郡海鹽有陸東美，妻朱氏，亦有容止，夫妻相重，寸步不相離，時人號爲『比肩人』。……後妻死，東美不食求死，家人哀之，乃合葬。未一歲，冢上生梓樹，同根二身，相抱而合成一樹，每有雙鴻，常宿於上。孫權聞之嗟歎，封其里曰『比肩墓』，又曰『雙梓』。」

蕭子顯《燕歌行》:「桐生井底葉交枝，今看無端雙燕離」、孟郊《列女操》:「梧桐相待老，鴛鴦會雙死。貞女貴殉夫，捨生亦如此」都明確出現了雙鳥意象，而雙桐意象隱含其中。雙桐的枝葉相交，象徵著男女「在地願爲連理枝」的精誠願望。再如韓偓《六言三首》:「華山梧桐相覆，蠻江豆蔻連生」，

〔註 5〕詳參筆者《雙桐意象考論》，《北京林業大學學報》（社會科學版）2011 年第 1 期。

上句用了《孔雀東南飛》的典故；下句用梁簡文帝《和蕭侍中子顯春別》：「江南豆蔻生連枝」典故，「蠻江」泛指江南。

「雙桐」是雙樹，「半死桐」即可指兩株梧桐一死一生，用以比喻夫婦兩方一存一歿，成爲悼亡作品中的常見意象，這是對漢代枚乘《七發》中已經出現的「半死桐」意象的發展〔註6〕。如唐暄《贈亡妻張氏》：「嶧陽桐半死，延津劍一沈。如何宿昔內，空負百年心」、賀鑄《鷓鴣天》：「梧桐半死清霜後，頭白鴛鴦失伴飛。」「延津」是雙劍、「鴛鴦」是雙鳥，我們用下句反觀上句，「梧桐半死」也更傾向於意指本是雙生的梧桐死去一株。

## 二、桐花與桐花鳳

桐花是指泡桐之花，清明前後開放，常有紫、白兩色，碩大柔媚，「桐花鳳」即幺鳳，又名「綠毛幺鳳」、「羅浮鳳」、「倒掛子」等，是一種美豔小禽。

「桐花鳳」的傳說可以追溯到《莊子》，《太平御覽》卷九五六引《莊子》「空門來風，桐乳致巢。」司馬彪注：「門戶空，風喜投之。桐子似乳者，著葉而生，鳥喜巢之。」莊子用兩種現象形象地說明事物之間的因果關係。桐子累累成串，故用「桐乳」喻之。《桐譜》記載：「（紫桐花）自春徂夏，乃結其實，其實如乳，尖長而成穗，莊子所謂『桐乳致巢』是也。」「空門來風」有科學道理，「桐乳致巢」恐是附會想像，後來關於桐花鳳的種種美麗的說法肇始於此。

「桐花鳳」在川蜀之間頗爲常見，「桐花鳳」的傳聞在唐代開始流行，張鷟《朝野僉載》卷六：「劍南彭蜀間有鳥大如指，五色畢具。有冠似鳳，食桐花，每桐結花即來，桐花落即去，不知何之。俗謂之『桐花鳥』。」李德裕《畫桐花扇賦序》亦云：「成都岷江磯岸多植紫桐，每至春末，有靈禽五色，來集桐花，以飲朝露。及華落，則煙飛雨散，不知其所往。」張鷟認爲桐花鳳是以桐花爲食，李德裕則認爲桐花鳳是吸飲桐花上的露水，兩說稍異。司空圖《送柳震歸蜀》：「桐花能乳鳥，竹節競祠神」，「桐花鳳」與竹崇拜、竹祭祀一樣，都是蜀地的傳說或民俗。

桐花鳳寄居、寄生於桐花，也得名於桐花，文人因而生發奇想，妙筆傳情，最有名的當推王士禎《蝶戀花・和漱玉詞》：「郎是桐花，妾是桐花鳳。」

〔註6〕詳參筆者《「半死桐」考論》，《中國韻文學刊》2011年第3期。

這首詞比喻新奇、妥帖、圓溜，富有民歌風味，爲「衍波絕唱」（王士禎詞集爲《衍波詞》）。王士禎也因此而得「王桐花」的雅號。

## 三、「梧子」與「桐子」的諧音雙關

南朝樂府常用雙關、諧音的手法抒情，如「絲」諧「思」，「蓮」諧「憐」等。梧桐在中國民間廣爲栽植，樂府民歌就地取材、就近取譬，以梧桐之「梧」與「吾」諧音、「桐」與「同」諧音。如《子夜歌四十二首》：「憐歡好情懷，移居作鄉里。桐樹生門前，出入見梧子。」《秋歌十八首》：「仰頭看桐樹，桐花特可憐。願天無霜雪，梧子解千年。」《懊儂歌十四首》：「我有一所歡，安在深閣裏。桐樹不結花，何由得梧子。」《讀曲歌八十九首》：「上樹摘桐花，何悟枝枯燥。迢迢空中落，遂爲梧子道。」

「吾子」之稱謂昵而不狎。南朝樂府民歌具有濃鬱的鄉土特色，桐花與桐子是春夏、鄉間很常見的景致，上面所引的作品雖然只是寥寥數語，但均抓住了梧桐的物性與要點，做到了「細節眞實」：一，「桐樹生門前」。梧桐是常見樹木，但與松樹、柳樹均不同，更適合在屋舍附近、平地栽種。可以說，梧桐是最日常的樹種之一。二，「仰頭」、「上樹」。梧桐樹身高達 10 米以上，欣賞桐花的視角與欣賞草本、灌木本、小木本花卉的視角截然有別，「仰之彌高」。採摘桐花也不是「攀條折其枝」的簡單動作，必須「上樹」。「迢迢空中落」之「迢迢」語帶誇張，但也只有梧桐的高度才能擔當得起「迢迢」二字。三，「枝枯燥」及「落」。梧桐樹枝是空心的，容易折斷，《初學記》卷二十八「果木部・桐十六」引《易緯》曰：「桐枝濡毳而又空中，難成易傷。」質言之，正是因爲符合梧桐的「細節眞實」，南朝樂府民歌借梧桐以起興的情感才不至於空泛浮滑。

## 四、桐葉題詩

舉凡闊大的樹葉，如荷葉、芭蕉葉、桐葉等，都可以成爲文人即興的題詩之具，寄託雅人深致。唐代開始流行的「桐葉題詩」典故常與愛情有關。梧桐葉片直徑 15～30 釐米，心臟形狀；或許，古人用桐葉題詩傳遞心事就有取於梧桐特殊的葉形。

《本事詩》的記載頗爲詳細：「顧況在洛，乘間與一、二好友遊於洛中，流水上得大梧葉，上題詩曰：『一入深宮裏，年年不見春。聊題一片葉，寄與有情人。』況翌日亦題葉放於上流，詩云：『愁見鶯啼柳絮飛，上陽宮女斷腸時。君恩不禁東流水，葉上題詩寄與誰？』十餘日，客來苑中，又於水上得葉詩以示況，曰：『一葉題詩出禁城，誰人酬和獨含情？自嗟不及波中葉，蕩漾乘春取次行。』」

《全唐詩》卷七九九收錄的任氏的《書桐葉》更是淒婉動人，詩云：「拭淚斂蛾眉，郁郁心中事。搦管下庭除，書成相思字。此字不書石，此字不書紙。書在桐葉上，願逐秋風起。天下有心人，盡解相思死；天下無心人，不識相思字。有心與無心，不知落何地。」詩前小序云：「繼圖讀書大慈寺，忽桐葉飄墜，上有詩句。後數年卜婚任氏，方知桐葉句乃任氏在左綿書也。」《廣群芳譜》卷七十三引《己虐編》：「張士傑客壽陽，被酒歷淮陽濱入龍祠，見後帳中龍女塑像甚美，乃取桐葉題詩投帳中。」

以上都是小說家言。從上述三個例子可以看出，小說家在以樹葉作爲傳情之具時，並非是不加選擇的，而是對桐葉特別情有獨鍾，這是因爲桐葉的「母體」梧桐與愛情有著密切的聯繫。以桐葉題詩來傳達愛情信息不是偶然的，它包含著對傳統的認同，因之而有了更爲豐富的含義。

後代，「桐葉題詩」遂成爲重要的典故、意象，如蔡枏《鷓鴣天》：「驚瘦盡，怨歸遲。休將桐葉更題詩。不知橋下無情水，流到天涯是幾時」、謝應芳《朱答李取男帖贅姻劄子》「題書桐葉，足知流水之多情；寄語桃花，將續仙源之盛事。」〔註 7〕

## 第五節　梧桐與音樂

古琴是中國古代文人風雅生活的組成部分，琴聲體現了中國傳統文化中「和」、「天人合一」等價值理念。關於古琴的研究歷代都有，如宋代朱長文的《琴史》、清代徐上瀛的《溪山琴況》、現代許健的《琴史初編》等。梧桐是重要的琴材，古人對琴材有著深入的認識。半死桐、孤桐、桐孫、焦桐等都是重要的琴材，質地不同的琴材所生成、蘊含的琴韻也有別。中國文人借琴材典故抒發了知音意識。梧桐與梓樹、絲弦共同合成了琴體。古琴長約三尺，有五弦、七弦之分，「三尺桐」、「五弦桐」、「七弦桐」都是古琴的代稱。探討中國梧桐與古琴的關係，可以豐富我們對古琴的瞭解，也可以藉此認識中國古代的音樂觀念、文人心理。

〔註 7〕《龜巢稿》（文淵閣《四庫全書》本）卷八，上海古籍出版社，1987 年。

## 一、梧桐名稱與材質考辨：製琴之「桐」爲泡桐

《鄘風・定之方中》云：「椅桐梓漆，爰伐琴瑟」，後代琴材與「桐」形成了固定的指稱關係，如雍陶《孤桐》：「歲晚琴材老」、陸龜蒙《奉酬襲美秋晚見題二首》：「鳥啄琴材響」，這裡的「琴材」都指梧桐樹。在歷代詩經名物研究中，關於「桐」的探討可謂層出不窮，殊難定論。

### （一）辨名

中國古代典籍中的梧桐是一個寬泛的概念，主要包括梧桐（青桐）與泡桐（白桐）兩種。泡桐清明前後開花，花冠碩大，又名「榮桐」。泡桐易生速長、紋理通直、材質優良，易於剖析、雕斫，適用範圍非常廣。古代的桐木製品一般是取材於泡桐，古琴亦如是。《齊民要術》將梧桐分爲青桐與白桐兩種，卷五云：「白桐……成樹之後，任爲樂器，青桐則不中用。」

宋代陳暘《樂書》卷六十二從字義學的角度去辨別琴材：「《爾雅》曰：『櫬梧，榮桐木。』蓋『桐』之爲木，其質則柔、其心則虛。柔則能從而同乎外，虛則能受而同乎內。其究也，無我而已，此所以常榮而不辱也，其琴瑟之良材歟！若『梧』則有我而親，非若『桐』之一於同也。」雖然解釋有點牽強、荒誕，不過基本判斷不誤，古琴是取材於泡桐，而非梧桐。宋代陳翥的《桐譜》是世界上第一部泡桐專著，在「器用第七」即指出泡桐爲「琴瑟之材」。前面引用了《詩經》「鄘風」中的材料，「鄘」在今天的河南省汲縣。直到今天，河南依然是全國最主要的泡桐產地；其株數、栽培面積、立木積蓄量、桐木出口量、平原森林覆蓋率等五項指標，均居全國第一位。這也可以在一定程度上說明問題。

後代的格致博物、花草樹木、詩經名物類著作進一步明晰了泡桐作爲琴材的「產權」，如明代方以智《物理小識》卷八：「琴取泡桐，虛木有聲又削之而不毛」；《物理小識》卷九：「琴用白桐，乃泡桐也。」《廣群芳譜》卷七十三：「白桐，一名華桐，一名泡桐，……皮色毳白，木輕虛，不生蟲蛀，作器物屋柱甚良，二月開花如牽牛花而色白，華而不實。……造琴瑟以華桐，生山間者爲樂器則鳴，孫枝爲琴則音清。」清代陳啓源《毛詩稽古篇》卷二十八亦云：「《定之方中》之桐，白桐也，……名泡桐。」木質輕虛、潔白、光滑、不變形、不生蟲是泡桐的優點。

### （二）辨材

用桐木來製琴並非隨採隨用。泡桐易生速長，新鮮的桐木水分含量高、密度較低；如果用這樣的桐木製琴的話，琴音則發散虛浮。高山之桐、梧桐孫枝、多年桐材，則無此弊。高山地力貧瘠，桐木成材較慢，質地較爲緊密；桐木的枝條比主幹要緊實；多年的桐材則水分自然揮發。所以一般來說，高山石間之桐優於平地沃土之桐，梧桐的「孫枝」優於樹身，多年桐材（如木魚、桐柱等）優於新鮮桐木。宋代沈括《夢溪筆談》卷五「樂律一」:「琴雖用桐，然須多年木性都盡，聲始發越。予曾見唐初路氏琴，木皆枯朽，殆不勝指，而其聲愈清」,「木皆枯朽」似乎過甚其辭，沈括的要旨則是認爲琴材不能採用新鮮桐木。宋代趙希鵠辨材則更加精密入微，《洞天清錄》云:「桐木年久，木液去盡，紫色透裏，全無白色，更加細密，方稱良材」；又云:「桐木太鬆而理疏，琴聲多泛而虛。宜擇緊實而紋理條條如絲線、細密條達不邪曲者，此十分良材，亦以掐不入爲奇。」與新鮮桐木相比，年深桐木不易變形、開裂，色澤更加古樸、光亮，木性相對穩定。《廣群芳譜》卷七十三引用明代陸樹聲《清暑筆談》，總結出選取琴材的「四字訣」:「琴材以輕、鬆、脆、滑謂之四善。取桐木多年者，木性都盡、液理枯勁，則聲易發而清越」，這是對宋代以來沈括、趙希鵠等人經驗的總結。

總之，琴材雖然尙「老」，但需「老而不朽」。《洞天清錄》記錄了一則故事，可以印證中國古人對於琴材的認識:「昔吳錢忠懿王能琴，遣使以廉訪爲名，而實物色良琴。使者至天台，宿山寺，夜聞瀑布聲，正在簷外。晨起視之，瀑下淙石處正對一屋柱，而柱且向日。私念曰:『若是桐木，則良琴處在是矣。』以刀削之，果桐也，即賂寺僧易之。取陽面一琴材，馳驛以聞。乞俟一年，斫成獻忠懿，一曰洗凡，二曰清絕，遂爲曠代之寶。……此乃擇材之良法。大抵桐材既堅，而又歷千餘年，木液已盡，復多風日吹曝之、金石水聲感入之。所處在空曠清幽蕭散之地，而不聞塵凡喧雜之聲，取以製琴，烏得不與造化爲妙？」這裡有一個細節，暗合於古人對琴材的要求：屋柱是「向日」的。如果是「背陰」的，則濕氣太重，不堪爲古琴之用。

## 二、琴材典故與琴韻：孤桐；半死桐；桐孫；焦桐；桐魚

先秦時期，桐木即用以製琴，衍生了諸多的琴材典故；這些典故符合中國古人對於琴材質地的認識。本節將梳理中國文化中不同的琴材典故，並且

分析其琴韻。本書在後文將有詳細考釋，這裡撮其大略而言〔註8〕。

### （一）孤桐

「孤桐」出自於《尚書・禹貢》「嶧陽孤桐」；「嶧」、「陽」、「孤」三個字缺一不可，共同鑄塑了「桐」的品格。嶧山爲魯國境內名山，地位僅次於泰山；梧桐爲陽木，喜陽光；「孤」爲「特生」的意思，孔安國傳曰：「孤，特也。嶧山之陽特生桐，中琴瑟」，這是「孤」字的本意。也就是說，梧桐林中出類拔萃的方爲「孤桐」。如果用英文鏡鑒的話，「孤桐」之「孤」並非「single」之意，而是「special」之意。

「孤桐」與半死桐、焦桐等同爲優質琴材；但是因爲材質不同，琴韻也有分殊。孤桐琴韻的樂聲特質，一爲清和、安樂，一爲清高、孤苦。前者關乎禮樂教化，對應於孤桐之「孤」的本來之義，即「特生」；後者關乎個人情感，對應於孤桐之「孤」的後起之義，即「孤單」。

歷代學者大多認爲，《尚書・禹貢》爲大禹所制貢賦之法；「孤桐」是百姓上貢給大禹的古琴，其原型即有「美政」之意。謝惠連《琴贊》：「嶧陽孤桐，裁爲鳴琴。體兼九絲，聲備五音。重華載揮，以養民心。孫登是玩，取樂山林。」宋孝武帝《孤桐贊》亦云：「名列貢寶，器贊虞弦。」孤桐琴韻具有「養民心」的教化功能、「樂山林」的陶冶功能，它所展露的是「安而樂」的治世之音，這與傳統的「溫柔敦厚」的詩教合拍。「重華」、「虞」均指上古三皇之一的虞舜，《孔子家語・辯樂解》：「昔者舜彈五弦之琴，造《南風》之詩，其詩曰：『南風之薰兮，可以解吾民之慍兮。南風之時兮，可以阜吾民之財兮。』」《南風》之曲體現了虞舜體恤民情、關心民瘼的情懷。《史記・樂書第二》亦云：「昔者舜作五弦之琴，以歌南風。」

「孤桐」之「孤」在後代衍變爲孤單、獨生之義；而且「孤單」這一後起之義比「特生」這一本義更爲流行。與之相適應，孤桐琴韻也更趨於個性化的清高、孤苦，如李若水《次韻宋周臣留別》：「後夜月明空似水，孤桐橫膝向誰彈。」陸游《旅思》：「萬事竟當歸定論，寸心那得愧平生。悠然酌罷無人語，寄意孤桐一再行。」陸游《長相思》：「愛松聲，愛泉聲。寫向孤桐誰解聽，空江秋月明。」「向誰彈」、「無人語」、「誰解聽」諸語都是在孤高之

---

〔註8〕詳參筆者《孤桐意象考論》，《溫州大學學報》（社會科學版）2012年第4期；《「半死桐」考論》，《中國韻文學刊》2011年第3期；《「桐枝・桐孫・疏桐」意象考論》，《閱江學刊》2010年第1期。

中夾雜著清苦、寂寞；鼓琴的情境大多是明月之下、空江之上和空山之中。

### （二）半死桐

《周禮・春官・大司業》云：「龍門之琴瑟」，「龍門」爲山名，在今陝西境內、黃河之邊。《周禮》只是交代產地，枚乘《七發》則著意鋪陳渲染：

「龍門之桐，高百尺而無枝，中鬱結之輪菌，根扶疏以分離。上有千仞之峰，下臨百丈之溪，湍流溯波，又澹淡之。其根半死半生。冬則烈風、漂霰、飛雪之所激也，夏則雷霆、霹靂之所感也。朝則鸝黃鳱鴠鳴焉，暮則羈雌、迷鳥宿焉。獨鵠晨號乎其上，鵾雞哀鳴翔乎其下。斫斬以爲琴……飛鳥聞之，翕翼而不能去；野獸聞之，垂耳而不能行；蚑蟜螻蟻聞之，拄喙而不能前，此亦天下之至悲也。」

這是「半死桐」意象的最早出處。生於絕地險域的梧桐是天地異氣所鍾，用它製琴，可以「假物以託心」（嵇康《琴賦》）。梧桐是天籟的載體，也是音樂的源體，是將自然之聲直指人心的中介，這體現了古人的哲學觀念、音樂觀念；「音樂的哀切被還原爲洋溢著樂器素材所蘊含的悲壯感的狀況。」〔註 9〕枚乘期望假借琴聲爲楚太子開塞動心，所以誇飾其辭，極力描寫梧桐生長環境之險惡。

以枚乘爲濫觴，漢魏六朝的琴賦中，描寫梧桐的「生態環境」已經成了先入爲主、不可或缺的部分。「半死桐」所傳達的是激楚悲怨的聲韻，如李嶠《天官崔侍郎夫人輓歌》：「簟愴孤生竹，琴哀半死桐。」鮑溶《悲湘靈》：「哀響雲合來，清餘桐半死。」

### （三）桐孫

桐孫是指梧桐的枝條，鄭玄《周禮》注曰：「孫竹，枝根之末生者也，蓋桐孫亦然。」《風俗通》云：「生岩石之上，採東南孫枝以爲琴」，「岩石之上」則成材較慢，「東南」爲向陽的一面，「孫枝」則爲緊實的枝條；這一句言簡意賅，包含了古人對於琴材質地的判斷。

桐孫是優質琴材，漢魏時期兩篇著名的《琴賦》中都有描述。傅毅《琴賦》：「歷嵩岑而將降，睹鴻梧於幽阻。……遊茲梧之所宜。蓋雅琴之麗樸，乃仆伐其孫枝」；嵇康《琴賦》：「顧茲梧而興慮，思假物以託心；乃斫孫枝，准量所任，至人攄思，製爲雅琴。」庾信《詠樹詩》亦云：「桐孫待作琴。」

---

〔註 9〕興膳宏《枯木上開放的詩》，《南陽師範學院學報》2007 年第 4 期。

然而，傅毅、嵇康、庾信都並未說明製琴爲何獨重桐孫；直到博物之學、「鳥獸草木」之學極爲發達的宋代，蘇軾、曾敏行等才從「木性」的角度予以闡明。蘇軾《雜書琴事十首・琴貴桐孫》：「凡木，本實而末虛，惟桐反之。試取小枝削，皆堅實如蠟，而其本皆中虛空。故世所以貴孫枝者，貴其實也，實，故絲中有木聲。」蘇軾首次從「木性」的角度闡明了製琴緣何推崇桐孫，梧桐的主幹虛空，但枝條卻頗爲緊致。

南宋的曾敏行對桐孫的定義更求精準：不是凡是桐枝都可以稱之爲桐孫；只有桐枝的派生枝才能稱之爲桐孫。《獨醒雜志》卷三：「斫琴貴孫枝，或謂桐本已伐旁有蘖者爲孫枝，或謂自本而岐者爲子幹，自子幹而岐者爲孫枝。凡桐遇伐去，隨其萌蘖，不三年可材矣。而自子幹岐生者，雖大不能拱把。唐人有『百衲琴』，雖未詳其取材，然以百衲之意推之，似謂眾材皆小，綴葺乃成，故意其取自子幹而岐生者爲孫枝也。」《獨醒雜志》提到的「百衲琴」出自唐代李綽《尚書故實》：「唐汧公李勉素好雅琴。嘗取桐孫之精者，雜綴爲之，謂之『百衲琴』。用蝸殼爲暉其間，三面尤絕異，通謂之響泉韻磬。」

「桐孫」是古琴、音樂的代稱，陸龜蒙《和襲美江南道中懷茅山廣文南陽博士三首次韻》：「桂父舊歌飛絳雪，桐孫新韻倚玄雲。」桐孫之韻清雅，文人的孤高情懷、知音訴求、道德內充盡借桐孫以顯現。趙摶《琴歌》：「綠琴製自桐孫枝，十年窗下無人知，清聲不與眾樂雜，所以屈受塵埃欺」，「清聲」與「眾樂」、雅與俗的對立是諸多詠琴作品的共同架構。

### （四）焦桐

「焦桐」出自《後漢書》卷六〇下：「吳人有燒桐以爨者，（蔡）邕聞火烈之聲，知其良木，因請而裁爲琴，果有美音，而其尾猶焦，故時人名曰『焦尾琴』焉。」《搜神記》卷十三的記載相同，後遂以焦桐、爨桐、爨下桐、枯桐作爲古琴之代稱，如柳宗元《初秋夜坐贈吳武陵》：「若人抱奇音，朱弦緪枯桐」；俞德鄰《小園漫興四首》其四：「有時夢與鍾期遇，閒拂枯桐按玉徽」；艾性夫《嚴氏古琴》：「蒼梧弓劍俱塵土，一片枯桐尚傳古。」又如《紅樓夢》第八十九回《人亡物在公子填詞　蛇影杯弓顰卿絕粒》：「黛玉笑道：『這張琴……雖不是焦尾枯桐，這鶴山鳳尾，還配得齊整；龍池雁足，高下還相宜。』」〔註10〕古人之所以推重焦桐、枯桐，也當是緣其水分的揮發，無

〔註10〕「鶴山鳳尾」、「龍池雁足」均爲古琴術語。「鶴山」，一名琴嶽，又名臨嶽，爲琴面近琴首一端的弦架。「鳳尾」，一名鳳腿，古琴尾部的美稱，如南唐李

新鮮桐木之弊。

焦桐命運屯蹇、置身「死地」，絕處逢生，所以音韻悲苦，如劉禹錫《答楊八敬之絕句》:「飽霜孤竹聲偏切，帶火焦桐韻本悲」；顧非熊《冬日寄蔡先輩校書京》:「惟君知我苦，何異爨桐鳴。」

焦桐經過烤炙，顏色暗深、古貌蒼顏，材質乾燥、音色低沉；焦桐的琴聲合於「太古之音」的想像，如釋師範《琴枕》:「巧出焦桐樣，淳含太古音」；龔大明《和鶴林吳泳題艮泓軒》:「節同老柏歲寒操，心契焦桐太古聲」；葛紹體《喜聞韓時齋捷書》:「焦桐有良材，函彼太古音。良工巧斫之，可歌南風琴。」「太古」與「今世」相對而言，不僅是一個時間概念，而且是一個價值判斷，有著高雅、淳樸、治世等涵義。

## （五）桐魚

木魚爲體鳴樂器，通常爲團魚狀，中空、張口，以利共鳴，用小木槌擊奏，爲佛教法器，用於禮佛或誦經。《桐譜・器用第七》:「今之僧舍有刻以爲魚者，亦白花之材也。」陳翥說的很清楚，木魚是用白花泡桐雕刻而成的。木魚又爲集合僧眾所用，稱之爲魚梆、飯梆，做成長魚形，平常懸掛於齋堂、庫房之長廊，飯食時敲打之，我們看詩例，如毛滂《陪曹使君飲郭別乘舍夜歸奉寄》:「回頭一笑墮渺茫，臥聽桐魚喚僧粥」；賀鑄《飛鳴亭》:「趺坐思方寂，桐魚聞飯僧」；朱彝尊《曉起風未止復賦》:「催粥桐魚響，薰衣桂火籠。」

年深桐魚往往是製琴之良材。宋代趙希鵠《洞天清錄》「取古材造琴」:「古琴最難得。……自昔論擇材者，曰紙甑、水槽、木魚鼓腔、敗棺、古梁柱榱桷。然梁柱恐爲重物壓損紋理；敗棺少用桐木；紙甑水槽患其薄而受濕氣太多。惟木魚鼓腔，晨夕近鐘鼓，爲金聲所入，最爲良材。……」「紙甑」是古代造紙的工具，用以蒸煮原料，濕氣太重。棺木因埋於地下，吸收地氣，陰氣太重，古人在用棺木製琴之前，都要擱置數年，稱之爲「返陽」。木魚則無上述諸弊，水分自然揮發，未經重壓變形，是製琴的「良材」。

我們看兩則木魚製琴的材料。梅堯臣《魚琴賦並序》載：「丁從事獲古寺破木魚，斫爲琴，可愛玩，潘叔治從而爲賦，余又和之，將以道其事，而

煜《書琵琶背》詩:「天香留鳳尾」。「龍池」爲琴底的二孔眼之一，上孔曰「龍池」，下孔曰「鳳池」；在龍池與鳳沼之間近鳳沼處，有兩隻支撐琴體和繫縛琴弦的腳，稱爲「雁足」。

寄其懷。賦曰:『……嗚呼琴兮!遇與不遇,誠由於通窒,始其效材雖甚辱兮,於道無所失,今而決可以參金石之春天焉,無忘在昔爲魚之日。』」「破木魚」斫而爲「琴」是命運的頓變,梅堯臣以此來抒懷闡道。明代李日華《六研齋筆記》卷四記載了寺廟中的巨型木魚改制爲三十餘具古琴的軼事:「黃州五祖山寺有桐木魚,長二丈,晉物也,齋時擊以會僧。一夕忽失去,迨旦復還,腹有蘋藻。知其飛入江湖,白之官。時陝西曹濂知府事,鑒其爲琴材,令匠斫三十餘具,私其十七而餘悉以徇求者,聲清越異常。成化年間事也。」

## 三、琴材典故與「知音」:製琴者與琴材;彈琴者與聽琴者

在琴材典故中,蘊含了兩組知音關係:製琴者與琴材、彈琴者與聽琴者。南朝梁沈約《題琴材奉柳吳興》:「凡耳非所別,君子特見知。不辭去根本,造膝仰光儀」四句是梧桐的「自道」,「不辭」兩字最見爲知己「獻身」的精神〔註 11〕。再如王起《焦桐入聽賦》:「伊焦桐之逸韻,契伯喈之明心。氣逐炎炎,始將隨於槁木;聲飛烈烈,終見用於雅琴。……則知桐之成器,待其人而克定;桐之有聲,非其人而靡聽。向若清耳不傳,瑰材遂捐。希聲率爾,聾俗猶然」,作品中描述了兩組知音關係;「伯喈」即蔡邕。

孤桐、半死桐和焦桐、桐魚等琴材的特性英華內斂、隱而不彰;從外表看來,平平無奇,甚至焦枯瀕死。製琴之人超越「色相」,慧眼辨材,琴材方能完成從「木」到「琴」的質變,自我價值得以實現。《桐譜》「器用第八」:「則知桐之材,有賢不肖,皆混而無別,惟賞音者識之耳。」琴材的這一蛻變歷程契合中國古代眾多文人、寒士的心願,如孟郊《送盧虔端公守復州》:「師曠聽群木,自然識孤桐。正聲逢知音,願出大樸中。知音不韻俗,獨立占古風」;華鎮《嶧陽孤桐》:「大樂潛生氣,徐方暗結融。嶧陽鍾異物,山木得孤桐。……功用施清廟,聲華發大東。知音何以報,願爲奏南風。」

〔註 11〕詩中的「別」很可能是欣賞的意思。陳子善、徐如麟編選《施蟄存七十年文選》(三)「詩話、詞話、書話」之「別枝」條:「白居易《見紫薇花懷元微之》詩句云:『除卻微之見應愛,人間少有別花人。』又《戲題盧秘書新移薔薇》詩句云:『移它到此須爲主,不別花人莫使看。』這兩個『別花』,都應當解作『鑒別花卉』。『不別花人』,就是不會賞花的人。鄭谷詩中兩次用到『別畫』:『別畫長憶吳寺壁』、『別畫能琴又解棋』。都是鑒別(欣賞)名畫的意思」,上海文藝出版社,1996 年。

「焦桐」命運的否泰轉換最爲傳奇，正如王庭珪《惠端琴銘》所云：「採枯桐以寄其妙絕，信哉點瓦礫而成金。」蔡邕慧眼辨材，則是知音典型，姚鵠《書情獻知己》：「眾皆輕病驥，誰肯救焦桐？」劉得仁《夏日感懷寄所知》：「中郎今遠在，誰識爨桐音？」文彥博《井上桐》：「尾焦期入爨，誰識蔡中郎？」這三個例子都是反問句式，流露了「今日愛才非昔日」的憤激以及對「蔡中郎」的渴盼。清代魏源《默觚・治篇八》云：「世非無爨桐之患，而患無蔡邕」，這和韓愈《馬說》中的：「世有伯樂然後有千里馬，千里馬常有，而伯樂不常有」異曲同工，驥服鹽車、焦桐兩個典故常常並用，如陳師道《何復教授以事待理》：「負俗寧能累哲人，昔賢由此致功名。驥收鹽阪車前足，琴得焦桐爨下聲。」

人具有社會性，知音訴求是本能之一。「樂爲心聲」，「知音」亦爲音樂題材作品歷時不變的主題，《呂氏春秋・本味》、《列子・湯問》篇中記載的伯牙鼓琴、子期辨音的故事爲我們所熟知。在操琴者期待視野中，總有「聞弦歌而知雅意」者在，然而知音只能偶然一遇，如黃庭堅《聽崇德君鼓琴》：「月明江靜寂寥中，大家斂袂撫孤桐。古人已矣古樂在，彷彿雅頌之遺風。妙手不易得，善聽良獨難。猶如優曇華，時一出世間。」優曇華，即優曇花，世稱其花三千年一開，只有當輪王及佛出世時方才現身，比喻極爲難得的不世出之物，如《法華經・方便品》云：「如是妙法，諸佛如來，時乃說之，如優曇缽華，時一現耳。」知音之難得竟如優曇花之難見。郭印《陪程元詔、文彧、李久善遊漢州天寧，元詔有詩見遺，次韻答之》：「平生識面有千百，屈指論心無四五。偶然流水遇知音，爲抱焦桐弄宮羽」，「偶然」句流露了無意得之的欣喜。我們發現，琴材典故往往是與知音難求的憤世、失落如影隨行，如李山甫《贈彈琴李處士》：「情知此事少知音，自是先生枉用心。世上幾時曾好古，人前何必更沾襟！……三尺焦桐七條線，子期師曠兩沉沉。」黃庚《寓浦東書懷》：「獨抱焦桐遊海角，紛紛俗耳少知音。」蘇軾《次韻和王鞏》：「知音必無人，壞壁掛桐孫。」

## 四、絲與桐・梓與桐・三尺桐・五弦桐・七弦桐

### （一）絲與桐

桐木是用來製作琴面，與琴弦、琴底相依相輔。桓譚《新論》：「神農始削桐爲琴，練絲爲弦。」古代一般選用蠶絲爲琴弦，後遂以「絲桐」爲古琴

之代稱，如《史記・田敬仲完世家》:「若夫治國家而弭人民，又何爲乎絲桐之間？」又如王粲《七哀詩》:「絲桐感人情，爲我發悲音」；張九齡《恩賜樂遊園宴應制》:「輝光遍草木，和氣發絲桐」；李白《單父東樓秋夜送族弟沈之秦》:「絲桐感人弦亦絕。」

「絲」與「桐」同爲古琴的組成部分，缺一不可，謝莊《月賦》:「於是弦桐練響，音容選和」；白居易《廢琴》:「絲桐合爲琴，中有太古聲。」中國古人認爲，蜀地所產之桐爲優材，李賀《追和柳惲》:「玉軫蜀桐虛。」王琦彙解:「古稱益州白桐宜爲琴瑟，所謂『蜀桐』也。」而吳地、楚地所產之絲最爲精好，所以蜀桐與吳絲、楚絲往往並言，如白居易《夜琴》:「蜀桐木性實，楚絲音韻清」；李賀《李憑箜篌引》:「吳絲蜀桐張高秋。」蜀地多山，梧桐成材較慢，所以木性較「實」，適宜製琴。

絲弦依附於琴體，孟郊用絲弦以寄託用世效君之志，《素絲》:「爲線補君袞，爲弦繫君桐。左右修闕職，宮商還古風。」「袞」之本義爲君王之袍，「補袞」用《大雅・烝民》:「袞職有闕，惟仲山甫補之」之典。「絲」與「桐」相生，韋應物用「絲」「桐」以比喻知音相契，《贈李儋》:「絲桐本異質，音響合自然。吾觀造化意，二物相因緣。……何因知久要，絲白漆也堅。」再如范純仁《康國韓公子挽詞二首》其二:「弟兄俱是龍門客，數載難忘國士知。疲馬每憐諳遠道，焦桐竟待掛朱絲。」

### （二）梓與桐

中國古琴的琴底則一般採用梓樹。梓樹，爲紫葳科梓屬喬木植物，有「木王」之稱，且有豐富的文化象徵意義〔註 12〕。梧桐與梓樹並聯是自然的物以類聚，二者均材質優良、樹身高直、用途廣泛，漢代的識字課本《急就篇》中就是桐、梓並聯。《詩經・鄘風・定之方中》:「椅桐梓漆，爰伐琴瑟。」桐樹與梓樹均是優質的琴材，紋理細膩而通直，桐梓亦遂爲古琴之代稱，如梅堯臣《送劉成伯著作赴弋陽宰》:「鳴箏斫桐梓」；樓鑰《謝文思許尙之石函廣陵散譜》:「幽憤無所泄，舒寫向桐梓」；謝翱《擬古寄何大卿六首》:「空山產桐梓，擬作膝上琴。」桐與梓分用於不同的部位；琴面用桐材，琴底用梓材，所謂「桐天梓地」，瑟也是如此，《宋史・樂志十七》:「夔乃定瑟之制，桐爲背，梓爲腹。」桐木有「柔木」之稱，密度很小；梓木則密度較大。二

〔註 12〕陳西平《梓文化考略》，《北京林業大學學報》（社會科學版）2010 年第 1 期。

者的結合虛實相生、剛柔相濟。《洞天清錄》「擇琴底」:「今人多擇面不擇底，縱依法制之，琴亦不清。蓋面以取聲，底以匱聲，底木不堅，聲必散逸。法當取五七百年舊梓木，鋸開以指甲掐之，堅不可入者方是。」明朝高濂《遵生八箋》卷十五則云:「琴材以桐面梓底者爲上，純桐者次之，桐面杉底者又次之。琴取桐爲陽木、梓爲陰木，木用陰陽，取其相配以召和也。」桐面梓底體現了古人的音樂觀念、陰陽觀念，著名樂器製作理論家關肇元先生從聲學原理作出了解釋，《聽音說琴》:「再說製作古琴的用材，自古是『桐天梓地』，就是面板用桐木，背板用梓樹木，這樣的搭配是符合聲學原理的。從物理力學性質上看，桐木質輕，傳聲性強，是良好的樂器共振木材，也不易翹裂，易乾燥和加工。北京鋼琴廠曾在三角鋼琴上試用桐木做音板，聲音效果也好。背板用較硬的梓樹木製作，構成堅實基底，有利面板振動。正如古人說:『蓋面以取聲，底以匱聲，底木不堅，聲必散逸』。梓木的性質:性固定，收縮小，不裂翹，較耐腐，易乾燥加工。這樣取材也是科學合理的。」〔註13〕

桐與梓是「天作之合」，清代謝章鋌《賭棋山莊詞話續編三》:「武林吳素江，名景潮，得古琴於土中……刮磨三日，銘刻乃露。其文曰:『東山之桐，西山之梓，合而爲一，垂千萬古。』」

### （三）三尺桐；七弦桐

古琴的起源已不可確考，相傳爲伏羲氏或神農氏所作，長約三尺，古琴體制有五弦、七弦之分。《世本・作篇》:「神農作琴。神農氏琴長三尺六寸六分」；蔡邕《琴操》:「昔伏羲氏作琴，……琴長三尺六寸六分。」「三尺六寸六分」取象於一年三百六十六日（閏年）。1978年，炎帝神農的故里曾侯乙墓出土的文物中，發現了一種在秦、漢已失傳的五弦琴，全長115釐米，折合爲三尺四寸五分，同《世本》說的炎帝神農所創「三尺六寸六分」的琴，其長度相差無幾。「三尺桐」遂爲古琴之代稱，如趙抃《謝梁準處士惠琴》:「高懷宜與正聲通，妙絕孫枝三尺桐」；蘇軾《戴道士得四字代作》:「賴此三尺桐，中有山水意」；晁說之《贈琴照》:「此海之聲三尺桐，渺如渤澥含太清」；顧逢《聽趙碧澗操琴》:「彈來三尺桐，知用幾年功。」

古琴有五弦與七弦兩種。《世本・作篇》:「神農作琴。……上有五弦，曰:

〔註13〕關肇元《聽音說琴》，《樂器》2002年第10期。

宮、商、角、徵、羽。文武增二弦，曰：少宮、少商。」《孔子家語》則認爲舜發明了五弦琴，《孔子家語・辨樂解》：「昔者舜彈五弦之琴，造《南風》之詩。……」後代七弦琴常見，「七弦桐」遂爲古琴之代稱，如賀鑄《六州歌頭》：「恨登山臨水，手寄七弦桐，目送歸鴻。」

## 第六節　梧桐與人格

梧桐是中國傳統的「比德」符號，地位雖不及梅、蘭、菊、竹「四君子」或松、竹、梅「歲寒三友」煊赫、隆高，但在樹木譜系中卻也是「名列前茅」。借用黃庭堅吟詠水仙花的詩句「山礬是弟梅是兄」，梧桐大致是「楊柳是弟松是兄」，其地位介乎楊柳與松樹之間。

在先秦典籍中，梧桐已是出現頻率較高的一種樹木，《詩經》中即有三例，即《定之方中》、《湛露》、《卷阿》。朱光潛在《我們對於一棵古松的三種態度》一文中認爲，我們對古松有「實用的、科學的、美感的」三種態度〔註 14〕；從人類認識史的一般規律看，生物學的、經濟學的價值總是先於其他種類的價值提供最爲便當的隱喻。《鄘風・定之方中》云：「椅桐梓漆，爰伐琴瑟」，揭明了梧桐的實用價值。梧桐木材紋理通直，色澤光潤，輕柔，無異味，適合製琴。直至今天，梧桐仍然是上好的古琴、琵琶以及傢具材料。《大雅・卷阿》：「鳳凰鳴矣，于彼高岡。梧桐生矣，于彼朝陽。」姚際恒《詩經通論》云：「詩意本是高岡朝陽，梧桐生其上，而鳳凰棲於梧桐之上鳴焉；今鳳凰言高岡，梧桐言朝陽，互見也。」這兩句的描寫符合梧桐的生態習性。古人認爲梧桐是「陽木」，多生於顯暢高暖之地。梧桐樹幹端直，高達十餘米。朝陽、高岡的時空設定，加之鳳凰、梧桐組合，令人生高遠之興。梧桐是鳳凰的棲止之樹，這在《韓詩外傳》、《莊子》中亦有記載，這也爲梧桐「增值」。《小雅・湛露》：「其桐其椅，其實離離。豈弟君子，莫不令儀。」前兩句興中兼比，用梧桐的枝繁葉茂、果實離離形容「君子」之「令儀」。此外，梧桐身姿挺秀，桐葉闊大婀娜、桐花碩大嫵媚，頗爲悅目。

總之，梧桐既有實用功能，又有審美價值，「文」「質」兼備、文質彬彬；梧桐原型即蘊涵崇高、美好之義，後來成爲「比德」符號是邏輯延續與意義彰顯。陸雲《贈鄭曼季詩四首・高崗》：「瞻彼高崗，有猗其桐。允也君子，

〔註 14〕朱光潛《談美》，安徽教育出版社，1997 年。

實寶南江」詩中的「君子」與司馬光《和利州鮮于轉運公劇八詠》「桐軒」:「朝陽升東隅，照此庭下桐。菶菶復萋萋，居然古人風」詩中的「古人」、劉攽《種梧桐》:「鳳鳥非梧不息陰，梧桐非鳳亦無禽。種桐階戺有深意，欲伴幽人介獨心」詩中的「幽人」均爲梧桐所象徵的理想人格。

梧桐的人格象徵內涵呈現出「對立」與「互補」的特色，即「清」性與「剛」質的統一，儒家與道家的統一。

## 一、「清」姿與「剛」性

梧桐的樹身碧綠挺立、樹葉闊大飄逸，瀟灑而清雅。《世說新語・賞譽》:「時（王）恭嘗行散至京口謝堂，於時清露晨流，新桐初引，恭目之曰:『王大故自濯濯。』」〔註 15〕「清露晨流，新桐初引」以新桐的自然、清新、舒展比喻六朝時期士大夫所追求的清朗的人格境界。韓愈《殿中少監馬君墓誌》云:「退見少傅，翠竹碧梧，鸞鵠停峙，能守其業者也」，碧梧、翠竹身姿、顏色相似，都瀟灑、出俗，用來比喻人物的翩翩之姿，可謂「雙美並」。〔註 16〕張潮《幽夢影》卷下亦云:「松令人逸，桐令人清，柳令人感。」

梧桐修直、聳拔，也符合儒家剛直的人格理想，如張九齡《雜詩五首》:「孤桐亦胡爲，百尺傍無枝」、張說《答李伯魚桐竹》:「奇聲與高節，非吾誰賞心」、戴叔倫《梧桐》:「亭亭南軒外，貞幹修且直」、晏殊《梧桐》:「獨立正直，巍巍德榮。」孤桐則是這一人格理想象徵的不二之選〔註 17〕。梧桐「獨立」「傍無枝」的特點與荷花相似，可作類比；《愛蓮說》抓住荷花「不蔓不枝」、「亭亭淨植」的特點，從人際關係角度切入，宣揚主體獨立，正如《論語・爲政》所云:「君子周而不比，小人比而不周。」〔註 18〕

梧桐中「虛」，這符合儒家「內聖」的修身實踐，王昌齡《段宥廳孤桐》即云:「虛心誰能見，直影非無端。」白居易《雲居寺孤桐》標誌著孤桐人格象徵意義的正式形成，詩云:「一株青玉立，千葉綠雲委。亭亭萬丈餘，高意

〔註 15〕「王大」指王忱，與王恭原爲好友，後因芥蒂分手，「濯濯」是清朗、明淨的樣子。有趣的是，時人也以「濯濯」來形容王恭本人，《晉書・王恭傳》:「恭美姿儀，人多愛悅，或目之云:『濯濯如春月柳。』」

〔註 16〕詳參筆者《碧梧翠竹　以類相從——桐竹關係考論》，《北京林業大學學報》（社會科學版）2011 年第 3 期。

〔註 17〕詳參筆者《孤桐意象考論》，《溫州大學學報》（社會科學版）2012 年第 4 期。

〔註 18〕詳參筆者《〈愛蓮說〉主旨新探》，《江海學刊》2002 年第 5 期。

猶未已。山僧年九十。清淨老不死。自云手種時，一顆青桐子。直從萌芽發，高自毫末始。四面無附枝，中心有通理。寄言立身者，孤直當如此」，延續了王昌齡的發現，並且明確賦予梧桐以「孤直」的人格象徵意義。宋代文人繼續推闡、抉發梧桐「中」與「外」的關係，如王安石《孤桐》:「天質自森森，孤高幾百尋。淩霄不屈己，得地本虛心。歲老根彌壯，陽驕葉更陰。……」「不」、「本」、「彌」和「更」等虛字均有畫龍點睛的作用。我們如果也用一個詞去概括王安石的孤桐，那就是「剛直」。再看釋道潛《證師聖可桐虛齋》:「天相彼質，復虛彼心。……剛有擬於斯桐兮，廓中虛以受訓……。」〔註 19〕梧桐是典型的「柔」木，而在宋代儒學復興、人格自勵的文化背景之下，卻被主觀賦予了「剛」性，再如陳挺《綿州鄉賢堂》:「或桐挺而孤高，或芝荂而九莖。或蘭生兮春華，或菊秀兮秋馨。」

## 二、儒家與道家

梧桐的「剛」性契合於《論語》之中的「剛」、《孟子》之中的「正氣」，與松柏「歲寒而後凋」之凜然殊途同歸，是典型的儒家人格特徵。然而，梧桐天性「柔順」，恰恰也暗合於道家人格特徵；從南朝開始，梧桐的道家「面相」不斷被發掘、豐富。

南朝宋袁淑《桐賦》曰:「若乃根荑條茂，迹曠心沖。」「迹」是生長之地，梧桐生長於郊原曠野，遠離塵囂，所以曰「迹曠」;「心」是內在構造，梧桐的木質柔順、中心廓然，所以曰「心沖」。「沖曠」是指淡泊曠達，其修養與行爲具有玄學浸潤的痕迹，是六朝人物品評的讚語。《世說新語・言語》:「樂令女適大將軍成都王穎。」劉孝標注引晉虞預《晉書》:「樂廣清夷沖曠，加有理識。累遷侍中、河南尹。在朝廷用心虛淡，時人重其貞貴。」「玄學」是魏晉、南朝時期流行的思潮，以老莊思想爲基礎，結合道、儒兩家。南朝梁沈約《題琴材奉柳吳興》:「邊山此嘉樹，搖影出雲垂。清心有素體，直幹無曲枝」,「直幹」一句契合於儒家的「剛」性，上文已有論述，而「清心」句則明顯有道家思想色彩。再如南朝齊王融《應竟陵王教桐樹賦》曰:「直不繩而特秀，圓匪規而天成。同歲草以委暮，共辰物而滋榮。豈遠心於自外，寧有志於孤貞。」梧桐具有天成的「直」「圓」之姿，同時春榮秋萎、順應天

〔註 19〕關於梧桐中「虛」外「直」的特點，可以參閱筆者《〈愛蓮說〉主旨新探》，《江海學刊》2002 年第 5 期;《白居易花木審美貢獻與意義》，《江蘇社會科學》2011 年第 1 期。

時，這與儒家傳統的「比德」樹木松、柏不同。東晉士族建立了「自然」與「名教」合一的人格模式，這也影響了南朝士人，這在袁淑、王融梧桐題材作品中均有映現。

唐代崔鎮《尚書省梧桐賦》在題材上沿襲了六朝的梧桐賦作，但是鋪排增飾，與此前的「叢殘小語」的小賦不可同日而語。《尚書省梧桐賦》題下小注：「以託根得地藏器待用爲韻」，儒家「用世」之志自然是題中應有之義〔註 20〕。然而，全文筆墨最多的實爲闡發道家「養生」之旨。儒家之志是「虛應故事」，道家之志才是「有得於心」，請看：「履素至潔，體柔常存。……求知音於爨燃，論分理於繩墨；且問之以死生，又焉議夫通塞？故至人以全身遠害，君子以自強不息。失其理，山林不足以攝生；順其道，朝市何妨乎育德？梧桐生矣，自遠而至；輕去無何之鄉，不居有過之地。謂繁華兮國人服媚，吾獨後春而翠；謂搖落兮物情共棄，吾亦先秋以悴。不改節以邀利，不立名而自異；必居常以待終，將百慮而一致。」文章中的「全身」、「攝生」爲道家理念，我們可以將其中的一些字句和《老子》進行類比。「體柔常存」，「柔」是《老子》中的重要思想，如「強大處下，柔弱處上」；「吾獨後春而翠」之「後」，即《老子》：「不敢爲天下先」；「不改節」、「不立名」、「居常」與老子的「抱一」契合。此外，文中的「靜爲躁君」則直接用《老子》成句。崔鎮的賦作取象於梧桐素潔的表皮、柔軟的材質、自愜的習性，所傳達的是「柔」「順」的爲人、處世之道。

梧桐人格內涵體現了儒、道並存的特點，這也具體而微地折射了中國古代思想的狀況。不過大致來說，宋代以後，梧桐人格內涵中儒家一面「顯」，而道家一面爲「隱」。元代的楊維楨則刻意「標新立異」，彰顯梧桐的道家一面。王融《應竟陵王教桐樹賦》：「同歲草以委暮，共辰物而滋榮」描寫了梧桐適應天時的習性，如同「草蛇灰線，伏脈千里」，楊維楨著意發揮，《碧梧翠竹堂記》：「仲瑛愛花木、治園池，……而於中堂焉，獨取梧竹，非以梧竹固有異於春妍秋馥者耶？人曰：『梧竹，靈鳳之所棲食者，宜資其形色爲庭除玩？』吁！人知梧竹之外者云耳。吾觀梧之華始於清明，葉落於立秋之頃，言曆者占焉，是其覺之靈者，在梧而絲弦琴瑟之材未論也。竹之盛於秋，而

〔註 20〕關於「託根得地」，可以參閱《「失時」與「得地」：荷花政治象徵的兩種模式》，俞香順《中國荷花審美文化研究》，巴蜀書社，2005 年，第 32 頁。「藏器待用」出自於《周易・繫辭下》：「君子藏器於身，待時而動。」

不徇秋零，通於春，而不爲春媚，貫四時而一節焉，是其操之特者，在竹而籩簡笙篪之器未論也。《淮南子》曰：『一葉落而天下知秋。』吾以《淮南子》爲知梧。記《禮》者曰：『如竹箭之有筠。』吾以記《禮》者爲知竹。然則仲瑛之取梧竹也，盍亦徵其覺之靈、操之特者？……子韓子美少傅之辭曰：『翠竹碧梧，能守其業者也』，徒取形色之外，而不得其靈與特者，未必爲善守。」楊維楨推重梧、竹，不在於其「形色」，也不在於其實用價值，而是在於其特異的「稟賦」。桐花清明應期而開、桐葉立秋應期而落，能夠把握自然的律動，是「覺之靈」者；竹子四時常青、不改其色，春秋遞嬗、我自故我，是「操之特」者。所謂「知幾其神乎」，前者合於道家的「達生」之道；「獨立不遷」，後者合乎儒家「吾道一以貫之」的精神氣節。

中國古人常在居住之地栽種梧桐，除了營造清幽的環境之外，亦借梧桐以明志。此外，中國文人的名號、書齋、文集也常常以「桐」或「梧」命名，梧桐的人格象徵意義已滲入中國古人的「無意識」之中。

# 第三章　梧桐「部件」研究

梧桐樹身偉岸，桐花碩大，長達 7～12cm，在三春花卉中特別突出；桐葉也闊大，長達 15～30cm。梧桐樹枝高聳延展，且勻稱疏朗，梧桐樹陰覆蓋面很廣。秋天時節，梧桐子累累成串，狀如乳房。桐花、桐葉、桐枝、桐陰、桐子「合成」了梧桐樹，但又各具獨立品格、文化意味；學術界對於梧桐不同「部件」的專門研究基本闕如，本章填補了這一空白〔註1〕。

## 第一節　桐　花

中國古代的梧桐兼指梧桐與泡桐；桐花一般是指泡桐花，而非梧桐花。泡桐春天開花，花大型，紫、白兩色，《爾雅・釋木》:「榮，桐木」,「榮」即花，桐木即指泡桐；梧桐夏天開花，花小，淡黃綠色，並不顯目。

在中國傳統社會中，桐花具有重要的地位。桐花是清明「節氣」之花，是自然時序的物候標記；三春之景到清明絢爛至極致，但同時盈虛有數、由盛轉衰。桐花因此而成爲兩種悖反意趣的承載。唐宋以來，清明成爲獨立的節日，桐花是清明「節日」之花。清明時節的政治儀式、宴樂遊春、祭祀思念等社會習俗構成了桐花意象的文化內涵。中唐時期，桐花「自開還自落」、「紛紛開且落」與文人的落寞寡合、高士的自愜自洽情懷分別相關；元稹、

〔註 1〕本章的內容大多以單篇論文的形式發表過，詳參：《桐花意象考論》,《南京師範大學文學院學報》2010 年第 2 期；《「桐枝・桐孫・疏桐」考論》,《閱江學刊》2010 年第 1 期；《桐葉意象考論》,《江蘇教育學院學報》（社會科學版）2011 年第 3 期；《「桐子・桐乳」意象考論》,《南京林業大學學報》（人文社會科學版）2010 年第 2 期。

白居易「發現」了桐花，是桐花審美文化發展歷程中的重要轉折點。唐宋時期，「桐花鳳」之說流行，「桐花鳳」與桐花的關係也被賦予了祥瑞、愛情等比喻意義。

## 一、節氣之清明：「桐花風」：桐花與自然時序

梧桐是中國古老的樹種，實用價值廣泛，與生活關係密切；桐花很早就作爲物候見諸文獻記載，《夏小正》：「三月……拂桐芭（葩）」、《周書》：「清明之日桐始華」。《周書》的記載奠定了桐花「清明之花」的地位。古人見桐花則思清明，自然而然，如呂本中《寒食》「其四」：「未恨家貧無曆日，紫桐花發即清明。」

宋朝呂原明《歲時雜記》總結了相沿已久的「二十四番花信風」之說〔註 2〕，更有桐花的「一席之地」：「清明：一候桐花，二候麥花，三候柳花。」桐花是清明之徵兆、標誌。晚唐曹唐的詩歌中已出現「桐花風」之例，《長安客舍敘邵陵舊宴，寄永州蕭使君五首》其四：「竹葉水繁更漏促，桐花風軟管絃清。」宋代，「桐花風」或梧桐「風信」、「花信」之例頗多，如王以寧《鷓鴣天》：「桃李紛紛春事催，桐花風定牡丹開」，兩句歷數春天花開次第：桃花、李花開在桐花之前；而牡丹則開在桐花之後，在「二十四番花信風」中是「穀雨」之「一候」。劉辰翁《菩薩蠻》：「坼桐風送楊花老」〔註 3〕，這裡的「桐風」即爲「桐花風」之縮略，桐花開時，楊花已老。王沂孫《鎖寒窗》：「桐花漸老，已做一番風信」，也已經將「桐花」作爲「花信風」之一。再如劉仙倫《訴衷情》：「又是一年春事，花信到梧桐」，這裡的梧桐其實就是泡桐。宋代以後詩文中也間有「桐花風」之名，再如清代錢謙益《初學集》卷十《仲夏觀劇，歡宴浹月，戲題長句呈同席許宮允諸公》其二：「桐花風軟燕泥新」，「桐花風軟」未必是用曹唐之典，可能是暗合。

---

〔註 2〕「花信風」，是指應花期而來的風。自小寒至穀雨共八節氣（小寒、大寒、立春、雨水、驚蟄、春分、清明、穀雨）；十五日爲一節氣，五日爲一候，一節氣含三候。八節氣共計一百二十天，二十四候，每候應一種花信。這期間，會有二十四種花在「信風」的吹拂下相繼開放，這就是所謂的「二十四番花信風」。關於「二十四番花信風」，可以參考程傑《「二十四番花信風」考》，《閩江學刊》2010 年第 1 期。

〔註 3〕「坼桐」即爲泡桐，第六章《梧桐及其「朋友」研究》將有論述，也可參閱拙文《「楊桐．海桐．折桐」文獻考論》，《北京林業大學學報》（社會科學版）2011 年第 2 期。

清明時節，春和景明、惠風和暢，春天的生機經過醞釀、孵育已經全然釋放；但同時「盈虛有數」，清明時節也已經是春事闌珊，天氣變化劇烈，乍暖還寒、冷雨飄灑。「氣之動物，物之感人」，桐花既是春景的「高點」，也是春逝的預示；清明的「雙面」性質引發的也是「雙重」情緒，欣悲俱集。

## （一）桐花與春景：「民間」；楊柳

自然界的桐花有其「這一個」的特性。一，桐花分佈廣泛。郊原平疇、村園門巷、深山之中、驛路之旁、水井之邊、寺廟之內都是梧桐的栽植之地，桐花也因之而廣佈。桐花具有「普世性」。二，桐花「花勢」壯觀。梧桐樹幹高聳、樹冠敷暢、「先花後葉」，桐花形如喇叭、碩大嫵媚；梧桐樹適合雙植、列植、叢植；桐花盛開的時候，自有一種元氣淋漓、樸野酣暢之美。李商隱《韓冬郎即席爲詩相送，……因成二絕寄酬，兼呈畏之員外》：「桐花萬里丹山路」就極具氣勢。其開也爛漫，其落也繽紛。桐花的花瓣軟而厚，凋零的時候，地上如鋪茵褥，容易引發傷春情緒。三，桐花主要是紫、白兩色。紫色是中間色、白色是淡色，桐花既廣佈、盛放，卻又沉靜、素雅。

三春花卉中，地位最隆的非牡丹莫屬。簡單對比，牡丹是「都市」的，劉禹錫《賞牡丹》：「唯有牡丹眞國色，花開時節動京城」描繪出了洛陽城裏觀賞牡丹的盛況；而桐花則是「民間」的，植根於廣袤大地、「鄉土社會」。

韓愈《寒食日出遊》：「李花初發君始病，我往看君花轉盛。走馬城西惆悵歸，不忍千株雪相映。邇來又見桃與梨，交開紅白如爭競。……桐華最晚今已繁，君不強起時難更」，「歷時性」描繪了李花、桃花、梨花、桐花的次第綻放；對照「二十四番花信風」的花期記載，契若合符。《寒食日出遊》詩中的「城西」是野外郊區。桐花無所不在地妝點著春天，陸游《上巳臨川道中》：「纖纖女手桑葉綠，漠漠客舍桐花春」的「客舍」也是旅途道中。「繁」、「漠漠」均要言不煩地寫出了桐花覆滿樹冠的怒放情形；寒食、上巳均是與清明相近的節日，後文還會述及。

古典文學作品中，桐花常常與楊柳搭配，標誌春景，這有著空間、時序上的合理性。梧桐是高大喬木，桐花傲立枝頭、俯視眾「花」，與一般的花木高下懸隔，很難形成勻稱布景；而楊柳在高度上與桐花的「級差」正好錯落有致。桐花開放於清明，此時也正是楊柳垂條，二者均是「春深處」的自然景物，如：

> 耿湋《春日洪州即事》：「鍾陵春日好，春水滿南塘。竹宇分朱

閣，桐花間綠楊。」

陳允平《渡江雲》:「桐花寒食近，青門紫陌，不禁綠楊煙。」

吳泳《送陳和仲常博倅嘉禾》:「柳色媚別駕，桐花夾行舟。」

吳泳《送遊景仁夔漕分韻得喜字》:「桐花繁欲垂，柳色澹如洗。」

倪瓚《太常引》:「門前楊柳密藏鴉，春事到桐華。」〔註4〕

### （二）桐花與春逝：杜鵑；「桐花凍」

清明是季春節氣，至此，春天已經過去「三分二」；桐花也可以說是寬泛意義上的「殿春」之花〔註5〕，吳泳《滿江紅》「洪都生日不張樂自述」即云:「手摘桐華，悵還是、春風婪尾。」婪尾即最後、末尾之意，我們看以下詩例：

趙蕃《三月六日》:「桐花最晚開已落，春色全歸草滿園。」

林逢吉《新昌道中》:「客裏不知春去盡，滿山風雨落桐花。」

楊萬里《過霸東石橋桐花盡落》:「老去能逢幾個春？今年春事不關人。紅千紫百何曾夢？壓尾桐花也作塵。」

楊萬里《道傍桐花》:「春色來時物喜初，春光歸日興闌餘。更無人餞春行色，猶有桐花管領渠。」

桐花是春夏遞變之際的物候，是春之「壓尾」、餞行者；而在鳥類中，送別春天的則當屬杜鵑，杜鵑又名子規、謝豹。在傷春、送春作品中，桐花與杜鵑經常聯袂出現；桐花與杜鵑是山林深處「生態環境」下的伴生物。桐花凋落的視覺印象、杜鵑哀鳴的聽覺印象形成「合力」，給人以強烈的春逝之感。

方回《傷春》:「悵惜年光怨子規，王孫見事一何遲。等閒春過三分二，憑仗桐花報與知。」

施樞《春夜賦小字》:「岸桐花開春欲老，日斷斜陽芳信杳。東風不管客情多，杜鵑啼月青山小。」

---

〔註4〕倪瓚《清閟閣全集》（文淵閣《四庫全書》本）卷九，上海古籍出版社，1987年。

〔註5〕「殿春」出自蘇軾《詠芍藥》:「多謝畫工憐寂寞，尚留芍藥殿春風」，「殿春花」遂爲芍藥之別稱。

吳師道《次韻黃晉卿清明遊北山十首》：「桐花開盡櫻桃過，山北山南謝豹飛。」〔註 6〕

劉嵩《石鼓坑田舍》：「一月離家歸未得，桐花落盡子規啼。」〔註 7〕

傷春情緒又常與羈旅漂泊、客裏思家情緒交織；無論是桐花凋落或是杜鵑哀鳴，常常是漫山遍野，觸目驚心、無所遁逃，最能觸動游子情懷。

清明時節，冷、熱氣流交鋒頻繁、激烈，晴雨不定、乍暖還寒。與溫潤的「杏花春雨」不同，「桐花春雨」常給人料峭之感：

楊萬里《春盡捨舟餘杭，雨後山行》：「前夕船中索簟眠，今朝山下覺衣單。春歸便肯平平過，須做桐花一信寒。」

楊萬里《春雨不止》：「春雨如毛又似埃，雲開還合合還開。怪來春晚寒如許，無賴桐花領取來。」

況周頤《蕙風詞話》卷下：「蜀語可入詞者，四月寒名『桐花凍』。」民國年間，以「凍桐花」或「桐花凍」入詞者有兩首佳作，且都有寄託，以天氣喻時局、遭際。臺靜農《記波外翁》記喬大壯《清平樂》：「二月初頭桐花凍，人似綠毛幺鳳。」「綠毛幺鳳」與桐花鳳相近，後文還會提及，臺靜農先生說道：「這首頗傳於同道之中，個人的寂寞，時事的悲觀，感情極為沉重。」〔註 8〕梁羽生《于右任的一首詞》記于右任抗戰期間所作的《浣溪沙》：「依舊小園迷燕子，劇憐苦雨凍桐花，王孫芳草又天涯。」〔註 9〕于右任位高而無權，蔣介石對他「尊而不親」，常受到其他派系的擠壓；梁羽生評價這首詞：「意內言外，怨而不誹，堪稱佳作。」

## 二、節日之清明：桐花與社會習俗

「二十四節氣」中兼具節日身份的唯有清明。不過，本書的清明是廣義的，是寒食節、上巳節、清明節的「合流」，是一個「時段」；與狹義的清明關係最為密切的是寒食。寒食是冬至後一百五日、清明節前一二日，寒食有

〔註 6〕吳師道《禮部集》（文淵閣《四庫全書》本）卷九，上海古籍出版社，1987 年。

〔註 7〕劉嵩《槎翁詩集》（文淵閣《四庫全書》本）卷八，上海古籍出版社，1987 年。

〔註 8〕臺靜農《龍坡雜文》，三聯書店，2002 年。

〔註 9〕梁羽生《筆・劍・書》，百花文藝出版社，2002 年。

冷食禁火的習俗，故又稱「冷節」、「禁煙節」。寒食、清明蟬聯，唐代寒食是重要的節日，清明節也成為興起的獨立節日；在後代，清明、寒食漸趨混同，清明往往掩蓋了寒食。上巳是三月初三，與寒食、清明也是銜接的，在日期上甚或有重合之時。近年來，「三節」的民俗研究與文學研究成果頗為豐富，可資參考〔註10〕。

桐花是「三節」期間典型的物候，「三節」的政治儀式、宴樂遊春、祭祀思念等社會習俗也構成了桐花意象的文化內涵。

### （一）政治儀典：改火；賜火；恩澤

寒食期間禁火，清明日則改用新火。唐代，鑽木取火是一項朝廷儀典。《輦下歲時記》：「至清明，尚食內園官小兒於殿前鑽火，先得火者進上，賜絹三匹、金碗一口。」得火之後即賜火，宋敏求《春明退朝錄》：「周禮四時變火，唐惟清明取榆柳之火賜近臣戚里，宋朝唯賜大臣，順陽氣也。」唐宋兩朝取火儀式相似，唯從賜火範圍來看，唐朝要略寬於宋朝。

唐宋時期國家儀典的「改火」既有原始社會火崇拜的孑遺，也有順應天時，復始新生、昌明盛大的現實期許；賜火既是皇恩浩蕩，也是強化君權、秩序之舉。清明改火、賜火儀典作品中的桐花意象莫不欣欣向榮：

> 謝觀《清明日恩賜百官新火賦》：「國有禁火，應當清明。萬室而寒火寂滅，三辰而纖靄不生。木鐸罷循，乃灼燎於榆柳；桐花始發，賜新火於公卿。……於時宰執俱瞻，高卑畢賜。」〔註11〕
>
> 王珪《寒食節起居南京鴻慶宮等處神御殿表二道》：「伏以桐花初茂，榆火載新。」〔註12〕
>
> 歐陽修《清明賜新火》：「桐華應候催佳節，榆火推恩忝列臣。」
>
> 文彥博《清明日玉津園賜宴即席》：「節應桐花始筵開，禁苑新推恩緣舊。」

〔註10〕筆者所寓目的碩、博論文有三篇：張丑平《上巳、寒食、清明節日民俗與文學研究》（南京師範大學博士論文，2006年）；何海華《論唐代寒食清明詩》（華中師範大學古代文學碩士論文，2005年）；張玉娟《宋代清明寒食詞之研究》（南京師範大學古代文學碩士論文，2005年）。

〔註11〕《文苑英華》（文淵閣《四庫全書》本）卷一百二十三，上海古籍出版社，1987年。

〔註12〕王珪《華陽集》（文淵閣《四庫全書》本）卷十一，上海古籍出版社，1987年。

謝觀、王珪作品中都出現了「初」字，一派生機；歐陽修、文彥博作品中都用到了「推」字，感戴之情溢於言表。耐人尋味的是，類似的感恩口吻、筆調在唐代臣僚的作品比較少見，這大概就是《春明退朝錄》所記載的，宋代賜火的範圍要比唐代窄，更是來之不易的「恩眷」。錢易《南部新書》「壬」載唐朝故實：「韋綬自吏侍除宣察，辟鄭處晦爲察判，作《謝新火狀》云：『節及桐華，恩頒銀燭。』綬削之曰：『此二句非不巧，但非大臣所宜言。』」「節及桐花」兩句失之於「佞」，所以不「宜」；而這類作品到宋代就是司空見慣了。

### （二）宴樂遊春：文人雅集；仕女遊春

清明前後，相與踏青出遊、娛心悅目也是由來已久。我們看唐代的詩歌例子，楊巨源《清明日后土祠送田徹》：「清明千萬家，處處是年華。榆柳芳辰火，梧桐今日花。祭祠結雲綺，遊陌擁香車。惆悵田郎去，原回煙樹斜」，這裡的「清明」既是節日，又是節氣，桐花此時開放，寶馬香車、填塞阡陌。「榆柳芳辰火」即「改火」，詳見上文。文人雅好的是曲水流觴，仕女喜愛的是尋芳鬥草；桐花則是春日原野、水邊之景：

> 崔護《三月五日陪裴大夫泛長沙東湖》：「上巳餘風景，芳辰集遠坰。……鳥弄桐花日，魚翻穀雨萍。從今留勝會，誰看畫蘭亭。」
>
> 韓琦《上巳西溪，同日清明》：「人樂一時看開禊，飲隨節日發桐花。……欲繼永和書盛事，愧無神筆走龍蛇。」

兩首作品中都用了上巳之日蘭亭雅集的典故。崔護作品中的「桐花」與「萍」作爲春日之景同時出現，應該是根源於《月令》「季春之月，桐始華，萍始生」的記載，庾信《三月三日華林園馬射賦》亦云：「桐華萍合。」從韓琦的詩題則可看出，這一年上巳、清明兩個節日是重合的。

柳永《木蘭花慢》「其二」：「拆桐花爛漫，乍疏雨、洗清明。正豔杏澆林，緗桃繡野，芳景如屏。傾城，盡尋勝去，驟雕鞍紺幰出郊坰。風暖繁弦脆管，萬家競奏新聲」，「共時性」地展現了桐花、豔杏、緗桃的交映生姿；這是一幅典型的「仕女遊春」圖。文人修禊、仕女遊春作品中的桐花意象均散發出爛漫、熱烈的氣息。

### （三）祭祀思念：鄉思；相思；祭祀

「三節」之中，上巳節的情緒基調相對單純，而寒食與清明都是「複調」的，既有結伴而遊的佳興，也有獨處異地的鄉思、相思，也有愼重追遠的祭祀、思祖。桐花意象承載著多重感傷情緒，與宴樂遊春作品中的同類意象迥然不同。

白居易《寒食江畔》：「聞鶯樹下沉吟立，信馬江頭取次行。忽見紫桐花悵望，下邽明日是清明。」

權德輿《清明日次弋陽》：「自歎清明在遠鄉，桐花覆水葛溪長。家人定是持新火，點作孤燈照洞房。」

兩首作品中所流露的都是「每逢佳節倍思親」的情緒，「下邽」爲白居易故鄉。梧桐是中國民間廣泛種植的樹種，屬於本地風光、家鄉風物，見桐花而思故鄉是自然而然的「睹物傷情」。

中國文學中的梧桐意象蘊涵多端，承載著友情、愛情等思念之情；附著於梧桐的桐花也具備這些蘊涵、功能。清明寒食前後，細雨廉纖、漠漠如煙，桐花意象也因之而淒迷、愁苦：

黎廷瑞《清平樂》「雨中春懷呈准軒」：「清明寒食，過了空相憶。蒼天雨細風斜，小樓燕子誰家。……只道春寒都盡，一分猶在桐花。」

周邦彥《鎖寒窗》「寒食」：「寒食暗柳啼鴉，單衣佇立，小簾朱户。桐花半畝，靜鎖一庭愁雨。遲暮。嬉遊處，正店舍無煙，禁城百五。……」

李煜《感懷》：「又見桐花發舊枝，一樓煙雨暮淒淒。憑闌惆悵人誰會，不覺潸然淚眼低。」

三首作品都不約而同地出現了「雨」。《南唐書》卷六記載，大周后去世之後，李煜「每於花朝月夕，無不傷懷」；這首《感懷》就是悼亡之作。

「如果說禁火給唐人寒食詩打上了孤寂冷落的底色的話，祭掃儀式則將這種底色渲染得更爲悲涼。」〔註 13〕唐代寒食有祭掃之俗，後來則演變成清明祭掃；桐花則是這種孤寂、悲涼氛圍中的常見意象：

〔註 13〕羅時進《孤寂與熙悅——唐代寒食題材詩歌二重意趣闡釋》，《文學遺產》1996 年第 2 期。

張滄川《寒食》:「火冷煙青寒食過，家家門巷掃桐花。」

解縉《上北劉》:「三月藤江聽子規，桐花細雨濕征衣。遙知鄉里逢寒食，處處人家上冢歸。」〔註 14〕

政治儀典涉指的是皇權臣僚，宴樂遊春涉指的是文人仕女，祭祀思念涉指的是傳統社會；涉指幅面逐步擴大。桐花雖然並不煊赫，但卻日常；節日清明桐花的文化內涵不同層次地映現於我們的民族記憶之中。

## 三、「自開還自落」、「紛紛開且落」：桐花與文人高士

梧桐是中國傳統的「比德」樹木，桐花因「母體」的關係，也因其開放的時間、地點，與文人的落寞寡合以及高士的自愜自洽情懷有關。元稹、白居易的作品提升了桐花的品格，桐花從清明節氣、節日花卉而走向具備人格象徵意蘊。

### （一）「自開還自落」：元稹與白居易；月下賞花；落寞寡合；道德退守

白居易《見紫薇花憶微之》:「一叢暗淡將何比，淺碧籠裙襯紫巾。除卻微之見應愛，人間少有別花人」,「別」即辨別、賞鑒。白居易給我們提供了兩個信息：元稹愛花、知花；元稹喜愛「暗淡」、淺碧之花。我們可以由此切入，「見微知著」，把握中唐詩歌題材、審美趣味的兩大變化。

市川桃子《中唐詩在唐詩之流中的位置——由櫻桃的描寫方式來分析》中注意到了中唐以後詩歌的變化：「……中唐詩……更關心具象的事物」、「自白居易、韓愈以降，……普遍流行欣賞植物的風氣」、「這個時期，許多植物都被人欣賞，它們的姿態描繪在詩中。愛花而至於自己種植，自然會觀察得更加細緻，描寫得更加具體，而且感情會隨之移入到作爲描寫對象的植物中去。」〔註 15〕人生理想、民間疾苦讓位於植物花卉，這確實是中唐以後詩歌題材的變化趨向，直接抒懷、直面人生讓位於「間接寄託」。這個變化在元稹、白居易的詩歌中體現得尤爲明顯，兩人都有大量吟詠花卉的作品。

中唐是封建社會的轉折點，也是中國美學史的轉折點；盛唐的氣勢恢弘、色彩華麗逐漸被精緻小巧、色澤雅淡代替。暗淡、淺碧的紫薇花在中唐

〔註 14〕解縉《文毅集》（文淵閣《四庫全書》本）卷六，上海古籍出版社，1987 年。

〔註 15〕市川桃子《中唐詩在唐詩之流中的位置——由櫻桃的描寫方式來分析》,《古典文學知識》1995 年第 5 期。

就引起了元稹、白居易等人的青睞，白居易有《紫薇花》:「獨坐黃昏誰是伴，紫薇花對紫微郎」的名句。略作分說的是，「紫薇花」之紫與盛唐備受推崇的牡丹名品「魏紫」之紫不同，一爲淡紫，一爲深紅。白牡丹、白菊花、白蓮等白色花系作品的大量出現更體現了美學潮流的轉變。「素以爲絢」是中國古人的藝術哲學、審美理想；但是在世俗實踐層面，絢爛的紅色總是更容易被接受，淡紫、白色相對落寞、冷清。而在中唐以後，文人普遍的心態與視野由外放而轉爲內斂，更關注身邊事物與自身命運；而屈原《離騷》的「善鳥香花，以比忠貞」的比興傳統因風雲際會而被激活；這就是淡紫、白色花卉中唐以降普遍見諸吟詠的「文化語境」。

元稹不獨「發現」了紫薇花，也「發現」了紫桐花，《桐花》:「朧月上山館，紫桐垂好陰。可惜暗澹色，無人知此心。舜沒蒼梧野，鳳歸丹穴岑。遺落在人世，光華那復深。年年怨春意，不競桃杏林。唯占清明後，牡丹還復侵。況此空館閉，云誰恣幽尋。徒煩鳥噪集，不語山嶔岑。滿院青苔地，一樹蓮花簪。自開還自落，暗芳終暗沉。爾生不得所，我願裁爲琴。……」〔註 16〕桐花生長於山嶽之中，人迹罕至；開花時節又受到桃杏、牡丹的前後「夾擊」。既乏「地利」，也乏「天時」。通過時、地等物性特點來抒寫政治寄託是植物花卉吟詠的一個常見模式〔註 17〕。中唐時期，黨爭、傾軋頻繁，元、白都是局中之人；桐花的落寞、暗沉其實是元稹心緒、處境的投射，桐花與元稹「異質」而「同構」。白居易《和答詩十首・答桐花》:「山木多蓊鬱，茲桐獨亭亭。葉重碧雲片，花簇紫霞英。是時三月天，春暖山雨晴。夜色向月淺，暗香隨風輕。行者多商賈，居者悉黎氓。無人解賞愛，有客獨屛營。手攀花枝立，足蹋花影行。生憐不得所，死欲揚其聲。……受君封植力，不獨吐芬馨。」這是答贈元稹之作，「觀點」或有不同，但「原則」並無差異。

其後，元、白之間又有桐花酬贈之作，元稹《三月二十四日宿曾峰館，夜對桐花，寄樂天》:「微月照桐花，月微花漠漠。怨澹不勝情，低回拂簾幕。葉新陰影細，露重枝條弱。夜久春恨多，風清暗香薄。是夕遠思君，思君瘦如削。但感事暌違，非言官好惡。奏書金鑾殿，步屧青龍閣。我在山館中，

〔註 16〕「徒煩鳥噪集」，元稹作品中的梧桐、松樹、竹子等樹木常常被鳥雀所佔據、聒噪，詳參筆者《元稹花木審美特點芻議》,《閩江學刊》2011 年第 4 期。

〔註 17〕參看《「失時」與「得地」: 荷花政治象徵的兩種模式》，俞香順《中國荷花審美文化研究》，巴蜀書社，2005 年，第 32 頁。

滿地桐花落。」白居易《初與元九別後，忽夢見之，及寤而書適至，兼寄桐花詩，悵然感懷，因以此寄》：「悠悠藍田路，自去無消息。計君食宿程，已過商山北。昨夜雲四散，千里同月色。曉來夢見君，應是君相憶。……夜深作書畢，山月向西斜。月下何所有，一樹紫桐花。桐花半落時，復道正相思。殷勤書背後，兼寄桐花詩。桐花詩八韻，思緒一何深。以我今朝意，憶君此夜心。」元、白之間唱和之作大多樸素深摯，但是桐花唱和作品卻另又別饒一種風神蘊藉、暗淡低回之美。

我們統觀上文引述的元、白四首作品，會發現他們開創了一種新型的賞花情境：月下賞花；這也是中唐之後才開始流行的。月下賞花，素淡之花更加洗淨鉛華，這也與中唐的審美轉向契合；而代表盛唐審美的則是「國色朝酣酒」的旭日賞花。宋代以後，月下賞梅、月下賞荷均是典型的文人賞花情境，而元、白等中唐詩人則開啓了先路。明代黃姬水《醉起》「山中長日臥煙霞……一簾月色覆桐花。」〔註18〕就是月下賞桐花。

元、白的桐花唱和之作缺乏盛唐詩歌中的意氣相高，卻代之以惆悵、怨慕，這是儒家君子「獨善其身」的道德退守與勖勉。晚唐時期，元、白所開創的花卉題材詩歌唱和成爲常見的詩歌題材與創作方式，這是文化心理上的一脈相承，如陸龜蒙、皮日休的「白蓮」作品，再如陸龜蒙有《幽居有白菊一叢，因而成詠，呈一二知己》，司馬都、鄭璧、皮日休、張賁等人均有和作。

### （二）「紛紛開且落」：山中高士；桐花落；自愜自洽

元、白詩歌中出現了「桐花落」與「桐花半落」、「自開還自落」。梧桐自誕生之日起，就是作爲「柔木」、「陽木」的代表、美好事物的象徵，這是它的原型意義。在中國文學中，梧桐具有「語碼」的作用，能夠喚起我們對美好事物的豐富想像；從語言學上來講，這是它「聯想軸」上的作用。桐花凋零即是白居易所歎的「世間好物不堅牢。」

但是，還有另外一種意味的「桐花落」，即山中高士的自愜自洽，遺落世事、寵辱不驚。我們且以王維的《辛夷塢》來作爲參照：「木末芙蓉花，山中發紅萼。澗戶寂無人，紛紛開且落。」胡應麟評價此詩與《鳥鳴澗》：「讀之身世兩忘，寵辱不驚」；王國維《人間詞話》中所提到的「無我之境」庶幾近

〔註18〕《佩文齋詠物詩選》（文淵閣《四庫全書》本）卷二百八十三，上海古籍出版社，1987年。

之。「辛夷」屬木蘭科，樹高數丈，花苞尖銳如筆尖，因而俗稱「木筆」；花開似蓮花。桐花與辛夷有兩個明顯的共性：樹高、花大，「桐花落」與辛夷花落也有相同的旨趣。

在中國古典詩歌中，山中最具典型的樹木當推松樹，松樹是中國傳統的「比德」樹木；倚松而坐是高士姿態，松子墜落是山中幽境。前者如宋代饒節：「間攜經卷倚松立，試問客從何處來」（《倚松詩集》序言，《四庫全書》本），饒節因之而被稱爲「倚松道人」；後者如韋應物《秋夜寄丘員外》：「懷君屬秋夜，散步詠涼天。空山松子落，幽人應未眠。」

其實，梧桐也是山中常見的樹木，而且常常生於高崗、秀於山林；「據桐」而坐也是高士姿態，桐花墜落也是山中幽境。《莊子・齊物論》：「昭文之鼓琴也，師曠之枝策也，惠子之據梧也，三子之知幾乎？」「據梧」遂成爲典故，如梁元帝《長歌行》：「朝爲洛生詠，夕作據梧眠。從茲忘物我，優游得自然」、李嘉祐《奉和杜相公長興新宅即事呈元相公》：「據梧聽好鳥，行藥寄名花。」我們再看「桐花落」的例子：

> 高翥《山堂即事》：「杜鵑聲裏桐花落，山館無人晝掩扃。老去未能忘結習，自調濃墨寫黃庭。」
>
> 薩都剌《贈茅山道士胡琴月》：「茅山道士來相訪，手抱七弦琴一張。準擬月明彈一曲，桐花落盡曉風涼。」〔註19〕
>
> 張啓元《遊嶧山記》：「桐花落盡，柏子燒殘；閒中日常，靜裏天大者，山中之受用也。」〔註20〕
>
> 徐震亨《長林消夏》：「晞髮行吟日正長，桐花落盡又新篁。」〔註21〕

上引四首作品無一與傷春、傷悲有關。高翥作品中雖然既有「桐花落」，又有「杜鵑聲」；但是主體情志堅定，從而超越了「心爲物役」的心物結構；「黃庭」是指道家經典《黃庭經》。徐震亨作品中所流露的則是宇宙萬物消息生長

〔註19〕薩都剌《雁門集》（文淵閣《四庫全書》本）卷三，上海古籍出版社，1987年。

〔註20〕《山東通志》（文淵閣《四庫全書》本）卷三十五之十九下，上海古籍出版社，1987年。

〔註21〕《檇李詩繫》（文淵閣《四庫全書》本）卷二十六，上海古籍出版社，1987年。

的「活潑潑地」生機。

## 四、「桐花鳳」之淵源、流行、繼盛及其寓意

《大雅・卷阿》:「鳳凰鳴矣，于彼高岡。梧桐生矣，于彼朝陽」奠定了「鳳凰——梧桐」組合。「鳳凰——梧桐」組合可以比喻賢才致用，如民諺：「栽下梧桐樹，引來金鳳凰」；也可以是《古詩十九首》:「胡馬依北風，越鳥巢南枝」式的男女依附，如章孝標《古行宮》:「天子時清不巡幸，只應鸞鳳棲梧桐。」

《莊子・秋水》:「夫鵷鶵發於南海，而飛於北海，非梧桐不止，非練實不食，非醴泉不飲。」「鵷鶵」爲鳳凰一類的鳥。後人也因此衍生出鳳凰以桐花爲食的想像，和「竹食」(即「練實」) 並用，如楊萬里《有歎》:「飽喜饑嗔笑殺儂，鳳凰未可笑狙公。盡逃暮四朝三外，猶在桐花竹實中。」「桐花」與「竹實」也成爲高士、貧士生活與情志的比興之具，如吳說《酬次李辰甫所寄三首》其二:「桐花竹實幾時生，桑野秋枯繭未成。肯信飢寒能累道，唯餘寂寞許尋盟。」

然而，本節的「桐花鳳」之「鳳」並非指鳳凰，而是一種美豔小禽，又稱「桐花鳥」。桐花鳳即幺鳳，在古代詩文中常常與「綠毛幺鳳」、「羅浮鳳」、「倒掛子」相混。而根據今人翔實考證，「桐花鳳」乃雀形目花蜜鳥科的「綠喉太陽鳥」，而「綠毛幺鳳」、「羅浮鳳」、「倒掛子」，緣其「倒掛」的生態特徵，則在分類上應屬於雀形目極樂鳥科〔註22〕。

### （一）桐花鳳之淵源：莊子；「桐乳致巢」

《太平御覽》卷九五六引《莊子》「空門來風，桐乳致巢」，司馬彪注:「門戶空，風喜投之。桐子似乳，著葉而生，鳥喜巢之。」莊子以兩種現象形象地說明事物之間的因果關係，「桐乳致巢」孳乳了後代的桐花鳳、桐花鳥。宋代陳翥《桐譜》記載:「自春徂夏，乃結其實，其實如乳，尖長而成穗，莊子所謂『桐乳致巢』是也。」其《西山十詠・桐乳》吟詠「桐乳」性狀:「吾有西山桐，厥實狀如乳。含房隱綠葉，致巢來翠羽。外滑自爲穗，中虛不可數。輕漸曝秋陽，重即濡綿雨。霜後威氣裂，隨風到煙塢。……」(後文《「桐子・桐乳」》一節更有詳細論述，這裡不展開。)

〔註22〕王頲《海外珍禽「倒掛鳥」考》,《暨南學報》2003年第6期。

### （二）桐花鳳之流行：唐代；李德裕《畫桐花扇賦並序》

唐代，桐花鳥、桐花鳳之說開始流行，張鷟《朝野僉載》卷六：「劍南彭蜀間有鳥大如指，五色畢具。有冠似鳳，食桐花，每桐結花即來，桐花落即去，不知何之。俗謂之『桐花鳥』，極馴善，止於婦人釵上，客終席不飛。人愛之，無所害也。」李德裕《畫桐花扇賦並序》云：「成都岷江磯岸多植紫桐，每至春末，有靈禽五色，來集桐花，以飲朝露。」〔註 23〕張鷟沿襲舊說，認為桐花鳥以桐花為食；而李德裕則記載桐花鳳是以朝露為飲，只是棲息於桐花之間。不過，兩人的作品卻有共同的指向，即桐花鳳的蜀地特徵。《畫桐花鳳扇賦》云：「美斯鳥兮類鵷雛，具體微兮容色丹。彼飛翔於霄漢，此藻繪於冰紈。雖清秋而已至，常愛玩而忘餐」刻畫了「桐花鳳」的形、色、貌。李德裕的賦、序影響很大，是言及桐花鳳的常見「話頭」。不過大概到了宋代，這種「桐花鳳」工藝扇就已經不傳了，鞏豐《詠豫章蕉葉素扇》：「文饒空賦桐花鳳，絢麗虛成畫史名」，「文饒」是李德裕的字。

司空圖《送柳震歸蜀》：「桐花能乳鳥，竹節競祠神」與《送柳震入蜀》：「夷人祠竹節，蜀鳥乳桐花」兩首作品言及蜀地的地域風情，均出現了桐花鳥。劉言史《歲暮題楊錄事江亭》：「垂絲蜀客涕濡衣，歲盡長沙未得歸。腸斷錦城風日好，可憐桐鳥出花飛」，桐花鳥也是成都一景。釋可朋《桐花鳥》：「五色毛衣比鳳雛，花深叢裏只如無。美人買得偏憐惜，移向金釵重幾銖」則幾乎就是張鷟《朝野僉載》的復述。

### （三）桐花鳳之繼盛：宋代；樂史《太平寰宇記》；蘇軾

北宋，關於桐花鳥、桐花鳳之說更盛，樂史《太平寰宇記》、宋祁《益部方物略記》、蘇軾《東坡志林》三部地理、博物、筆記作品都有相關記載。這應該跟晚唐以迄北宋蜀地文化、蜀地文人的影響有關，尤其是蘇軾，不止一次地在作品中提及家鄉故物桐花鳳。我們先看樂史《太平寰宇記》卷七十二：「（益州）桐花色白至大，有小鳥，燋紅，翠碧相間，毛羽可愛。生花中，唯飲其汁，不食他物，落花遂死。人以蜜水飲之，或得三四日，性亂跳躑，多抵觸便死。土人畫桐花鳳扇，即此禽也。」關於桐花鳳生活習性的描寫一方面參之以李德裕《畫桐花扇賦序》，另一方面本之以實際觀察，所以頗為可信；後代關於桐花鳳的習性很多沿用樂史之說，如屈大均《廣東新語》卷二十。

---

〔註 23〕李德裕《會昌一品集》（文淵閣《四庫全書》本）卷一，上海古籍出版，1987 年。

宋祁在《益部方物略記》中特別介紹了「桐花鳳」這種珍貴的鳥類：「桐花鳳。二月桐花始開，是鳥翺翔其間，丹碧成文，纖嘴長尾，仰露以飲，至花落輒去，蜀人珍之，故號爲『鳳』。或爲人捕置樊間，飲以蜜漿，哺以炊粟，可以閱歲。」樂史、宋祁兩人記載的不同之處在於：樂史認爲桐花鳳無法家養，最多只能活「三四日」；宋祁則認爲桐花鳳可以家養，可以「閱歲」，也就是活到一年以上。

我們看梅堯臣的兩則詩例，詩中的桐花鳳均與四川有關，《送余中舍知漢州德陽》：「桐花鳳何似，歸日爲將行」，「漢州」即今天的四川廣漢；《送宋端明知成都》：「春江須愛賞，花鳳在梧桐」，這裡的「花鳳」亦當爲「桐花鳳」之簡稱。

### （四）桐花鳳之寓意：祥瑞；愛情

桐花鳳之爲人熟知、樂道，蘇軾應該功莫大焉；他是蜀地文人的翹楚。蘇軾《西江月》「梅花」：「海仙時遣探芳叢，倒掛綠毛幺鳳」常被徵引用作桐花鳳資料；但前面已經提到，「綠毛幺鳳」與桐花鳳同目而不同科。《東坡志林》卷二中出現了「桐花鳳」：「吾昔少年時，所居書室前有竹柏雜花，叢生滿庭，眾鳥巢其上……。又有桐花鳳四五百，翔集其間。此鳥羽毛，至爲珍異難見，而能馴擾，殊不畏人，閭里間見之，以爲異事。」蘇軾的詩歌中則不止一次出現桐花鳳，《次韻李公擇梅花》：「故山亦何有，桐花集幺鳳」、《異鵲》：「昔我先君子，仁孝行於家。家有五畝園，幺鳳集桐花。」桐花鳳是蘇軾念念不忘的故園風情，也是「積善之家」的祥瑞之應。

桐花鳳更多是關涉愛情，或比男子，或比女子，皆新奇有致。馮夢龍《情史》卷三「情私類」記錄了文茂寄給晁采的一首詩：「旭日曈曈破曉霾，遙知妝罷下芳階。那能化作桐花鳳，一集佳人白玉釵。」「桐花鳳」之句當脫胎自張鷟、可朋的筆記與詩歌，但不失「小說家言」的輕佻、油滑。最有名的當推王士禛《蝶戀花・和漱玉詞》：「郎是桐花，妾是桐花鳳。」這首詞比喻尖新，王士禛也因此而得「王桐花」的雅號。對於王士禛頗爲自許的「桐花鳳」之句，評論者也是見仁見智、有褒有貶。清代李佳《左庵詩話》卷上云：「王漁洋詞有云：『郎似桐花，妾似桐花鳳。』人因呼之爲王桐花。吳石華云：『瘦盡桐花，苦憶桐花鳳』，不讓漁洋山崗人專美於前也。」吳、王二人雖然用的是同一套「語詞」，但抒情人稱發生了逆轉，也確有翻案之妙。

# 第二節　桐枝・桐孫・疏桐

梧桐在外部形態上有兩個特點：一，弱枝修幹。梧桐的樹幹高達十餘米以上，枝條不旁逸斜出，而是集中在樹梢。袁淑《桐賦》:「信爽幹以弱枝」〔註 24〕、張九齡《雜詩五首》:「百尺傍無枝」、白居易《雲居寺孤桐》:「四面無附枝」均描述了梧桐的樹形特點。二，疏枝闊葉。桐葉闊大，枝條粗疏；樹冠雖然廣覆，卻不密實、深窈。三秋之樹，刪繁就簡；梧桐的枝條愈加顯得疏朗、寥落。梧桐迎風而疏風，蕭子良《梧桐賦》:「聳輕條而麗景，涵清風而散音」〔註 25〕、劉義恭《桐樹賦》:「清風流薄乎其枝」〔註 26〕、伏系之《詠椅桐詩》:「翠微疏風」；這正是其弱枝修幹、疏枝闊葉的樹幹、樹枝、樹葉的特點決定的。

桐枝是梧桐樹的基本「框架」，桐花、桐葉依附於桐枝而著生；桐陰、桐影的幅度、長度也取決於桐枝的形狀。梧桐枝條對稱而勻稱，在樹木中頗爲少見，古代的堪輿著作常以之爲吉相，如張九儀《增釋地理琢玉斧》云:「梧桐枝兩畔平抽，正『个』字之格也」；張子微《地理玉髓經》云:「停匀唯有梧桐枝，雙送雙迎兩手勢。對節分生作穿心，此龍百中無一二。」龍脈有「梧桐枝」必結大貴之穴。

桐枝是鳳凰、禽鳥的棲息之所；秋冬之際，桐枝高聳，與風雪摩戛、抗爭。梧桐易生速長，樹圍逐年而增，桐枝也不斷叉生；梧桐與桐枝是歲月流年的標記。桐孫是桐枝的別名，桐枝挺秀、孳蕃，桐孫成爲子嗣之美稱。桐孫木質堅實，是上佳的琴材。梧桐闊葉疏枝，從六朝到宋朝，疏桐寒井、疏桐寒鳥、疏桐缺月的意象組合模式遞相出現。

## 一、桐枝：鳳凰棲止之所；季節變化之徵

梧桐有青梧、碧梧之稱，樹幹、樹枝在春夏之間呈青綠色；令狐楚《雜曲歌辭・遠別離二首》:「楊柳黃金穗，梧桐碧玉枝」即以楊柳的嫩黃與桐枝的青碧交映來摹寫春色。秋冬之後，桐葉零落，桐枝也漸趨枯黯、蕭條。季節的變化盡在桐枝梢頭顯現。

---

〔註 24〕嚴可均《全宋文》卷四十四，商務印書館，1999 年。
〔註 25〕嚴可均《全齊文》卷七，商務印書館，1999 年。
〔註 26〕嚴可均《全宋文》卷十一，商務印書館，1999 年。

### （一）桐枝、寒枝與鳳凰、寒鳥：祥瑞色彩；寒士心態

梧桐與鳳凰的嘉木、祥鳥組合在先秦文學中即已出現，鳳凰棲於梧桐枝頭，陳子昂《鴛鴦篇》：「鳳凰起丹穴，獨向梧桐枝。」〔註 27〕桐枝與鳳凰組合在唐代得到了強化；這與一句詩歌、一則軼事有關。杜甫《秋興八首》第八：「香稻啄餘鸚鵡粒，碧梧棲老鳳凰枝」，句法生新，兩句的重點是在稻與梧，而不在鸚鵡與鳳凰；《酉陽雜俎》「前集」卷十二「語資」：「歷城房家園，齊博陵君豹之山池，其中雜樹森竦，……曾有人折其桐枝者，公曰：『何爲傷吾鳳條？』自後人不復敢折。」這則材料在後代筆記中屢被徵引。「鳳凰枝」、「鳳條」將鳳凰與桐枝緊密結合，從而成爲桐枝的借代。我們看一例，張九成《再用前韻》其二：「憑誰爲斫鳳凰枝，欲寄朱弦寫我思」，這裡的「鳳凰枝」即是桐枝，是製琴的材料。

隨著文人精神意趣的滲透，「一元」的桐枝與鳳凰組合走向「多元」的梧桐與禽鳥組合；「寒枝」與「寒鳥」的冷落之景漸漸勝出，滲透了文人意趣。

滕潛《鳳歸雲二首》其一：「金井欄邊見羽儀，梧桐樹上宿寒枝」沿襲了傳統組合，但已經脫略了祥瑞色彩，「寒枝」有驚棲不定的悽惶。元代王結《孤鳳行》：「孤鳳從南來，采翮多光輝。朝餐琅玕實，暮宿梧桐枝」〔註 28〕，「孤鳳」與桐枝組合已經不再是祥瑞內涵了，而是儒家君子的獨善其身、道德自守，具有清苦意味。

前面已經提到，桐葉零落之後，桐枝聳拔、疏落，線條清晰；寒鳥棲於枝頭，無遮無擋，線、點造型簡潔而醒目。桐枝與寒鳥均是暗黑色，在月色之下，如同墨畫，更如同剪影。「寒枝」與「寒鳥」的組合既有梧桐、鳳凰組合高潔之志的神話原型意義，又有孤寂之感的文人寒士心態。我們看兩例，張載《七哀詩二首》：「肅肅高桐枝，翩翩棲孤禽」；歐陽修《贈梅聖俞》：「黃鵠刷金衣，自言能遠飛。……朝下玉池飲，暮宿霜桐枝。徘徊且垂翼，會有秋風時。」

### （二）桐枝與秋風、冬雪

梧桐是秋天的「先知」，桐枝上的桐葉臨秋而隕，《元詩選三集・甲集》陳普《儒家秋》：「離離秋色上梧枝」，這是典型的見微知著、以小見大的感

〔註 27〕「丹穴」是鳳凰所居之山，出自《山海經・南山經》：「丹穴之山……有鳥焉，其狀如雞，五采而文，名曰鳳皇。」

〔註 28〕王結《文忠集》卷一（文淵閣《四庫全書》本），上海古籍出版社，1987 年。

知秋天的方式。梧桐高大迎風，桐枝與寒風抗爭，兩不相讓，枝「勁」風「豪」，發出陣陣「秋聲」，正如歐陽修《秋聲賦》所云：「聲在樹間。」我們看詩例：

張祜《秋夜宿靈隱寺師上人》：「露葉凋階蘚，風枝戛井桐。」

張耒《遠別離》：「桐枝嫋嫋秋風豪。」

陸游《七月下旬得疾不能出户者十有八日，病起有賦》：「雨添苔暈青，風入桐枝勁。」

陸游《飯後登東山》：「井桐亦強項，葉脱枝愈勁。」

丁鶴年《榮枯》：「春意方酣紅杏蕊，秋聲又戰碧梧枝。野人不識春官曆，坐閱榮枯紀歲時。」〔註 29〕

林文俊《秋日小齋偶成》：「秋來風物總堪悲，寂寞空齋獨坐時。霜氣暗凋門柳色，露華寒動井梧枝。」〔註 30〕

「戛」、「戰」等動詞均很形象；陸游詩中「勁」字兩次出現，展示出桐枝在秋風肆虐中的悍厲。

其實，桐枝在風雪的壓迫下並非總是愈挫愈勇。粗大的桐枝有抗壓能力，而在「材」與「不材」之間的細弱桐枝則易折斷；《初學記》卷二十八「果木部・桐十六」引《易緯》曰：「桐枝濡毳而又空中，難成易傷」，如陳羽《從軍行》：「海畔風吹凍泥裂，枯桐葉落枝梢折」、孟郊《饑雪吟》：「大雪壓梧桐，折柴墮崢嶸」、孟郊《秋懷》：「梧桐枯崢嶸，聲響如哀彈。」陳羽側重於視覺，孟郊則側重於聽覺，桐枝斷裂的聲音、從高空落地的聲音，用「崢嶸」來形容，極見敏感心性及鍛鍊功夫。

桐枝延伸空際，指向月亮，似乎是月亮的參照、坐標，如莊泉《和光嶽》「何處客同玄酒坐，三更月在碧梧枝。」〔註 31〕桐枝是重要的琴材，是音樂表現的物質基礎，如聶夷中《秋夕》：「為材未離群，有玉猶在璞。誰把碧桐枝，刻作雲門樂。」桐枝與月亮、音樂的關係，詳見下文。

---

〔註 29〕丁鶴年《鶴年詩集》卷二（文淵閣《四庫全書》本），上海古籍出版社，1987 年。

〔註 30〕林文俊《方壺存稿》卷十（文淵閣《四庫全書》本），上海古籍出版社，1987 年。

〔註 31〕莊泉《定山集》卷四（文淵閣《四庫全書》本），上海古籍出版社，1987 年。

## 二、桐孫：歲月；子嗣；琴材

桐孫是桐枝的別名，鄭玄《周禮》注曰：「孫竹，枝根之末生者也，蓋桐孫亦然」；下文的論述中，會間插桐枝資料。梧桐易生速長，樹圍逐年而增，桐枝也不斷叉生；梧桐與桐枝是歲月流年的標記。梧桐在古代被冠以柔木、陽木等美名，加之桐枝挺秀、孳蕃，桐孫也成爲子嗣之美稱。桐孫木質堅實，是上佳的琴材。

### （一）桐孫與歲月：故園；遷謫；悼亡；人生感歎

李漁《閒情偶寄・種植部》「竹木第五」論梧桐：「梧桐一樹，是草木中一部編年史也，舉世習焉不察，予特表而出之。花木種自何年？爲壽幾何歲？詢之主人，主人不知，詢之花木，花木不答。謂之『忘年交』則可，予以『知時達務』，則不可也。梧桐不然，有節可紀，生一年，紀一年。樹有樹之年，人即紀人之年，樹小而人與之小，樹大而人隨之大，觀樹即所以觀身。《易》曰：『觀我生進退』。欲觀我生，此其資也。」

梧桐是時間之刻度、計量，從梧桐的歲月之「變」可以反觀「我生」，「木猶如此，人何以堪」，引發光陰荏苒的悲涼。但同時，梧桐卻又是「受命不遷」、「深固難徙」，根深深地紮入大地；從梧桐生長地點之「不變」亦可以反襯「我生」，從而引發遷謫之悲、故園之念。梧桐的「變」與「不變」相輔相成，映現、折射出人生變化與況味。

庾信最早寫出了梧桐樹圍、枝圍的變化，《喜晴應詔敕自疏韻詩》：「桐枝長舊圍，蒲節抽新寸」，《謹贈司寇淮南公詩》：「回軒入故里，園柳始依依。舊竹侵行徑，新桐益幾圍。」梧桐與柳、竹都是中國庭院中常見的綠化樹木。元稹《桐孫詩》：「去日桐花半桐葉，別來桐樹老桐孫。城中過盡無窮事，白髮滿頭歸故園。」詩前有小序云：「元和五年，予貶掾江陵。三月二十四日，宿曾峰館。山月曉時，見桐花滿地，因有八韻寄白翰林詩。當時草蹙，未暇紀題。及今六年，詔許西歸，去時桐樹上孫枝已拱矣，予亦白鬚兩莖，而蒼然斑鬢。感念前事，因題舊詩，仍賦《桐孫詩》一絕。又不知幾何年復來商山道中。元和十年正月題。」作品情緒低沉，人生如浮萍飄梗，元稹已經度過了六年的謫宦生涯；梧桐樹兀自立於山巔，迎來送往、閱人無數，派生出了新的枝條。元稹正是從梧桐樹形之「變」與地點之「不變」興起人生感慨。此外，元稹《酬樂天東南行詩一百韻》：「望國參雲樹，歸家滿地蕪。……祖竹叢新筍，孫枝壓舊梧。晚花狂蛺蝶，殘蒂宿茱萸」〔註 32〕，也是以故園荒蕪、草木亂長、桐孫茁生來抒發宦海沉浮之感歎。

歲月雕刻著桐枝，由「碧玉枝」到槁枝，這也正與人生的軌迹相似，北魏《魏故南陽太守張玄墓誌》（《張黑女墓誌銘》）即云：「時流迅速，既雕桐枝，復摧良木。」宋祁《慰梁同年書》：「鰥目抱不眠之痛，桐枝有半死之憂。此河陽所以悼亡，孫楚以之增重」〔註 33〕與汪中《述學・補遺》「自述」：「鰥魚嗟其不瞑，桐枝惟餘半生」中都是將桐枝半死與「鰥魚」並用，成爲喪偶之典。

梧桐、桐枝的變化也不完全是人生感歎。前面提到，梧桐易生速長，也是「木欣欣以向榮」、「欣欣此生意」的天地化育、生機流動，如楊巨源《和鄭少師相公題慈恩寺禪院》：「舊寺長桐孫，朝天是聖恩」、周賀《贈神遘上人》：「草履蒲團山意存，坐看庭木長桐孫。」

### （二）桐孫與子嗣：易生速長；植物崇拜；生殖崇拜；雙重蘊涵

在中國文化中，常用植物生長來比喻子嗣繁衍；這是原始思維中生殖崇拜與植物崇拜的結合。竹與桐均具有這種功能；不同的是，竹是取喻於其根系，桐是取喻於其枝系。朱彝尊《名孫說二首》總括了梧桐易生速長、果實離離的兩個特點：「昆田生子三齡矣，命之曰『桐孫』，爲之說曰：天下之木，莫良乎梓桐也者。梓之屬也，榮木也，易生而速長者也。……詩曰：『其桐其椅，其實離離。』庶其蕃衍吾後乎？！」不過在後代，桐子喻義遠不及桐孫喻義流行：

> 白居易《談氏外孫生三日，喜是男，偶吟成篇，兼戲呈夢得》：「芣苡春來盈女手，梧桐老去長孫枝。」
>
> 家鉉翁《題李氏敬聚堂》，：「人言爾祖玉蘊石，傳到兒孫藍出青。眼底桐枝多秀色，早令授業各專經。」
>
> 衛宗武《賀南塘得孫詩》：「桂子昨方移別種，桐孫今見長新

〔註 32〕「祖竹」即「竹祖」，指帶有筍芽的竹鞭。竹子與梧桐都善於萌蘖，所以常常相提並論。詳參筆者《碧梧翠竹　以類相從——桐竹關係考論》，《北京林業大學學報》（社會科學版）2011 年第 3 期。

〔註 33〕宋祁《景文集》卷五十一（文淵閣《四庫全書》本），上海古籍出版社，1987 年。「河陽」是指西晉詩人潘岳，他有悼念亡妻的《悼亡詩》三首。孫楚亦爲西晉詩人，也有悼念亡妻的《除婦服詩》。

枝。」

陳櫟《賀陳竹牖生孫》:「清鍾桂子初三月，秀挺桐孫第一枝。」〔註 34〕

石珤《送彭師舜得告歸省序》:「瑩然白璧，其溫也；挺然梧枝，其秀也；洋洋乎大韶，其雅且平也。予不知彭氏何以生子若此……」〔註 35〕

桐孫枝「挺」色「秀」、生意彌滿，充滿喜慶、祝願。在中國民間，仍有「桐枝衍慶」習俗之孑遺。馬席紹《石海茶灣苗族禮俗》:「途中，押禮者還要在路邊扯一株有根、有枝、有尖的小竹和取一根完整的桐枝帶到男方家去，在交接禮儀時，作爲象徵物，預祝男女童子結髮，百年共枕，養兒育女，大發其昌。」(《興文縣文史資料》「風景旅遊名勝專輯」第十七輯）雲南的基諾族也有特殊的禮俗，生孩子的人家要在大門邊插兩枝帶葉子的桐枝尖，以示外寨人不能進來。

中國文化中，梧桐是家園的象徵，桐孫往往一語雙關。劉子翬《偶書》:「舊園卻憶桐孫在，薄宦端爲茘子留」〔註 36〕、《到任與祖漕啓》:「守拙杜門，久臥桐孫之圃；叨恩佐郡，揭來茘子之邦。」〔註 37〕詩文中既有故園之戀，又有天倫之樂。吳景奎《滿庭芳》「己卯七月十一日得穎」:「露洗新秋，天浮灝氣，桐孫初長庭隅棚」〔註 38〕的「桐孫」也既是本地風光，又是添丁之慶。

### （三）桐孫與音樂：木質堅實；孤高情懷；知音訴求；道德內充

梧桐是重要的琴材，《鄘風・定之方中》:「椅桐梓漆，爰伐琴瑟」，嶧陽孤桐、龍門半死之桐、焦桐等都是與古琴有關的意象、典故。桐孫更是梧桐之優材，漢魏時期兩篇著名的《琴賦》中都有記載。傅毅《琴賦》:「歷嵩岑而將降，睹鴻梧於幽阻。……遊茲梧之所宜。蓋雅琴之麗樸，乃升伐其

〔註 34〕陳櫟《定宇集》(文淵閣《四庫全書》本)，上海古籍出版社，1987 年。

〔註 35〕石珤《熊峰集》卷十（文淵閣《四庫全書》本)，上海古籍出版社，1987 年。

〔註 36〕劉子翬《屏山集》卷十六（文淵閣《四庫全書》本）卷十六，上海古籍出版社，1987 年。

〔註 37〕劉子翬《屏山集》卷八（文淵閣《四庫全書》本）卷八，上海古籍出版社，1987 年。

〔註 38〕吳景奎《藥房樵唱》卷三（文淵閣《四庫全書》本）卷三，上海古籍出版社，1987 年。

孫枝」〔註 39〕；嵇康《琴賦》：「顧茲梧而興慮，思假物以託心；乃斫孫枝，准量所任。至人攄思，製爲雅琴。」〔註 40〕庾信《詠樹詩》亦云：「桐孫待作琴。」

然而，傅毅、嵇康、庾信都並未說明制琴爲何以「桐孫」爲貴；直到博物之學、「鳥獸草木」之學極爲發達的北宋〔註 41〕，蘇軾才從「木性」的角度予以闡明。琴材必須要堅實，白居易《夜琴》即云：「蜀桐木性實，楚絲音韻清。」古人選琴材以指甲掐之、堅不可入者爲佳；如果木質鬆軟，琴音就會虛散、飄浮。蘇軾《雜書琴事十首・琴貴桐孫》：「凡木，本實而末虛，惟桐反之。試取小枝削，皆堅實如蠟，而其本皆中虛空。故世所以貴孫枝者，貴其實也；實，故絲中有木聲。」蘇軾首次從「木性」的角度闡明了製琴緣何推崇桐孫。

南宋曾敏行總結了沈括、蘇軾之說，而且對於桐孫的定義更求精準：不是凡是桐枝都可以稱之爲桐孫；只有桐枝的派生枝才能稱之爲桐孫。《獨醒雜志》卷三：「斫琴貴孫枝，或謂桐本已伐、旁有蘖者爲孫枝，或謂自本而岐者爲子幹，自子幹而岐者爲孫枝。凡桐遇伐去，隨其萌蘖，不三年可材矣。而自子幹岐生者，雖大不能拱把。唐人有百衲琴，雖未詳其取材，然以百衲之意推之，似謂眾材皆小，綴葺乃成，故意其取自子幹而岐生者爲孫枝也。」梧桐的主幹或主枝都比較粗壯、虛鬆，而「桐孫」卻枝條較細、質地緊密。

《獨醒雜志》提到的「百衲琴」出自唐代李綽《尚書故實》：「唐汧公李勉素好雅琴。嘗取桐孫之精者，雜綴爲之，謂之『百衲琴』。用蝸殼爲暉其間，三面尤絕異，通謂之響泉韻磬。」〔註 42〕

正因爲是重要的琴材，桐孫於是成爲古琴、音樂的借代，陸龜蒙《和襲美江南道中懷茅山廣文南陽博士三首次韻》：「桂父舊歌飛絳雪，桐孫新韻倚玄雲。」〔註 43〕伐取桐孫也不是簡單的樵夫勞作，而是文人躬自製琴的雅事，如翁洮《和方干題李頻莊》：「閒伴白雲收桂子，每尋流水劚桐孫。猶憑律呂

〔註 39〕嚴可均《全後漢文》卷四十三，商務印書館，1999 年。

〔註 40〕嚴可均《全三國文》卷四十七，商務印書館，1999 年。

〔註 41〕羅桂環《宋代的「鳥獸草木之學」》，《自然科學史研究》2001 年第 2 期。

〔註 42〕「暉」即「琴暉」，通稱「琴徽」，是琴弦的音位標誌，常用金、玉、貝製成。

〔註 43〕「桂父」爲傳說中的仙人，劉向《列仙傳・桂父》：「桂父者，象林人也，色黑而時白時黃時赤。南海人見而尊事之。常服桂及葵。」

傳心曲，豈慮星霜到鬢根」、皮日休《臨頓爲吳中偏勝之地，陸魯望居之不出，郛郭曠若……奉題屋壁》:「明朝有忙事，召客斫桐孫。」

桐孫之韻清雅，文人的孤高情懷、知音訴求、道德內充盡借桐孫以顯現。趙摶《琴歌》:「綠琴製自桐孫枝，十年窗下無人知，清聲不與眾樂雜，所以屈受塵埃欺」，「清聲」與「眾樂」、雅與俗的對立是諸多詠琴作品的共同架構。所謂同聲相應、同氣相求，「聞弦歌而知雅意」的知音訴求也是諸多詠琴作品的恒見主題，如蘇軾《次韻和王鞏》:「知音必無人，壞壁掛桐孫」，耶律楚材《和景賢七絕》其五：「桐孫元採嶧陽林，萬里攜來表素心。聊爾贈君爲土物，也教人道有知音。」〔註44〕我們再看南宋陸游，《秋興》:「老子雖貧未易量，風流猶在小茅堂。葡萄錦覆桐孫古，鸜鵒螺斟玉瀣香」、《雜題》:「山家貧甚亦支撐，時撫桐孫一再行」，儒家「君子固窮」、「不改其樂」的守道自洽的一個「標誌」就是桐孫在室、撫琴而歌。

## 三、疏桐：疏桐寒井；疏桐寒鴉；疏桐缺月

梧桐闊葉疏枝，謝朓《遊東堂詠桐詩》:「葉生既阿那，葉落更扶疏」；秋冬之際，桐葉凋落之後，桐枝顯得粗大而蕭疏，「疏桐」是千山落木、眾芳蕪穢的寥廓天地間特別突兀的景致。從六朝到宋朝，疏桐寒井、疏桐寒鳥、疏桐缺月的意象組合模式遞相出現。

### （一）南北朝：疏桐寒井；地緣組合；景情疏離

中國傳統社會中，井和樹有著由來已久的相依關係。《周禮・秋官・野廬氏》:「宿昔井樹。」鄭玄注：「井共飲食，樹爲蕃蔽。」桐和井的關係尤爲密切，筆者將另有專門論述，疏桐與寒井是自然而然的地緣組合；南北朝文學作品中頻繁出現此類意象組合：

> 梁簡文帝《豔歌篇十八韻》:「寒疏井上桐。」
>
> 梁元帝《藩難未靖述懷》:「井上落疏桐。」
>
> 周明帝《過舊宮》:「寒井落疏桐。」
>
> 王褒《燕歌行》:「桐生井底寒葉疏。」
>
> 庾信《至仁山銘》:「菊落秋潭，桐疏寒井。」

〔註44〕耶律楚材《湛然居士集》（文淵閣《四庫全書》本）卷七，上海古籍出版社，1987年。

這一組相似的意象、句子其實可以作爲生動的個案來進行分析，南北朝時期的文學創作風會於此可見一斑。上述五位作家，或爲兄弟、或爲君臣、或爲同僚，在創作上交叉影響；南朝詩風以庾信爲中介對北朝詩風也產生了影響。當然，這是一個更爲宏大的命題，不是本書所討論的範圍。葛曉音先生在《庾信的創作藝術》一文中，對這一組句子有細緻的分析：「『桐疏寒井』，……兩句的構思是頗費琢磨的。梁元帝有『井上落疏桐』，周明帝也有『寒井落疏桐』，皆說明疏桐之影倒映入水，彷彿梧桐落入井中，寫得比較直，王褒的『桐生井底寒葉疏』轉了個彎子，不說桐落入水中，而說疏桐彷彿生於水中。庾信把同樣的意思壓縮成四個字，將『疏』字動詞用，謂井邊桐葉稀疏，使井面顯得疏朗，這就愈加精鍊含蓄了。」〔註 45〕其實，梁簡文帝「寒疏井上桐」的「疏」也是動詞。

疏桐寒井是蕭瑟、寥落之景，如果將上面引述的句子置於文本語境中考察，我們就會發現南朝時期文學中普遍存在的「景」與「情」的疏離、悖反，正如李澤厚在《美的歷程》中所說的：「（自然）並不與他們的生活、心境、意緒發生親密的關係……，自然界實際並沒能眞正構成他們生活和抒發心情的一部分，自然在他們的藝術中大都只是徒供描畫、錯彩鏤金的僵化死物。」〔註 46〕

梁簡文帝《豔歌篇十八韻》：「霧暗窗前柳，寒疏井上桐。女蘿託松際，甘瓜蔓井東。拳拳恃君寵，歲暮望無窮」，柳與窗、桐與井、女蘿與松、甘瓜與井構成了四組依附關係，用來比擬女子的望「寵」之心，疏桐寒井只是作爲比興存在。庾信《至仁山銘》：「菊落秋潭，桐疏寒井。仁者可樂，將由愛靜」，「樂」「靜」之心與菊落桐疏的凋殘之景也不相侔。周明帝《過舊宮》：「玉燭調秋氣，金輿歷舊宮。還如過白水，更似入新豐。秋潭漬晚菊，寒井落疏桐。舉杯延故老，今聞歌大風」，「白水」、「新豐」分別用漢光武帝、漢高祖之典，「大風」即劉邦《大風歌》；通篇作品志得意滿、氣勢驕人，「寒井」兩句與全篇格調也是不合。

南北朝時期，劉孝先與江總在疏桐的意象組合、意境營造上有開拓作用。劉孝先《和亡名法師秋夜草堂寺禪房月下詩》：「數螢流暗草，一鳥宿疏桐。興逸煙霄上，神閒宇宙中」，雖然仍是景情疏離，但是鳥桐組合已經擺脫了井

〔註 45〕葛曉音《漢唐文學的嬗變》，北京大學出版社，1999 年，第 356 頁。
〔註 46〕李澤厚《美的歷程》，中國社會科學出版社，1992 年，第 93～94 頁。

桐窠臼。江總《姬人怨》:「天寒海水慣相知，空床明月不相宜。庭中芳桂憔悴葉，井上疏桐零落枝」,「天寒」應該是漢樂府《飲馬長城窟行》「海水知天寒」句意；雖然仍然沿襲了疏桐寒井模式，但是憔悴零落之景與姬人的「怨」情互相吻合。

（二）唐朝：疏桐寒鴉；閨怨鄉愁；情景合一；疏桐鳴蟬

唐詩中的疏桐之景已經與整體情緒契合無間了，這也是中國詩歌藝術發展的一個例證，請看幾則詩例：

李賀《雜曲歌辭・十二月樂辭・九月》:「離宮散螢天似水，竹黃池冷芙蓉死。……雞人罷唱曉瓏璁，鴉啼金井下疏桐。」

王維《奉寄韋太守陟》:「寒塘映衰草，高館落疏桐。臨此歲方晏，顧景詠悲翁。」

吳商浩《秋塘曉望》:「鐘盡疏桐散曙鴉，故山煙樹隔天涯。西風一夜秋塘曉，零落幾多紅藕花。」

作品中的閨怨鄉愁之思、歲功無成之歎與南朝作品中的情緒迥然不同。特別值得我們注意的就是「疏桐寒鴉」模式的出現。中國文學中用寒鴉來點綴秋冬的衰颯很常見，如秦觀《滿庭芳》:「流水外，寒鴉繞孤村」、馬致遠《天淨沙》「秋思」:「枯藤老樹昏鴉」。疏桐與寒鴉都是暗黑色調，梧桐高聳疏透，寒鴉峭立枝頭的視覺感受，叫聲粗嘎的聽覺感受尤爲驚心；唐詩中的「疏桐寒鴉」模式在造景上要優於疏桐寒井模式，於是勝出。而且，李賀、吳商浩作品中的「疏桐寒鴉」均與「芙蓉死」、「零落幾多紅藕花」的荷花凋殘的衰颯之景同時出現，都爲典型的秋景。

論述唐代的疏桐意象，不能不提到虞世南的《蟬》:「垂緌飲清露，流響出疏桐。居高聲自遠，非是藉秋風。」後人把虞世南的《蟬》與駱賓王的《在獄詠蟬》、李商隱的《蟬》作比，得出「清華人語」、「患難人語」、「牢騷人語」的結論。（清代施補華《峴傭說詩》）這首作品的中心意象是蟬而非疏桐，不過，清華、高華之氣也浸潤了疏桐意象；然而，虞世南作品的作品在後代缺乏共鳴，像他這種「清貴」的文人畢竟少之又少。唐代就有人開始做「翻案」文章，宋華《蟬鳴一篇五章》:「蟬其鳴矣，于彼疏桐。庇影容迹，何所不容。嘒嘒其長，永託於風」，虞世南說蟬鳴「非是藉秋風」，宋華卻偏偏說「永託於風」。南宋遺民詞人唐藝孫《齊天樂》「餘閒書院擬賦蟬」下闋：「西軒晚涼又嫩。向枝頭占得，銀露行頃。蛻翦花輕，羽翻紙薄，老去易驚秋信。殘聲送暝。恨秦樹斜陽，暗催光景。淡月疏桐，半窗留鬢影」，也出現了蟬、疏桐意象，卻是既「驚」且「恨」，寄寓了黍離之悲。王安石的《葛溪驛》中也有疏桐與鳴蟬的意象，但也是嘈雜之境，「鳴蟬更亂行人耳，正抱疏桐葉半黃。」所以，虞世南的「疏桐鳴蟬」組合雖然高華，卻缺乏範式效應。

### （三）宋朝：疏桐缺月；出位之思；運化統攝

疏桐寒井與疏桐寒鴉在意象組合上有一個共同的缺陷，即缺乏「出位之思」；兩者都是以疏桐爲「本位」，寒井毗鄰於疏桐、寒鴉寄棲於疏桐，境界逼仄。「疏桐缺月」卻是互爲「本位」，矗立的疏桐是缺月的「坐標」，朦朧的缺月是疏桐的「背景」；同時，疏桐如同「射線」的端點、缺月如同射線上的一點，這根「射線」射向廣袤的蒼穹，境在象外。疏桐缺月組合首次出現於蘇軾的《卜算子》：「缺月掛疏桐，漏斷人初靜。時見幽人獨往來，縹緲孤鴻影。驚起卻回頭，有恨無人省。揀盡寒枝不肯棲，楓落吳江冷。」這一首作品中運化統攝疏桐、缺月的就是「幽人」，亦即詩人自身，「孤鴻」是「幽人」的對象化。詞託物詠懷，其高潔之志與孤寂之感交滲一體的雙重情感取向對整個封建社會的士大夫來說有著極其普遍的意義。缺月、疏桐、孤鴻、幽人的意象組合很成功，缺、疏、孤、幽在情態上契合無間，其產生的「合力」有力地渲染出孤清的氛圍。蘇軾的創作是他自身情懷、經歷心態的寫照，同時又是對前人作品的融鑄與超越。《苕溪漁隱叢話》「前集卷三十九」引黃庭堅評語：「語意高妙，似非吃煙火食人語，非胸中有數萬卷書，筆下無一點塵俗氣，孰能至此？」蘇軾所構建的「三件套」成爲書寫人生體驗的範式，如項安世《次韻答蜀人薛仲章》：「想見疏桐涼月下，幽鴻無伴立寒沙」；汪莘《竹洲見寄次韻》：「遙知疏桐下，缺月見深省。我來如征鴻，愛此沙洲冷」；牟子才《淳祐七年……》：「疏桐缺月漏初斷，鴻影縹緲還見麼？」

蘇軾「飛鴻」、「孤鴻」的生命體驗並非人人都有，但是「疏桐」與「缺月」組合卻以其造景優勢而在北宋以後流行，例如：

> 趙長卿《蝶戀花》：「天淨姮娥初整駕。桂魄蟾輝，來趁清和夜。費盡丹青無計畫，纖纖側向疏桐掛。」
>
> 劉氏《沁園春》：「缺月疏桐，淡煙衰草，對此如何不淚垂！君知否？我生於何處，死亦魂歸。」

韓元吉《寶林院次韓廷玉韻》:「山繞孤城水拍空，惜無殘月照疏桐。」

汪莘《秋懷》:「玉露金風刮夜天，疏桐缺月耿窗前。」

尹廷高《次韻於行可秋聲》:「缺月疏桐畫未成。」〔註 47〕

金代元好問甚至用《缺月掛疏桐》爲詞牌名，作爲《卜算子》之別稱。南宋之後，山水林泉繪畫風格向清曠蕭疏轉變，注重筆墨意趣，而「缺月疏桐」則是造化之景、「目遇之而成色」，是這種風格的極致；趙長卿與尹廷高都表達了「無計畫」、「畫未成」的遺憾。

通過桐枝、桐孫、疏桐意象的探討，我們可以發現，梧桐與季節、人生、民俗、音樂之間有著密切的關係。

## 第三節　桐　葉

在樹葉族類中，桐葉以闊大而醒目。桐葉臨秋而隕，是秋至的典型物候。「梧桐夜雨」與「荷葉雨聲」、「芭蕉夜雨」等是契合中唐文化心理、審美變化而產生的聽覺意象。宋朝，在意志理性與民本情懷的合力下，桐葉的悲秋功能被消解。桐葉飄落時正是稻花飄香時，南宋詩歌中，「桐葉」與「稻花」的組合具有時代特色，洋溢著歲稔的欣悅。桐葉闊大，可以題詩，「桐葉題詩」體現了文人雅趣與女子心緒；「紅葉題詩」意象則由「桐葉題詩」演變而來。「桐葉封弟」宣揚了兄弟之義，其可信性、合理性建立在「封建制」的基礎之上；唐代柳宗元否定了「桐葉封弟」及「封建制」的合理性。「分桐」具有截然相反的兩種比喻意義，既指事物可以續合，也指事物不可復合。

### 一、桐葉的生物與物候特點：闊大；臨秋而隕

梧桐樹葉闊大，加之樹身高聳，所以在樹葉族類中顯得落落出群，汪琬《題同宗蛟門百尺梧桐閣畫卷》即云:「桐華馥馥桐葉大，最便涼天與炎夜」〔註 48〕；蘇轍甚至用「蒲葵扇」來形容桐葉，《和鮮于子駿益昌官舍八詠・桐軒》:「桐身青琅玕，桐葉蒲葵扇」;「蒲葵」是棕櫚科蒲葵屬的常綠高大樹種，

〔註 47〕尹廷高《玉井樵唱》（文淵閣《四庫全書》本）卷中，上海古籍出版社，1987 年。

〔註 48〕汪琬《堯峰文鈔》卷四十三（文淵閣《四庫全書》本），上海古籍出版社，1987 年。

葉子呈扇形，寬可達 1.5～1.8 米，長可達 1.2～1.5 米。

梧桐樹冠廣覆，桐葉層層疊疊、如同片片碧雲，布下綠陰，白居易《和答詩十首・答桐花》:「葉重碧雲片」、《雲居寺孤桐》:「千葉綠雲委」; 劉義恭《桐樹賦》:「密葉垂藹而增茂」〔註 49〕; 顧瑛《和繆叔止燈字韻》:「梧桐葉大午陰垂。」〔註 50〕如果說桐葉是「複數」名詞，那麼桐陰則是「單數」名詞；如果說桐葉是「體」，桐陰則是「用」。桐葉與桐陰不可分離，但是因爲桐陰與中國古人的日常生活、精神生活有著密切的關係，筆者特表而出之，本書另有「桐陰」一節專門論述。

梧桐修幹弱枝、闊葉疏枝，所以梧桐樹密而不實、通透疏朗。梧桐是單葉樹木，也就是一根葉柄上只有一片樹葉，梧桐的葉柄很長，大約和樹葉等長，約 15 釐米，所以桐葉迎風舒展、婀娜生姿，如謝朓《遊東堂詠桐詩》:「葉生既婀娜」、夏侯湛《愍桐賦》:「納穀風以疏葉，含春雨以濯莖。濯莖夭夭，布葉藹藹。」〔註 51〕

梧桐是落葉喬木，秋天桐葉顏色轉深、轉黃以至凋零。宋玉《九辯》云：「悲哉，秋之爲氣也，蕭瑟兮草木搖落而變衰」，開創了中國文學中悲秋的傳統；宋玉描寫蕭瑟的秋景即云:「白露既下百草兮，奄離披此梧楸。」闊大的桐葉從高空飛舞、飄墜，枝幹光禿、高聳，格外醒目而驚心，梧桐葉落遂成爲秋至的象徵性景物。《廣群芳譜》卷七十三引《遁甲書》:「梧桐可知月正閏。歲生十二葉，一邊六葉，從下數，一葉爲一月。有閏則十三葉，視葉小處則知閏何月。立秋之日，如某時立秋，至期一葉先墜，故云:『梧桐一葉落，天下盡知秋。』」古人認爲，梧桐能夠感知、感應秋天的來臨，如《廣群芳譜》卷七十三引陳翥《桐葉》:「但有知心時，應候常弗迷」、陸游《早秋》:「桐葉知時拂井床。」

桐葉飄落常常與蟋蟀聲等秋天意象組合，如陸游《蝶戀花》:「桐葉晨飄蛩夜語，旅思秋光，黯黯長安路。」(詳參前文《梧桐與悲秋》一節。)

## 二、桐葉悲秋：中唐桐葉秋聲意象湧現；宋代桐葉悲秋功能被否定與超越

梧桐雖然很早就作爲秋至的典型物候來描寫，但基本是粗陳梗概、視覺

〔註 49〕嚴可均《全宋文》卷四十四，商務印書館，1999 年。

〔註 50〕顧瑛《玉山璞稿》(文淵閣《四庫全書》本)，上海古籍出版社，1987 年。

〔註 51〕嚴可均《全晉文》卷六十八，商務印書館，1999 年。

呈現；梧桐葉落並未與作者情緒水乳交融，更未成爲悲懷的「催化劑」。桐葉秋聲是隨著審美認識的深入、詩歌藝術的發展而出現的聽覺意象。

### （一）桐葉秋聲：梧桐夜雨；梧桐風鳴；梧桐墜地

孟浩然已有從聽覺角度描寫梧桐之例，王士源《孟浩然集序》：「閒遊秘省，秋月新霽，諸英華賦詩作會。浩然句曰：『微雲淡河漢，疏雨滴梧桐。』舉座嗟其清絕，咸閣筆不復爲繼。」「滴」字是細微、敏銳的聽覺捕捉，體現了孟浩然超異同儕的藝術感受與表現能力，營造出「清絕」之境；我們還可以用孟浩然其他用「滴」的詩例來參證，《初出關旅亭夜坐懷王大校書》「荷枯雨滴聞」、《齒坐呈山南諸隱》「竹露閒夜滴。」

孟浩然詩歌中的雨滴梧桐並非悲秋意象。中唐時期，情形發生了變化；桐葉秋聲，尤其是「梧桐夜雨」成爲詩歌中摹寫悲秋情緒的重要聽覺意象。丹納在《藝術哲學》中精闢地說道：「作品的產生取決於時代精神和周圍的風俗」；意象是作品的構件，也取決於「時代精神」〔註 52〕。中唐以後國勢日下，盛唐時期張揚外放的精神讓位於退縮內斂，文人的心態視野、審美趣味、藝術主題都發生了重大的變化，他們走進了「更爲細膩的官能感受和情感彩色的捕捉追求中」、注意「呈現的是人的心境和意緒。」〔註 53〕

「梧桐夜雨」與「枯荷雨聲」、「芭蕉夜雨」等適合刻畫心情、心緒的聽覺意象應運而生。黑夜的籠罩、空間的阻隔等都會導致視覺意象的遮蔽；而聽覺意象可以洞穿黑夜、度越空間，讓人無所遁逃。而且，「梧桐夜雨」等聽覺意象不是乍來乍去，而是綿延不絕的「時間藝術」。這有點類似於中國古代的計時工具「沙漏」，黑夜中的每一滴微響都似乎落在心頭、伴人無眠。「梧桐夜雨」等是中唐特定的時代氛圍中所產生的特定意象。請看中晚唐詩歌中的這一類聽覺意象：

白居易《長恨歌》：「春風桃李花開日，秋雨梧桐葉落時。」

白居易《宿桐廬館同崔存度醉後作》：「江海漂漂共旅遊，一尊相勸散窮愁。夜深醒後愁還在，雨滴梧桐山館秋。」

劉媛《長門怨》：「雨滴梧桐秋夜長，愁心和雨到昭陽。淚痕不學君恩斷，拭卻千行更萬行。」

---

〔註 52〕丹納《藝術哲學》，人民文學出版社，1986 年，第 32 頁。

〔註 53〕李澤厚《美的歷程》，中國社會科學出版社，1992 年，第 145～146 頁。

李商隱《宿駱氏亭寄懷崔雍崔袞》:「秋陰不散霜飛晚，留得枯荷聽雨聲。」

朱長文《句》:「夜靜忽疑身是夢，更聞寒雨滴芭蕉。」

徐凝《宿冽上人房》:「浮生不定若蓬飄，林下眞僧偶見招。覺後始知身是夢，更聞寒雨滴芭蕉。」

梧桐與荷、芭蕉都是屬於闊葉形的植物，雨滴落在上面的聲音清晰可聞，這是這一系列的聽覺意象所產生的植物學基礎。相比較而言，桐葉雨聲更為習見。芭蕉是亞熱帶植物，地域色彩比較明顯；荷葉雖然也分佈廣泛，但是主要是在池塘中，一般不近屋居；梧桐的栽植範圍則很廣，無論是南方或是北方，無論庭院、官衙、驛站都往往有梧桐。而且，梧桐高聳，雨落桐葉，「居高聲自遠」。簡單地說，梧桐雨聲更具普遍性與日常性。

三更時分，萬籟俱寂，夜正未央，梧桐雨聲助人寂寥。溫庭筠《更漏子》:「梧桐樹，三更雨，不道離情正苦。一葉葉，一聲聲，空階滴到明」,「葉葉」與「聲聲」的疊字運用刻畫出雨聲的單調、重複以及綿長。三更的梧桐雨聲幾乎成了渲染離情別緒、孤寂情感的不可或缺的意象，或曰「道具」，如周紫芝《鷓鴣天》:「梧桐葉上三更雨，葉葉聲聲是別離」、趙長卿《一剪梅》:「梧桐葉上三更雨，別是人間一段愁」、張耒《崇化寺三首》:「梧桐葉上三更雨，亦有愁人獨自眠。」倏忽而至的梧桐雨聲幾乎如「無聲處」的「驚雷」，蘇軾《木蘭花令》:「梧桐葉上三更雨，驚破夢魂無覓處。」「梧桐夜雨」這一聽覺意象更契合詞的體性，所以在詞中更為常見。

此外，桐葉墜落以及桐葉風鳴也是常見的桐葉秋聲類型。桐葉闊大，秋天枯瘁、凋零，凝神寂慮處似乎落地有聲，如韓愈《秋懷詩》:「霜風侵梧桐，眾葉著樹乾。空階一片下，琤若摧琅玕。」值得我們注意的是，這一細微的聽覺意象也是中唐時期才出現的，再如武元衡《長安秋夜懷陳京昆季》:「閒聽葉墜桐」，白居易《何處難忘酒七首》:「暗聲聽蟋蟀，乾葉落梧桐。」韓愈對桐葉墜落的聲音摹寫影響了後代，黃庭堅《宿廣惠寺》:「風亂竹枝垂地影，霜乾桐葉落階聲」、馮山《獨坐》:「兀坐窗牖寂，桐葉擲瓦響。哀彈動秋聽，遠寄勞夜想。」黃庭堅的描寫尚可稱平實，而韓、馮詩歌中的「摧」與「擲」卻是誇飾、重狠。

梧桐樹身高大、樹枝疏朗，迎風而疏風，正如相傳薛濤童稚時所詠：「葉送往來風。」無獨有偶，中唐時期的盧綸較早敏銳捕捉了風吹桐葉的聲音，《和太常王卿立秋日即事》:「階桐葉有聲。」秋天，風疏桐葉之聲庶幾近乎莊子所云的「地籟」，如陳師道《和黃預感秋》:「林梧自黃隕，風過成夜語」、《廣群芳譜》卷七十三引鄭允端《梧桐》:「梧桐葉上秋先到，索索蕭蕭向樹鳴。爲報西風莫吹卻，夜深留取聽秋聲。」

雨聲、風聲、落地聲是細分之下的三種秋聲類型，出於「精密論述」之必要；而事實上，三者往往是組合造景的，如張耒《雜題二首》:「寒雨蕭蕭桐葉驚，浪浪還作夜階聲。西風忽起幽人覺，枕簟涼時向五更」、陸游《秋夜風雨暴至》:「風聲掠野來，澒洞如翻濤。雨聲集庭木，桐葉聲最豪。」

### （二）桐葉悲秋之否定與超越：意志理性與民本情懷的雙管齊下

中唐時期，「梧桐夜雨」等系列秋聲意象出現並被沿襲，這是梧桐悲秋功能之強化，可以說這是一個「大傳統」；但中唐以降，消解、抗衡也與之俱存，桐葉悲秋的心理結構開始受到挑戰。宋朝之後，桐葉悲秋之否定與超越也成爲一個「小傳統」;「小傳統」是文人意志理性與仁者情懷的「合力」作用。「大傳統」體現了文學的延續性，「小傳統」則體現了文學的彈性與活力；兩者相輔相成。

程傑先生在《宋詩學導論》中的一段話頗有助於本節的論述:「在傳統的詩歌理論中，『詩緣情』、『詩可以怨』，詩是『不平之鳴』等說法是最基本的信念，借用現代心理學的術語，詩被看作是『愛欲』的表現。而在宋代文化中，在日趨深入的道德性命之學中，逐漸發展起來的是對人的實踐『意志』的肯定。……如『悲秋』，自宋玉以來，在一代一代的難以計數的襲用中內涵不斷積澱，意象逐步完善，成了文人抒發種種『不遇』之感的有效模式，但這一模式從中唐時候開始受到挑戰。……如杜牧《齊安郡中偶題》所言:『秋聲無不攪離心，夢澤蒹葭楚雨深。自滴階前大梧葉，干君何事動哀吟？』已是對『悲落葉于勁秋』這一『情以境遷』的傳統心態正面提出質疑。……物色搖情不是一種必然存在，對於忘懷得失者來說，物色便無從施展其威力，關鍵在於主體自身達到的態度和立場。顯然，這一關於情感之虛妄性的認識有了釋道二教心性之學影響下的思想深度，體現了意志和理性的力量。」〔註 54〕宋代，隨著主體意識的張揚，經過唐人所強化的「桐葉悲秋」的心物關係失去了效力。

〔註 54〕程傑《宋詩學導論》，天津人民出版社，1999 年，第 141 頁。

中唐之後，儒學復興，士大夫以經世致用爲己任；隨著科舉制度的完善，宋代文人從觀念層面到實踐層面普遍以儒家思想爲指導，民本情懷幾乎成了宋代文學創作的「主旋律」。秋天雖然是桐葉凋落、秋氣肅殺，但卻又是農作物、果樹、桑麻成熟之季；傳統的悲秋情緒被民胞物與的民本情懷所替代，憂天下之所憂，樂天下之所樂。民本情懷也使得宋代文人「定向」發掘「秋美」，並對傳統悲秋意象翻新、改造。

南宋時期，隨著政治、文化中心的南移，詩歌中的物象也具有南方特色、風情。南方是中國稻米的重要產區，據浙江餘姚河姆渡發掘考證，早在六七千年以前這裡就已種植水稻。桐葉飄落之時也正是稻花飄香之時，歲稔的欣悅取代了悲秋的情緒。「梧桐夜雨」是文人抒發悲秋的常用意象；但是，對於久旱望雨的農夫而言，沛然而至的「梧桐夜雨」卻無疑是最美的音樂。宋代文人對這一傳統意象進行「翻案」，曾幾《蘇秀道中自七月二十五日夜大雨三日，秋苗以蘇，喜而有作》:「……千里稻花應秀色，五更桐葉最佳音。無田似我猶欣舞，何況田間望歲心！」〔註 55〕

我們會發現一個有趣的現象，南宋以後，桐葉與稻子這兩個看似不相干的意象在詩歌當中往往是聯袂出現。這是文化心理與地域文化的協同作用，如：

> 黎道華《疏山》:「蟬噪荒林桐葉老，風回半野稻花香。」
>
> 釋師範《偈頌七十六首》其二六:「時節不相饒，俄當七月朝。未聞桐葉落，已覺稻香飄。」
>
> 汪昭《秋夕遣興》:「鵲驚梧葉墜，露壓稻花香。」
>
> 方一夔《雜興三首》:「珠璣推上稻花水，金鐵敲殘梧葉風。」

何中《山中樂效歐陽公四首》則是全方位的展示了秋天的豐收、老成之美，除了青林紅樹外，還有蘆菔、稻米、橙子等:「……扇團自守不依人，桐葉知幾尋脫路。……旋庖蘆菔美勝酥，精淅新秔香滿戶。山中之樂誰得知？我獨知之來何爲！青林紅樹人煙濕，護得金橙密處垂。」

我們還可以用荷葉來爲參證，枯荷同樣是傳統悲秋意象；然而在「最是橙黃橘綠時」的歲成之心觀照下，「荷盡已無擎雨蓋」的老成之美被發現。葉

〔註 55〕「蘇」即蘇州，「秀」即秀州，也就是今天的浙江嘉興。蘇、秀都是江南重要的稻米產區。

夢得《鷓鴣天》小序云：「梁范堅常謂：欣成惜敗者，物之情。秋爲萬物成功之時，宋玉作悲秋，非是，乃作《美秋賦》云。東坡嘗有詩曰：『荷盡已無擎雨蓋。……』此非吳人無知其爲佳也。予居有小池種荷，移菊十本於池側。每秋晚，常喜誦此句，因少增損，以爲《鷓鴣天》」；詞云：「一曲青山映小池，綠荷陰盡雨離披。何人解識秋堪美，莫爲悲秋浪賦詩。　攜濁酒，繞東籬，菊殘猶有傲霜枝。一年好景君須記，正是橙黃橘綠時。」正是緣於民本情懷，蘇軾的作品得到了普遍共鳴，枯荷也一反「常調」，再如：

蘇軾《浣溪沙・詠橘》：「菊暗荷枯一夜霜，新苞綠葉照林光。竹籬茅舍出青黃。」

楊無咎《漁家傲・十月二日老妻生辰》：「菊暗荷枯秋已滿，橙黃橘綠冬初滿。」

李綱《望江南》：「新雨足，一夜滿池塘。粳稻向成初吐秀，芰荷雖敗尚餘香。爽氣入軒窗。」

朱熹《次呂季克東堂九詠・橘堤》：「君家池上幾時栽，千樹玲瓏亦富哉。荷盡菊殘秋欲老，一年佳處眼中來。」

## 三、桐葉題詩：文人雅趣；愛情心聲

在紙張發明之前，原始形狀爲薄片的天然材料如樹葉及紙草（Cyperus papyrus 或稱莎草），這類物質都曾被人類用於書寫，但在中國卻從未見採用〔註 56〕。換言之，從實用功能而言，樹葉從來就沒有正式作爲紙的替代品；中國文化中的「桐葉題詩」是一種詩意的書寫方式，是文人雅趣、愛情心聲。「題葉」愛情故事在唐代以多種渠道、多個版本流傳，此處的「葉」多指桐葉；宋代之後，「桐葉題詩」讓位於「紅葉題詩」。

### （一）「桐葉題詩」與文人雅趣

題葉是一種富有雅趣的題詩方式，由來已久，舉凡葉形闊大者，無不成爲文人信手拈來的題詩工具，如芭蕉葉、菖蒲葉、荷葉、柿葉等。梧桐是中國文化中的嘉木、柔木，桐陰之下是文人日常休憩、詩意棲居之所在，桐葉則更是文人題葉之首選。桐葉題詩是屈原以來文人「善鳥香花，以比忠貞」的比興傳統的延續，寄寓著芬芳品格，如孟郊《贈轉運陸中丞》：「衣花野

〔註 56〕錢存訓《中國紙和印刷文化史》，廣西師範大學出版社，2007 年，第 37 頁。

菡萏，書葉山梧桐。」「菡萏」即荷花、芙蓉，是《楚辭》中常見的香花。再如：

杜甫《重過何氏五首》：「石欄斜點筆，桐葉坐題詩。」

杜牧《題桐葉》：「去年桐落故溪上，把筆偶題歸燕詩。江樓今日送歸燕，正是去年題葉時。」

趙汝回《春山堂》：「抱病獨不飲，愛閒君所知。階前碧梧葉，片片可題詩。」

韓元吉《季元衡寄示三池戲稿》：「新詩到處傳桐葉，麗唱他年滿竹枝。」

韋應物《題桐葉》：「參差剪綠綺，瀟灑覆瓊柯。憶在灃東寺，偏書此葉多。」

韋應物的「偏書此葉多」，可以更為補述；因為我們完全可以懷疑，韋應物在寺廟中書寫的是佛經，而非詩篇。在古印度，佛經是寫在多羅樹，即貝樹的樹葉之上的，故稱「貝經」。佛教傳入中國時，造紙術早已發明；樹葉寫經並不是因為紙張的匱乏，而是一種「報本反始，不忘其初」的宗教虔誠與力行苦修。寺廟中多有樹葉儲存，如《尚書故實》：「（鄭虔）學書而病無紙，知慈恩寺存柿葉數間屋，遂借僧房居止，日取紅葉學書，歲久殆遍。」桐葉既然可以題詩，當然也就可以替代貝葉寫經。而且，梧桐樹本身也具有佛教意蘊，寺廟中普遍栽植〔註 57〕。

桐葉是文人之間問遺、邀約、聚會的題詩之具，如同信箋與紐帶，寄託了清興、逸興、豪興，如：

郭奎《答人見寄》：「想到清秋無限興，坐題桐葉寄殷勤。」〔註 58〕

宋禧《題高氏萬綠堂》：「梧桐葉上題佳句，乘興重來不待招。」〔註 59〕

戴復古《渝江綠陰亭九日燕集》：「寄興題桐葉，長歌醉菊花。」

---

〔註 57〕詳參筆者《雙桐意象考論》，《北京林業大學學報》（社會科學版）2011 年第 1 期。

〔註 58〕郭奎《望雲集》卷四（文淵閣《四庫全書》本），上海古籍出版社，1987 年。

〔註 59〕宋禧《庸庵集》卷七（文淵閣《四庫全書》本），上海古籍出版社，1987 年。

戴復古「九日宴集」也可以更爲補述。《魏書・彭城王勰傳》：「高祖嘗宴侍臣於清徽堂，日晏移於流化池芳林之下。高祖曰：『觴情始暢，而流景將頹，竟不盡適，戀戀餘光，故重引卿等。』因仰觀桐葉之茂，曰：『「其桐其椅，其實離離，愷悌君子，莫不令儀」，今林下諸賢，足敷歌詠。』遂令黃門侍郎崔光讀暮春群臣應詔詩。」「題葉」與「流觴」同爲文人雅集之雅事。

### （二）「桐葉題詩」與愛情心聲

樹葉隨風飄蕩、任水漂流，於是古人遂在樹葉的傳播功能上大作文章，以題葉作爲現實中無法實現的愛情的紅絲繩。《本事詩》云：「顧況在洛，乘間與三詩友遊苑中，坐流水上，得大梧葉，上題詩云：『一入深宮裏，年年不見春。聊題一片葉，寄與有情人。』況翌日亦題葉放於上流，詩云：『愁見鶯啼柳絮飛，上陽宮女斷腸時。君恩不禁東流水，葉上題詩寄與誰？』十餘日，客來苑中，又於水上得葉詩以示況，曰：『一葉題詩出禁城，誰人酬和獨含情？自嗟不及波中葉，蕩漾乘春取次行。』」「題葉」類的愛情故事在唐宋曾數見，如范攄《雲溪友議》、孫光憲《北夢瑣言》、劉斧《青瑣高議》、王銍《補侍兒小名錄》；雖然故事框架與結構大致相同，但是人物、地點均不同。這其實體現了民間文學的某些特質，如口傳性、變異性；青年女子渴望衝破桎梏尋求「有緣人」是這類作品共同的主題。

我們再看《本事詩》中的一例：「蜀侯繼圖倚大慈寺樓，偶飄一大桐葉，上有詩云：『拭翠斂蛾眉，郁郁心中事。搦管下庭除，書作相思字。此字不書石，此字不書紙。書向秋葉上，願逐秋風起。天下有心人，盡解相思死。天下負心人，不識相思意。有心與負心，不知落何地。』後數年，繼圖卜任氏爲婚，始知字出任氏。」桐葉勝於石、紙之處就是在於其流動性。

後代文學中，「桐葉題詩」遂成爲重要的典故、意象，如蔡枏《鷓鴣天》：「鶯瘦盡，怨歸遲。休將桐葉更題詩。不知橋下無情水，流到天涯是幾時。」

### （三）從「桐葉題詩」到「紅葉題詩」

入秋尤其是霜降之後，桐葉顏色轉深，如孟郊《秋懷》：「棘枝風哭酸，桐葉霜顏高」，秋天的桐葉，我們一般稱之爲「黃葉」；而在唐宋文學作品中，也被稱之爲「紅葉」，紅、黃兩色本就相近，我們看詩例，祖可《小重山》：「西風簌簌低紅葉，梧桐影裏銀河匝」、《全芳備祖》引顧吳嶠詩句：「井梧驚秋風，葉葉雕萎紅。」

如前所述，「題葉」愛情故事在唐代曾數次出現，《青瑣高議》所收張實的傳奇作品《流紅記》是其中最爲詳盡的一個版本：「唐僖宗時，有儒士于祐晚步於禁衢間。於時萬物搖落，悲風素秋，頹陽西傾，羈懷增感。視御溝浮葉，續續而下。祐臨流浣手，久之，有一脫葉差大於他葉，遠視之若有墨迹載於其上，浮紅泛泛，遠意綿綿。祐取而視之，其上詩曰：『流水何太急？深宮盡日閒。殷勤謝紅葉，好去到人間。』……」最終，紅葉爲媒，成就了于祐與韓氏之間的姻緣。《流紅記》傳播最廣，元人白樸、李文蔚分別改編成雜劇《韓翠蘋御水流紅葉》和《金水題紅怨》。

《流紅記》中，「桐葉題詩」讓位於「紅葉題詩」；僅是一字之別，由特指而變爲泛化。「紅」是一種熱烈的顏色，是愛情故事中最常見的色調；而且中國古代情人之間用的信箋也往往是紅色的，如「薛濤箋」爲粉紅色，晏殊《清平樂》：「紅箋小字，說盡平生意。」紅葉與紅箋有著相同的功能，又別具浪漫氣息。

「紅葉題詩」中的「紅葉」無需確指，但桐葉無疑是「紅葉」族類中重要的一員，晏幾道《訴衷情》就將桐葉與「流紅」、「題紅」綰合在一起：「憑觴靜憶去年秋，桐落故溪頭。詩成自寫紅葉，和淚寄東流。」在後代，楓葉在「紅葉」族類中的地位躍升，於是「紅葉題詩」中的「紅葉」在確指時往往是指楓葉；楓葉「一葉獨尊」，而桐葉在「紅葉」族類中的「元老」身份已漸漸不爲人知〔註60〕。

## 四、桐葉封弟・分桐・判桐・破桐

桐葉又作爲歷史典故與義理比喻，這也是因爲梧桐在日常生活中隨處可見，正如錢鍾書《管錐編》「周禮正義二七則」之「二」云：「理賾義玄，說理陳義者取譬於近，假象於實，以爲研幾探微之津逮，釋氏所謂『權宜方便』也。古今說理，比比皆然。甚或張皇幽渺，云義理之博大創闢者每生於新喻妙譬，至以譬喻爲致知之具、窮理之階，其喧賓奪主耶？抑移的就矢也！」〔註61〕「剪桐」或曰「桐葉封弟」是關於分封、兄弟之義；「分桐」則

〔註60〕詳參筆者《紅葉辨》，《文學遺產》2001年第2期。上文引用了張實《流紅記》：「差大於他葉」，從葉形上看，楓樹的樹葉很難說「大於他葉」，只有梧桐的樹葉才配稱「大於他葉」。

〔註61〕錢鍾書《管錐編》》第一冊《周易正義二七則・乾》，中華書局，1991年，第

具有「比喻之兩柄」〔註 62〕，桐葉既分之後，可以「合」，也可以「不合」。

## （一）「桐葉封弟」的典故出處

「桐葉封弟」是一個著名的典故，《呂氏春秋・重言》有記載：「成王與唐叔虞燕居，援梧葉以爲圭，而授唐叔虞曰：『余以此封女。』叔虞喜，以告周公。周公以請曰：『天子其封虞邪？』成王曰：『余一人與虞戲也。』周公對曰：『臣聞之，天子無戲言。天子言，則史書之、工誦之、士稱之。』於是遂封叔虞於晉。周公旦可謂善說矣，一稱而令成王益重言，明愛弟之義，有輔王室之固。」

《史記》中的兩處記載則稍異於《呂氏春秋》；而且這兩處記載本身在細節上亦有出入。《史記》卷三九：「成王與叔虞戲，削桐葉爲珪以與叔虞，曰：『以此封若。』史佚因請擇日立叔虞。成王曰：『吾與之戲耳。』史佚曰：『天子無戲言。言則史書之，禮成之，樂歌之。』於是遂封叔虞於唐。」《史記》卷五八：「故成王與小弱弟立樹下，取一桐葉以與之，曰：『吾用封汝。』周公聞之，進見曰：『天王封弟，甚善。』成王曰：『吾直與戲耳。』周公曰：『人主無過舉，不當有戲言，言之必行之。』於是乃封小弟以應縣。」前者，向周成王的進諫的大臣由周公變成了史佚；後者，叔虞的分封地由晉變成了應縣。不過，這些都無損於故事本身的大旨。

## （二）「桐葉封弟」的典故涵義

「圭」，又作「珪」，是古代用作憑信的玉，上圓（或尖頭形）下方，帝王、諸侯在舉行朝會、祭祀的典禮時所用。梧桐葉形闊大，可以剪裁爲「圭」的形狀；這是「剪桐」典故產生的生物基礎。甚至，相傳民族藝術剪紙的淵源即可追溯到周成王的「剪桐」；此外，西北地區有句民謠：「漢妃抱娃窗前耍，巧剪桐葉照窗紗」，這裡的剪花材料亦爲桐葉。

唐叔虞爲周成王的弟弟，周公旦則是當時的攝政大臣。「桐葉封弟」其實有「正」、「副」兩個主題。正主題所宣揚的是周成王過而能改、「行而世爲天下法，言而世爲天下則」的天子威儀及兄弟之義；副主題所宣揚的是周公旦的輔政、輔仁之德。「剪桐」後來成爲分封的典實，如王勃《常州刺史平原郡

11～12 頁。

〔註 62〕錢鍾書《管錐編》第一冊《周易正義二七則・歸妹》，中華書局，1991 年，第 37 頁。

開國公行狀》：「剪桐疏爵，分茅建社。」高適《信安王幕府》詩：「剪桐光寵錫，題劍美貞堅。」「桐葉封弟」則與「棠棣之花」一樣，是宣揚兄弟之義的常典，如：

> 曾肇《除皇弟似守太保依前開府儀同三司蔡王充保平鎮安等軍節度使制》：「忠孝之誠，桐葉疏封已侈；盤維之寄，棣華致好每敦。」〔註63〕
>
> 蘇軾《賜皇弟武成軍節度使祁國公偲生日禮物口宣》：「棣華襲慶，桐葉分封。」〔註64〕
>
> 張說《奉和暇日遊興慶宮作應制》：「棣華歌尚在，桐葉戲仍傳。……聖慈良有裕，王道固無偏。」

棠棣又稱郁李或者六月櫻，開白色或粉紅色花，薔薇科李屬。《小雅・棠棣》云：「棠棣之華，鄂不韡韡。凡今之人，莫如兄弟。」舊說以爲周公所作，《毛序》謂：「閔管、蔡之失道，故作《棠棣》也」。管、蔡是指管叔、蔡叔，是周公的弟弟；周成王時，管叔、蔡叔和霍叔勾結武庚及東方夷族叛周，周公奉命東征。

值得注意的是，「桐葉封弟」的可信性、合理性均是建立在對「封建制」肯定的基礎之上；當「封建制」本身受到質疑、否定的時候，「桐葉封弟」也就成爲懸案虛談。我們雖不能斷定柳宗元就是質疑「封建制」、「桐葉封弟」的第一人，但他確實是聲名最著者。《封建論》云「彼封建者，更古聖王堯、舜、禹、湯、文、武而莫能去之。蓋非不欲去之也，勢不可也。……封建，非聖人意也」；《桐葉封弟辨》則斷言「故不可信。」

### （三）分桐・判桐・破桐

桐葉葉形闊大，可以剪裁，也可以判分、破分。「分桐」有「桐葉封弟」之義，如吳國倫《送姜太史節之使楚王》：「天子分桐葉，詞臣下柏梁。」〔註65〕明代實行藩鎮制度，類似於「封建制」，此處的「分桐葉」則指楚王，

---

〔註63〕曾肇《曲阜集》卷一（文淵閣《四庫全書》本），上海古籍出版社，1987年。「盤維」指宗室封藩。盤，磐石；維，維城，即連城以衛國，借指皇子或皇室宗族。《舊唐書・高宗紀論》：「忠良自是脅肩，姦佞於焉得志，卒致盤維盡戮，宗社爲墟。」

〔註64〕蘇軾《東坡全集》卷一百十一（文淵閣《四庫全書》本），上海古籍出版社，1987年。

〔註65〕《御選宋金元明四朝詩・御選明詩》卷九十三（文淵閣《四庫全書》本），上

而「詞臣」則指姜太史。

此外，分桐具有「比喻之兩柄」，即「同此事物，援爲比喻……詞氣迥異。」〔註 66〕「分桐」一則取其可以續合，如同銅虎符、竹使符，如馮琦《奉使宛洛初出都門》:「奉使分桐葉，承顏御木蘭」〔註 67〕，「分桐葉」即爲「分符」，是使節的憑證、信物。「分桐」二則取其不復續合，如張栻《名軒室記》:「今日一念之差，而不痛以求改，則明日茲念重生矣，積而熟時習之功銷矣，不兩立也，是以君子懼焉。萌於中必覺，覺則痛懲而絕之，如分桐葉然，不可復續。」〔註 68〕

「判桐」與「破桐」承接「不復續合」之「柄」。陳淳《隆興書堂自警三十五首》:「顏子不貳境，如判桐葉然。一絕不復續，何嘗有遺根」〔註 69〕，其理學色彩、取喻方式與《名軒室記》一脈相承。

《新唐書・李泌傳》:「時李懷光叛，歲又蝗旱，議者欲赦懷光。帝博問群臣，泌破一桐葉附使以進，曰:『陛下與懷光，君臣之分不可復合，如此葉矣。』由是不赦。」「破桐」比喻君臣之分斷絕，再如《金史・完顏綱傳》:「代之而不受，召之而不赴，君臣之義已同路人，譬之破桐之葉不可以復合，騎虎之勢不可以中下矣。」

## 第四節　桐陰・桐影

桐陰與桐影是兩個交滲的概念、意象，如若細辨，其「名實」略有差異。桐陰是梧桐樹冠及其所垂直覆蓋的下方，桐影是梧桐樹冠、樹幹在日、月等光線下的投影；桐陰是立體的，桐影是平面的；桐陰具有「自在性」，有梧桐枝葉即有桐陰，桐影則具有「外源性」，必須依賴光線；桐陰是有色的，即「綠陰」，而桐影是暗色的；桐陰是固定的，桐影是移動的；桐陰側重於晝，桐影

海古籍出版社，1987 年。

〔註 66〕錢鍾書《管錐編》第一冊《周易正義二七則・歸妹》，中華書局，1991 年，第 37 頁。

〔註 67〕馮琦《宗伯集》卷十（文淵閣《四庫全書》本），上海古籍出版社，1987 年。

〔註 68〕張栻《南軒集》卷十三（文淵閣《四庫全書》本），上海古籍出版社，1987 年。

〔註 69〕陳淳《北溪大全集》卷一（文淵閣《四庫全書》本），上海古籍出版社，1987 年。

側重於夜。總體而言，桐陰與桐影基本通用。桐陰具有高廣、清通的特點。桐陰、桐影在中國古人的日常生活中幾乎無所不在，是季節變化的標誌、是時間流逝的刻度。桐陰不僅是「物理場所」，也是「精神空間」；元代以後，「桐陰高士」成爲繪畫中的常見題材。

## 一、桐陰的物理特點：高廣；清朗

桐陰歷來受到重視、推崇，這除了梧桐精神原型的強大功能之外，與其自身的物理特點也是不可分的。賈思勰《齊民要術》卷五：「明年三月中，移植於廳齋之前，華淨妍雅，極爲可愛」；羅願《爾雅翼》卷九：「梧者，植物之多陰最可玩者。」一曰「可愛」，一曰「可玩」；梧桐易生速長、挺拔修直、枝葉扶疏，三五年就可成蔭。梧桐樹葉碧綠清亮，樹幹光滑青碧，古人常用「青玉」來形容。《長物志》卷二「梧桐」：「青桐有佳蔭，株綠如翠玉，宜種廣庭中」；白居易《雲居寺孤桐》則云：「一株青玉立，千葉綠雲委。」

陳翥《桐譜・所宜第四》：「桐，陽木也。多生於崇岡峻嶽、巉岩磐石之間、茂拔顯敞高暖之地。……今桐之所生未必皆茂於崇岡峻嶽，但平原幽顯之處、向陽之地悉宜之其性。」桐陰所在之地大多開闊通達。桐陰之下，少有雜草、藤蔓、沙石、竹木之根，頗爲淨潔，詳見陳翥《桐譜・所宜第四》。桐陰之下，少有「蟲虞」；槐樹、榆樹也是傳統的行道樹、綠化樹，但卻易生蟲，梧桐則不然。

在中國文化中，松陰的精神意義與桐陰差可彷彿；但平心而論，松葉被稱之爲「松針」，很難成蔭。此外，桃陰、李陰較早被提及，《韓詩外傳》卷七：「春種桃李者，夏得陰其下，秋得其實。」其實，桃樹、李樹均爲小樹種，其樹陰亦有限。與其他樹陰相比，桐陰有兩大「優長」：

### （一）高廣

梧桐樹幹高大，高達十餘米以上，在常見的樹木中有出乎其類、拔乎其萃的氣概；梧桐樹冠廣覆，古人常用「畝」來形容其覆蓋面，如周邦彥《鎖寒窗》：「桐花半畝，靜鎖一庭愁雨」，又如程俱《三峰草堂》：「庭前雙梧一畝陰，禪房蕭森花木深。」桐陰最顯著的視覺特點即是高與廣。

古人常用「蓋」形容樹陰，桐陰自亦不能例外，如陳翥《桐譜・詩賦第十》「桐陰」：「亭亭如張蓋，翼翼如層構」；徐熥《山居雜興》：「桐陰如蓋午風涼。」〔註 70〕不過，以「蓋」來形容桐陰還稍嫌局促；相形之下，桐亭、桐廬兩個地名則盡顯桐陰氣勢，尤其是後者。酈道元《水經注》卷四十：「嵊山東北太康湖，晉車騎將軍謝玄舊居所在。右濱長江，左傍連山，平陵修通，澄湖遠鏡，於江曲起樓。樓側悉是桐梓，森聳可愛，居民號爲桐亭樓。」樂史《太平寰宇記》卷九十五「江南東道七・睦州」：「桐廬縣……漢爲富春縣地。吳黃武四年分富春縣置此。耆舊相傳云：桐溪有大椅桐樹，垂條偃蓋，蔭數畝，遠望似廬，遂謂爲桐廬縣也。」

梧桐樹幹修長，其投影也修「直」，薩都剌《登樂陵臺倚梧桐望月有懷南臺李御史》：「獨倚梧桐看秋月，月高當午桐陰直」〔註 71〕、王昌齡《段宥廳孤桐》：「虛心誰能見，直影非無端。」

## （二）清通

桐陰初始色「嫩」陰「細」，如楊萬里《午憩》：「嫩綠桐陰夾道遮」、元稹《三月二十四日宿曾峰館，夜對桐花，寄樂天》：「葉新陰影細。」進入夏天之後，桐陰漸濃漸密；但是，桐陰雖密卻不實，有通透之感。梧桐修幹弱枝、闊葉疏枝；這樣的樹幹、樹枝、樹葉特點就使得梧桐迎風而疏風，夏侯湛《愍桐賦》即曰：「納穀風以疏葉。」〔註 72〕陳翥《桐陰》：「日午密影疊，風搖碎花漏」，即便是在濃陰密佈的季節，正午時分、微風吹拂，日光仍然可以從樹陰之間泄「漏」。

正因爲桐陰軒敞、濃綠、通透，所以「清」且「潤」，皮日休《初夏即事寄魯望》：「紫桐陰正清」、《小三吾亭詞話》〔註 73〕卷四謝章鋌《踏莎行》：「桐陰潤到無人處。」桐陰之下，是古人消暑、逃暑的好去處，如沈周《題畫》：「消暑桐陰宜野服。」〔註 74〕

梧桐適合作爲行道路列植，「嶽麓八景」中即有「桐蔭別徑」；不過，梧桐更多的還是作爲日常的綠化樹，與我們的生活息息相關，庭梧、井桐都是

〔註 70〕徐熥《幔亭集》卷十四（文淵閣《四庫全書》本），上海古籍出版社，1987 年。

〔註 71〕《佩文齋詠物詩選》卷二百八十三（文淵閣《四庫全書》本），上海古籍出版社，1987 年。

〔註 72〕嚴可均《全晉文》卷六十八，商務印書館，1999 年。

〔註 73〕王弈清、唐圭璋《詞話叢編》，中華書局，1986 年。

〔註 74〕沈周《石田詩選》卷八（文淵閣《四庫全書》本），上海古籍出版社，1987 年。

經常出現的意象。

## 二、桐陰與日常生活：院；戶；簷；窗；書屋；井

梧桐很早就成爲「人化的自然」中的景致，夏侯湛《愍桐賦》曰：「有南國之陋寢，植嘉桐乎前庭。……蔚童童以重茂，蔭蒙接而相蓋。春以遊目，夏以清暑」；伏系之《詠椅桐詩》曰：「亭亭椅桐，鬱茲庭圃。翠條疏風，綠柯蔭宇」；蕭子良《梧桐賦》：「植椅桐於廣囿，嗟倏忽而成林；依層楹而吐秀，臨平臺而結陰。」梧桐被栽植於「庭」、「圃」、「囿」之中，矗立於「陋寢」、「層楹」、「平臺」之前；既有「吐秀」「遊目」的觀賞價值，又有「蔭宇」「清暑」的實用價值。明代的陳繼儒則對庭園樹木配置進行了總結，《小窗幽記》卷六：「凡靜室，須前栽碧梧，後種翠竹。前簷放步，北用暗窗，……然碧梧之趣，春冬落葉，以舒負暄融和之樂；夏秋交蔭，以蔽炎爍蒸烈之威。四時得宜，莫此爲勝。」梧桐喜陽，所以適宜「前栽」；梧桐又是落葉喬木，其張蔭、落葉均能適應人的季節之需。

桐陰可以覆蓋數家宅院，種樹之家頗得「獨樂」不如「眾樂」之趣。梧桐是人與人之間的紐帶，如張說《答李伯魚桐竹》：「結廬桐竹下，室邇人相深。接垣分竹徑，隔戶共桐陰」；于鵠《過張老園林》：「藥氣聞深巷，桐陰到數家。」《南史·陸慧曉傳》：「慧曉與張融並宅，其間有池，池上有二株楊柳」，這在後代成爲佳話；白居易《欲與元八卜鄰先有是贈》：「綠楊宜作兩家春」即用此典。但若從「資源共享」的角度來看，綠楊其實遠不及梧桐；更何況，綠楊也不具備梧桐的比德意義。

桐陰覆蓋了庭院，如袁去華《晏清都》：「空庭靜掩桐陰」、方回《感皇恩》：「滿院桐陰清晝」、王質《紅窗怨》：「晚涼初、桐陰滿院。」桐陰隔離了燠熱、煩囂，庭院成爲清涼、靜謐的世界。桐陰甚至穿廊、入室，陪伴夏日晝寢，如陸游《逃暑小飲熟睡至暮》：「槐影桐陰欲滿廊，綸巾羽扇自生涼」、周邦彥《法曲獻仙音》：「倦脫綸巾，困便湘竹，桐陰半侵朱戶」、張半湖《滿江紅》「夏」：「人正靜，桐陰竹影，半侵庭戶。」桐陰爲人們營造了涼、靜、清的居住環境，文人閒適、蕭散的情調常常流露其中；不須峨冠博帶、正襟危坐，可以野服、可以倦躺。

桐陰可以攀簷而上，張元幹《樓上曲》：「沆瀣秋香生玉井，畫簷深轉梧桐影」、陸游《夏日雜題》：「簷前桐影偏宜夏」，桐影在簷瓦之間流轉，與屋

檐「比高」。桐陰亦可以掩映窗前，毛幵《點絳唇》：「起來人靜，窗外梧桐影」、《偶爲梧窗夜課小景並題以句》：「月色潔宜秋，桐陰疏勝柳。……梧窗對古人，軒然逸興發」〔註 75〕，窗子如同取景框，推窗而視，桐影婆娑，房間無疑「借景」於桐陰。樓采《法曲獻仙音》：「料燕子重來地，桐陰鎖窗綺」卻是另外一種截然不同的效果，窗子緊關、桐陰蒙窗，房間愈加深閉，更增幽暗、冷清，「鎖」字有鍊字之妙。

唐代劉慎虛《闕題》「深柳讀書堂」的讀書場景讓後人心儀；不過，綠柳掩映的深窈景致可能需要多株柳樹才能達到。現實生活中，「桐陰書屋」倒是更爲常見、易行，如高翥《喜杜仲高移居清湖》：「桐陰近屋可修書」、朱彝尊《夏日雜興二首》：「桐陰細細白花攢，吾愛吾廬暑亦寒」〔註 76〕、《御製夏日瀛臺雜詩八首》：「書屋桐陰依舊圓，每因幾暇此流連。」在桐陰掩映下的書齋中讀書、寫作是文人雅事，清代朱崇勳的文集就題爲《桐陰書屋集》。桐陰與書屋的「地緣組合」爲桐陰意象增添了文人雅趣。

此外，在中國傳統社會中，井和樹有著由來已久的相依關係。《周禮・秋官・野廬氏》：「宿昔井樹。」鄭玄注：「井共飲食，樹爲蕃蔽。」鑿井的選點很有講究，必須選擇林木茂盛之處。明文震亨《長物志・鑿井》即云：「鑿井須於竹樹之下，深見泉脈。」桐和井的關係尤爲密切，桐陰爲井提供泉脈、蔭蔽，章孝標《和顧校書新開井》：「霜鍤破桐陰，青絲試淺深」、李郢《曉井》：「桐陰覆井月斜明，百尺寒泉古甃清。」桐陰也倒映在寒井之中，司空曙《石井》：「苔色遍春石，桐陰入寒井」、史達祖《月當廳》：「空獨對、西風緊，弄一井桐陰。」井是婦女日常勞作的地點，桐陰的變化常常是婦女易感、神傷的觸媒〔註 77〕。

## 三、桐陰與季節光陰：季節輪替；晝與夜

通過上文的分析，我們可以發現，桐陰幾乎是無所不在地融入了中國古人的日常生活空間。陸機《文賦》：「佇中區以玄覽」，我們在此處不妨以庭院

〔註 75〕《御製詩集》「初集卷二十六」（文淵閣《四庫全書》本），上海古籍出版社，1987 年。

〔註 76〕朱彝尊《曝書亭集》卷二十一（文淵閣《四庫全書》本），上海古籍出版社，1987 年。

〔註 77〕本書另有「井桐」一節，專門論述「井桐」意象。宣炳善《「井上桐」的民間文化意蘊》一文也可參考，刊登於《中國典籍與文化》2002 年第 2 期。

爲「中區」；在「中區」諦觀、「玄覽」桐陰也幾乎成了中國古人的日常行爲。「遵四時以歎逝，瞻萬物而思紛；悲落葉于勁秋，喜柔條於芳春」，桐陰不僅有「空間性」，而且具有「時間性」。桐陰的季節變化、晝夜移轉搖蕩性情。

### （一）桐陰與季節

桐陰濃時高廣、清通，進入秋冬之後，桐葉凋零，桐陰轉「薄」、轉「瘦」、轉「碎」；俯仰桐陰可以察歲時變化，如：

盧祖皐《菩薩蠻》:「芙蓉香卸桐陰薄，水窗未雨涼先覺。」

虞集《送良上人賦得井上桐》:「桐陰秋轉薄，井氣曉爲霜。」〔註 78〕

張鎡《眼兒媚》:「淒風吹露濕銀床。涼月到西廂。蛩聲未苦，桐陰先瘦，愁與更長。」

梁棟《摸魚兒》:「甚竹實風摧，桐陰雨瘦，景物變新麗。」

劉子翬《聞藥杵賦》:「窈窕兮麴房空，桐陰碎兮玄雲濃。」

盧琦《中秋寄友》:「下階踏碎梧桐影，千里江山千里情。」〔註 79〕

曹冠《霜天曉角》:「夜永風微煙淡，梧桐影、碎明月。」

雨後、霜後，桐陰的變化尤爲急劇、明顯。張鎡、盧琦作品中的閨怨、思念情緒都很具典型性。蘇轍甚至用「穿」來形容桐葉凋落後的桐陰殘敗，《欒城集》卷十《次韻毛君山房即事十首》:「桐陰霜後亦成穿。」

### （二）桐陰與日、晝:「桐陰轉午」

「日晷」是中國古代利用日影測定時刻的一種計時儀器，由指針和圓盤組成。指針稱之爲「晷針」，垂直穿過圓盤中心，圓盤稱之爲「晷面」。「日晷」不可能成爲「家庭必備品」，而古人卻有天成、簡易的替代品，那就是桐陰。梧桐爲「晷針」、庭院爲「晷面」，桐陰位置的轉移、長短的變化是目測時刻的依據；雖然未必精準，卻具有生活情趣。我們看以下詩例：

---

〔註 78〕虞集《道園學古錄》卷一（文淵閣《四庫全書》本），上海古籍出版社，1987 年。

〔註 79〕盧琦《圭峰集》卷上（文淵閣《四庫全書》本），上海古籍出版社，1987 年。

楊萬里《午睡起》:「日脚何曾動，桐陰有底忙。倦來聊作睡，睡起更蒼茫。」

楊萬里《小憩揭家岡諦觀桐陰》:「仰看陽光只見空，不如影裏看梧桐。莫言日脚無行迹，偷轉零分破寸心。」

楊基《故山春日》:「寂寂青山一鳥啼，紫藤花落午風微。不知刻漏長多少，但覺桐陰半日移。」〔註80〕

董紀《閒情二首》:「夕陽又帶梧桐影，過到窗間第二欞。」〔註81〕

太陽爲「本」，桐陰爲「末」，察末而知本；諦視桐陰變化，「日腳」也就是太陽的運行軌迹就昭然可見。秋天白晝變短，桐陰則像車輪一樣地急速轉動，王安石《秋日在梧桐》即云:「秋日在梧桐，轉陰如轉轂。」

桐陰尤其可以作爲午時的標記，劉禹錫《晝居池上亭獨吟》:「日午樹陰正」；桐陰偏離「正」中，午時也隨之「轉」移，蘇軾《賀新郎》即云:「乳燕飛華屋。悄無人、桐陰轉午，晚涼新浴。」桐陰、乳燕、華屋的意象組合在後代成爲經典範式。乳燕試飛是初夏景象，此時桐陰始密，正是春夏銜接的孟夏，充滿生機；乳燕在桐陰間飛翔、呢喃正好可破密爲疏，同時以動襯靜，與古人稱道的「鳥鳴山更幽」同趣，寫出了午間的安靜；「華屋」氣象高華，雖不言人，而人在其中，「隱秀」一詞約略可以形容這種境界。下列詩詞例子均受到蘇軾影響：

石孝友《滿江紅》:「日轉桐陰，正玉燕、飛來夏屋。」

吳儆《宴邕守樂語》:「高柳咽新蟬，奏薰風入弦之韻；華屋飛乳燕，正桐陰轉午之初。」〔註82〕

張昱《晏居有懷徐一夔教授》:「乳燕試飛華屋靜，桐陰初合畫簾垂。」〔註83〕

〔註80〕楊基《眉庵集》卷十一（文淵閣《四庫全書》本），上海古籍出版社，1987年。

〔註81〕董紀《西郊笑端集》卷一（文淵閣《四庫全書》本），上海古籍出版社，1987年。

〔註82〕吳儆《竹洲集》卷十四（文淵閣《四庫全書》本），上海古籍出版社，1987年。

〔註83〕張昱《可閒老人集》卷三（文淵閣《四庫全書》本），上海古籍出版社，1987年。

### （三）桐陰與月、夜：「教人立盡梧桐影」

前面已經提到，桐陰「密」而不「實」；透過疏落的桐陰可以仰觀月色，月色也可以穿過桐陰映照地面，桐陰、月色不相妨，鍾惺《月下新桐喜徐元歎至》：「是物多妨月，桐陰殊不然。……綠滿清虛內，光生幽獨邊。」〔註 84〕再如陳翥《桐徑》：「月夕照影碎，春暮花光映」、韓元吉《晚來》：「疏桐影裏月朦朣」、余彥成詩句：「荷露襲衣涼冉冉，桐陰轉戶月疏疏。」和桐陰的變化可知太陽的運轉一樣，由桐影的變化亦可知月亮的升落，王鏊《庭梧七首》：「長夜夢初回，月上山之厓。何由知月上？梧桐影橫斜。」〔註 85〕

如果說白晝桐陰類似於「日晷」，那麼月下桐影則類似於「更漏」；桐影的方位移轉、長度變化也是夜的時間刻度：

> 劉過《轆轤金井》：「桂子香濃，梧桐影轉，月寒天曉。」
>
> 方回《八月二十日趙西湖攜酒夜醒二更記事》：「梧桐影轉三更月。」
>
> 胡奎《白苧辭》：「雞人唱籌宮漏淺，烏啼金井桐陰轉。」〔註 86〕

「隔千里兮共明月」，中國傳統文化中，月亮是感情的寄託、紐帶；桐影之中望月，影消而月落，這是一個漫長的等待過程。暗色的桐影如同「舞臺」，人佇立於桐影之中，如同舞臺中心的「表演者」，月光則如同舞臺周邊的「燈光」。「燈光」漸落，「舞臺」漸小，最後「舞臺」與「表演者」同時退場，「獨角戲」也就謝幕；這是極具戲劇情境的詩歌意境。宋周紫芝《竹坡詩話》云：「大梁景德寺峨眉院壁間，有呂洞賓題字。寺僧相傳以爲，頃時有蜀僧號嵋道者，戒律甚嚴，不下席者二十年。一日，有布衣青裘，昂然一偉人來，與語良久，期以明年是日復相見於此，願少見待也。明年是日，日方午，道者沐浴端坐而逝。至暮，偉人果來，問道者安在，曰亡矣。偉人歎息良久，忽復不見。明日書數語於堂壁間絕高處，其語云：『落日斜，西風冷。幽人今夜來不來？教人立盡梧桐影。』字畫飛動，如翔鸞舞鶴，非世間筆也。宣和間，余遊京師，猶及見之。」陳巖肖《庚溪詩話》、胡仔《苕溪漁隱叢話》後

---

〔註 84〕《廣群芳譜》卷七十三（文淵閣《四庫全書》本），上海古籍出版社，1987 年。

〔註 85〕王鏊《震澤集》卷七（文淵閣《四庫全書》本），上海古籍出版社，1987 年。

〔註 86〕胡奎《斗南老人集》卷二（文淵閣《四庫全書》本），上海古籍出版社，1987 年。

集卷三十八亦載此事，詩作字句稍異。

諸書所記載的呂洞賓事雖然未必可信，然而「立盡梧桐影」卻以其抒情功能而被「定格」在詩歌之中，如：

> 方岳《蝶戀花》：「山抹修眉橫綠淨。浦溆生寒，立盡梧桐影。」
>
> 李玉《賀新郎》：「嘶騎不來銀燭暗，枉教人、立盡梧桐影。誰伴我，對鸞鏡。」
>
> 魏子敬《生查子》：「雲歸月正圓，雁到人無信。孤損鳳皇釵，立盡梧桐影。」
>
> 李曾伯《沁園春》：「桂影飄搖，桐陰立盡，多少征人霜滿頭。」

呂洞賓以「桐影」來寫夜晚的時間移動，司馬光則以「桐影」來寫白天的時間變化，可以相映成趣，《溫公詩話》：「文德殿，百官常朝之所也。宰相奏事畢，乃來押班，常至日旰，守堂卒好以『厚樸湯』飲朝士。朝士有久無差遣，厭苦常朝者，戲爲詩曰：『立殘階下梧桐影，吃盡街頭厚樸湯。』亦朝中之實事也。」

## 四、桐陰的精神意趣：桐陰舊話；桐陰結社；桐陰高士

中國傳統文化中，梧桐有陽木、柔木等美名，陳翥《桐譜・雜說第八》引王逸少語：「木有扶桑、梧桐、松柏，皆受氣異於群類者」；梧桐與高潔品格潛息相通。這是梧桐的原型意義、中國文人心理的「深層結構」。桐陰不僅是身體休憩的「物理場所」，也是心靈超拔的「精神空間」；「精神空間」無須苦尋、力致，而就存在於日常生活中無所不在的「物理場所」桐陰之下。所謂「道不遠人」，這體現了中國人生哲學的可近、可親性，也正如《壇經》所云：「法元在世間，於世出世間，勿離世間上，外求出世間。」前文提到了「松陰」，就精神品格而言，桐陰、松陰原本在伯仲之間；但是松陰卻往往在深山古刹等險阻之處，不像桐陰那麼日常。

陳翥在中國第一部梧桐專著《桐譜・詩賦第十》中即描述了桐陰「理想國」，《桐竹君詠》序言：「吾無錐刀之心，不迫於世利，但將以遊焉而，至其中休焉而。坐其下，可以外塵紛，邀清風；命詩書之交，爲文酒之樂，亦人間之逸老，壺中之天地也」；《桐賦》：「望之而列戟與排矛，即而憇之若綠幄與翠裀。將以集鸞鷟，鳴飄鸖，玩之以興詠，聽之以消憂。於是招直諒之賓，命端善之友。坐萋萋之陰蔭，論詩書之盛否。逍遙乎志氣，宴樂以文酒。」

桐陰之下，可以「獨與天地精神相往來」，也可以是志同道合者的聚會；桐陰的精神意趣有不同的生成、表現方式，本書臚列三個「斷章」。

### （一）「桐陰舊話」

《桐陰舊話》是南宋韓元吉記述家世的一部筆記。《直齋書錄解題》卷十著錄《桐陰舊話》十卷：「吏部尚書潁川韓元吉無咎撰，記其家世舊事，以京師第門有桐木故云。元吉，門下侍郎維之四世孫也」，《四庫全書提要》：「宋韓元吉撰。元吉字無咎，宰相維之玄孫……書中所記韓億、韓綜、韓絳、韓繹、韓維、韓縝雜事，共存十三條，皆其家世舊聞。以京師第門有桐木，故云《桐陰舊話》，蓋北宋兩韓氏並盛，世以桐木韓家別於魏國韓琦云。」北宋時期，「桐陰」成爲韓維家族的「家徽」，李復《賀韓相太原禮上啓》：「茂桐陰而垂蔭，秀棣萼以連輝。偉然家世之異倫，卓爾衣冠之盛事。三朝舊老，四海具瞻。」〔註 87〕

韓元吉出身於奉儒守官的世家，在南宋聲譽甚隆，黃昇《中興以來絕妙詞選》稱曰：「文獻、政事、文學爲一代冠冕」，與陸游、朱熹、辛棄疾、陳亮等名流、志士相善。隆興年間，官至吏部尚書，乾道九年爲禮部尚書出使金國。桐陰是韓元吉的家族徽章、精神淵源；梧桐「清」陰如「清」氣、「清」流，警頑立懦。韓元吉的友朋均對韓元吉寄予厚望：

> 辛棄疾《水龍吟》「爲韓南澗尚書甲辰歲壽」：「況有文章山斗。對桐陰、滿庭清晝。」
>
> 辛棄疾《水龍吟》「次年南澗用前韻爲僕壽。僕與公生日相去一日，再和以壽南澗」：「玉皇殿閣微涼，看公重試薰風手。高門畫戟，桐陰閣道，青青如舊。」
>
> 趙彥端《鷓鴣天》：「爲韓漕無咎壽」：「幾時一試薰風手，今日桐陰又滿庭。」
>
> 陸游《得韓無咎書寄使敵時宴東都驛中所作小闋》：「桐陰滿地掃不得，金鑾玲瓏上源驛。」

在中國古代社會中，世家對於文化、「道統」往往有著自覺地擔當、承傳意識；他們類似於西方社會中的「精神貴族」，在滄海橫流、狂瀾既倒中如中流砥柱。韓元吉撰寫《桐陰舊話》既是家世追述，也是精神紹述。

---

〔註 87〕 李復《潏水集》卷二（文淵閣《四庫全書》本），上海古籍出版社，1987 年。

有趣的是，南宋時有人把韓侂冑與韓元吉的家世混淆。韓侂冑是「魏國韓琦」的五世孫，韓元吉則是韓維的玄孫；「桐陰」之冠也被誤戴於韓侂冑之頂，邵桂子《百字令》:「韓知事美任」:「三年幕畫，是小試相業，桐陰相譜。」

（二）桐陰結社

陳起是南宋時期臨安著名的職業編輯家，他爲流落江湖、沉淪下僚的詩人們刊刻了《江湖集》、《江湖前集》、《江湖後集》、《江湖續集》等；「江湖詩派」因此而得名。陳起是江湖詩人們的知音，許棐《陳宗之疊寄書籍，小詩爲謝》即云:「君有新刊須寄我，我逢佳處必思君。」

根據陳起及江湖詩人的酬唱之作，我們可以知道，陳起的臨安書鋪前有桐陰，江湖詩人們曾在桐陰之下結社：

陳起《挽梅屋》:「桐陰吟社憶當年，別後攀梅結數椽。」

許棐《贈陳宗之》:「六月長安熱似焚，廛中清趣總輸君。買書人散桐陰晚，臥看風行水上文。」

鄭斯立《贈陳宗之》:「淡妝誰爲容，古曲誰爲彈？桐陰覆月色，靜夜每獨還。」

吳文英《丹鳳吟》「賦贈陳宗之芸居樓」:「舊雨江湖遠，問桐陰門巷，燕曾相識。」

陳起是商人，但也是文人，並不「唯利是圖」；桐陰是他在市廛之內爲自己以及江湖詩人們構築的精神家園，自得清趣。許棐《贈陳宗之》:「臥看風行水上文」的「文」應該是一語雙關，既是「文字」之「文」，也是斑駁、搖曳的桐陰，是自然之「文」。文人的精神家園在世俗社會中總是落落不合的，鄭斯立《贈陳宗之》詩中的「誰爲」、「獨」寫盡此意。

桐陰之下的文人雅集常常是「勝地不常，盛筵難再」，令人追慕、悵惘，清代戴璐《藤陰雜記》卷九「邵青門長蘅與阮亭尚書書」:「奉別將十年，回憶寓保安寺街，踏月敲門，諸君箕坐桐陰下，清談竟夕，恍然如隔世事。清景常有，而良會難再，念至增惆悵也。」

（三）桐陰高士

李日華《六研齋筆記・三集》卷三：「元人喜寫《桐陰高士圖》。子久、叔明、雲林、幼文俱有之。雖景物各異，而一種瀟灑超逸之趣，令人不知人間有利祿事則一也。丙寅六月，偶過石佛禪堂藏經室，前除四五桐，樹間桐正作花，香雪滿地，啜茶談詩，亦自慶暫遊諸公圖畫中也。」

桐陰與高士的景致、人物組合是元代繪畫的常見題材，其中既有社會政治的「外緣影響」，也遵循著山水風景畫、文人畫發展的「內在理路」。么書儀《元代文人心態》指出：「元朝文人……在不能『濟世』時，仍然要撿起隱居以『勵世』的破旗，於是創造了這種非隱非俗、半隱半俗、亦隱亦俗、名隱而實俗的隱逸形態。」〔註 88〕參差斑駁的「高士」群像的湧現是元代社會文化生活的一大特點，而繪畫領域則表現、順應了這一潮流。山水畫發展至元代，進入了「有我之境」，注重筆墨意趣、人格襟懷〔註 89〕；錢選的「士氣」說頗具代表性，他也有桐陰題材作品留世。

「士氣」是趙孟頫問畫道於錢選時，錢選所標明的觀點；《佩文齋書畫譜》卷十六引明董其昌的《容臺集》：「趙文敏問畫道於錢舜舉，何以稱士氣？錢曰：『隸體耳。畫史能辨之，即可無翼而飛。不爾，便落邪道，愈工愈遠。然又有關棙：要得無求於世，不以贊毀撓懷。』」「士氣」除了以書法用筆入畫的技法，即「隸體」之外，更重要的就是獨立的人格；張庚《浦山論畫》即云：「古人有云，畫要士夫氣，此言品格也。」繪畫題材中高士的出現是「士氣」的直觀表現。

高士圖中的桐陰絕不僅僅是作為背景而存在的，兩者具有「互文性」，桐陰也具有「意味」；桐陰以梧桐的原型意義而成為鑄塑高士形象的重要手段。鄧文原《松雪翁桐陰高士圖》「延祐七年十月八日子昂畫」：「玉立桐陰十畝蒼，託根何必在朝陽。迎風簌簌秋聲早，灑雨陰陰月色涼。勝事只消琴在膝，野情聊倚石為床。高人自得坡頭趣，不為花開引鳳凰。」詩歌的前半部分就是詠梧桐，頸聯扣高士，尾聯梧桐、高士合寫。

明代文人繪畫沿襲了「桐陰高士」題材，如沈周、文徵明、唐寅等；唐寅的《桐蔭清夢圖》有自作詩一首：「十里桐陰覆紫苔，先生閒試醉眠來。此生已謝功名念，清夢應無到古槐」，「古槐」用「南柯一夢」之典，指功名、富貴。元明兩代，無論是嘯傲王侯、甘隱林泉的「眞名士」，還是妝點山林、附庸風雅的「假名士」，都偏愛「桐陰高士」題材；題材、意象一旦風行，很容易就形成「現成思路」，成為創作的捷徑。清朝《御製詩集》中的相關題畫

〔註 88〕么書儀《元代文人心態》，文化藝術出版社，2001 年，第 244 頁。
〔註 89〕李澤厚《美的歷程》，中國社會科學出版社，1992 年，第 170～176 頁。

詩即有：《錢選桐陰撫琴圖》、《題陸治桐陰高士》、《題張宗蒼桐陰高士圖》、《題趙孟俯桐陰高士圖》、《崔子忠桐陰博古圖》、《題董誥四季山水冊・桐陰琴趣》、《題沈周桐陰玩鶴圖》等。此外，明清諸多的畫譜、繪畫題跋集中，這一題材作品著錄更多，如江珂玉《珊瑚綱》卷三十八有「桐陰宴息圖」、卷四十二有「桐陰讀書圖」等。

現代繪畫中仍沿襲了這一傳統題材，張大千即有《桐陰覓句圖》，款識云：「癸巳七月。大千居士愛飲光簃作」，「癸巳」即1953年。據考證，《桐陰覓句》原型即出自明代陳洪綬作品，張大千作品據此變化修飾而成。

## 第五節　桐子・桐乳

桐子是梧桐樹的果實，與梧桐的其他「部件」，如桐花、桐葉、桐枝、桐陰相比較而言，桐子渺小，容易爲人疏略。桐子具有食用與藥用價值。桐子是鳳凰之食；文人食用桐子，不僅療饑，亦且明志。梧桐果實離離，《詩經》中用以比喻君子的嘉德懿行，也比喻女子的繁衍生育。桐子易於繁殖，「桐實生桐」，《越絕書》中用以揭示遺傳規律。桐子成串下垂，鳥雀棲息於梧桐，以桐子爲食；「桐乳致巢」，《莊子》用以說明因果關係。桐子、梧子與「同子」、「吾子」諧音，南朝樂府民歌用以抒發愛情心聲。

### 一、桐子概念辨析：梧桐子；「桐子大」；油桐子；「桐花煙」

桐子是梧桐（青桐）的果實，典籍中又稱桐實、梧子，民間也稱爲瓢兒果。梧桐果實分爲五個分果，成熟前裂開呈小艇狀，種子球形，生其邊緣；分果成串下垂，狀似乳房，所以又稱之爲「桐乳」，《埤雅》卷十四「梧」云：「梧橐鄂皆五焉，其子似乳，綴其橐鄂生；多或五六，少或一二，飛鳥喜巢其中。」

桐子可以食用，賈思勰《齊民要術》卷第五云：「桐葉花而不實者曰白桐，實而皮青者曰梧桐。……成樹之後，樹別下子一石……炒實甚美，味似菱芡，多啖亦無妨也。白桐無子，冬結似子者，乃是明年之花房。」《廣群芳譜》卷七十三云：「仁肥嫩可生噉，亦可炒食。」可見，梧桐子是生吃、炒食「兩相宜」。「菱」即菱角，「芡」即芡實（俗稱「雞頭」），二物的澱粉含量均很高。梧桐是中國民間房前屋後常見的樹種，秋天一到，桐子自然凋落，是俯拾即是、惠而不費的「零食」；而且產量很高，《齊民要術》云「一石」，這裡的「石」

雖然並未明言是容量單位還是重量單位，但均相當可觀。松子雖然也味美，但是松樹一般栽種於山谷之中，成熟的松子落於榛莽之中，拾取既不易，產量也遜於桐子。桐子亦可榨油，油爲不乾性油。《廣群芳譜》卷七十三記載了桐子的取食方法：「桐子微炒，布包少許，磚地上輕輕板之，簡出仁；未破者，再板，陸續收取。」

桐子不僅具有食用價值，也有藥用價值，具有順氣和胃、健脾消食、止血之功效；桐子中的生物鹼成分可以治療鼻衄。梧桐子主產於江蘇、浙江；此外，甘肅、河南、陝西、廣西、四川、安徽等地亦產。

桐子極爲習見，中國古人遂以「桐子」爲體積量化的形象表述，如米粒大、芝麻大之類。「如桐子大」、「如梧子大」在古代的醫藥典籍、筆記中比比皆是，如《續夷堅志》卷二：「再將白麵炒熟，蜜蠟爲丸，如桐子大，溫白湯或乳香湯下百丸」，《金匱要略》「雜療方第二十三」：「煉蜜丸如梧子大，酒飲服二十丸。」「桐子大」，相當於直徑 0.6cm 左右；《爾雅翼》卷九「梧」：「食之味如芡。古今方書稱丸藥如梧桐子者，蓋仿此也。」劉禹錫《和樂天閒園獨賞八韻，……》：「榴花裙色好，桐子藥丸成」，上句言裙子的顏色，下句即言藥丸的大小。

不過，桐子又常指油桐果實；民間的桐子花、桐子樹也常指油桐花、油桐樹。油桐是大戟科油桐屬，經濟樹木。油桐 4～5 月開花，果期 7～10 月；花後子房膨大，結球形核果，果頂端有短尖頭；果內有種子 3～5 粒。桐子用來榨油，桐油是重要的工業用油。宋元以後，桐油的油煙成爲製墨顏料，如方回《贈壽昌墨客葉實甫》：「燃爇膏脂礫桐實」，這裡的「桐實」就是指油桐子，而非梧桐子。「桐花煙」中的「桐花」也不是通常意義上的泡桐花，而是油桐花，這也是我們需要特別注意的，如倪瓚《贈墨生》：「岩谷春風起，桐花落澗紅。隔水輕煙發，收煤石竈中」〔註 90〕；倪瓚《義興吳國良用桐煙製墨，將遊吳中求售，賦詩以速其行》：「生住荊溪上，桐花收夕煙。墨成群玉秘，囊售百金傳。」〔註 91〕油桐是「中國植物圖譜數據庫」收錄的有毒植物，桐實尤甚，張璐《本經逢原・卷三喬木部》「桐實」：「辛寒有毒。」筆者在後文對「油桐」還有論述，可以參看。

---

〔註 90〕《清秘閣全集》（文淵閣《四庫全書》本）卷三，上海古籍出版社，1987 年。
〔註 91〕《清秘閣全集》（文淵閣《四庫全書》本）卷三，上海古籍出版社，1987 年。

## 二、桐子的食用價值：鳳凰；神仙；隱士；南宋時候流行

桐子與其「母體」梧桐一樣，具有神話原型色彩。《莊子・秋水》云：「夫鵷雛發於南海，而飛於北海，非梧桐不止，非練實不食，非醴泉不飲。」鵷雛與鳳凰相近，「練實」指竹實。梧桐和竹子在這裡「分工明確」，一爲「止」，一爲「食」，梧桐和竹子的結盟自此開始，筆者後文將論述二者之間的關係；但是在後代，梧桐開始「越位」，身兼二職。范雲《古意贈王中書詩》：「遭逢聖明后，來棲桐樹枝。竹花何莫莫，桐葉何離離。可棲復可食，此外亦何爲」，詩中用了互文的修辭方式，竹子與梧桐都是既可棲又可食。劉基《雜詩》：「兔食茅草根，鳳食梧桐子。所嗜由性成，易之則皆死」〔註92〕、夏良勝《青橘行》：「梧子落落威鳳來」〔註93〕則都是專言桐子對鳳凰的招致。

正是因爲桐子的神話原型色彩，桐子在後代也順理成章地成爲神仙、方外之士的食物，具有延年益壽、輕身益氣的功能，如同松子、柏子。《廣群芳譜》卷四十八引《神仙傳》：「康風子服甘菊花、桐實後得仙」；吳綺《同雲止過石公房》：「一缽軟煙梧子飯，半鋤涼雨菊花泥。」〔註94〕

前面所引的《齊民要術》已有關於桐子食用價值的記載；宋代筆記、詩文中的記載尤多。宋代的文化一方面士人化、高雅化，一方面市井化、平民化，兩者相輔相成，共同建構了宋代文化的總體風貌。宋代的飲食文化從一個小角度折射出宋代文化的特色，筆者在《中國荷花審美文化研究》中曾以「蓮子」等爲例來進行分析〔註95〕，「桐子」亦復如此，《武林舊事》卷三「重九」：「雨後新涼，則已有炒銀杏、梧桐子吟叫於市矣」；范成大《霜後紀園中草木十二絕》：「眞珠綴玉船，梧子炒可供。莫嫌能墮髮，老夫頭已童。」「眞珠」形容桐子，「玉船」則爲桐果形狀。桐子「墮髮」應該是民間傳聞；其實恰恰相反，桐子性味甘平，和何首烏、黑芝麻等煎服，倒有治療鬚髮早白的功效。吳文英的《聲聲慢》則充滿了綺羅香澤之態，詞前有小序：「宏庵宴席，

〔註92〕劉基《誠意伯文集》（文淵閣《四庫全書》本）卷二，上海古籍出版社，1987年。

〔註93〕夏良勝《東洲初稿》（文淵閣《四庫全書》本）卷十三，上海古籍出版社，1987年。

〔註94〕吳綺《林蕙堂全集》（文淵閣《四庫全書》本）卷十七，上海古籍出版社，1987年。

〔註95〕俞香順《中國荷花審美文化研究》，巴蜀書社，2005年，第322～325頁。

客有持桐子侑俎者，自云其姬親剝之」，上闋云：「寒篔驚墜，香豆初收，銀床一夜霜深。亂瀉明珠，金盤來薦清斟。綠窗細剝檀皺，料水晶、微損春簪。風韻處，惹手香酥潤，櫻口脂侵。」作者用「香豆」、「明珠」、「檀皺」等來形容桐子的形狀、色澤等；「篔」是竹筐；「銀床」是指井邊的欄杆，古人常在井邊栽種梧桐，即井桐。

南宋時期，梧桐子應該是在南方頗爲流行的一種小吃。劉辰翁有兩首《望江南》「秋日即景」均是以「梧桐子」開頭，其一：「梧桐子，看到月西樓。醋釅橙黃分蟹殼，麝香荷葉剝雞頭。人在御街遊。」這裡描繪的即是江南秋天的生活場景、當令食物。「雞頭」即雞頭米，爲芡實的別稱。再如洪咨夔《官舍見月》其二：「庭下雙梧桐，露重風颼颼。採實當剝芡，蠙珠麗瓊舟。」桐子味同芡實，「蠙珠」即珍珠，形容桐子光滑，「瓊舟」則形容艇狀果殼。

梧桐子還可用糖、蜜浸漬食用，明代宋詡《竹嶼山房雜部》卷二「宜入糖物」：「梧桐子（去殼）」；「以蜜漬梧桐子煎，去殼，惟以蜜煮透漬。」

中國傳統文化中，梧桐有陽木、柔木等美名，梧桐與高潔品格潛息相通。這是梧桐的原型意義、中國文人心理的「深層結構」。桐子是貧士、隱士的「救荒本草」，但不僅療饑，而且明志。我們如果將桐子與古代詩歌中另一常見的荒年糧食替代品橡子進行對比，就會有更顯著的認識。橡子的澱粉含量高達 30～50%，顆粒較大，其實更適合充饑。杜甫《乾元中寓居同谷縣，作歌七首》：「有客有客字子美，白頭亂髮垂過耳。歲拾橡栗隨狙公，天寒日暮山谷裏」；張籍《野老歌》：「老農家貧在山住，耕種山田三四畝。……歲暮鋤犁傍空室，呼兒登山收橡實。」杜詩愁苦，張詩哀愍，都是荒年的「流民圖」；皮日休有《正樂府十篇·橡媼歎》也可參看。桐子則具備象徵意義，食用桐子是避世、清高、孤傲，如吳儆《拾梧子》：「雞犬三家市，蓬蒿一畝宮。春盤厭筍蕨，秋子積梧桐。客夢五年過，文盟千里同。時清臺省貴，袞袞看諸公」；司馬光《九月十一日夜雨，宿南園，韓秉國寄酒兼見招，以詩謝之》：「雨多秋草盛，濃綠擁寒階。吾廬奧且曲，退縮如晴蝸。……梧子拾爲果，拒霜伐爲柴。」謝翱《擬古寄何大卿六首》「其三」則用上古藥師「桐君」的典故，有著「微斯人，吾誰與歸」的感慨與憤懣：「世傳賣藥翁，出市恒騎虎。竭來空山中，恨不輒與語。長嘯歸無家，獨指梧桐樹。既指梧桐樹，復採梧桐子。持以贈所思，浩歌聊復爾。」

## 三、桐子的比興功能：品德與子嗣；遺傳與基因；因果；愛情

桐子除了因食用價值而衍生的文化意義之外，尚具備其他比興功能，比興的基礎是其形狀、繁殖特點，甚至是其聲音特點。

### （一）品德與子嗣：「其實離離」

《小雅・湛露》：「其桐其椅，其實離離。豈弟君子，莫不令儀」，孔穎達疏云：「言二樹當秋成之時，其子實離離然，垂而蕃多」；簡言之，「離離」是形容果實豐碩，成串下垂的樣子；這裡用來比喻「君子」諸多美好的品德、儀態。「椅」即山桐子，爲山桐子屬大風子科落葉喬木，秋來紅果累累。清代姚炳的解釋得其要義，破除了穿鑿附會，《詩識名解》卷十四：「詩意不在桐椅，在桐椅之實。舊謂以柔木況令儀，非也。蓋桐實參差懸綴，離離可愛；君子威儀蹌濟，亦藹藹可親。此取喻大指耳。必謂下垂恭順，亦是作時藝穿鑿法矣。」

李廌《曉至長湖戲贈德麟》：「桐實離離秋帶長，玉鞭驕馬度垂楊。黃茅野店人爭看，籬上紅眉粉額妝」的第一句賦中兼比，既寫時間、景物，也暗喻友人美好的品德；三、四兩句夾道爭觀的情形，和蘇軾《浣溪沙》：「旋抹紅妝看使君」頗爲相似。

《周南・桃夭》：「桃之夭夭，有蕡其實」用桃樹的碩果累累來預祝新嫁娘的繁衍生育；梧桐的「其實離離」也具有生殖崇拜的寓意，朱彝尊《名孫說二首》總括了梧桐易生速長、果實離離的兩個特點：「昆田生子三齡矣，命之曰『桐孫』，爲之說曰：天下之木，莫良乎梓桐也者。梓之屬也，榮木也，易生而速長者也。……詩曰：『其桐其椅，其實離離。』庶其蕃衍吾後乎？！」〔註 96〕

### （二）遺傳與基因：「桐實生桐」、「桐實養梟」

梧桐易生，種子自然繁殖的成活率高，陳翥《桐譜・種植第三》：「凡桐之子輕而喜揚，如柳絮，飛可一二里。其子遇地熟則出」，《爾雅翼》卷九「梧」：「此木易生，鳥銜墜者，輒隨生殖。」一則依賴於「風力」，一則依賴於「鳥力」，殊途而同歸。梧桐易生而速長，查慎行《初夏園居十二絕句》：「去秋梧子收不盡，旋向根邊兩葉生。保得主人長閉戶，四三年便看

〔註 96〕朱彝尊《曝書亭集》（文淵閣《四庫全書》本）卷六十，上海古籍出版社，1987 年。

陰成。」〔註97〕

梧桐是古老的樹種，春秋時期，中國古人就從梧桐的繁殖發現了遺傳現象。《越絕書》卷四：「人固不同。慧種生聖，癡種生狂。桂實生桂，桐實生桐。」這是帶有農業文明特點的表述方式，桂與桐都是古代的「嘉木」。戰國末期的《呂氏春秋・用民》則云：「夫種麥而得麥，種稷而得稷」，也是揭示了遺傳現象。當然，有遺傳則有變異，宋代張世南《遊宦紀聞》卷三：「《泊宅編》云：『《越絕書》曰：慧種生聖，癡種生狂；桂實生桂，桐實生桐。』沙隨先生云：『以世事觀之，殆未然也。……』先生又嘗謂：『桂生桂、桐生桐者，理之常也；生異類者，理之變也。』」「沙隨先生」舉證翔實，既有動物、植物，也有人物，不贅引。

鳳凰以桐子爲食，但如果用桐子飼養鴟梟，鴟梟卻永遠無法「基因突變」，轉化爲鳳凰；「性」是生而有之的，不是後天習得的。劉基《郁離子》中有一則「桐實養梟」的寓言借古喻今：「楚太子以梧桐之實養梟，而冀其鳳鳴焉。春申君曰：『是梟也，生而殊性，不可易也，食何與焉？』朱英聞之，謂春申君曰：『君知梟之不可以食易其性而爲鳳矣，而君之門下無非狗偷鼠竊、亡賴之人也，而君寵榮之，食之以玉食、薦之以珠履，將望之以國士之報。以臣觀之，亦何異乎以梧桐之實養梟，而冀其鳳鳴也？』春申君不寤，卒爲李園所殺，而門下之士，無一人能報者。」〔註98〕春申君諳於「物理」，卻昧於「人事」；這是悲劇的根源。

### （三）因果關係：「桐乳致巢」

《太平御覽》卷九五六引《莊子》：「空門來風，桐乳致巢」，司馬彪注曰：「門戶空，風喜投之；桐子似乳，著葉而生，鳥喜巢之。」莊子用兩種現象形象地說明了事物之間的因果聯繫。「空穴來風」從「空門來風」衍出，惟詞義古今差別比較大，古意爲「事出有因」，今意爲「無中生有」。

嵇含《南方草木狀》亦曰：「梧桐子似乳綴其囊。多或五六，少或二三，故飛鳥喜巢其中。昔人謂『空門來風，桐乳致巢』是也。」司馬彪、嵇含均從桐子的「形」來考察，而羅願則進一步延伸，從桐子的「味」來考察，《爾

〔註97〕查慎行《敬業堂詩集》（文淵閣《四庫全書》本），卷十三，上海古籍出版社，1987年。

〔註98〕劉基《誠意伯文集》（文淵閣《四庫全書》本）卷十七，上海古籍出版社，1987年。

雅翼》卷九「梧」：「……考莊子曰『空閱來風，桐乳致巢』，蓋子生累然似乳，鳥悅於得食，因巢其上；亦猶枳椇之來巢，以味致之也。」〔註 99〕鳥雀喜食梧桐子，這才是「巢」於其中的最根本的原因。《爾雅翼》中提到的「枳椇」又寫成「枳句」，別名拐棗，果實甜美，也吸引鳥雀，宋玉《風賦》：「枳句來巢，空穴來風，所託者然也，則風氣也殊焉」的事理與莊子相同。

## （四）愛情心聲：「桐子」、「梧子」

南朝樂府民歌中的愛情詩篇常用諧音雙關的手法，如「絲」諧「思」，「蓮」諧「憐」等。梧桐之「梧」與「吾」諧音，「桐」與「同」諧音；梧桐在中國民間廣爲栽植，青年男女在歌詠愛情時，往往就地取材、就近取譬，如：

《子夜歌四十二首》：「憐歡好情懷，移居作鄉里。桐樹生門前，出入見梧子。」

《秋歌十八首》：「仰頭看桐樹，桐花特可憐。願天無霜雪，梧子解千年。」

《懊儂歌十四首》：「我有一所歡，安在深閣裏。桐樹不結花，何由得梧子。」

《讀曲歌八十九首》：「上樹摘桐花，何悟枝枯燥。迢迢空中落，遂爲梧子道。」

南朝樂府民歌中的梧子、桐子的諧音雙關方式「伏脈千里」，在明朝中後期的文人詩歌中頻繁出現，這是一個很有意味的現象。陳鴻緒《寒夜錄》引卓人月語：「我明詩讓唐、詞讓宋、曲讓元，庶幾《吳歌》、《掛枝兒》、《羅江怨》、《打棗竿》、《銀絞絲》之類，爲我明一絕耳。」這種變化與明朝中期開始的工商經濟發展、市民階層崛起是同步的。馮夢龍致力於整理民歌，而在明末清初的文人詩歌中也出現了含思宛轉、風神搖曳的「吳歌」風格作品，梧子、桐子均常見，如：

李攀龍《子夜歌》：「強言共寢食，十日九不俱。桐花夜夜落，

〔註 99〕「空閱來風」即「空穴來風」。《老子》第五十二章：「塞其兑，閉其門。」清代俞樾有按語：「兑」當讀爲「穴」。《文選・風賦》「空穴來風」，注引《莊子》「空閱來風」。「閱」從兑聲，可假作「穴」，「兑」亦可假爲「穴」也。「塞其穴」正與「閉其門」文義一律。

梧子暗中疏。」〔註100〕

宗臣《子夜吳歌九解贈李順德于鱗》:「夜半倚梧桐，明月何歷歷。梧子在其上，可見不可摘。」〔註101〕

于愼行《子夜秋歌二首》:「露井凍銀床，秋風生桐樹。任吹桐花飛，莫吹梧子去。」〔註102〕

吳偉業《子夜詞》:「人採蓮子青，妾採梧子黃。置身宛轉中，纖小歡所嘗。」〔註103〕

李攀龍與宗臣屬於明代後期的「後七子」，其創作嶄向體現了「前七子」巨擘李夢陽的「眞詩在民間」的觀點。

〔註100〕李攀龍《滄溟集》(文淵閣《四庫全書》本)卷二，上海古籍出版社，1987年。

〔註101〕宗臣《宗子相集》(文淵閣《四庫全書》本)卷三，上海古籍出版社，1987年。

〔註102〕于愼行《谷城山館詩集》(文淵閣《四庫全書》本)卷一，上海古籍出版社，1987年。

〔註103〕吳偉業《梅村集》(文淵閣《四庫全書》本)卷十七，上海古籍出版社，1987年。

# 第四章　梧桐「形態」研究

梧桐具有很高的實用價值，因此很早就有人工栽植，如《穆天子傳》卷五：「乃樹之桐」，郭璞注曰：「因以樹梧桐，桐亦響木也。」梧桐「響木」的樹性適合製琴，這是梧桐在古代最主要、最顯赫的用途。此外，梧桐樹形挺秀，也適合綠化與美化環境，古人常常栽植於井邊，是爲「井桐」。梧桐有不同的生長形態，可以孤植，是爲「孤桐」；也可以雙植，是爲「雙桐」。此外，梧桐因生命狀態的不同，也有「半死桐」、「焦桐」之謂。孤桐、雙桐、井桐、半死桐、焦桐都是梧桐「意象叢」的組成部分，各有其文化內涵〔註1〕。

## 第一節　孤　桐

從字面意義而言，孤桐就是一株梧桐；但是在中國文化中，孤桐所指絕不僅僅是梧桐的客觀計量。孤桐既是音樂文化符號，又是人格象徵符號。「嶧陽孤桐」出自《尚書・禹貢》，是絕佳之琴材，是古琴的美稱；嶧山的歷史地位、地形特點造就了特殊的桐材。孤桐琴聲既有禮樂教化功能，具有清和、安樂的特點；又有個人抒懷功能，具有清高、孤苦的特點。知音意識是孤桐琴聲的重要主題。孤桐「比德」既有「孤直」之意，又有「剛直」之意。本節即對「嶧陽孤桐」進行語義分析，探討孤桐的琴聲意蘊與比德內涵。

〔註1〕本章的部分內容以單篇論文的形式發表過，詳參：《孤桐意象考論》，《溫州大學學報》（社會科學版）2012年第4期；《「半死桐」考論》，《中國韻文學刊》2011年第3期；《雙桐意象考論》，《北京林業大學學報》（社會科學版）2011年第1期。

## 一、「嶧陽孤桐」探賾

梧桐木材紋理通直，色澤光潤，輕柔，無異味，所以適合製琴，《鄘風·定之方中》云：「椅桐梓漆，爰伐琴瑟。」「嶧陽孤桐」成爲琴材、古琴符號，並非偶然；這與嶧山的歷史地位、地貌特點與梧桐的樹木屬性等密切相關。本書將探賾索隱，分析「嶧陽孤桐」的層次結構、生成機制；「嶧陽孤桐」這個短語的中心詞是「桐」，而每一個前綴詞都提升、強化了「桐」的內涵與品格。

### （一）嶧山的歷史地位：儒學發源；魯國「地標」

嶧山，又作繹山，位於今天的山東省鄒城市東南，先秦時期聲名甚隆。《魯頌·閟宮》：「泰山岩岩，魯邦所詹。……保有鳧嶧，遂荒徐宅。」〔註2〕「嶧」即嶧山。《孟子·盡心上》曰：「孔子登東山而小魯，登泰山而小天下」，「東山」亦爲嶧山。魯國爲禮樂之邦、儒學發祥地，嶧山是魯國的「地標」之一，其地位僅次於泰山。秦始皇登基之後，巡遊天下、勒石記功，嶧山爲其首站，《史記·始皇本紀》曰：「二十八年，始皇行郡縣，上鄒嶧山，立石，與魯諸儒生議，刻石頌秦德。」

「嶧陽孤桐」因嶧山而貴，在儒家思想綿延千年的傳統社會中，成爲文人心目中的文化符號。

### （二）嶧山的地貌特點：怪石連綿；梧桐成材緩慢

嶧山的海蝕石地貌被地理學家稱爲世界奇觀，怪石層疊、連綿爲嶧山的一大特點。《太平御覽》卷四十二「嶧山」條引《爾雅》曰：「魯國鄒縣有嶧山，絕石相積構，連屬而成山」；又引《地理志》曰：「嶧山在鄒縣北，嶧山……東西二十里，南北一十三里，高秀獨出，積石相臨，殆無壤。石間多孔穴，洞達相通，往往有如數間居處，其俗謂之『嶧孔』。」正是因爲山石絡繹，所以「嶧山」又名「繹山」

雖然人世更迭，但山形依舊，我們看三則後代筆記、遊記中的材料。《唐語林》卷八：「兗州鄒縣嶧山，南面半腹，東西長數十步。其處生桐，相傳以爲《禹貢》『嶧陽孤桐』者也。土人云：此桐所以異於常桐者，諸山皆發地土

〔註2〕「鳧」指鳧山，位於山東鄒城市郭里鎮政府駐地郭里集西南。「徐宅」，古代徐戎所居之地，指徐國，在今淮河中下游，即江蘇西北部和安徽東北部一帶。

多，惟此山大石攢倚，石間周回，皆通人行，山中空虛，故桐木響絕，以是珍而入貢也。」〔註 3〕王士性《廣志繹》卷三：「鄒嶧山，始皇所登以立石頌功德處，一山皆無根之石，如溪澗中石卵堆疊而成，不甚奇峭，而頗怪險。」〔註 4〕王思任《遊嶧山記》：「蓋予遊嶧山，而幻軀凡數化。泰山之石方，而嶧山之石圓。山如累卵，大小億萬，以堆磊爲奇巧。」

嶧山少土多石、地力貧瘠，所以樹木生長緩慢。梧桐雖有琴材之用，但是並非不擇而用，梧桐之間也有著「級差」。大致來說，高山石間之桐優於平地沃土之桐，梧桐的「孫枝」優於樹身，多年桐材（如木魚、桐柱等）要優於新鮮桐木。梧桐易生速長，水分含量高、密度較低；如果用這樣的桐材製琴的話，琴音則發散虛浮。高山之桐、梧桐孫枝、多年桐材，則無此弊，《太平御覽》卷九百五十六引《齊民要術》：「梧桐，山石間生者，爲樂器則鳴。」柳宗元《霹靂琴贊》則更爲詳盡：「琴莫良於桐，桐之良，莫良於生石上，石上之枯，又加良焉，火之餘，又加良焉。」〔註 5〕嶧山獨特的地貌特點造就了特殊的琴材。

### （三）嶧山之陽：梧桐，「陽木」

梧桐有「陽木」之稱，適合生長於崇崗峻嶽、茂拔顯敞之地，《大雅・卷阿》即云：「梧桐生矣，于彼朝陽。」《陸氏詩疏廣要》「卷上之下」：「木有扶桑、梧桐、松柏，皆受氣淳矣，異於群類者也。松柏冬茂，陰木也。梧桐春榮，陽木也。扶桑，日所出，陰陽之中也。」換言之，只有生長於山之東南的梧桐才能稱得上「得天獨厚」；《風俗通》更云：「梧桐生於嶧山之陽、岩石之上，採東南孫枝爲琴，聲極清亮。」

魏晉時期的琴賦、梧桐賦，無不著力於渲染梧桐作爲「陽木」的生長環境，如嵇康《琴賦》：「含天地之醇和，吸日月之休光」〔註 6〕；南朝宋劉義恭《梧桐賦》：「挺修幹，蔭朝陽，招飛鸞，鳴鳳凰。甘露灑液於其莖，清風流轉乎其枝。丹霞赫奕於其上，白水浸潤於其陂」〔註 7〕；袁淑《梧桐賦》：「貞觀於曾山之陽，抽景於少澤之東。」〔註 8〕「嶧陽孤桐」之「陽」正是契合了

〔註 3〕王讜撰；周勳初校正《唐語林校正》，中華書局，1997 年，第 722 頁。
〔註 4〕王士性撰；呂景林點校《廣志繹》，中華書局，1981 年，第 56 頁。
〔註 5〕董誥《全唐文》卷五百八十三，中華書局，1991 年。
〔註 6〕嚴可均《全三國文》卷四十七，商務印書館，1999 年。
〔註 7〕嚴可均《全宋文》卷十一，商務印書館，1999 年。
〔註 8〕嚴可均《全宋文》卷四十四，商務印書館，1999 年。

梧桐的「陽木」屬性，所以品質不凡。

### （四）孤桐之「孤」：特生；「special」

《尚書・禹貢》：「厥貢惟土五色……嶧陽孤桐。」孔安國傳曰：「孤，特也。嶧山之陽特生桐，中琴瑟」，這是「孤」字的本意；也就是說，梧桐林中「出於其類，拔乎其萃」的方可稱爲「孤桐」，才適合作爲琴材。如果用英文來鏡鑒的話，「孤桐」之「孤」並非「single」之意，而是「special」之意。

《尚書》的注疏著作基本上恪守「家法」，對於「孤」字的理解並無二致，我們看兩例。《尚書全解》卷八：「孤桐者，特生之桐，可以中琴瑟也。《詩》云：『梧桐生矣，于彼朝陽』，蓋桐之生，以向日者爲良。必以孤桐者，猶言孤竹之管也。」〔註 9〕孤桐與孤竹可以互爲「轉注」，《周禮・春官・大司樂》：「孤竹之管，雲和之琴瑟，雲門之舞，冬日至，於地上圜丘奏之。」鄭玄注：「孤竹，竹特生者。」賈公彥疏：「孤竹，竹特生者，謂若嶧陽孤桐。」再如《夏氏尚書詳解》卷六：「孤桐，特生之桐也，可中造琴瑟之用。……嶧山固多桐也，而生於山南者爲難得。生於山南者固難得也，而介然特生於山南者，稟氣尤爲全，故尤爲可貴。此所以必責貢於嶧陽之特生者也。」〔註 10〕

但在文學作品中，孤桐之「孤」漸漸偏離本意，衍變爲孤單之意，王士性《廣志繹》卷三：「《禹貢》『嶧陽孤桐』，乃特生之桐，非以一樹爲孤也，……今則枯桐寺前果只留一桐，足稱孤矣。」〔註 11〕孤竹亦發生了同樣的變化，如《古詩十九首》「冉冉孤生竹」即是。

## 二、孤桐與琴韻

「嶧陽孤桐」與半死桐、焦桐等同爲優質琴材；但因爲材質不同，琴韻也有別。孤桐琴韻可以概括爲「一個中心，兩個基本點。」「一個中心」即爲知音意識，這是古琴、梧桐題材作品的共同主題；知音即爲知心，知音意識是民族文化心理的積澱。「兩個基本點」是孤桐琴韻的樂聲特質，一爲清和、安樂，一爲清高、孤苦；前者關乎禮樂教化，對應於孤桐之「孤」的本

〔註 9〕林之奇《尚書全解》卷八（文淵閣《四庫全書》本），上海古籍出版社，1987 年。

〔註 10〕夏僎《夏氏尚書詳解》卷六（文淵閣《四庫全書》本），上海古籍出版社，1987 年。

〔註 11〕王士性撰；呂景林點校《廣志繹》，中華書局，1981 年，第 56 頁。

來之意「高特」，後者關乎個人抒情，對應於孤桐之「孤」的後起之意「孤單」。

### （一）知音意識：製琴者與琴材；彈琴者與聽者

在古琴、梧桐作品中，有兩組知音關係：製琴者與琴材、彈琴者與聽者。孤桐、半死桐、焦桐等琴材的特性英華內斂、隱而不彰；從外表看來，平平無奇，甚至焦枯瀕死。製琴之人超越「色相」，慧眼辨材，琴材方能完成從「木」到「琴」的質變，自我價值得以實現。琴材的這一蛻變歷程寄託了中國古代眾多文人、寒士的願望，如孟郊《送盧虔端公守復州》：「師曠聽群木，自然識孤桐。正聲逢知音，願出大樸中。知音不韻俗，獨立占古風」；華鎮《嶧陽孤桐》：「大樂潛生氣，徐方暗結融。嶧陽鍾異物，山木得孤桐。……功用施清廟，聲華發大東。知音何以報，願爲奏南風。」

《呂氏春秋・本味》、《列子・湯問》篇中所記載的鍾子期、俞伯牙「高山流水」故事爲我們都所熟知；《詩經・小雅・伐木》亦云：「嚶其鳴矣，求其友聲。相彼鳥矣，猶求友聲；矧伊人矣，不求友生。」人具有社會性，知音訴求是本能之一。「樂爲心聲」，「知音」亦爲古琴題材作品歷時不變的主題，如黃庭堅《聽崇德君鼓琴》，：「月明江靜寂寥中，大家斂袂撫孤桐。古人已矣古樂在，彷彿雅頌之遺風。妙手不易得，善聽良獨難。猶如優曇華，時一出世間」；劉珙《送元晦》：「念子抱孤桐，窈窕弦古詞。清商奮逸響，激烈有餘悲。不辭彈者勞，正恐知音稀。知音何足貴，我顧不可追。」琴聲不僅可以溝通朋友，同聲相應，也可以尙友古人。

### （二）禮樂教化：清和；安樂

歷代學者大多認爲，《尚書・禹貢》爲大禹所制貢賦之法；「孤桐」是上貢給大禹的古琴，其原型即有「美政」之意。

謝惠連《琴贊》：「嶧陽孤桐，裁爲鳴琴。體兼九絲，聲備五音。重華載揮，以養民心。孫登是玩，取樂山林。」音樂承擔著「養民心」的教化功能、「樂山林」的陶冶功能；這與傳統的「溫柔敦厚」的詩教合拍，所展露的是「安而樂」的治世之音。宋孝武帝《孤桐贊》亦云：「名列貢寶，器贊虞弦。」

「重華」、「虞」是指上古三皇之一的虞舜，相傳爲五弦琴的發明者；後來周文王、周武王各增一弦，爲七弦，遂成古琴定制。《孔子家語・辨樂解》：

「昔者舜彈五弦之琴，造《南風》之詩，其詩曰：『南風之薰兮，可以解吾民之慍兮。南風之時兮，可以阜吾民之財兮。』」《南風》之曲體現了虞舜體恤民情、關心民瘼的情懷。《史記・樂書第二》亦云：「昔者舜作五弦之琴，以歌南風。」正是因爲虞舜有制琴、歌詩之事，所以「孤桐」雖然出自《禹貢》，但與大禹的關係卻比較疏離，而與虞舜的關係比較密切；《南風》亦成爲吟詠孤桐的常典：

田錫《擬古》：「嶧陽生孤桐，擢幹八尺高。風雨萌枝葉，鸞皇棲羽毛。天質自含響，眾木非其曹。斫爲綠綺琴，古人貞金刀。……其聲清以廉，聞者不貪饕。其音安以樂，令人消鬱陶。彈宮聽於君，君德如軒堯。彈商聽於臣，臣道如夔皐。……一彈南薰曲，解慍成歌謠。」

晁補之《聽閻子常平戎操》：「嶧陽之孤桐，踣自霹靂斧。……堂上平戎不敢聽，且激南風召時雨。」

鮮于樞《望嶧山》：「吾聞嶧陽有孤桐，鳳凰鳴處朝陽紅。安得斫爲寶琴獻，天子解慍歌南風。」〔註 12〕

田錫的《擬古》詩可謂集大成之作，對於古琴的教化功能作了全方位的描述，限於篇幅，不能一一引述。古琴的教化功能、清和安樂之音與「孤桐」之「孤」的高特、卓異本意榫合。

### （三）個人抒情：清高；孤苦

「孤桐」之「孤」在後代衍變爲孤單、獨生之意；而且就流行程度來說，更是後來居上。與之相適應，孤桐琴韻也更趨於個性化的清高、孤苦：

李若水《次韻宋周臣留別》：「後夜月明空似水，孤桐橫膝向誰彈。」

陸游《旅思》：「萬事竟當歸定論，寸心那得愧平生。悠然酌罷無人語，寄意孤桐一再行。」

陸游《長相思》：「愛松聲，愛泉聲。寫向孤桐誰解聽，空江秋月明。」

釋善珍《破衲》：「五柳傳中尋靖節，孤桐聲裏見嵇康。」

---

〔註 12〕孫元理《元音》卷二（文淵閣《四庫全書》本），上海古籍出版社，1987 年。

張雨《聽琴圖》：「嫋煙石壁對孤桐，與和長松瑟瑟風。不爲野夫清兩耳，爲君留目送飛鴻。」〔註 13〕

「向誰彈」、「無人語」、「誰解聽」諸語都是在孤高之中夾雜著清苦、寂寞；鼓琴的情境大多是明月之下、空江之上、空山之中。

## 三、孤桐與人格

孤桐之「體」爲「樹」、其「用」爲「琴」。作爲樹木的孤桐，在中國文化中是人格象徵符號。魏晉南朝時期，鮑照作品中明確出現了孤桐意象，沈約、謝朓等人也有吟詠孤桐的作品，但孤桐的樹木特性並未充分揭示，人格內涵也並未形成。唐代，張九齡、王昌齡等人發現了孤桐樹幹之「直」、樹心之「虛」；白居易在此基礎上明確賦予了孤桐「孤直」的人格內涵。宋代，王安石更進一層，賦予孤桐「剛直」的象徵意義。章士釗以「孤桐」爲號，體現了人格砥礪。

### （一）魏晉南朝：濫觴期；鮑照；「寒士」

司馬彪《贈山濤》中出現了孤桐之雛形：「迢迢椅桐樹，寄生於南嶽。上淩青雲霓，下臨千仞谷。處身孤且危，於何託余足。昔也植朝陽，傾枝俟鸞鷟。今者絕世用，倥傯見迫束。班匠不我顧，牙曠不我錄。焉得成琴瑟，何由揚妙曲。」鮑照《山行見孤桐》則明確出現了孤桐意象：「桐生叢石裏，根孤地寒陰。上倚崩岸勢，下帶洞阿深。奔泉冬激射，霧雨夏霖淫。未霜葉已肅，不風條自吟。昏明積苦思，晝夜叫哀禽。棄妾望掩淚，逐臣對撫心。雖以慰單危，悲涼不可任。幸願見雕琢，爲君堂上琴。」司馬彪之梧桐「孤危」，映像政治環境，鮑照之梧桐「孤寒」，流露寒士心態。兩人的作品中雖然亦有孤桐之「樹」，但是由「體」達「用」，其指向主要還是孤桐之「琴」，所以對於梧桐的物態不約而同地疏略；所謂「曲終奏雅」，知音意識、爲世所用是兩人共同的主題。兩人著力於渲染梧桐的生長環境，其目的是爲了宣揚琴聲之動達人心。

孤桐意象首次明確出現在鮑照的作品中並非偶然，而是「雙向選擇」的結果。鮑照才秀人微，《解褐謝侍郎表》云：「臣孤門賤生，操無炯迹」；《拜侍郎上疏》云：「臣北州衰淪，身地孤賤。」在門閥制度森嚴的六朝，鮑照出

〔註 13〕顧嗣立《元詩選》「初集卷六十六」文淵閣《四庫全書》本），上海古籍出版社，1987 年。

生「寒門」,「孤」字在其作品中觸目皆是，如《擬行路難》:「自古聖賢皆貧賤，何況吾輩孤且直」;《行藥至城東橋詩》:「孤賤長隱淪」;《紹古辭七首》之六:「不怨身孤寂」; 又如《還都道中詩三首》之一:「孤獸啼夜侶」;《紹古辭七首》之四:「孤鴻散江嶼」、《贈傅都曹別》:「孤雁集洲沚」等。朱自清《詩言志辨》云:「詠物之作以物比人，起於六朝。如鮑照《贈傅都曹別》述惜別之懷，全篇以雁爲比。」〔註 14〕孤桐、孤雁與特定處境、心態的人形成一種明顯的同質異構的對應關係。

宋孝武帝《孤桐贊》:「珍無隱德，產有必甄。資此孤幹，獻枝楚山。梢星雲界，衍葉炎壥。名列貢寶，器贊虞弦」，強調梧桐材質的珍異。沈約《詠孤桐》:「龍門百尺時，排雲少孤立。分根蔭玉池，欲待高鸞集」，沿襲了《大雅・卷阿》的梧桐鳳凰模式，帶有神話原型色彩。謝朓《遊東堂詠桐》:「孤桐北窗外，高枝百尺餘。葉生既婀娜，葉落更扶疏。無華復無實，何以贈離居？裁爲圭與瑞，足可命參墟」，孤桐的生長地已由遠古、荒山移至現實、窗前，即目所見，枝葉的描寫雖談不上窮形盡相，但已經顯示了體物的進步。謝朓「孤桐」之「孤」是一個客觀的計量單位，而非主觀情感的投射；雖然也有梧桐枝葉的描摹，卻缺乏個性與情感。謝朓的主旨本在詠史，而非抒懷。最後兩句是借周成王「桐葉封弟」典故以詠桐，吳摯甫曰:「此殆爲明帝除宗室而發」，揭明了謝朓的題旨。

總之，魏晉時期雖然已經出現了孤桐意象，但或者描寫其環境，或者強調其器用，或者沿用其神話原型，均未有效揭示孤桐的樹木屬性，更未發現其人格象徵內涵。

### （二）唐朝：形成期；白居易；「孤直」

孤桐意象內涵在陳子昂、張九齡時期有了提升。陳子昂在《與東方左史虯〈修竹篇〉序》中高度評價了東方虯的《詠孤桐篇》:「骨氣端翔，音韻頓挫。不圖正始之音，復睹於茲」〔註 15〕，並進而提出了「興寄」、「風骨」的主張。這篇序言具有橫制頹波、肅清齊梁綺靡文風的作用，在唐代文學史上有著非常重要的地位；激發陳子昂的就是東方虯的《詠孤桐篇》。《詠孤桐篇》已經失傳，但是我們可以肯定，它應該已經跳出了六朝窠臼，注重主體精神

〔註 14〕《朱自清全集》(第六冊)，江蘇教育出版社，1992 年，第 214 頁。

〔註 15〕陳子昂《陳伯玉文集》(《四部叢刊》影印明刊本）卷一，商務印書館，1929 年。

氣節的貫注。張九齡《雜詩五首》:「孤桐亦胡爲，百尺旁無枝。疏陰不自覆，修幹欲何施。高岡地復迴，弱植風屢吹。凡鳥已相噪，鳳凰安得知。」「百尺旁無枝」、「修幹欲何施」等扣合了梧桐修幹弱枝的樹木特點，而這一點在魏晉南朝詩歌中未經人道；張九齡藉此展現了其特立獨行的直臣形象。王昌齡《段宥廳孤桐》:「鳳凰所宿處，月映孤桐寒。槁葉零落盡，空柯蒼翠殘。虛心誰能見，直影非無端。響發調尚苦，清商勞一彈。」詩有「寒」「苦」之音，但是頸聯卻振起全篇；在對梧桐物性的發掘體認方面，較張九齡更進一層。王昌齡由表及裏，從外在的「直影」進而觸及內在的「虛心」，這與士大夫的處世、涵養相契合，從而具備人格象徵意味。

白居易《雲居寺孤桐》標誌著孤桐人格象徵意義的正式形成，詩云:「一株青玉立，千葉綠雲委。亭亭萬丈餘，高意猶未已。山僧年九十，清淨老不死。自云手種時，一顆青桐子。直從萌芽發，高自毫末始。四面無附枝，中心有通理。寄言立身者，孤直當如此。」詩的立意受到《孟子》:「拱把之桐梓」及《老子》:「合抱之木，生於毫末」的影響；在對梧桐物性的發掘方面，則綜合了張九齡與王昌齡。「四面無附枝」合於「百尺無旁枝」，「中心有通理」合於「虛心誰能見」。白居易的最大貢獻乃在於卒章顯志，以「孤直」二字明確道出孤桐的人格象徵內涵。「孤直」的君子人格在朋黨之患漸顯的中唐時期具有警世意義，白居易在另一首作品中也借竹子道出，《酬元九對新栽竹有懷見寄》:「昔我十年前，與君始相識。曾將秋竹竿，比君孤且直。」

### （三）宋朝：深化期；王安石；「剛直」

孤桐的人格象徵內涵在宋代得到了完善、深化，這植根於宋代道德意識普遍高漲的社會文化背景。細味白居易的「孤直」二字，更偏重於虛靜自潔、道德退守的一面，即「狷」者的「有所不爲」；而宋代的王安石卻著意抉發孤桐貞勁剛健、對抗環境的一面，即「狂」者的「進取」。宋代花木「比德」呈現出「清」、「貞」和合的特點，梧桐的「清」性早在《世說新語》「新桐初引，清露晨流」中已見端倪；其「貞」姿在白居易的作品中達到了「初級階段」，而在王安石的作品中則達到了「高級階段」。王安石《孤桐》:「天質自森森，孤高幾百尋。淩霄不屈己，得地本虛心。歲老根彌壯，陽驕葉更陰。明時思解慍，願斫五弦琴」，「不」、「本」、「彌」、「更」等虛字均有畫龍點睛的作用；詩末兩句則用《南風》典故，體現了「兼濟天下」的胸懷。我們可以用宋代包恢的《蓮花》來對照:「暴之烈日無改色，生於濁水不染污。疑如嬌媚弱女子，乃似剛正奇丈夫」，「無」、「不」等虛字與王安石如出一轍，宋人花木「比德」的傾向可以見微知著。我們如果也用一個詞去概括王安石的孤桐，那就是「剛直」。

「孤直」、「剛直」互補，孤桐的人格象徵內涵方無剩意，而且也充實、豐富了個性化的琴韻，我們看詩文例子：

韓淲《初五日，孔野雲同酌樓下，取琴作白雲曲，因和周倅所贈韻》：「孤桐本貞高，緩節調勿催。」

樓鑰《吳少由惠詩百篇，久未及謝，又以委貺，勉次來韻》：「老我不入杞梓林，嶧陽深隱如孤桐。平生習氣掃欲盡，只有愧處著力攻。」

戴昺《孤桐行》：「孤桐結根倚崖石，俯瞰清溪照虛碧。……人不識，多苦心，樵夫斤斧莫相尋。寧教枯死倒澗壑，不從爨下求知音。」

袁桷《戴先生墓誌銘》：「琅然孤桐，不諂其逢。」〔註 16〕

### （四）「孤桐」其人：章士釗；高二適

中國文人常以名號、齋名等明志、自勵，梧桐爲中國民間常見，以「孤桐」見志者也不乏其人，其中聲明最著者當推章士釗〔註 17〕。章士釗號孤桐，「歲辛丑，愚讀書長沙東鄉之老屋中，前庭有桐樹二，東隅老桐，西隅少桐。老者葉重影濃，蒼然氣古，少者皮青幹直，油然愛生。時愚年二十耳，日夕倚徙其間，以桐有直德，隱然以少者自命……愚以桐爲號，乃有取於桐德，至別構一字以狀之，本無一定。早歲青桐，中歲秋桐，其爲變動，已甚不居。香山《孤桐詩》云：『直從萌芽拔，高見毫末始。四面無附枝，中心有通理。寄言立身者，孤直當如此。』孤桐孤桐，人生如爾，尚復何恨。誦雲居之詩，取嶧陽之義，愚其皈依此君，以沒吾世焉矣。因易字『孤桐』，緣周刊出版布之。」〔註 18〕章士釗之所以捨青桐、秋桐而取孤桐，正是緣於孤桐的人格象

〔註 16〕袁桷《清容居士集》卷二十八（文淵閣《四庫全書》本），上海古籍出版社，1987 年。

〔註 17〕近代江蘇如東的蔡觀明也號「孤桐先生」。蔡觀明（1894～1970），字處晦，筆名孤桐（因居處前曾長一梧桐，遂名其室爲「孤桐館」），嘗自稱「孤桐先生」。

〔註 18〕孫郁《孤桐老影》，《讀書》2008 年第 8 期。

徵意義。

著名書法家高二適是章士釗的「小友」，兩人相契甚深。1963 年，章士釗推薦高二適入江蘇文史館；在 1965 年的「《蘭亭集序》眞僞」大辯論中，章士釗更是力挺高二適。高二適齋號「孤桐堂」，當是受到章士釗的影響。高二適敢於挑戰位高權重的郭沫若，力持《蘭亭集序》爲王羲之眞迹，足見其風骨，不負「孤桐」。

此外，清代紀曉嵐齋名「孤桐館」；近代廣東惠州名士江逢辰有《孤桐詞》，後人爲了紀念他，建有「孤桐館」。

## 第二節　雙　桐

梧桐本來野生於崇崗峻嶽之間，但很早就作爲「人化的自然」之景而被人工栽植，吳王夫差即有梧桐園，任昉《述異記》：「梧桐園在吳宮，本吳王夫差舊園也，一名琴川。」梧桐樹幹通直青綠、樹陰廣袤疏朗，是行道綠化、園林觀賞的良木。同時，鳳凰「非梧桐不棲」，栽植梧桐也有祈求祥瑞、託物明志之意。

梧桐可以從植成片，也可以列直成行；傳統社會中，梧桐常以偶數栽植，「雙桐」極爲常見。雙桐在造景上有優勝之處。梧桐修長挺拔，如同天然的「廊柱」；雙桐的枝葉在空中交織，形成綠色「門廊」、「高亭」，既有掩映之美，也有通暢之趣。雙桐具有對稱之美，也有吉祥之意，顧炎武《日知錄》卷三十引用史籍記載，云：「喜偶憎奇，古人已有之矣。」而且，在中國民間一直有這樣的傳說，「梧桐」是雄雌雙樹，梧爲雄、桐爲雌（梧桐其實是雌雄同株）；梧桐雙植體現了古人陰陽和合的自然觀與植物觀。

雙桐可以栽植於村頭、門口、井邊，修幹高聳、綠蔭匝地，是鄉土社會的「地標」、家園的象徵。文人於雙桐庇蔭的書屋中著書立說，有清雅之趣。雙桐枝葉交接，象徵著男女之間「在地願爲連理枝」的纏綿愛情。佛教進入中土之後，佛教「雙樹」被置換爲雙桐，雙桐成爲佛門聖物。中國文化中，雙桐是「有意味的形式」，本節即圍繞上述問題展開論述。

### 一、雙桐與家園：鄉土社會；公共空間；精神化石

梧桐易生而速長，可以取陰，也可以實用，與槐樹、榆樹、柳樹一樣，是中國民間栽種最廣的樹木之一。梧桐可以栽於村頭、門前、院中，井邊。

栽植梧桐樹還有觀念性的因素，梧桐歷來被認爲是祥瑞、高潔的「佳樹」。「栽下梧桐樹，引來金鳳凰」至今仍是流傳的諺語。《天中記》卷五十一記載了「佳樹酬直」的佳話：「王義方爲御史，買宅數日，忽對賓朋指庭中青桐樹一雙，曰：『此無酬直。』親朋言：『樹當隨此，別無酬例。』義方曰：『此佳樹，非他物比。』召宅主付錢四千。」在親友看來，雙桐是「隨贈產品」，而王義方卻堅持「專款另付」。

中國鄉土社會的一個特點即爲聚族而居、聚村而居，具有自治、自足的特徵，村落中一般有祠堂之類的公共場所。梧桐樹陰廣佈，是自然形成的戶外「議事廳」，可以議事，也可以閒話。「豆棚瓜架」終不如桐陰之下軒敞，勞作之餘，桐陰之下也是休憩場所。梧桐與古人日常生活關係密切。傳統社會中，水井是村莊的象徵、梧桐則是村莊的景觀，井邊之桐更是家園的象徵、具有至爲重要的地位。可以這麼說，星羅棋佈的梧桐、井桐是安土重遷的鄉土社會中的「坐標點」，是漂泊游子心靈的「歸宿點」。鄉土社會中的梧桐往往雙雙對植，具有對稱之美，同時亦具有吉祥寓意；井邊之桐也是如此：

> 元行恭《過故宅詩》：「頹城百戰後，荒宅四鄰通。……唯餘一廢井，尚夾雙株桐。」
>
> 方回《葺園》：「宅門南北雙桐木，籬徑高低萬菊苗。」
>
> 晁補之《懷緡居》：「自種雙桐已四年，秋來匏瓠小籬穿。」
>
> 范梈《苦熱懷楚下》：「我家百丈下，井上雙梧桐。自從別家來，江海信不通。」〔註19〕

這些詩作抒寫的都是故園之思，而村頭、井邊和家門前的雙桐，自然而然成爲了維繫詩人故園之情的一個文化符號。楊維楨爲王逢《梧溪集》所寫的小序云：「逢，字原吉，名寓所曰：梧溪精舍，自號梧溪子。蓋以大母徐嘗手植雙梧於故里之橫江，志不忘也。」（王逢《梧溪集》，中華書局，1985年）

雙桐是文人述志、「歸去來兮」的象徵景物，方回《次前韻述將歸》：「宅門夏蔭雙高桐，園徑秋香萬叢菊」，下句隱然有陶淵明《歸去來兮辭》：「三徑就荒，松菊猶存」之意。

傳統鄉土社會，包括雙桐景致已與我們漸行漸遠；然而，我們可以發現全國仍有不少以「雙桐」命名的村落、街巷。「循名責實」，我們可以遙想舊

〔註19〕范梈《范德機詩集》卷二，四部叢刊初編本，商務印書館，1922年。

時風光；「雙桐」地名本身也堪稱「非物質文化遺產」，是鄉土社會的「精神化石」。筆者通過網絡檢索，製作「雙桐」地名表如下，不免遺漏：

| 序號 | 省 | 市 | 縣　區 | 鎮 | 村　巷 |
|---|---|---|---|---|---|
| 1 | 安徽省 | 蕪湖市 | 鏡湖區 | | 雙桐巷 |
| 2 | 甘肅省 | 慶陽市 | 西峰區 | 蕭金鎮 | 雙桐村 |
| 3 | 四川省 | 瀘州市 | 古藺縣 | 永樂鎮 | 雙桐村 |
| 4 | 浙江省 | 金華市 | 東陽市 | 南馬鎮 | 雙桐村 |
| 5 | 廣東省 | 揭陽市 | 榕城區 | 梅雲鎮 | 雙梧村 |
| 6 | 四川省 | 綿竹市 | | 九龍鎮 | 雙桐村 |

## 二、雙桐與文人：地緣組合；精神意趣

梧桐可稱得上是文人雅士生活中「不可一日無」的「此君」。梧桐樹下可以優游，梧桐雨滴或梧桐月色也是可以賞玩的清景；「雙桐」也頻繁出現在文人的詩歌創作中：

> 文同《子駿運使八詠堂》「桐軒」：「庭下雙高桐，枝葉蔚以繁。種者意自遠，豈並群木論。」
>
> 馮山《利州漕宇八景》「桐軒」：「幽軒處清奧，前有雙桐起。婆娑勢初合，修聳意未已。……主人相對樂，性靜窮物理。」
>
> 黃裳《和張樞密西齋》：「雙梧尤愜雨中聽。」

文同與馮山所吟詠的「桐軒」當爲同一建築，主人爲鮮于子駿；鮮于子駿曾擔任利州轉運使判官，和當時的蘇軾、蘇轍、秦觀等文人多有交往。蘇轍也有《和鮮于子駿益昌八詠》「桐軒」詩，益昌爲利州的屬縣。

雙桐銜接、交互所形成的綠陰如同帷幄，覆蓋在軒、齋、亭之上，與文人的詩意生活密不可分。唐代劉慎虛《闕題》：「深柳讀書堂」的讀書場景讓後人心儀；不過，綠柳掩映的深窈景致可能需要多株柳樹才能達到。現實生活中，桐陰書屋倒是更爲常見、易行，高翥《喜杜仲高移居清湖》：「桐陰近屋可修書」、朱彝尊《夏日雜興二首》：「桐陰細細白花攢，吾愛吾廬暑亦寒」〔註 20〕、《御製夏日瀛臺雜詩八首》：「書屋桐陰依舊圓，每因幾暇此流連。」

〔註 20〕《曝書亭集》（文淵閣《四庫全書》本）卷二十一，上海古籍出版社，1987 年。

〔註21〕梧桐的樹枝有對稱之美，樹冠延展，所以「瀛臺雜詩」用「圓」來形容桐陰。在桐陰掩映下的書齋中讀書、寫作是文人雅事，清代朱崇勳的文集就題爲《桐陰書屋集》。梧桐與書屋是自然而然的「地緣組合」。

梧桐不僅是「物質」存在，而且是「精神」載體，與文人關係密切。勿庸諱言，在中國文化中，梧桐並未達到「歲寒三友」、「四君子」或者荷花的比德高度。但是，梧桐在中國文學中發端不凡，先秦時期，梧桐已經成爲「陽木」、「柔木」的代表。《世說新語・賞譽》:「時（王）恭嘗行散至京口謝堂，於時清露晨流，新桐初引，恭目之曰:『王大故自濯濯。』」與傳統的松柏之類的堅貞擬象不同，「新桐」所形容的是六朝人物的風流高標，張潮《幽夢影》也云:「桐令人清，柳令人感。」唐宋時期，「孤桐」剛直堅貞的人格象徵意義也漸趨成熟。總之，梧桐也與文人品德之間建構了對應關係，具有「清」、「貞」和合的特點。

梧桐分佈普遍，所謂「其則不遠」、「德不孤、必有鄰」，梧桐成爲文人精神世界的良友；也因爲雙桐在造景上的特點，中國古代文人以「雙桐」爲名號、書房、文集的頗爲不少，體現了「惟吾德馨」的精神意趣與人格自許。筆者略加整理，製作簡表如下：

| 序號 | 字號、文集、室名 | 主人 | 備　　注 |
|---|---|---|---|
| 1 | 雙梧主人 | 袁　句 | 袁句，字大宣，號雙梧主人，河南洛陽人，清代醫家，乾隆十年進士。曾任職於刑部，精研痘科，歷十六載，於1753年撰成《天花精言》六卷（又名《痘症精言》）。 |
| 2 | 雙梧 | 楊廷理 | 楊廷理（1747～1813），字清和，號雙梧。他的一生事業與臺灣的歷史密不可分。自乾隆五十一年升臺灣府同知，後曾三任臺灣知府；曾有《雙梧軒詩草》行世。 |
| 3 | 雙梧 | 寧熙朝 | 寧熙朝，字雙梧，號柑堂，湖北潛江人，嘉慶丙子舉人。有《江南遊草》、《蜀遊草》、《庚辰草》。 |
| 4 | 雙梧書屋醫書四種 | 曹　禾 | 曹禾，字青岩，號畸庵，清代醫家，江蘇武進人，咸豐二年（1852）自刊《雙梧書屋醫書四種》。 |
| 5 | 雙梧山館文鈔 | 鄧　瑤 | 鄧瑤（1812～1866），字伯昭，又字小耘。湖南新化人。道光十七年（1837）拔貢，任麻陽教諭。主講新化濂溪書院，並辦當地團防。著有《雙梧山館文鈔》等。 |

〔註21〕《御製詩集》（文淵閣《四庫全書》本）「二集卷五」，上海古籍出版社，1987年。

| 6 | 雙梧吟館詩抄 | 張景旭 | 張景旭，字子初，貴州鎮遠人，清光緒十五年（公元 1889 年）進士，與趙鍾瑩、程小珊、何金齡有「都門四傑」之稱。歷官四川丹稜、南部等縣知縣。善書法。著有《雙梧吟館詩抄》。 |
|---|---|---|---|
| 7 | 雙梧閣 | 沈曾植 | 沈曾植（1850～1922），字子培，號乙庵，晚號寐叟，別號甚多，以「碩學通儒」蜚聲中外，被譽爲「中國大儒」。曾任總理衙門章京、上海南洋公學（上海交通大學前身）監督（校長）。 |
| 8 | 雙梧館詩文集 | 古應芬 | 古應芬（1873～1931），字勷勤，亦作湘芹，廣東番禺人。同盟會員。參與策劃廣州起義和二次革命。曾任大元帥府秘書、廣東省財政廳長、中央監察委員。著有《孫大元帥東征日記》、《雙梧館詩文集》。 |
| 9 | 雙梧居士 | 粟培堃 | 粟培堃（1878～1950）字厚庵，號墨池、墨持，自署「雙梧居士」。光緒二十三年（1897）留學日本，就讀早稻田大學，回國後與蔡鍔共事多年。辛亥革命以後移居武昌，民國二年（1913）在武昌租了一間房子作藏書樓，取名「雙梧寄廬」，自稱「雙梧寄廬主人」、「鄂渚寓公」。藏書甚富。 |
| 10 | 雙桐書屋 | 張琴溪<br>楊皋蘭 | 以「雙桐書屋」爲室名者頗多，略鈎沉兩則如下：<br>(1) 揚州私家園林名，《履園叢話》卷二十：「雙桐書屋，即王氏舊園，關中張氏增築之，在左衛街。」<br>(2) 淮安私家園林名，主人楊皋蘭，道光年間名儒，宅前有雙桐，初名「雙桐書屋」，漕運總督松筠書額。 |
| 11 | 雙桐書屋剩稿 | 李光謙 | 李光謙，字東園，順天通州人。道光戊子舉人，歷官鎮雄知州。有《雙桐書屋剩稿》。 |
| 12 | 雙桐書屋詩剩 | 李應莘 | 李應莘，字稼門，咸豐丙辰進士，有《雙桐書屋詩勝》存世，傳本極稀。 |
| 13 | 雙桐山房詩草 | 陳鳳圖 | 陳鳳圖，嘉慶、道光年間人。 |
| 14 | 雙桐館 | 江孔殷 | 江孔殷，字少荃，號蘭齋、霞公，室名雙桐館，廣東南海人。光緒三十年進士，官至江蘇候補道，清末任廣東清鄉總辦。 |
| 15 | 雙桐館詩鈔 | 張　因 | 張因（1741～1807），字淨因，江蘇揚州人，張堅女，黃文陽妻。善山水、花鳥，工填詞，著《綠秋書屋詩集》、《雙桐館詩鈔》。 |

## 三、雙桐與愛情：雙桐、雙鳥組合；「半死桐」與喪偶

在樹木意象中，梧桐堪稱「愛情樹」。梧桐與愛情之間的聯姻可以追溯到其出現時的「原生態」，《大雅・卷阿》奠定了梧桐與鳳凰的組合。鳳凰爲雌雄雙鳥，可指男女雙方，司馬相如《琴歌二首》即云：「鳳兮鳳兮歸故鄉，遨遊四海求其凰。」鳳凰「非梧桐不棲」，梧桐與「愛情鳥」的伴生成爲經典

模式。

梧桐還與「合歡」有形似之處，晉崔豹《古今注》下「草木」:「合歡樹，似梧桐。枝葉繁，互相交結。」「合歡」顧名思義，指男女之間的愛情、歡情；「合歡」常與雙鳥組合，如盧照鄰《望宅中樹有所思》:「我家有庭樹，秋葉正離離。上舞雙棲鳥，中秀合歡枝」、李商隱《相思》:「相思樹上合歡枝，紫鳳青鸞共羽儀。」梧桐與合歡樹的形似更爲梧桐的愛情內涵「增值」。

古代的墓地，多種樹木，用以堅固墳塋的土壤，並作爲標誌，便於子孫祭掃，仲長統《昌言》:「古之葬者，松柏梧桐，以識其墳也。」漢代民間歌謠也有「平陵東，松柏桐」的歌謠。墳邊之樹往往也是雙數，形成拱衛之勢。漢樂府民歌《古詩爲焦仲卿妻作》中出現了雙桐意象之雛形:「兩家求合葬，合葬華山傍。東西植松柏，左右種梧桐。枝枝相覆蓋，葉葉相交通。中有雙飛鳥，自名爲鴛鴦。」在墓地旁種植松柏梧桐符合現實，「雙飛鳥」則是精誠所至的浪漫圖景。

魏明帝《猛虎行》中明確出現了雙桐與雙鳥:「雙桐生空枝，枝葉自相加。通泉浸其根，玄雨潤其柯。綠葉何赫赫，青條視曲阿。上有雙飛鳥，交頸鳴相和:何意行路者，秉丸彈是窠。」梁簡文帝的《雙桐生空井》無論從命意、字句都是承魏明帝之啓發。蕭子顯《燕歌行》:「桐生井底葉交枝，今看無端雙燕離」、孟郊《列女操》:「梧桐相待老，鴛鴦會雙死。貞女貴徇夫，捨生亦如此」都明確出現了雙鳥意象，而雙桐意象隱含其中。雙桐枝葉相交，象徵著糾結纏綿、至死不渝的愛情。

在「雙桐與家園」小節中，筆者已經談到井和梧桐之間關係；魏明帝、梁簡文帝更是奠定了「雙桐」與「空井」的組合。古代閨怨詩中，井邊「雙桐」是習見的意象：

> 常建《古興》:「轆轤井上雙梧桐，飛鳥銜花日將沒。深閨女兒莫愁年，玉指泠泠怨金碧。」
>
> 謝翱《雙桐生空井》:「風飄白露井梧落，葉上丸丸綴靈藥。琴枝連理鳳鳴晨，轆轤雙轉銀瓶索。」
>
> 朱彝尊《古興二首》:「空井雙桐落葉深，銅瓶百丈響哀音。美人不見涼風至，愁對秋雲日暮陰。」

以上詩例中均是以雙桐或者雙鳥來反襯抒情女主人公的形隻影單。正因爲梧桐爲愛情雙樹，所以「半死桐」即可指雙樹一死一生，亦即喪偶。「半死桐」

的喪偶喻意在唐代定型；這就「層累式」地豐富了枚乘《七發》、庾信《枯樹賦》以來的「半死桐」意蘊。詳參後文關於「半死桐」的論述。

## 四、雙桐與佛教：「雙桐」是中土化的「娑羅雙樹」

南朝何遜《從主移西州，寓直齋內，霖雨不晴，懷郡中游聚詩》是文學作品中第一次將雙桐置於寺廟環境之中：「不見眼中人，空想山南寺。雙桐傍簷上，長楊夾門植。」何遜詩中雙桐意象的出現當與「雙桐沙門」有關。《高僧傳》卷十二《亡身》：「釋僧瑜……以宋孝建二年（公元 455 年）六月三日，集薪爲龕，並請僧設齋，告眾辭別。……其後旬有四日，瑜房中生雙梧桐，根枝豐茂，鉅細相如，貫壤直聳，遂成連樹理，識者以爲娑羅寶樹。……因號爲『雙桐沙門』。」無獨有偶，《高僧傳》同卷中尚有兩則梧桐、雙桐的材料：「釋慧紹……乃密有燒身之意。……紹臨終謂同學曰：『吾燒身處，當生梧桐，愼莫伐之。』其後三日，果生焉」；「故雙梧表於房裏，一館顯自空中，符瑞彪炳與時間出。」

「雙桐沙門」的個中消息可以從「識者以爲」的「娑羅」樹切入、把握。娑羅，又名摩訶娑羅樹、無憂樹，俗稱柳安，原產於印度、東南亞等地。佛祖的降誕、入寂均與娑羅樹有關。相傳釋迦牟尼在印度拘尸那城阿利羅拔提河邊涅槃，其處四方各有兩株雙生的娑羅樹，故謂之「娑羅雙樹」。《涅槃經・壽命品》：「一時佛在拘尸那國，力士生地，阿利羅跋提河邊娑羅雙樹間。」娑羅雙樹或雙樹、雙林是佛門聖物、寺廟標誌，如梁簡文帝《往虎窟山寺》：「蓊鬱均雙樹，清虛類八禪」，陰鏗《遊巴陵空寺詩》：「網交雙樹葉，輪斷七燈輝。」娑羅產於印度、東南亞，中土土壤、氣候不適合其生長。娑羅和梧桐都是樹身高大，枝繁葉茂，樹質優良。中郎不在，但典型猶存；於是，梧桐就成了娑羅的替代品，或者說，梧桐成了中土化的娑羅樹〔註 22〕。

印度佛教中作爲聖物的花木在中土往往存在置換情形，不僅梧桐替代了娑羅，荷花也替代了睡蓮、梔子花則替代了薝蔔花〔註 23〕。梧桐、荷花、梔

〔註 22〕李邕《楚州淮陰縣娑羅樹碑》：「娑羅樹者，非中夏物土所宜有也」，娑羅樹的有效引進是在八世紀中葉。詳參〔美〕謝弗著，吳玉貴譯《唐代的外來文明》，中國社會科學出版社，1995 年版，第 273～274 頁。

〔註 23〕詳參筆者《荷花佛教意義在唐宋以後的發展變化》，《南京師大學報》（社科版）2003 年第 4 期；《中國梔子審美文化探析》，《北京林業大學學報》（社科版）2010 年第 1 期。

子都是中國分佈非常廣的花木，選擇它們作為替代品，本身就體現了佛教貼近本土、貼近世俗的傳播策略和「親民」姿態。葛兆光先生有一段話可以解釋這種現象：「文化接觸中常常要依賴轉譯，這轉譯並不僅僅是語言。幾乎所有異族文化事物的理解和想像，都要經過原有歷史和知識的轉譯，轉譯是一種理解，當然也羼進了很多誤解，畢竟不能憑空，於是只好翻自己歷史記憶中的原有資源。」〔註24〕南朝以後，隨著佛教在中國社會中的鋪展盛行，「雙桐」成為詩歌常典，指涉佛門寺廟：

> 《東陽雙林寺傅大士碑》：「擢本相對，似雙槐於夾門；合幹成陰，類雙桐於空井。」〔註25〕
>
> 《宋高僧傳》第九《唐潤州幽棲寺玄素傳》：「又當捨壽之夕，房前雙桐無故自枯，識者以為雙林之變。但真乘妙理絕相難思，嘉瑞靈祥應感必有。」
>
> 李頎《愛敬寺古藤歌》：「南階雙桐一百尺，相與年年老霜霰。」
>
> 釋德洪《雲菴塔有雙桐，作此寄因侄》：「十年不掃先師塔，聞有雙桐護石根。」
>
> 楊萬里《遊定林寺即荊公讀書處四首》：「只餘手植雙桐在，此外仍兼洗硯池。」

隨著中印文化的交流，中國梧桐已經融合了印度娑羅樹的「文化因子」，在固有的高潔之外又平添聖潔；佛教意蘊成為「雙桐」意象內涵的有機組成部分。

梧桐不同於梅蘭菊竹等，後者更多的是文人清供、清賞；而梧桐既是中國傳統花木中的「清流」，又具有「大眾化」的特點。梧桐樹身高大、根系發達，廣泛分佈於華夏大地，與日常生活更具千絲萬縷的聯繫。梧桐豐富的文化內涵由雙桐意象的分析即可見一斑；雙桐意象內涵具有「多維性」，指涉豐富；研究雙桐意象具有文學、民俗、宗教等多方面的價值。鄉土社會裏，雙桐是家園的象徵，「雙桐」村落分佈南北；士人文化中，雙桐則又是精神的盟友，「雙桐」室名歷代不乏。世俗世界裏，雙桐是愛情的表徵；宗教世界裏，

〔註24〕葛兆光《歷史亂彈之二・把聖母想像成觀音》，《中國典籍與文化》2001年第2期。

〔註25〕《徐孝穆集箋注》（文淵閣《四庫全書》本）卷五，上海古籍出版社。

雙桐則又是佛門聖物。

## 第三節　井　桐

井桐，即井邊之梧桐樹，而非如有的學者所說的是用井字形欄杆所圍護的梧桐樹〔註 26〕。宣炳善《「井上桐」的民間文化意蘊》一文認爲在水井邊栽種梧桐樹是上有龍、下有鳳的龍鳳呈祥民俗觀念的形式化呈現〔註 27〕。這是筆者所見的唯一專題探討井桐的論文；本節則在此基礎上更作補充、延伸、發覆。

井和樹有著由來已久的相依關係。《周禮・秋官・野廬氏》:「宿昔井樹。」鄭玄注:「井共飲食，樹爲蕃蔽。」井和樹陰，借指飲食休息之所；先秦時期，井、樹的設置被視爲政府惠政。桃樹、李樹是常見的井邊之樹，如樂府詩《雞鳴》:「桃生露井上，李樹生桃旁。」桃陰、李陰也很早被提及，《韓詩外傳》卷七:「春種桃李者，夏得陰其下，秋得其實。」其實，桃樹、李樹均爲小樹種，其樹陰均單薄、有限。與桃、李相比，梧桐最大的優點是樹陰廣覆。井、桐相依在傳統社會中極爲常見，如儲光羲《閒居》:「梧桐漸覆井，時鳥自相呼」。而且，井邊的梧桐往往還是以偶數栽植，具有對稱之美，如鄭世翼《過嚴君平古井》:「如何屬秋氣，唯見落雙桐」、李商隱《景陽宮井雙桐》。

### 一、井桐與家園

中國鄉土社會中，水井是村莊的象徵，梧桐則是常見的樹種，井桐自然而然就成爲家園的象徵，如王安石《即事》:「門柳故人陶令宅，井桐前日總持家」、陸游《秋思》:「衣杵相望深巷月，井桐搖落故園秋」、方回《次韻仁近見和懷歸五首》:「歸去井梧應好在，白頭江令自堪悲。」王安石詩中的「總持」、方回詩中的「江令」均指南朝詩人江總，江總字總持，其《南還尋草市宅詩》云:「紅顏辭鞏洛，白首入軒轅。……見桐猶識井，看柳尙知門」，頗有「少小離家老大回」之慨。江總早年在南朝陳後主時期擔任過尙書令，文

---

〔註 26〕陳衍《宋詩精華錄》，巴蜀書社，1992 年校注本，第 50 頁「井桐葉落池荷盡」注:「井桐，即梧桐樹，樹四周有井狀的護欄，故名。」又見於該書第 570 頁「寒聲初到井梧知」注。

〔註 27〕宣炳善《「井上桐」的民間文化意蘊》，《中國典籍與文化》2002 年第 2 期。

詞出眾；後來出使北朝被扣留，陳亡之後才回歸南京故里。江總當年的房屋可能已經不在了，但池水、樓臺、院子中的竹子和樹木都還在；江總與井桐遂成爲故園之思的常典。

趙琳《從唐宋詩詞看唐宋民居院落》一文說到：「『井』在唐宋詩詞中被反覆提到，可見當時院落普遍有井。……當時人們喜在井邊種植梧桐，因此『井』與『梧桐』又總是兩兩出現。」〔註 28〕浙江省慈谿市掌起鎮洪魏村境內有一口名爲「桐井」的古井，井呈正方形，邊長 1.3 米，深 2 米，是慈谿三大古井之一。「桐井」之得名當與中國傳統社會中井與梧桐的組合景觀、習俗有關。全國尚有一些名爲「井桐」或「桐井」的地名，各舉一例：浙江省麗水市遂昌縣妙高鎮有「井桐塢」；廣東省江門市蓬江區棠下鎮有「桐井村」。

前面已經提到，井邊梧桐往往是偶數栽植，所以井邊雙桐更是家園的象徵，如隋元行恭《過故宅詩》：「頹城百戰後，荒宅四鄰通。……唯餘一廢井，尚夾雙株桐。」范梈《苦熱懷楚下》：「我家百丈下，井上雙梧桐。自從別家來，江海信不通。」全國「雙桐」地名頗多，不贅舉。

## 二、井桐與閨怨

中國古代女子的生活空間相對封閉，所謂「庭院深深深幾許」，而「井」則處於庭院之中，是女子日常生活、佇立遐想的地點。閨怨詩歌中，與「井」相關的「金井」、「井桐」、「銀床」、「轆轤」等都是常見的意象。本小節即分析井桐意象以及與之相關的意象組合與閨怨情緒。

### （一）桐花

中國的木本花卉中，桐花非常惹眼，梧桐高大、桐花碩大；而且，更爲重要的是，在農耕文明中，桐花是清明的象徵。春到清明，已經過去了三分之二，方回《傷春》：「等閒春過三分二，憑仗桐花報與知。」桐花可以說是寬泛意義上的「殿春」之花，吳泳《滿江紅》「洪都生日不張樂自述」即云：「手摘桐華，悵還是、春風婪尾。」婪尾即最後、末尾之意。井桐之花是流光拋人的傷春、閨怨情緒的觸媒。如張窈窕《春思二首》：「井上梧桐是妾移，夜來花發最高枝。若教不向深閨種，春過門前爭得知」、李賀《染絲上春機》：「玉罌泣水桐花井，蒨絲沉水如雲影。美人懶態燕脂愁，春梭拋擲鳴高樓。」桐花與一般的草木之花相比，是「花發最高枝」，需仰視才可見；

〔註 28〕趙琳《從唐宋詩詞看唐宋民居院落》，《博物館研究》2010 年第 3 期。

桐花之外的遼遠天空與女子身處的逼仄空間形成對比，更能悵觸萬端、思緒無窮。

再如劉氏《有所思》:「朝亦有所思，暮亦有所思。登樓望君處，藹藹蕭關道。掩淚向浮雲，誰知妾懷抱。玉井蒼苔春院深，桐花落盡無人掃」,「玉井」與「桐花」也是組合出現。

### （二）雙桐與雙鳥

在愛情文學中，連理樹、相思鳥是常見意象；雙桐枝葉相交，象徵著糾結、纏綿的愛情，雙鳥則是雙飛雙宿，這都讓閨中女子睹物傷情。蕭子顯《燕歌行》:「桐生井底葉交枝，今看無端雙燕離」出現了雙鳥意象，而雙桐意象隱含其中；再如蘇軾《菩薩蠻》「迴文」:「井桐雙照新妝冷，冷妝新照雙桐井。羞對井花愁，愁花井對羞」，借井邊雙桐以反襯女子之孤寂。

常建《古興》:「轆轤井上雙梧桐，飛鳥銜花日將沒。深閨女兒莫愁年，玉指泠泠怨金碧」，雙桐與桐花並皆出現；李復《和人子夜四時歌》:「井上梧桐樹，花黃落點衣。夜深花裏鳥，相併不相離。美人朝汲水，驚起卻雙飛」，雙鳥與桐花聯袂出現。兩者均是「刻意傷春復傷別」，用雙桐、雙鳥反襯女子的形隻影單。

### （三）井桐與轆轤、銀瓶

井桐傍井而生，在閨怨詩歌中，井桐亦常常作爲背景而存在，而中心意象則是井具，如轆轤、銀瓶等。「轆轤」是利用輪軸原理製成的井上汲水的起重裝置；「銀瓶」則是銀製的汲水器具。

陸龜蒙《井上桐》:「美人傷別離，汲井常待曉。愁因轆轤轉，驚起雙棲鳥。獨立傍銀床，碧桐風嫋嫋。」「雙棲鳥」已見於上文論述，直接引發閨愁的則是「轉」動的轆轤。中國古典文學中，用輪、盤之「轉」來形容愁腸百回是常見的比喻，如《古歌》:「離家日趨遠，衣帶日趨緩。心思不能言，腸中車輪轉」、孟郊《秋懷》:「腸中轉愁盤。」再如胡奎《雙桐生》:「雙桐生古井，井上桐花落。妾心如轆轤，繫在青絲索」〔註29〕，落花無言、轆轤有聲，女子心緒也是借助於轆轤、依傍於井桐而發。

張籍《楚妃怨》:「梧桐葉下黃金井，橫架轆轤牽素綆。美人初起天未明，

〔註29〕胡奎《斗南老人集》（文淵閣《四庫全書》本）卷二，上海古籍出版社，1987年。

手拂銀瓶秋水冷」，井桐黃葉紛飛，女子持瓶而立。張籍作品中女子「手拂銀瓶」很容易讓人想起中國當代油畫家謝楚余的名作《陶》中「抱陶少女」的造型，不知二者之間是否有淵源關係。張籍詩歌其實也類似於繪畫，抓住了女子躑躅的「片刻」，而李涉則表達了「時間上的後繼」〔註30〕，是一幕完整的「女子打水劇」，《六歎》：「深院梧桐夾金井，上有轆轤青絲索。美人清晝汲寒泉，寒泉欲上銀瓶落。迢迢碧甃千餘尺，竟日倚闌空歎息。惆悵不來照明鏡，卻掩洞房抱寂寂。」

「寒泉欲上銀瓶落」是中道而絕、希望落空；「瓶沈」與「簪折」同在中唐以後流行，比喻離別，再如白居易《井底引銀瓶》：「井底引銀瓶，銀瓶欲上絲繩絕。石上磨玉簪，玉簪欲成中央折。瓶沈簪折知奈何？似妾今朝與君別」、元稹《夢井》：「夢上高高原，原上有深井。……浮沉落井瓶，井上無懸綆。念此瓶欲沈，荒忙爲求情。」

### （四）井桐與烏驚、烏啼

井桐突兀、高聳於庭院之中，是烏鴉的棲息所在。烏鴉膽小易驚、棲止不定，這在詩文中多有描寫，如許渾《登蒜山觀發軍》：「驚烏散井桐」、歐陽修《夕照》：「烏驚傍井桐。」閨中之人極易被烏鴉撲簌飛起的聲音驚動，周邦彥《蝶戀花》：「月皎驚烏棲不定」即是女子枕上聽來，想到即刻面臨的離別，從而「喚起兩眸清炯炯，淚花落枕紅綿冷。」

此外，中國民間以爲「烏啼」是預兆吉祥、帶來希望，其由來已久。董仲舒《春秋繁露・同類相動》引《尚書傳》：「周將興之時，有大赤烏銜穀之種，而集王屋之上者，武王喜，諸大夫皆喜」；段成式《酉陽雜俎》亦云：「人臨行，烏鳴而前行，多喜。」樂府古題有《烏夜啼》，元稹《聽庾及之彈烏夜啼引》以親身經歷驗證民間傳聞之不誣，詩云：「君彈烏夜啼，我傳樂府解古題。良人在獄妻在閨，官家欲赦烏報妻。烏前再拜淚如雨，烏作哀聲妻暗語。後人寫出烏啼引，吳調哀弦聲楚楚。四五年前作拾遺，諫書不密丞相知。謫官詔下吏驅遣，身作囚拘妻在遠。歸來相見淚如珠，唯說閒宵長拜烏。君來到舍是烏力，妝點烏盤邀女巫。……」

烏啼聲聲所代言的是女子的心聲、希冀，如歐陽修《井桐》：「簷欹碧瓦拂傾梧，玉井聲高轉轆轤。腸斷西樓驚穩夢，半留殘月照啼烏」、黃昇《重疊

〔註30〕詳參錢鍾書《讀〈拉奧孔〉》，《七綴集》，上海古籍出版社，1994年版，第47頁。

金》:「西風半夜驚羅扇，蛩聲入夢傳幽怨。碧藕試初涼，露痕啼粉香。　　清冰凝簟竹，不許雙鴛宿。又是五更鐘，鴉啼金井桐」、高啓《金井怨》:「照水羞見影，汲水嫌手冷。閒立梧桐陰，烏啼秋夜永。」〔註 31〕烏啼聲與轆轤、蛩聲、鐘聲等交織錯綜，渲染、描繪出閨中女子細膩、敏感的內心世界。

## 三、井桐與悲秋

梧桐是落葉喬木，秋天桐葉顏色轉深、轉黃以至凋零。宋玉《九辯》描寫蕭瑟的秋景即云:「白露既下百草兮，奄離披此梧楸。」闊大的桐葉從高空飛舞、飄墜，枝幹光禿、高聳，格外醒目而驚心；井桐因其與日常生活居所的密切關係而成悲秋的常見意象，如宋之問《秋蓮賦》:「宮槐疏兮井梧變，搖寒波兮風颯然」、徐鉉《祭韓侍郎文》:「露泫門柳，霜凋井桐。物感於外，悲來自中。」〔註 32〕

井桐枝椏伸展空際，與寒風抗行，張祜《秋夜宿靈隱寺師上人》:「露葉凋階蘚，風枝戛井桐」、陸游《飯後登東山》:「井桐亦強項，葉脫枝愈勁。」中唐以後，桐葉秋聲，尤其是「梧桐夜雨」成爲詩歌中摹寫悲秋情緒的重要聽覺意象；由近在咫尺的井桐秋聲即可懸想天下皆秋，如：

> 張耒《蕭蕭》:「蕭蕭風雨五更初，枕上秋聲獨井梧。」
>
> 周紫芝《秋夕臥病效唐人作語》:「欲知此地愁多少，一夜秋聲入井梧。」
>
> 楊萬里《寄題劉元明環翠閣二首》:「一夜秋聲惱井桐。」
>
> 楊萬里《秋雨歎十解》:「厭聽點滴井邊桐，起看空蒙一望中。」

正是因爲生於井邊，井桐樹葉飛落井欄、落入井底也成爲凝觀諦視的特寫，桐葉敲打井欄更是別樣的秋聲，如：

> 李白《贈別舍人弟臺卿之江南》:「梧桐落金井，一葉飛銀床。」
>
> 白居易《晚秋夜》:「花開殘菊傍疏籬，葉下衰桐落寒井。」
>
> 韓偓《寄遠》:「梧桐葉落敲井闌。」
>
> 周邦彥《夜遊宮》:「古屋寒窗底，聽幾片，井桐飛墜。」

---

〔註 31〕高啓《大全集》(文淵閣《四庫全書》本)卷二，上海古籍出版社，1987 年。

〔註 32〕徐鉉《騎省集》(文淵閣《四庫全書》本)卷二十，上海古籍出版社，1987 年。

吳文英《採桑子慢》：「桐敲露井，殘照西窗人起。悵玉手，曾攜烏紗，笑整風攲。」

井桐常與荷葉聯袂出現。荷花凋敗、荷葉枯殘與桐葉凋落大致同時；而且荷葉與桐葉都很闊大，尤其是荷葉，殘破的大葉更能窮形盡相秋天的蕭颯。從較遠、較低的「池」中之荷到較近、較高的「井」邊之桐，既有空間的並置，又有層次的區分。我們看詩例：

齊己《驚秋》：「池影碎翻紅菡萏，井聲乾落綠梧桐。」

劉騭《館中新蟬》：「搖落何須宋玉悲，齊亭遺恨莫沾衣。池中菡萏香全減，井上梧桐葉乍飛。」

李唐賓《李雲英風送梧桐葉》：「荏苒荷盤老柄枯，飄盡丹楓落井梧。」

歐陽修《宿雲夢館》：「井桐葉落池荷盡，一夜西窗雨不聞。」

桐葉雨聲、荷葉雨聲都是中唐以後所產生的聽覺意象，營造悲秋情境；歐陽修詩中則已無雨打桐葉、荷葉的聲音，秋已至盡頭。蘇泂《再吟三首》：「翠被承恩羅扇棄，一年一度一相逢。功成者去終當爾，分付池蓮與井桐」的淡定、靜觀則是典型的宋詩特色，體現了宋人意志與理性的力量。

## 四、深井高桐與文人心理

井桐不惟與鄉思、閨怨、悲秋相關，也映像了文人心理、體現出理學意趣，這與梧桐的原型意義、根系特點有關。

### （一）深井高桐與龍、鳳

中國古人認為，蛟龍藏於深井、鳳凰棲於高桐，所以宣炳善《「井上桐」的民間文化意蘊》一文認為井桐呈現了民間龍鳳呈祥的觀念。其實不惟如此，井桐還體現了文人「用則行，舍則藏」、「修德以來之」的心理訴求。《大雅・卷阿》云：「鳳凰鳴矣，于彼高岡。梧桐生矣，于彼朝陽。菶菶萋萋，雝雝喈喈」，「菶菶萋萋」形容梧桐，「雝雝喈喈」描摹鳳鳴。梧桐具有崇高的原型意義，梧桐之上「有鳳來儀」是君子品德臻備、效君用世的象徵與先兆。另外，漢代時期，井神即已經成為五種家神之一，《白虎通・五祀》謂門、戶、井、竈、土為五祀，鄉村社會中的井神就是龍王爺〔註33〕；在《易經》中，「亢龍」、

〔註33〕詳參胡英澤《水井與北方鄉村社會》，《近代史研究》2006年第1期。

「飛龍」、「潛龍」等卦象都用以比喻君子命運。鳳凰難至於「桐」、蛟龍深藏於「井」，士大夫常以「井桐」抒發難爲世用的命運嗟歎，如：

梅堯臣《和永叔桐花十四韻》：「湛湛碧井水，其上有梧桐。春隨井氣生，白花飛濛濛。……桐既無鳳凰，井豈潛蛟龍。乃知至神物，未易令人逢。」

劉敞《黄寺丞井上桐樹爲雷所擊》：「君家井泉深百尺，上有高桐十尋碧。鳳鳥不至獨何憂，蛟龍深潛莫能識。迅雷烈風來擊時，地軸翻倒海水飛。正直摧傷豈天意，爨不成琴殊未遲。」

虞集《送良上人賦得井上桐》：「桐陰秋轉薄，井氣曉爲霜。……高巢翠羽下，澄水玉虬藏。」〔註 34〕

梅堯臣的詩歌直陳鳳凰與蛟龍的虛無，最是無望。

### （二）深井高桐與「源」、「本」

文震亨《長物志・鑿井》云：「鑿井須於竹樹之下，深見泉脈」；梧桐不僅爲井提供蔭蔽，更爲井提供了水源。梧桐樹幹高聳、樹冠廣大，相應的，梧桐根系發達，深紮大地。古代吟詠梧桐，尤其是井桐的作品，常常著眼於其樹根，如夏侯湛《愍桐賦》曰：「有南國之陋寢，植嘉桐乎前庭。闡洪根以誕茂，豐修幹以繁生。」〔註 35〕袁淑《桐賦》曰：「根荑條茂，迹曠心沖。」〔註 36〕劉義恭《桐樹賦》：「玄根通徹於幽泉。」〔註 37〕魏明帝《猛虎行》：「雙桐生空井，枝葉自相加。通泉溉其根，玄雨潤其柯。」宋代陳翥在《西山桐十詠》中更專門有一首《桐根》，描寫梧桐樹根的深潛、粗壯、延綿、凸起等特徵，這是梧桐樹身高大之「始」：「吾有西山桐，密鄰桃與李。……上濯春雲膏，下滋醴泉髓。盤結侔循環，岐分類枝體。乘虛肌體大，墳漲土脈起。扶疏向山壤，蔓衍出林地。……倘議大廈材，合抱由茲始。」

樹木的樹根往往與樹幹是等長的，根深則幹高，梧桐即是如此；根深則可以汲取充沛的水分。在理學思維的觀照下，高桐之「根」即是「君子務本，本立而道生」之「本」，爲梧桐生長提供水分的深井之「源」即是「道源」之

〔註 34〕虞集《道園學古錄》（文淵閣《四庫全書》本）卷一，上海古籍出版社，1987 年。

〔註 35〕嚴可均《全晉文》卷六十八，商務印書館，1998 年。

〔註 36〕嚴可均《全宋文》卷十一，商務印書館，1998 年。

〔註 37〕嚴可均《全宋文》卷四十四，商務印書館，1998 年。

「源」，如：

> 馮山《幽懷十二首》第十一：「山溪漲易涸，爲無千里源。桐孫繞雲枝，下有百尺根。物理不虛發，本厚末始繁。功名豈易力，舊德資深蟠。不知所從來，意氣行軒軒。」
>
> 薛瑄《桐井甘泉》：「樹環嘉木桐陰合，井冽寒泉地脈通。彩鳳九霄應有待，道源千古自無窮。」〔註 38〕

梧桐是中國民間種植最廣的樹種之一，隨著鄉土社會向現代社會的轉變，作爲生活景物的井桐漸漸消逝；然而，作爲文學意象的井桐卻長存於作品之中。井桐意象是日常情感，如鄉情、閨怨、悲秋的起興之具。此外，井桐樹幹高聳、樹根深紮，井桐意象也蘊含了文人心理、理學意趣。

## 第四節　焦　桐

焦桐，或稱爨桐、爨下桐等，並非自然生長的梧桐，典故出自《後漢書》卷六〇下：「吳人有燒桐以爨者，（蔡）邕聞火烈之聲，知其良木，因請而裁爲琴，果有美音，而其尾猶焦，故時人名曰『焦尾琴』焉。」《搜神記》卷十三記載相同。焦桐或焦尾琴遂爲古琴之代稱、美稱。焦桐意象有「正題」、「反題」兩方面的內涵。

### 一、焦桐意象之「正題」：知音意識；太古之音；人生意義

#### （一）焦桐與知音

知音是古琴、梧桐題材作品的恒定主題；焦桐意象承載、折射著知音主題。「知音」可以細分爲兩組關係：製琴者與琴材；彈琴者與聽者。

先看第一組關係。焦桐是廢棄的桐材，以充薪柴之用；而蔡邕卻能「化腐朽爲神奇」。這種「戲劇性」的命運變化是困厄、絕境中的文人、士子的夢想；蔡邕遂爲知音的最佳代表、焦桐亦遂爲知音的典型意象：

> 姚鵠《書情獻知己》：「眾皆輕病驥，誰肯救焦桐？」
>
> 劉得仁《夏日感懷寄所知》：「中郎今遠在，誰識爨桐音？」
>
> 文彥博《井上桐》：「尾焦期入爨，誰識蔡中郎？」

---

〔註 38〕 薛瑄《敬軒文集》（文淵閣《四庫全書》本）卷一，上海古籍出版社，1987 年。

王洋《秀實再用前韻惠詩再答》：「感君裁鑒多清賞，收拾焦桐爨下琴。」

徐鹿卿《次韻史宰賀受薦》：「焦桐會有知音在，未必終爲爨下薪。」

彭汝礪《和吳縣丞》：「俊敏今非無李白，沉深古自有揚雄。和音直可奏宗廟，歎息無人知爨桐。」

前三例不約而同地用了「誰肯」、「誰識」的反問，語氣憤激。「千里馬常有，而伯樂不常有」，魏源《默觚・治篇八》亦云：「世非無爨桐之患，而患無蔡邕。」「驥服鹽車」與焦桐兩個同類的典故常常連用，又如陳師道《何復教授以事待理》：「負俗寧能累哲人，昔賢由此致功名。驥收鹽阪車前足，琴得焦桐爨下聲。」此外，蔡邕還發現了柯亭之竹，同爲知音雅談，可以並觀，伏滔《長笛賦》序言：「初，邕避難江南，宿於柯亭。柯亭之觀，以竹爲椽。邕仰而眄之曰：『良竹也。』取以爲笛，奇聲獨絕。歷代傳之，以至於今。」

再看第二組關係。人具有社會性，知音訴求是人的本能之一；操琴者的期待視野中總有「聞弦歌而知雅意」者在，但往往難以遂願：

李山甫《贈彈琴李處士》：「情知此事少知音，自是先生枉用心。世上幾時曾好古，人前何必更沾襟！……三尺焦桐七條線，子期師曠兩沉沉。」

郭印《陪程元詔、文彧、李久善遊漢州天寧，元詔有詩見遺，次韻答之》：「平生識面有千百，屈指論心無四五。偶然流水遇知音，爲抱焦桐弄宮羽。」

黃庚《寓浦東書懷》：「獨抱焦桐遊海角，紛紛俗耳少知音。」

### （二）焦桐與悲苦、之韻、「太古」之音

梧桐爲「體」，古琴爲「用」；梧桐是天籟的載體，又是音樂的源體，以古琴爲「中介」，將自然之聲直指人心。這體現了古人的哲學觀念、音樂觀念，正如嵇康《琴賦》所云：「假物以託心。」梧桐的材質決定了古琴的音韻。焦桐與半死桐、孤桐、桐孫之音韻各不相同。焦桐命運屯蹇、置身「死地」，所以音韻悲苦：

劉禹錫《答楊八敬之絕句》：「飽霜孤竹聲偏切，帶火焦桐韻本

悲。今日知音一留聽，是君心事不平時。」

顧非熊《冬日寄蔡先輩校書京》：「惟君知我苦，何異爨桐鳴。」

焦桐因爲經過烤炙，所以顏色暗深，古貌蒼顏；因爲水分揮發，所以材質乾燥，音色低沉。焦桐琴聲合於所謂的「太古之音」：

釋師範《琴枕》：「巧出焦桐樣，淳含太古音。」

龔大明《和鶴林吳泳題艮泓軒》：「節同老柏歲寒操，心契焦桐太古聲。」

葛紹體《喜聞韓時齋捷書》：「焦桐有良材，函彼太古音。良工巧斫之，可歌南風琴」

王庭珪《次韻羅伯固聽琴》：「焦桐初不受文理，弦以朱絲奇乃爾。坐中忽聞太古音，寵辱頓忘那有恥。」

「上古」與「今世」相對而言，不僅是一個時間概念，而且是一個價值判斷，有著高雅、淳樸、治世等涵義。

### （三）焦桐與人生、修行

焦桐從枯木到良琴的命運轉折詮釋了否極泰來、禍福相依的觀念；中國先秦典籍《老子》、《易經》中包含著這類豐富的樸素辯證法思想。在這種哲學觀指導之下的人生態度是淡定泰然、隨意合道：

周密《古意四首》：「老馬伏櫪鳴，終有萬里志。枯桐爨下焦，中抱千古意。凡物有所遭，時亦有泰否。古木根柢深，春風有時至。」

葉適《送黃竑》：「勸子持難復居易，呂梁之舟先歷試。焦桐邂逅爨下薪，良玉磋磨廟中器。誰言怒海鯤鯨惡，別有晴川鷗鳥戲。心亨習坎行自孚，安流倘寄相思字。」〔註 39〕

〔註 39〕「呂梁」用《莊子・達生》篇典故：「孔子觀於呂梁，縣（懸）水三十仞，流沫四十里，黿鼉魚鼈之所不能遊也。見一丈夫遊之，以爲有苦而欲死也，使弟子並流而拯之。數百步而出，披髮行歌而遊於塘下。孔子從而問焉，曰：『吾以子爲鬼，察子則人也。請問：蹈水有道乎？』曰：『亡，吾無道。吾始乎故，長乎性，成乎命。與齊俱入，與汩偕出，從水之道而不爲私焉。此吾所以蹈之也。』孔子曰：『何謂始乎故，長乎性，成乎命？』曰：『吾生於陵而安於陵，故也；長於水而安於水，性也；不知吾所以然而然，命也。』」「呂梁之舟」則兼用《莊子》同篇「津人操舟」的寓言。

「習坎」爲六十四卦之一，重險之意；「心亨習坎行自孚」大意即雖然身處險境，但只要心態鎮定，自然就能履險爲夷。

焦桐的質變也合乎佛家的精進苦修理念，《了庵和尚語錄》卷第七《勉庵贈邵上人》：「要會此門風，須憑策勵功。孜孜忘早夜，矻矻感秋冬。自棄溝中斷，相成爨下桐。一拳恢活業，千古繼先宗。」如果孜孜矻矻，終能從枯桐變爲名琴、離凡而入佛；如果自暴自棄，則終爲溝中之斷木，自迷而不悟。關於「溝中斷」，後文還有論述。

## 二、焦桐之「反題」：知音之虛妄；焦桐之失性

上文論述了焦桐的知音主題、人生喻義，這是焦桐的「正題」；但同時，焦桐也有著豐富的「反題」意義。正、反的「合題」才是焦桐意象的完整內涵。

### （一）知音之虛妄

劉敞《雜詩二十二首》其十二：「爨桐深竈下，埋劍古獄間。怨聲動旁人，憤氣淩彼天。當時頗見旌，後世稱爲賢。自古聞知音，此事或偶然。」蔡邕與焦桐的故事在歷史長河中只是「小概率事件」。文人津津樂道焦桐故事其實是出於一種心理補償，「英俊沉下僚」、「賢者處蒿萊」方是古今同慨。

此外，後人對蔡邕還有求全之責，吳泳《和張憲登烏尤山》其二：「寸碧亭亭還綠繞，知音不待爨桐焦。」眞正的知音者應該在梧桐「綠」時就能識鑒，而不必等待梧桐「焦」時。甚至認爲蔡邕是惺惺作態、「作秀」，劉敞《別西掖手種小梧桐，贈三閣老》：「亭亭高未足，玩玩意空深。頗似少陵叟，能留一院陰。幸今長勿翦，無用晚知音。莫作吳儂態，翻從爨下尋。」

### （二）焦桐之琴與失「性」

梧桐的本「性」爲樹木，製成古琴則爲喪失本「性」，陳棣《次韻葛教授新闢柏桐軒》：「柏桐有正性，梁琴豈其天。丹雘自輝耀，弦徽漫鏘然。深慚社旁櫟，政爾終天年。復愧南城槁，猶知過飛仙。廟前今安在，爨下亦浪傳。」「柏」爲棟梁、「桐」爲古琴，雖有大用，卻已經喪失了天「性」；反不如社旁櫟樹、南城槁木，可以自生自滅，保持本性、終其天年。

這種「逆向」的思維方式體現了文人堅貞自持的氣節與人格，陸游作品中屢借焦桐意象闡發、申明，陸游《雜言示子聿》：「福莫大於不材之木，禍莫慘於自耀之金。鶴生於野兮何有於軒，桐爨則已兮豈慕爲琴」；《八十三

吟》:「枯桐已爨寧求識,敝帚當捐卻自珍。」

陸游還將爨桐之琴與溝中斷木進行了對比。《莊子・天地》:「百年之木,破爲犧尊,青黃而文之,其斷在溝中。比犧尊於溝中之斷,則美惡有間矣,其於失性一也。」與廢棄於溝中相比,在一般人看來,禮樂器用是木材更好的命運歸宿與價值體現,韓愈《題木居士》詩即云:「爲神詎比溝中斷?遇賞還同爨下餘。」但是雖然《莊子》云「失性一也」,但是細繹之下,卻未必「一也」。木材廢棄於溝中,其「性」仍然爲「木」;而破爲犧尊、製爲樂器,正如前面所引的陳棣作品,已經喪失了「木」之天性。陸游《夜坐偶書》:「已甘身作溝中斷,不願人知爨下音」,「已甘」、「不願」之間有著自覺地價值判斷與人生選擇。

## 第五節 半死桐

賀鑄《鷓鴣天》:「重過閶門萬事非,同來何事不同歸。梧桐半死清霜後,頭白鴛鴦失伴飛」是宋詞中的悼亡名作。影響所及,《半死桐》遂成爲《鷓鴣天》詞牌之別名;「半死桐」也成爲比喻喪偶的常典。俞平伯先生《唐宋詞選釋》注釋「梧桐半死清霜後」這一句時,引用了枚乘的《七發》、庾信的《枯樹賦》,但是「引」而未發。一般的注釋文字、鑑賞文章囿於體例,也大多只能止步於此,語有未詳、意有未愜。《枯樹賦》中的「半死桐」意象雖然從語源上可以追溯到《七發》,但其實已經形同而神非、出藍而勝藍;兩者均不具有喪偶喻意。《七發》中的琴聲琴韻、《枯樹賦》中的人生感懷與《鷓鴣天》中的喪偶悼亡共同構成了「半死桐」的三重內涵。

### 一、枚乘《七發》「半死桐」與琴聲琴韻

梧桐是重要的琴材,龍門之桐更是優質琴材,《周禮・春官・大司業》云:「龍門之琴瑟」,「龍門」爲山名,在今陝西境內、黃河之邊。《周禮》只是交代產地,枚乘《七發》則著意鋪陳渲染:

> 龍門之桐,高百尺而無枝,中鬱結之輪菌,根扶疏以分離。上有千仞之峰,下臨百丈之溪,湍流溯波,又澹淡之。其根半死半生。冬則烈風、漂霰、飛雪之所激也,夏則雷霆、霹靂之所感也。朝則鸝黃鳱鴠鳴焉,暮則羈雌、迷鳥宿焉。獨鵠晨號乎其上,鵾雞哀鳴翔乎其下。斫斬以爲琴……飛鳥聞之,翕翼而不能去;野獸聞

之，垂耳而不能行；蚑蟜螻蟻聞之，拄喙而不能前，此亦天下之至悲也。

這是「半死桐」意象的最早出處。枚乘誇飾其辭，極力描寫梧桐生長環境之險惡；他想要突出的是琴聲驚心動魄的魅力，以期爲楚太子開塞動心。生於險域的梧桐是天地異氣所鍾，用它製琴，正如嵇康《琴賦》所說的「假物以託心」。梧桐是天籟的載體，也是音樂的源體，是將自然之聲直指人心的中介，這體現了古人的哲學觀念、音樂觀念。漢魏六朝的琴賦中，描寫梧桐的「生態環境」已經成了先入爲主、不可或缺的部分；前文所引到的嵇康《琴賦》即是如此。

「半死桐」所傳達的是激楚悲怨的聲韻，如鮑溶《悲湘靈》：「哀響雲合來，清餘桐半死。」龍門桐或「半死桐」後來遂成爲描寫梧桐、描摹琴聲的重要意象，如：

庾肩吾《春日詩》：「水映寄生竹，山橫半死桐。」

劉臻《河邊枯樹詩》：「奇樹臨芳渚，半死若龍門。」

沈炯《爲我彈鳴琴詩》：「半死無人見，入竃始知音。」

## 二、庾信《枯樹賦》「半死桐」與人生感懷

庾信後期的作品中屢屢出現枯樹、枯木意象〔註 40〕，《枯樹賦》中的「半死桐」意象雖然肇端於枚乘《七發》，卻推陳出新，融入了個人的身世感慨。

《枯樹賦》：「桂何事而銷亡，桐何爲而半死？……若乃山河阻絕，飄零離別；拔本垂淚，傷根瀝血。火入空心，膏流斷節。橫洞口而敧臥，頓山腰而半折。文衺者合體俱碎，理正者中心直裂。」〔註 41〕短幅之中可見作者出仕北朝的矛盾憂傷、思家念國之情。「半死桐」即是作者若存若歿、煎熬「碎」「裂」的生存狀態寫照。這種心緒彌漫於庾信後期的詩賦創作中，《擬連珠四十四首》兩次出現龍門「半死桐」意象：「蓋聞五十之年，壯情久歇，憂能傷人，故其哀矣。是以譬之交讓，實半死而言生；如彼梧桐，雖殘生而猶死」、「蓋聞十室之邑，忠信在焉，五步之內，芬芳可錄。是以日南枯蚌，猶含明月之珠；龍門死樹，尙抱《咸池》之曲。」〔註 42〕鄉關之思、憂生之嗟盡借

〔註 40〕臧清《枯樹意象：庾信在北朝》，《中國文化研究》1994 年第 2 期。
〔註 41〕嚴可均《全後周文》卷九，商務印書館，1999 年。
〔註 42〕嚴可均《全後周文》卷十一，商務印書館，1999 年。

「半死桐」以發。此外，《慨然成詠詩》中也出現了半生半死狀態的梧桐：「交讓未全死，梧桐唯半生。」「半死桐」爲我們理解庾信後期心態提供了一個具象的例證。

庾信選擇「半死桐」爲枯樹、枯木之代表並非出於偶然；先秦時期，梧桐已經成爲「柔木」、「陽木」之典型、君子美德之象徵，魯迅先生《再論雷峰塔的倒掉》中關於「悲劇」的名言非常契合庾信作品中的「半死桐」意象：「悲劇是將人生有價值的東西毀滅給人看」；梧桐的「半死」是君子「違己交病」、茫然若失的悲劇人生的對象化載體。

上引庾信作品中，「交讓」兩次與梧桐並皆作爲「半死樹」的代表。梁任昉《述異記》卷上：「黃金山有楠樹，一年東邊榮西邊枯，後年西邊榮東邊枯，年年如此。張華云：交讓樹也。」

枯樹、枯木的枝幹雖存，但心已半空，《枯樹賦》中即有「火入空心」之句，《北園射堂新成詩》：「空心不死樹，無葉未枯藤」、《別庾七入蜀》：「山長半股折，樹老半心枯」也有半心、空心的描寫；這也是庾信內心狀態的形象寫照。「半心」、「空心」是描寫枯樹、枯木的常見意象，這不能排除庾信作品的影響因素，如虞世基《零落桐詩》：「零落三秋幹，摧殘百尺柯。空餘半心在，生意漸無多」、長孫佐輔《擬古詠河邊枯樹》：「野火燒枝水洗根，數圍孤樹半心存。」

正是因爲庾信的範式效應，「半死桐」或「半死樹」常用來形容人生多艱、生意蕭索，尤其用來形容「終始參差，蒼黃翻覆」的屈節出仕所帶來的痛苦矛盾，如：

> 李百藥《途中述懷》：「途遙已日暮，時泰道斯窮。拔心悲岸草，半死落岩桐。」
>
> 李端《長安感事呈盧綸》：「昔慕能鳴雁，今憐半死桐。秉心猶似矢，搔首忽如蓬。」
>
> 劉克莊《記醫語》：「身如桐半死，天尚罰枯株。」
>
> 方回《和陶淵明飲酒二十首》：「言念半死樹，類我晚節乖。」

此處對方回略作申說。南宋末年，方回以知州身份開城降敵，後又以遺民自居，爲時論所不許，周密《癸辛雜識》攻擊尤力，清代紀昀亦云：「文人無行，至方虛谷而極矣。」但從「半死樹」意象及其後期作品來看，他的內心未嘗沒有悔意。

## 三、劉肅《大唐新語》「半死桐」與喪偶悼亡

「半死桐」的喪偶悼亡喻意定型於唐朝，但是作爲其喻意基礎的「雙桐」意象卻是起源甚早。在愛情文學中，連理樹、相思鳥是常見意象〔註43〕，「雙桐」更是愛情雙樹。民間傳說，梧爲雄樹、桐爲雌樹。我們看唐代詩歌例子，顧況《棄婦詞》：「自從離別後，不覺塵埃厚。常嫌玳瑁孤，獨恨梧桐偶」〔註44〕，即以梧桐的偶數來反襯「棄婦」的獨處。「半死桐」可以如《七發》、《枯樹賦》中所指的單株梧桐半死半生，也可指雙樹一死一生，亦即喪偶。「半死桐」的喪偶喻意在唐代定型；這就「層累式」地豐富了枚乘、庾信以來的「半死桐」意蘊。劉肅《大唐新語》卷三：「給事中夏侯銛駁曰：『公主初昔降婚，梧桐半死；逮乎再醮，琴瑟兩亡。則生存之時，已與前夫義絕；殂謝之日，合從後夫禮葬。』」《通典》卷八十六、《唐會要》卷五十四記載相同。「梧桐」與「琴瑟」對舉，再參照後文句意，「梧桐半死」即指喪偶。再如韓愈《梁國惠康公主輓歌二首》其一：「河漢重泉夜，梧桐半樹春」，惠康公主之夫爲山南東道節度使于頔之子于季友，參酌詩意，這裡的「梧桐半樹春」也是挽悼公主去世、哀憫駙馬獨存。

唐代詩文中，「半死桐」已經成爲常見的喪偶悼亡意象：

> 劉長卿《唐睦州司倉參軍盧公夫人鄭氏墓誌銘》：「嗚呼！偕老斯闕，從失猶卑，不及中年，梧桐半死。安仁悼亡之歎，人皆代而痛之。」〔註45〕
>
> 李商隱《上河東啓三首》：「某悼傷以來，光陰未幾，梧桐半死，方有述哀，靈光獨存。」〔註46〕
>
> 李嶠《天官崔侍郎夫人輓歌》：「簟愴孤生竹，琴哀半死桐。」
>
> 白居易《爲薛臺悼亡》：「半死梧桐老病身，重泉一念一傷神。手攜稚子夜歸院，月冷空房不見人。」

〔註43〕王立《古代相思文學中的相思鳥、連理樹意象探秘》，《華南師範大學學報》（社會科學版）2000年第6期。

〔註44〕《御定全唐詩錄》（文淵閣《四庫全書》本）卷四十三，上海古籍出版社，1987年。

〔註45〕董誥《全唐文》卷三百四十六，中華書局，1991年。

〔註46〕《李義山文集箋注》（文淵閣《四庫全書》本）卷五，上海古籍出版社，1987年。

白居易《和夢遊春詩一百韻》:「全凋蕣花折，半死梧桐禿。暗鏡對孤鸞，哀弦留寡鵠。」

唐暄《贈亡妻張氏》:「嶧陽桐半死，延津劍一沈。如何宿昔內，空負百年心。」

「半死桐」在作悼亡之用時，往往與枚乘、庾信作品中的「半死桐」復合，從而語意雙關、含蘊豐厚，如李嶠作品中的「半死桐」悼亡兼寫悲惋琴聲，白居易作品中的「半死桐」悼亡兼寫生存狀態。唐暄的「嶧陽」句顯然是雙桐之一死一生，是悼亡意象，這可以從「延津」句來反觀。「延津」是雙劍，典出《晉書·張華傳》。

唐代以後，「半死桐」就成爲常用的悼亡意象，賀鑄「梧桐半死清霜後」更爲之揚波而助瀾。「鴛鴦」爲雙鳥，我們同樣可以據此推斷「梧桐」爲雙樹。與賀鑄同時代的張耒的悼亡作品中亦有「半死桐」意象，可以和賀鑄的作品並觀，《悼亡九首》其五:「新霜已重菊初殘，半死梧桐泣井闌。可是神傷即無淚，哭多清血也應乾。」

「半死桐」意象具有琴聲琴韻、人生感懷、喪偶悼亡三重涵義。從上文的分析，我們可以發現，文學意象的傳承並非是一成不變地因襲，而是「層累式」地發展、遞進。「半死桐」意象雖然可以推溯到枚乘《七發》、庾信《枯樹賦》，但是其喪偶悼亡涵義的明確卻是在唐朝;「半死桐」意象的喪偶悼亡功能指向又與琴聲琴韻、人生感懷「復合」，從而風神綿邈、蘊藉多端。

# 第五章　梧桐「製品」研究

梧桐應用廣泛。梧桐材質優良，除了製作古琴外，還可以製成傢具、工藝品、梁柱、棺材、桐馬等，可以雕刻成桐人、桐魚，也可以斫削爲桐杖、桐杵。梧桐樹皮柔軟，可以製成桐皮帽子，是隱士的「行頭」；也可以卷成「梧桐角」，在春天吹響。桐葉清香，可以焙製「桐葉茶」；桐花芬芳，也可以窨製「桐花茶」。桐葉與桐花在古代都用作飼料，飼豬或者養魚。總之，梧桐與中國古人的日常生活關係密切，可以說須臾不可缺，本章即對中國古代的梧桐製品略作鈎沉，只能是掛一漏萬〔註1〕。不過，中國古代也有一些名爲「梧桐」的製品，卻與梧桐無關，本章也略作辨正，如「梧桐淚」其實是「胡楊淚」，「桐花布」其實是「木棉布」。

## 第一節　桐棺・桐人・桐杖

中國古代桐木製品，尤其是泡桐製品應用非常廣泛，《桐譜》「器用第七」描述了桐木質地：「採伐不時，而不蛀蟲；漬濕所加，而不腐敗；風吹日曝，而不坼裂；雨濺泥淤，而不枯蘚；乾濡相兼，而其質不變。」本節主要論述桐木製品在喪葬中的應用。

桐棺、桐人、桐杖等桐木器具在中國古代的喪葬中運用很普遍。桐棺是節儉之德，另有懲罰之意；桐棺也是文人、貧士特有的葬具，具有清苦自持的符號意味。桐人是陪葬、鎭墓之物，也是巫蠱之具，與針灸的起源之間或

〔註1〕本章的部分內容以單篇論文的形式發表過，詳參：《桐木器具與喪葬文化》，《農業考古》2011年第4期；《桐葉茶小考》，《農業考古》2011年第2期。

許亦有關係。桐杖是孝子喪母所執的喪杖，民間仍有此習。

## 一、桐棺：節儉之德；懲罰之意；貧士之具

### （一）桐棺的廣泛應用：泡桐；山東；產業

中國第一部泡桐學專著《桐譜》「器用第七」云：「又世之為棺槨，其取上者則以紫沙榇為貴，以堅而難朽，不為乾濕所壞，而不知桐木為之尤愈於沙榇木。沙木齧釘，久而可脫。桐木則黏而不鏽，久而益固，更加之以漆，措諸重壤之下，周之以石灰，與夫沙榇可數倍矣。但識者則然，亦弗為豪右所尚也。」泡桐可以說是「惠而不費」的製棺材料。清代姚炳《詩識名解》卷十四亦云：「梧固非琴瑟材，即棺櫬亦從無用梧者，桐棺自是桐木，不可以梧通也。」如果用單稱，「梧」一般指梧桐，而「桐」一般指泡桐；姚炳明確指出，製作棺材的原料是泡桐。

泡桐耐腐爛、耐酸城，所以民間至今常用來製作棺材；在「百度網」上以「桐木棺材」為搜索詞，搜索項魚貫而出。我們發現，在山東省的很多地方，以泡桐木製作棺材已經成為重要的加工業、出口業。在中國的北方地區，蘭考泡桐生長最快，楸葉泡桐次之。蘭考泡桐集中分佈在河南省東部平原地區和山東省西南部；楸葉泡桐以山東膠東一帶及河南省伏牛山以北和太行山的淺山丘陵地區為主要產區。可見，山東是中國泡桐的主要產區之一，桐木加工已成支柱產業，其中尤以菏澤為著：「進入 80 年代，菏澤把泡桐作為振興農村經濟的產業來抓，至 1987 年建成全省最大的桐木生產基地，……菏澤唐和木業有限公司是生產桐木棺材的合資企業，年產量為 3.9 萬套，產品全部銷往日本、韓國，由於銷路穩定，也表現出了較好的規模經營特性。」〔註 2〕可見在日本、韓國，桐木棺材頗為暢銷。

### （二）桐棺的文化意義：儉；罪；寒士

桐木取材方便，不是「難得之貨」；在喪禮尚「奢」的古代，桐棺是「薄葬」的象徵。《冊府元龜》卷五十六「帝王部・節儉」：「帝堯富而不驕，貴而不舒……夏日衣葛，冬日鹿裘。其送死，桐棺三寸。」《墨子・節葬下》：「禹葬會稽之山，衣衾三領，桐棺三寸，葛以緘之。」中國古代的喪制繁複，難以明究細表，天子之葬更是窮奢極侈；堯、禹兩位「先王」不同於「後王」，

〔註 2〕王新春《山東省菏澤市林業產業化進程及實現途徑研究（之三）》，《農業科技與信息》2007 年第 1 期。

以三寸之厚的薄薄桐棺葬身，堪稱儉德。

在先秦諸子中，墨子是非常特殊的一家；在喪禮這一點上，可以說是「法先王」的典型。《韓非子・顯學》:「墨者之葬也，冬日冬服，夏日夏服，桐棺三寸，服喪三月，世主以爲儉而禮之。」《史記・太史公自序》:「墨者亦尚堯舜道，……其送死，桐棺三寸，舉音不盡其哀。教喪禮，必以此爲萬民之率。使天下法若此，則尊卑無別也。夫世異時移，事業不必同，故曰『儉而難遵。』」墨子主張在喪禮中取消等級差異、泯爲一體，這與儒家禮制不合；「世主」以及「天下」對墨子只是「尊而不親」。莊子則從尊重個體的角度對墨子提出了根本性的質疑，《莊子・天下》:「天子棺槨七重，諸侯五重，大夫三重，士再重。今墨子獨生不歌，死無服，桐棺三寸而無槨，以爲法式。以此教人，恐不愛人；以此自行，固不愛也。」「棺槨」可以泛指棺材，但如果細分的話，「棺」是指棺材、「槨」是指套棺，有內外之分。

後代喪禮不斷地踵事增華，而且貧富分化、社會鴻溝在喪葬中畢露無疑，《鹽鐵論》卷第六「散不足第二十九」:「古者，瓦棺容屍，木板堲周，足以收形骸，藏髮齒而已。及其後，桐棺不衣，采槨不斫。今富者繡牆題湊，中者梓棺楩槨，貧者畫荒衣袍，繒囊緹橐。」

桐棺薄葬是儉以明志、法則先聖之舉，《後漢書》卷三十九「周盤」傳：「若命終之日，桐棺足以周身，外槨足以周棺，斂形懸封，濯衣幅巾。編二尺四寸簡，寫《堯典》一篇，並刀筆各一，以置棺前，云不忘聖道。」《堯典》爲《尚書》篇目之一，記載了唐堯的功德、言行。蔡襄《仁宗皇帝挽詞七首》其四:「儉薄留遺詔，遵行在繼承。桐棺會稽冢，瓦器孝文陵。」「會稽冢」用大禹之典，已見上文；「孝文陵」則用漢孝文帝之典，《漢書・文帝紀》:「文帝治霸陵，皆瓦器，不以金銀銅錫爲飾。」

先秦儒家禮制中未有桐棺之例，桐棺有著特殊的涵義：示罰。《左傳・哀公二年》:「若其有罪，絞縊以戮，桐棺三寸，……下卿之罰也。」《春秋左傳正義》卷五十七孔穎達疏:「記有杝棺、梓棺，杝謂椵也，不以桐爲棺。簡子言桐棺者，鄭玄云:『凡棺用能濕之物，梓、椵能濕，故禮法尚之。』桐易腐壞，亦以桐爲罰也。」梓爲梓樹，杝爲椵樹，都是名貴的棺料。鄭玄、孔穎達等人認爲，桐棺不能耐濕、容易腐爛；我們如果參之以陳翥《桐譜》記載、證之以現代林木科學，這是對桐木的誤解。桐棺之所以有「罰」意，最主要的原因應該還是在於桐木普遍、價廉，爲「庶民」所樂用；喪葬制度是禮制的重要組成部分，體現了細緻的階層劃分，「降格」即意味著懲罰。

《呂氏春秋・高義》載楚國將軍子囊與吳國作戰，敵眾我寡，為保全兵力與聲名，自行遁逃；後向楚王請罪自殺：「遂伏劍而死。王曰：『請成將軍之義。』乃為之桐棺三寸，加斧鑕其上。」《荀子・禮論》則規定得很明細：「刑餘罪人之喪，不得合族黨，獨屬妻子，棺槨三寸，衣衾三領，不得飾棺，不得晝行。」

在後代，桐棺則成為文人、貧士的葬具，具有清苦自持的符號意味，我們看宋詩中的例子：

林光朝《哭伯兄鶡山處士蒿里曲》其三：「桐棺三寸更何疑，卻取江楓短作碑。惟有一般蒿里曲，長簫欲斷更教吹。」

陸游《病少愈偶作二首》其二：「病入秋來不可當，便從此逝亦何傷。百錢布被斂首足，三寸桐棺埋澗崗。」

牟巘《挽岳君舉》：「五十餘年事，都將作夢看。早方磨鐵硯，老遂葬桐棺。」

時移世易，喪葬制度已經發生了重大的變化，一些新型的喪葬方式開始為人們所採納；但是如果採用傳統土葬，桐木棺材依然是佳選，桐木棺材在韓國即被奉為殯葬禮儀的上等品。

## 二、桐人：陪葬之物；巫蠱之具

桐木材質優良、取用方便，桐雕木人在中國古代頗為常見。寺廟中的佛像一般用名貴的檀木雕成，但若無檀木，桐木亦可替代，《太平廣記》卷一六一引《夢雋》：「何敬叔少奉佛法。作一檀像，未有木。先夢一沙門，衲衣杖錫來云：『縣後何家桐甚惜，苦求庶可得。』如夢求之，果獲。」桐人往往用為陪葬之物、厭勝之具。

### （一）陪葬與鎮墓

「俑」，又名「偶」，是中國古代的陪葬之物，有陶俑、石俑等，桐木製作的木俑亦很常見，尤其是在南方。《禮記・檀弓篇》注：「俑，從葬木偶人也。古之喪者，束草為人形，以為死者之從衛，略似人形而已。」「中古為木偶人，謂之俑，則有面目機發，而大似人矣。設機而能踴躍，故名之曰俑。」木俑是「草人」的演進，《說文》云：「偶，桐人也。」桐人也可以視為中國木刻藝術的濫觴；韓愈《題木居士二首》中的「木居士」即可追溯到桐人。

桐人相傳起源於齊國虞卿，《太平御覽》卷五百五十二「禮儀部三十一」引用王肅《喪服要記》：「魯哀公葬父。孔子問曰：『寧設桐人乎？』哀公曰：『桐人起於虞卿。虞卿，齊人，遇惡繼母不得養，父死不得葬，知有過，故作桐人。吾父生得供養，何用桐人爲？』」虞卿出於「補償心理」製作了桐人，俑的職能之一即爲「侍奉被葬者」〔註 3〕。孔子主張對待父母「生，事之以禮」，不必以木俑殉葬來代孝，對虞卿之舉其實不以爲然。孔子「挾知而問」、明知故問，魯哀公與孔子在這一問題上的看法不謀而合。

孔子雖然不至於像墨子一樣走向「薄葬」的極端，但是從「節用愛民」、「仁者愛人」之心出發，他是反對「厚葬」，尤其反對以木俑殉葬的。《孟子・梁惠王上》「仲尼曰：『始作俑者，其無後乎！』爲其象人而用之也。」《淮南子・繆稱訓》云：「魯以偶人葬，而孔子歎」，宋本許注云「偶人，桐人也。」

先秦兩漢時期，桐人陪葬之習很流行，而且「衣冠楚楚」，《越絕書》第十卷記吳王占夢云：「桐不爲器用，但爲俑，當與人俱葬。」桓寬《鹽鐵論》卷第六「散不足」：「匹夫無貌領，桐人衣紈綈」；生人尚不如木偶，這就揭示了社會的不公平。

《太平御覽》卷七百六十七引《靈鬼志》曰：「人姓鄒坐齋中，忽有一人通刺詣之，題刺云『舒甄仲』。既去，疑其非人，尋其刺曰：『吾知之矣，是予舍西土瓦中人耳！』便往令人將鍤掘之，果於瓦器中得桐人，長尺餘。」此事也見於《幽明錄》。這裡用的是「拆字法」，「舒甄仲」拆解之後就是「予舍西土瓦中人」；這是桐人所留下的線索。我們也可以看出，魏晉時期桐人殉葬之風仍存。

桐人不僅履行侍奉之事，更擔當鎮墓之責。《事物紀原・農業陶漁・桐人》：「今喪葬家，於壙中置桐人，有仰視俯聽，乃蒿里老人之類。」《事物紀原》一般認爲是宋代高承所作，但是也有學者認爲是明代作品〔註 4〕；要之，宋明之間，桐人殉葬之風未歇。「蒿里」指草根之下、陰間；「蒿里老人」，又名「蒿里丈人」，是「唯一可以確認其形象的墓葬神煞。」〔註 5〕

〔註 3〕松崎權子《關於戰國時期楚國的木俑與鎮墓獸》，《文博》1995 年第 1 期。

〔註 4〕張志和《〈事物紀原〉成書於明代考》，《東方論壇》2001 年第 4 期。

〔註 5〕余欣《唐宋敦煌墓葬神煞研究》，《敦煌學輯刊》2003 年第 1 期。

此外，桐人還可以作爲祭品，用於冥婚，《太平廣記》三六三引《酉陽雜俎》：「經年，復謂劉曰：『我有女子及笄，煩主人求一佳婿。』劉笑曰：『人鬼路殊，難遂所託。』姥曰：『非求人也，但爲刻桐木稍工者，可矣。』劉許諾，因爲具之。」

正因爲木製桐人在幽冥之事中廣泛應用這一基礎，古代筆記中也有「桐郎」的記載，《廣群芳譜》卷七十三引祖臺之《志怪》：「騫保至檀丘塢，上北樓宿，暮鼓二下，有人著黃練單衣、白袷，將人持炬火上樓。保懼，藏壁中。須臾，有二婢上帳，使婢迎一女子上，與白袷人入帳宿。未明，白袷輒先去。保因入帳中，持女子問：『向去者誰？』答曰：『桐郎，道東廟樹是也。』至暮二更，桐郎復來，保乃斫取之，縛著樓柱。明日視之，形如人，長三尺餘。檻送詣丞相，渡江未半，風浪起。桐郎得投入水，風波乃息。」再如南宋洪邁《夷堅丙志》卷七「新城桐郎」：「練師中爲臨安新城丞，丞廨有樓，樓外古桐一株，其大合抱，蔽蔭甚廣。師中女及笄，嘗登樓外顧，忽若與人語笑者。自是日事塗澤，而處樓上，雖風雨寒暑不輟。師中頗怪之，呼巫訪藥治之，不少衰。家人但見其對桐笑語，疑其爲祟，命伐之，女驚嗟號慟，連呼『桐郎』數聲，怪乃絕。女後亦無恙。詢其前事，蓋恍然無所覺也。」

### （二）巫蠱與針灸

古人認爲，桐人與眞人之間具有「感應」關係，《論衡・亂龍篇》：「李子長爲政，欲知囚情，以梧桐爲人，象囚之形，鑿地爲埳，以蘆爲槨，臥木囚其中。囚罪正，則木囚不動，囚冤侵奪，木囚動出。不知囚之精神著木人乎？將精神之氣動木囚也？」正是因爲這樣，桐人成爲詛咒、巫蠱之具，「巫術信仰者在傳統的偶像祝詛術和葬俑風俗的影響下創造了埋偶人的咒法；又在桐棺葬制的影響下養成了專用桐偶的習慣。所有這些事實，都表明巫蠱術是在中原傳統文化背景上自然形成的一種巫術。」〔註 6〕不過，我們尚難斷定桐棺與桐人之間有必然的因果關係。

最有名的巫蠱事件見於《漢書・江充傳》，江充在太子宮中預先埋下桐木人，嫁禍太子：「是時，上春秋高，疑左右皆爲蠱祝詛，有與亡（通「無」），莫敢訟其冤者。充既知上意，因言宮中有蠱氣，……遂掘蠱於太子宮，得桐

〔註 6〕胡新生《論漢代巫蠱術的歷史淵源》，《中國史研究》1997 年第 3 期。

木人。太子懼，不能自明，收充，自臨斬之。罵曰『趙虜！亂乃國王父子不足邪！乃復亂吾父子也！』……太子繇是遂敗。」相關記載逐步充實了細節，《太平御覽》引《三輔舊事》:「江充為桐人，長尺，以針刺其腹，埋太子宮中。充曉醫術，因言其事。」以針刺腹是致人死地之舉；有學者據此認為，這或與針灸的起源有關，巫蠱與醫術之間具有「藕斷絲連的關係。」〔註 7〕《禮記正義》卷十三「王制第五」更是言之鑿鑿、如同目驗，桐人數量都已分明：「初江充曾犯太子，後王將老，欲立太子。太子立必誅充，充遂謀太子，為桐人六枚，埋在太子宮中，乃讒太子於帝曰：『臣觀太子宮有巫氣。』王遂令江充檢之，果掘得桐人六枚，盡以針刺之。太子以自無此事，意不服，遂殺充。」王先謙《漢書補注》引用了《禮記正義》的記載。

歷史上另一例針刺桐人的巫蠱、「厭勝」之術則與唐代高駢有關，《太平廣記》卷二百八十三：「後，呂用之伏誅。有軍人發其中堂，得一石函，內有桐人一枚，長三尺許。身披桎梏，貫長釘，背上疏（高）駢鄉貫、甲子、官品、姓名，為厭勝之事。以是，（高）駢每為用之所制，如有助焉。」《資治通鑒》卷二百五十七的記載相似。

《太平廣記》卷一二八引《逸史》也記載了一例桐人巫蠱：「唐王屋主簿公孫綽，到官數月，暴疾而殞。未及葬，縣令獨在廳中，見公孫具公服，從門而入。驚起曰：『與公幽顯異路，何故相干？』公孫曰：『某有冤，要見長官請雪，嘗忝僚佐，豈遽無情！某命未合盡，為奴婢所厭，以利盜竊。某宅在河陰縣，長官有心，倘為密選健吏，齎牒往捉，必不漏網。宅堂簷從東第七瓦壟下，有某形狀，以桐為之，釘布其上，已變易矣。』言訖而沒。令異甚，乃擇強卒素為綽所厚者，持牒並書與河陰宰，其奴婢盡捕得，遂於堂簷上搜之，果獲人形，長尺餘，釘繞其身。」

小說中，類似的厭勝之術頻見，如《紅樓夢》第二十五回《魘魔法叔嫂逢五鬼　通靈玉蒙蔽遇雙真》。不過，也有人對此針刺桐人的厭勝之術質疑，曹安《讕言長語》（文淵閣四庫全書本）：「胡致堂曰：『桐人桎梏，世所謂咒咀也。或見高駢之誅，以為驗。彼呂用之之死，又誰咀哉！苟明乎理，則不以此惑矣。』」

---

〔註 7〕李建民《〈漢書・江充傳〉「桐木人」小考》，《中國科技史料》2001 年第 4 期。

## 三、桐杖：母喪之杖

桐木紋理通直，只需簡易加工，就可以製成長形的棍、杖、杵、柱等，本節專論桐杖。

### （一）桐杖與古代喪制

「杖」是中國古代文人的重要的「行頭」〔註 8〕，藤杖、筇杖均很常見。然而，桐木雖然常見，桐杖卻一般不能隨便用；桐杖是孝子喪母所執的喪杖。

《禮記正義》卷五十六「問喪第三十五」:「孝子喪親，哭泣無數，服勤三年，身病體羸，以杖扶病也……此孝子之志也，人情之實也，禮義之經也。非從天降也，非從地出也，人情而已矣。」孝子形銷骨立、以杖策扶，這是孝杖的實用功能；父母喪制有別，孝子所持之杖也有別。我們看《禮記》、《儀禮》、《白虎通義》中的材料以及相關注疏，並在此基礎上略作分說與總結。

《禮記正義》卷三十二「喪服小記第十五」:「苴杖，竹也。削杖，桐也。」孔穎達疏云:「苴者，黯也。夫至痛內結，必形色外章，心如斬斫，故貌必蒼苴。……必用竹者，以其體圓性貞，履四時不改，明子爲父禮中痛極，自然圓足，有終身之痛故也，故斷而用之，無所厭殺也。」「削杖者，削，殺也，削奪其貌，不使苴也。必用桐者，明其外雖被削，而心本同也，且桐隨時凋落。此謂母喪，示外被削殺，服從時除，而終身之心當與父同也。」「苴」是粗惡之意，苴布即粗布、苴服即粗服。苴杖是未加工的竹杖，削杖是削製的桐杖。

《儀禮注疏》卷二十八「喪服第十一」:「苴杖，竹也。削杖，桐也。杖各齊其心，皆下本。」賈公彥疏云:「然爲父所以杖竹者，父者子之天，竹圓亦象天，竹又外內有節，象子爲父，亦有外內之痛。又竹能貫四時而不變，子之爲父哀痛亦經寒溫而不改，故用竹也。爲母杖桐者，欲取桐之言同，內心同之於父，外無節，象家無二尊，屈於父。爲之齊衰，經時而有變。又案:變除削之使方者，取母象於地故也。」

兩段注疏文字頗有相同之處，父喪執竹杖，母喪執桐杖。竹杖的杖端爲

---

〔註 8〕沈金浩《「一枝藤杖平生事」——宋代文人的杖及其文化蘊涵》,《中國社會科學》2007 年第 1 期。

圓形、桐杖的杖端爲方形，取象於天圓地方，父爲天、母爲地；竹之節顯露於外、桐之節隱含於內，喻指爲男外女內；竹子終年常綠，桐樹秋冬枯瘁，父之喪期要長於母之喪期。總之，父喪高於母喪。

《白虎通義》卷十「喪服」云：「以竹何？取其名也。竹者蹙也，桐者痛也。父以竹、母以桐何？竹者陽也，桐者陰也。竹何以爲陽？竹斷而用之，質，故爲陽。桐削而用之，加人功，文，故爲陰也。」竹是出於自然、爲「質」，桐杖略加人功、爲「文」；「質」勝於「文」，父喪高於母喪。

通過對孔、賈兩人注疏以及《白虎通義》的分析，我們探賾索隱、概而言之：喪母之「痛」「同」於喪父之「痛」；父喪高於母喪。前者是人倫常情，而後者則是父權彰顯。

「桐杖」在後代遂成爲喪母之典，如陳元光《太母魏氏半徑題石》詩：「竹符忠介凜，桐杖孝思淒」、王柏《馬華父母葉氏挽詞》：「慈顏開喜兮家國之祥，薰風自南兮草木正長。……使者菲屨兮桐杖皇皇，一道生靈兮悲如我傷。」「薰風」即南風，用《邶風・凱風》：「凱風自南，吹彼棘心。棘心夭夭，母氏劬勞」之典，頌揚母親的勤勞養育之恩。再如蘇頌《累年告老……》：「復土裕陵日，杖桐方守殯。」

《儀禮》、《禮記》的喪製作爲禮制的組成部分而被後代所繼承，如《金史》列傳第四十四：「（張）暐奏：『慈母服齊衰三年，桐杖布冠，禮也。……』上從其奏。」《清史稿・禮十八》：「曰齊衰杖期，嫡旁及下際緝，麻冠、致、草屨、桐杖。……」歷代的政書、類書、雜記中也經常引用《禮記》等書的記載。

### （二）桐杖的民間遺存

現代社會中，手執桐杖、爲母送喪基本已成紙上「遺文」了。然而，「禮失而求諸野」，這種古制在民間並未絕迹，尤其是在少數民族地區、客家居住地區仍有孑遺。我們看幾則材料。

周濯街《「吳頭楚尾」系列民俗調查》：「父、母死後，孝子必須披麻戴孝，手托哭喪棒去請和尚道士主持上祭。同時還要委託親友到遠處親友家中去報喪。請和尚、道士謂之『持杖訴哀』。因爲男人死了必須托竹製哭喪棒去請，所以叫『竹杖訴哀』；女人死了則托桐子樹枝做成的木製哭喪棒去請，因而叫『桐杖訴哀』。竹杖訴哀爲的是保祐兒孫步步登高——有『火燒竹子節節爆，腳踏樓梯步步高』之說爲據，桐杖訴哀則是爲了保祐其後代多子多孫，同樣

有『桐子桐子，多花多籽』之說爲據。」（湖北武穴市「吳楚民間文化研究基地」會刊《吳楚民間文化研究》第一輯）

周濯街所記載的民俗對竹杖、桐杖作出了「別解」，與《儀禮》、《禮記》頗不同，具有民間地域特點。需要特別指出的是，這裡「多花多籽」的「桐」是指油桐。中國古代典籍中的「桐」包括梧桐（青桐）與泡桐（白桐），但有時也兼指油桐、刺桐等。油桐種子具厚殼狀種皮，寬卵形；種仁含油，油桐在湖北分佈很廣泛，湖北是中國的四大桐油產區之一。（「四大」：四川、貴州、湖北、湖南）油桐也具有木材輕軟、紋理通直的特點，易於加工利用。梧桐的文化內涵滲入、影響了油桐。

王史鳳《普寧喪葬習俗》記載：「父亡子手執竹杖，母亡子手執桐杖，意爲哀痛同於喪父。」〔註9〕普寧位於廣東潮汕平原西部，是客家人的聚居之地。仡佬族民俗專家蔡正國在《仡佬族喪葬之俗》中則記載：「仡佬族老人死後，門楣上要貼『當大事』三個大字，對聯有如『手執竹杖（母親爲桐杖）三冬冷，身披麻衣五更寒』等字樣，都用黃色紙書貼。」（石阡縣政府網站「民俗文化」欄目」）此外，廣東梅縣客家人也有手持桐杖的喪俗〔註10〕。

「情動於中而形於外」，通過對桐杖的分析，我們可以從一個切口認識中國傳統的孝道、慎終思想。

## 第二節　桐魚·桐馬

《毛傳》云：「梧桐，柔木也」；清代陳啓源《毛詩稽古篇》卷二十八云：「《定之方中》之桐，白桐也，……名泡桐。」《桐譜·器用第七》對泡桐的材性更有翔實的介紹。泡桐易生速長，材質細膩、紋理通直、取材方便、易於加工，桐人、桐馬、桐魚均是桐木雕品。桐人已見上節，本節專論桐魚、桐馬。桐魚爲魚形桐木雕刻品，在古代比較常見，如趙抃《桐木爲魚寄名山主》：「森森喬木得諸鄰，霧鎖雲埋不記春。報得看看鱗角就，爲君驚起夢中人。」桐魚可以用來祭祀，體現了中國古人的太陽崇拜。桐魚又是擊鼓用具，是浙江臨平的當地風光，文人常常藉以抒發知音意識、政治願望。桐魚也是寺廟法器，年深日久的桐魚可以用來製琴。此外，桐魚還特指產於安

〔註9〕方烈文《潮汕民俗大觀》，汕頭大學出版社，1996年。

〔註10〕楊豪《客家葬俗淵源考》，《客家研究輯刊》2002年第1期。

徽廣德境內的桐花魚，味美珍稀；桐魚在宋代見諸記載，是地方貢品。桐馬則是殉葬之品，後又指「秧馬」。另外，所謂的「桐馬酒」其實跟梧桐沒有關係。

## 一、桐魚：魚形祭品；魚形擊鼓用具；僧寺木魚；安徽廣德「桐花魚」

### （一）桐木魚為魚形祭品；東方之神、太陽崇拜

董仲舒《春秋繁露・求雨》：「爲四通之壇於邑西門之外，方九尺，植白繒九，其神太昊。祭之以桐木魚九。」《春秋繁露》的這條材料在歷代政書、類書、雜記廣爲徵引，然而都是「引」而不「發」，並未闡發董仲舒以「桐木魚」爲祭品之意。我們從對「太昊」與「桐木」的關聯分析或許可以窺見端倪。

太昊，即伏羲，或記爲「太皞」，是上古東夷部族的祖先和首領。「昊」爲會意字，從日從天，體現了中國先民的太陽崇拜意識；山東大汶口文化（B.C 3500～B.C 2500）遺址所出土的陶尊上就刻有「昊」字。太昊被尊爲太陽神。《孔子家語・五帝》：「天有五行，水火金木土，分時化育，以成萬物，其神謂之五帝。」「是以太皞配木，炎帝配火，黃帝配土，少皞配金，顓頊配水。」「五行用事，先起於木，木東方，萬物之初皆出焉，是故王者則之，而首以木德王天下。其次則以所生之行，轉相承也。」《春秋內事》亦云：「伏羲氏以木德王。」按照五行的方位對應，「木」對應的是東方。

綜上，董仲舒所祭祀的「神太昊」是東方之神、太陽之神、木之神；而我們如果要在中國樹木譜系中尋求東方、太陽的對應物，則非梧桐莫屬。《山海經》卷四「東山經」記載：「又南水行七百里，曰孟子之山，其木多梓桐。」譚其驤先生《論〈五藏山經〉的地域範圍》中認爲：「總括《東山經》地域範圍，北起萊州灣，東抵成山角，西包泰山山脈，除二經南段大致到達今蘇皖二省北境外，其餘三經首尾全在今山東省境內。」〔註11〕《東山經》的範圍大致和太昊所統領的「東夷」區域吻合；《東山經》中的「標誌性」樹木即爲「桐」。我們再看一例，賈誼《新書・胎教》：「然後，爲王太子懸弧之禮義。東方之弧以梧。梧者，東方之草，春木也。其牲以雞。雞者，東方之牲也。……」中國古代家中生男，則於門左掛弓一張，後因稱生男爲「懸弧」。梧桐在中國

〔註11〕譚其驤《長水粹編》，河北教育出版社，2000年。

古人心目中爲東方之木〔註 12〕。

《大雅・卷阿》云：「梧桐生矣，于彼朝陽。」梧桐自古被稱之爲「陽木」，向陽而生，劉義恭《梧桐賦》：「挺修幹，蔭朝陽，招飛鸞，鳴鳳凰」；袁淑《梧桐賦》：「貞觀於曾山之陽，抽景於少澤之東。」而棲止於梧桐的鳳凰也是東方神鳥，據《爾雅・釋鳥》郭璞注：「出於東方君子之國，翱翔四海之外。」

總之，以產於東方的桐木製品去祭祀東方之神，這是董仲舒「感應」學說的一種表現方式；而用「魚」爲祭祀用品，則體現了古人的生殖崇拜，「魚」爲溝通帝人之具。聞一多先生《說魚》一文對「魚」的原型意義有詳細的闡釋。

### （二）桐魚指用桐木製成的魚形擊鼓用具；蜀桐；知音；臨平

《水經注・浙江水》引南朝宋劉敬叔《異苑》卷二：「晉武帝時，吳郡臨平岸崩，出一石鼓，打之無聲，以問張華。華云：『可取蜀中桐材刻作魚形，打之，則鳴矣。』於是如言，音聞數十里。劉道民詩曰：『事有遠而合，蜀桐鳴吳石。』」

這種「小叩」而「大鳴」的記載難以坐實，但是張華之所以選擇「蜀中桐材」還是「事出有因」的。蜀中多山，桐材木質較爲緊密，更適合製琴，當然也適合製桐魚，白居易《夜琴》：「蜀桐木性實」、李賀《聽李憑箜篌引》：「吳絲蜀桐張高秋」、李商隱則有《蜀桐》詩。

《樂書》卷一百五十闡釋了以桐魚擊打石鼓的聲學原理，並以同類事例佐證：「古者撞鐘擊磬必以濡木，以其兩堅不能相和故也。海中有魚曰鯨，有獸曰蒲牢。蒲牢素憚鯨魚，擊鯨則蒲牢鳴。猶晉有石鼓不鳴，取蜀中桐材，斫爲魚形，擊之則鳴矣。後世猶是作蒲牢於鐘上，而狀鯨魚以撞之；則石磬之器，亦上削桐爲魚形以擊之。」「濡」即柔軟、柔弱之義，如《莊子・天下》：「以濡弱謙下爲表。」

石鼓本是冥頑不靈，桐魚激發了其靈性。沒有桐魚，石鼓只是一塊無用之「石」；有了桐魚，石鼓就變成了一面有用「鼓」。桐魚可以說是石鼓的知音，「點石成金」；中國文人往往借桐魚、蜀桐之典抒發友朋往還、命運改變之志願：

---

〔註 12〕賈誼《新書・胎教》所記載的「南方之木」爲柳；「中央之木」爲桑；「西方之木」爲棘；「北方之木」爲棗。

陳襄《天道不可躋》:「桐魚擊石鼓，可以求聲音。嗟夫世之人，不知方寸心。」

王庭珪《和李巽伯少卿見懷》:「銅鼓遇時思發響，蜀椎須待刻桐魚。」

黃滔《謝試官啓》:「竟於豐獄以沉埋，誰以蜀桐而激發。」〔註13〕

袁枚《小倉山房尺牘・答王夢樓侍講》:「每至兩人論詩，如石鼓扣桐魚，聲聲皆應。」

袁枚《小倉山房詩集》卷二十二《送劉石庵觀察之江右》:「自慚石鼓頑，忽被桐魚叩。」

《浙江通志》卷三十三記有「桐扣橋」:「在臨平山西山。因張華取桐魚扣石鼓而名，橋亦以此名。」石鼓、桐魚是浙江臨平的地域文化。明末清初沈謙《石鼓亭晚步》:「桐魚焉可問，博物愧張華」，沈謙即爲臨平人；其弟子潘雲赤亦爲臨平人，詞集名爲《桐魚新扣詞》。厲鶚《臨平湖竹枝詞》:「雙鬟十五蕩舟徐，不見清波錦鯉書。儂似湖中石鼓樣，望郎望似蜀桐魚。」三四兩句則是「本地風光」，風神駘蕩，妙傳小女子心曲。

### （三）桐魚還指僧寺用的木魚

木魚爲體鳴樂器，通常爲團魚狀，中空，張口，以利共鳴，用小木槌擊奏，爲佛教法器，用於禮佛或誦經。《桐譜・器用第七》:「今之僧舍有刻以爲魚者，亦白花之材也。」陳翥說的很清楚，木魚是用白花泡桐雕刻而成的。木魚又爲集合大眾所用，稱之爲魚梆、飯梆，係做成長魚形，平常懸掛於齋堂、庫房之長廊，飯食時敲打之。

寺廟中的桐魚尚有「妙用」，即製琴。沈括《夢溪筆談》卷五「樂律一」:「琴雖用桐，然須多年木性都盡，聲始發越」，所以年深桐材往往是製琴之良

---

〔註13〕董誥《全唐文》卷八百二十三，中華書局，1991年。「豐獄」典故也與張華有關，《晉書・張華傳》:「初，吳之未滅也，斗牛之間常有紫氣，道術者皆以吳方強盛，未可圖也，惟華以爲不然。及吳平之後，紫氣愈明。華聞豫章人雷煥妙達緯象，乃要煥宿，……煥曰:『寶劍之精，上徹於天耳。』……煥到縣，掘獄屋基，入地四丈餘，得一石函，光氣非常，中有雙劍，並刻題，一曰龍泉，一曰太阿。其夕，斗牛間氣不復見焉。」後遂以「劍沈豐獄」比喻英才埋沒。

材。以白花桐製成的木魚年深日久，木液盡失，色澤泛紫，亦是良材。梅堯臣《魚琴賦並序》載：「丁從事獲古寺破木魚，斫爲琴，可愛玩，潘叔治從而爲賦，余又和之，將以道其事，而寄其懷。賦曰：『……嗚呼琴兮！遇與不遇，誠出於通窒，始其效材雖甚辱兮，於道無所失，今而決可以參金石之春天焉，無忘在昔爲魚之日。』」〔註 14〕《六研齋筆記》卷四則記載了寺廟中的巨型木魚改制爲三十餘具古琴的軼事：「黃州五祖山寺有桐木魚，長二丈，晉物也，齋時擊以會僧。一夕忽失去，迨旦復還，腹有蘋藻。知其飛入江湖，白之官。時陝西曹濂知府事，鑒其爲琴材，令匠斫三十餘具，私其十七而餘悉以徇求者，聲清越異常。成化年間事也。」雖然言之鑿鑿，但從「晉」至明朝的「成化年間」，跨越千年，木魚殆成「朽木」，能否製琴值得懷疑。

### （四）桐魚指桐花魚；廣德；泡桐；宋代

《江南通志》卷八十六：「桐魚，桐花開時出，故名。」桐花魚又名桃花魚、七色魚，是安徽省宣城市廣德縣山區所產的珍稀魚類，僅產於楊灘鄉的桐河；桐花魚爲鯉形目鯉科，野生，體長而側扁，魚體較小，體型很像小白條魚〔註 15〕；肉質鮮美，刺骨柔韌，看似有刺，食時若無刺。桐花魚的時令、地域性均很強。王聲瑜《桐花魚考證及資源利用》有實地考證，並引《廣德州志》：「哀公十五年，楚子西子期伐吳及桐河，見桐花隨溪流下，爰有桐河之稱」；「出陽灘，三月桐花開時捕之，味肥美，可連骨食，士人炙之以遠餉，十里之外骨硬，不異常魚矣。」〔註 16〕桐花指泡桐花，清明時節開放。皖中、皖南泡桐分佈很廣；中國以泡桐爲市樹的兩個地級市銅陵、桐城均在安徽境內；宣城與銅陵毗鄰。

《廣德州志》將桐花魚的得名追溯到魯哀公之時，這尚缺乏佐證。北宋錢時《宣城琴高之名甚著，轉送四方，甚珍品也。比得之，乃鄉間桐魚耳，一笑而賦二首》：「春網琴高長藋茅，宣城風物剩浮誇。」「琴高乘鯉」典故出自《列仙傳》卷上，後以琴高指鯉魚。錢時戲謔宣城人的「敝帚自珍」；但這條材料可以證明，最起碼在宋朝時期已有桐魚之名了。

《新元史》卷一百八十九「列傳第八十六」錄有程鉅夫上奏給元世祖的

---

〔註 14〕《宛陵集》（文淵閣《四庫全書》本）卷六十，上海古籍出版社，1987 年。
〔註 15〕曾再新《皖南特產桐花魚》，《美食》2008 年第 2 期。
〔註 16〕王聲瑜《桐花魚考證及資源利用》，《水產科技情報》1995 年第 6 期。

條陳：「夫凡物各有所出所聚處，非其處而謾求，如緣木求魚，鑿冰求火，無益於官，徒擾百姓。如紵絲、邵緯、木錦、紅花、赤藤、桐魚、鰾膠等物，非處處皆出，家家俱有者也。」桐魚是宣城「所出所聚」，在元代是珍貴的貢品。

## 二、桐馬：殉葬品；秧馬；「桐馬酒」爲「挏馬酒」之誤

### （一）桐馬是古代的殉葬品

《鹽鐵論》「散不足」篇云：「古者，明器有形無實，示民不用也。及其後，則有醯醢之藏，桐馬偶人彌祭，其物不備。今厚資多藏，器用如生人。」「明器」，即冥器，陪葬之用；這段文字描述了喪葬「由儉入奢」的變化。「桐馬」是桐木雕成的馬，是殉葬之品。「偶人」即爲桐人，《淮南子・繆稱訓》云：「魯以偶人葬，而孔子歎」，宋本許注云：「偶人，桐人也。」可以參看上一節關於「桐人」的論述。

### （二）桐馬是秧馬的別稱

秧馬是古代的一種農具，農學史研究考論頗多，如王頲、王爲華《宋、元、明農具秧馬考》，詳細論述了秧馬的出現、使用地域及其推廣、形制和用途〔註17〕。秧馬又稱桐馬，其背部用質地較輕的桐木製成。蘇軾的《秧馬歌》序言：「……予昔遊武昌，見農夫皆騎秧馬。以榆棗爲腹欲其滑，以楸桐爲背欲其輕，腹如小舟，昂其首尾，背如覆瓦，以便兩髀，雀躍於泥中，繫束槁，其首以縛秧。日行千畦，較之傴僂而作者，勞佚相絕矣。……」正文：「春雲濛濛雨淒淒，春秧欲老翠剡齊。嗟我婦子行水泥，朝分一壟暮千畦。腰如箜篌首啄雞，筋煩骨殆聲酸嘶。我有桐馬手自提，頭尻軒昂腹脅低。背如覆瓦去角圭，以我兩足爲四蹄。……」蘇軾記載了秧馬的材質、形制、功用等，是珍貴的文獻。徐瑞《田園》其四：「斫桐作秧馬，斵木刳泥船」，也說明秧馬是以桐木製成。元代王禎《王氏農書》卷十二有秧馬圖譜，我們再看《欽定歲時通考》卷五十一《秧馬》：「清和四月新秧綠，一壟分來千壟足。桐馬平馳碧浪輕，鬃鬣森森稻苗束。北人使馬南人船，兩蹄踏破橫塘煙。畦東畦西來往速，插罷儂家幾頃田。戢戢青針波欲沒，載驅終日何曾歇。草壁高懸睡老農，好與吳牛同喘月。」兩首秧馬作品中都出現了「分」，據此推斷，秧

〔註17〕王頲、王爲華《宋、元、明農具秧馬考》，《中國農史》2009年第1期。

馬的主要功能應該是拔秧；清代陸士儀《思辨錄》云：「秧馬……今農家拔秧時宜用之。可省足力，兼可載秧，供拔蒔者甚便。」

### （三）「桐馬酒」辨正

明代馮時化《酒史》在「諸酒名附」中附錄了十二種名酒，桐馬酒爲其中之一。《漢書》卷二十二：「其七十二人給大官桐馬酒」，這是桐馬酒的最早文獻。桐馬酒其實就是馬奶酒，和梧桐沒有任何關係，「桐」乃「挏」之形近而誤，《說文》：「挏，推引也。從手，同聲。漢有挏馬官，作馬酒。按，取馬乳汁挏治之，味酢可飲。」後代望文生義、強作解人者歷代有之，我們看兩則辨正材料。《顏氏家訓・勉學第八》：「《禮樂》志云：『給太官挏馬酒。』李奇注：『以馬乳爲酒也，揰挏乃成。』二字並從手。揰挏，此謂撞擣挺挏之，今爲酪酒亦然。向學士又以爲種桐時，太官釀馬酒乃熟。其孤陋遂至於此。」《藝林彙考》「飲食篇」卷六：「《留青日劄》：『桐馬酒，漢給大官，以馬乳爲酒，採桐葉時乃成。』李奇曰：『漢武有桐馬官作酒，「桐」合作「挏」，音動，推引也。韋革爲皮兜，受數斗，盛馬乳撞挏之。』」。用馬奶做酒，必須搖晃推引，除去浮在表面的奶油，留下奶酪發酵。

宋代的葛立方雖未明言，但應該也是誤以爲桐馬酒與梧桐有關，《韻語陽秋》卷十九：「大抵醪醴之妙，藉外而發其中，則格高而味甘，如大宛之葡萄、大官之桐馬，皆藉他物而成者。趙德麟以黃柑釀酒，東坡嘗作《洞庭春色賦》遺之，所謂『命黃頭之千奴，卷震澤而俱還。』坡亦以松明釀酒，所謂『味甘餘而小苦，歎幽姿之獨高。』二酒至今有用其法而爲之者。」葡萄、黃柑、松明均是特殊的釀酒原料，即「他物」；而桐馬酒卻是與梧桐無關，是借助於撞擊，也就是「他力」，與前者不可同日而語。

要言之，「桐馬酒」應爲「挏馬酒」之誤，但相沿已久，我們看幾例：

> 皮日休《太湖詩，遊毛公壇》：「凝於白獺髓，湛似桐馬乳。」
>
> 柳貫《次伯長待制韻》：「仗前桐酒進瓊脂。」〔註 18〕
>
> 袁華《直沽即事》：「革囊桐酒醺人醉，蘆葉吹笳動客愁。」〔註 19〕

---

〔註 18〕柳貫《待制集》（文淵閣《四庫全書》本）卷五，上海古籍出版社，1987 年。

〔註 19〕袁華《耕學齋詩集》（文淵閣《四庫全書》本）卷十一，上海古籍出版社，1987 年。

# 第三節　桐帽小考

桐帽是中國古代隱士的「行頭」。一般認爲，桐帽是以桐木爲支架的樸頭；筆者認爲，桐帽更有可能是用梧桐樹皮所製成的帽子，受到「樹皮布文化」的影響。桐皮寬闊、柔軟，且少有節疤，可以有各種用途，製帽是其一。桐皮帽是宋代文人所鍾愛的樹皮帽子的一種。樹皮帽子在宋代的流行，是原始遺習與時代心理的交蕩、作用下，文人的自覺選擇。樹皮帽子既「古」且「雅」，是宋代文人對抗流俗的精神意趣載體，其「文化符號」更勝於其「實用功能」。

## 一、樸頭與桐木巾子

桐帽與棕鞋是古代隱士的「行頭」，一頭一腳，往往聯袂出現，如黃庭堅《次韻子瞻以紅帶寄王宣義》：「白頭不是折腰具，桐帽棕鞋稱老夫」、俞德鄰《病癒出遊》：「桐帽棕鞋破曉煙，落花飛絮暮春天」、石安民《西江月》：「山翁笑我太豐標，竹杖棕鞋桐帽。」《山堂肆考》卷二百三十五「棕鞋」：「桐帽棕鞋，皆隱士之服。」

任淵引黃庭堅《答蜀人楊明叔簡》作爲「桐帽」注釋：「桐帽，本蜀人作，以桐木作而漆之，如今之帽，三十年前猶見之。棕鞋本出蜀中，今南方叢林亦作，蓋野夫黃冠之意。」〔註 20〕桐帽與棕鞋適合南方多雨潮濕的氣候。棕鞋是用棕草編織而成的鞋子，曹庭棟《養生隨筆》卷三：「陳橋草編涼鞋，質甚輕，但底薄而鬆，濕氣易透，暑天可暫著。有棕結者，棕性不受濕，梅雨天最宜。黃山谷詩云：『桐帽棕鞋稱老夫』，又張安國詩云：『編棕織蒲繩作底，輕涼堅密穩稱趾』，俱實錄也。」這項編織技藝在民間仍未絕迹。

桐帽是以桐木爲骨子做成的樸頭，這是通行的看法。樸頭，相傳始於北周，用軟帛垂腳，至隋始以桐木爲「巾子」，使頂高起成形，唐以後沿用。「巾子」是一種薄而硬的帽子坯架，唐封演《封氏聞見記》卷五：「樸頭之下別施巾，象古冠下之幘也。」1964 年在新疆吐魯番阿斯塔那唐墓中發現了這種「巾子」，就是一種帽子坯架，可以決定樸頭的造型。桐木輕柔而有韌性，適合做「巾子」，趙彥衛《雲麓漫鈔》卷三：「樸頭之制，……制度不一。隋

〔註 20〕劉尚榮校點《黃庭堅詩集注》，中華書局，2003 年，第 342 頁。

大業十年吏部尚書牛宏上疏曰：『裹頭者，內宜著巾子，以桐木爲內，外黑漆。』」郭若虛《圖畫見聞志》卷一亦云：「隋朝用桐木黑漆爲巾子，裹於樸頭之內。」

不過，筆者懷疑的是，黃庭堅詩中的「桐帽」與「桐木巾子樸頭」實爲兩物。桐木巾子樸頭的製作是朝廷禮制、上下通行，何來「野夫黃冠之意」、「本蜀人作」？作爲隱士「文化符號」的桐帽與作爲服飾禮制的桐木巾子樸頭應該是源出兩途，桐帽是指用梧桐樹皮製作成的帽子。

## 二、「樹皮布文化」與梧桐樹皮帽子

「樹皮布」的出現在紡織品、紙張之前，是古老原始的文化。「中國古代文獻中常常提及中國南部和西南部所出的樹皮布，名曰：『荅布』、『拓布』、『穀布』。」〔註21〕最常見、最通用的是楮樹皮，「楮樹一直在中國廣泛栽植，自遠古時代起中國南部就有將楮樹皮捶製成布並用於衣著的事。世界各地溫帶及熱帶地區的原始民族也曾將捶成極薄一張的楮皮用於做衣服，及覆蓋和簾幕等用途。有人認爲樹皮布起源於中國，製造樹皮布的方法可能是由中國南部經南中國海各島嶼向東傳至太平洋及中美洲的廣遠區域，並經由印度洋向西傳至非洲中部，傳播所及包括了赤道沿線各個地區。」〔註22〕《韓詩外傳》卷一即有「楮冠」的記載：「子貢乘肥馬、衣輕裘，中紺而表素，軒車不容巷，而往見之。原憲楮冠、藜杖而應門，正冠則纓絕，振襟則肘見，納履則踵決。」原憲也是孔子的弟子，其衣冠簡陋，和子貢的錦衣華服正好形成對比。

黃庭堅的書信中提到，桐帽「本蜀人作」，而「蜀」恰恰是樹皮布文化的發祥、流行區域。在南方的一些少數民族地區，仍然承傳著樹皮布的製作技藝。海南大學教授周偉民、唐玲玲致力於黎族文化研究，「在幾千年前人類的無紡時代，黎族人民就掌握了高超的樹皮布製作技術，並在此基礎上加工成樹皮衣、樹皮帽等衣物。」（《保護歷史「活化石」：黎族服飾》，《海南日報》2008 年 9 月 11 日）無獨有偶，「哈尼族人穿樹皮衣約有 1000 年歷史。『張樹皮』於 1995 年恢復製成了第一件樹皮衣。最近又恢復製成了樹

〔註21〕錢存訓著；鄭如斯編訂《中國紙和印刷文化史》，廣西師範大學出版社，2004年，第57頁。

〔註22〕錢存訓著；鄭如斯編訂《中國紙和印刷文化史》，廣西師範大學出版社，2004年，第37頁。

皮帽、鞋、裙、褲、包等 11 個品種共 100 餘件樹皮製品。用這種『布』縫製的衣服質地柔軟，輕盈透氣，可穿三五年。圖爲一位參觀者試穿樹皮裙。」（《哈尼族村寨展覽樹皮布衣服》，《人民日報海外版》2009 年 8 月 1 日）臺灣的阿美族長者，也會製做樹皮衣、樹皮帽等；李亦園等所撰的《馬太鞍阿美族的物質文化》一書中，亦提到阿美族人以構樹製做樹皮布的過程與方法〔註 23〕。

當然，伴隨著人類從蒙昧時代進入文明時代，伴隨著紡織、造紙的漸次發明，在實用領域，樹皮漸漸退場。然而，樹皮帽卻始終是返璞歸眞、「貧賤不能移」的隱士「文化符號」。宋代文人的「行頭」很豐富，有竹杖、藤杖、芒鞋、葛巾等，「這些『行頭』的一個突出的共同點，就是它們無不具有濃鬱的野逸、休閒氣息，是飄然、淡然、自在、遺俗、簡樸的裝束，代表著冠帶袍笏、拘束刻板的官府生活以外的另外一種人生。」〔註 24〕而樹皮帽子始終是「行頭」中重要的一個類別，宋無《贈皖山道士》：「世人曾不識，頭帶樹皮冠。」〔註 25〕

宋代詩歌中經常出現的樹皮帽子有：「松皮冠」，晁說之《謝曾廸功松皮冠》：「松皮冠贈松山客，慚愧紅塵赤日中」；「竹皮冠」，毛滂《訪鄭叔詳回得花滿盤作短詩以寄》：「已遣小蠻歌送酒，故教亂插竹皮冠」；「樺皮冠」，釋慧遠《禪人寫師眞請贊》「十九」：「奇哉王道士，頭戴樺皮冠。」以類相求，桐帽也很有可能是樹皮帽子序列中的一種。而且，梧桐與松樹、竹子一樣，都是中國文化中的「比德」樹木，精神意趣相近；桐帽也具帶有其原材料的精神質素。與松皮、竹皮相比，梧桐樹圍、樹皮闊大，而且平滑無節，容易剝離、加工。我們看後代詩歌中的一例。清代吳綺《夏晚》：「屈指幾朝秋漸爽，桐冠蕉帔竹匡床」〔註 26〕，「帔」是披於肩背的服飾。「桐冠」與「蕉帔」都是就地取材，經過「粗加工」、保持「原生態」的衣飾，「桐」爲桐皮、「蕉」則爲蕉葉。這些例子其實是遠祖屈原作品中「荷蓋」、「荷屋」的「香草」比興傳統，我們沒必要膠柱鼓瑟地去坐實。

---

〔註 23〕李亦園等著《馬太鞍阿美族的物質文化》，中央研究院民族學研究所，1962 年。

〔註 24〕沈金浩《「一枝藤杖平生事」——宋代文人的杖及其文化蘊涵》，《中國社會科學》2007 年第 1 期。

〔註 25〕宋無《翠寒集》（文淵閣《四庫全書》本），上海古籍出版社，1987 年。

〔註 26〕吳綺《林蕙堂全集》（文淵閣《四庫全書》本），上海古籍出版社，1987 年。

## 第四節　梧桐角（兼論「烏鹽角」）

「梧桐角」、「烏鹽角」是宋元時期在浙東農村流行的土製樂器，春耕時吹響，具有濃鬱的鄉土特色；二者的文獻記載寥寥，認識也存在分歧。「梧桐角」收錄在元代《王氏農書》中，然而並未說明其材質。白壽彝《中國通史》以及「百度百科」都認爲「梧桐角」是梧桐樹葉製成。事實上，「梧桐角」是用梧桐樹皮所捲製的樂器。宋代江休復《嘉祐雜誌》記載了「烏鹽角」，但略帶荒誕；古人多認爲「鹽」就是曲子之名。劉彩霞《「烏」族詞的文化內涵》則更認爲「烏鹽角」是由烏鴉粗糙的叫聲所引申的曲子名〔註 27〕。事實上，「烏鹽角」是用烏鹽樹皮所捲製的樂器。「梧桐角」、「烏鹽角」展示了江南風情、田園樂事，對於它們的探討可以在一定程度上「還原」宋元時期的浙東農村生活場景。

### 一、「梧桐角」的時期、地域與材質：宋元；浙東；梧桐皮

元代王禎《王氏農書》是中國古代重要的農業著作，其第十三卷收錄的農業器具圖譜能夠幫助我們直觀地認識古代的耕作方式；但也偶有並非勞動器具的農村事物雜入其中，如「梧桐角」：「浙東諸鄉農家兒童以春月卷梧桐爲角吹之，聲遍田野。前人有『村南村北梧桐角，山後山前白菜花』之句，狀時景也，則知此制已久，但故俗相傳，不知所自。蓋音樂主和，寓之於物以假聲韻，所以感陽舒而蕩陰鬱、導天時而達人事，則人與時通、物隨氣化，非直爲戲樂也。」〔註 28〕王禎第一次全面描述了「梧桐角」的區域、時令、製作、起源等，是彌足珍貴的材料。

「梧桐角」是流行於浙東農村的土製樂器，相沿已久，是春天的感召、春耕的「號角」，宋、元時期在民間相當流行。「村南村北梧桐角，山前山後白菜花」出自南戲《張協狀元》第二十三齣；再如《張協狀元》第十九齣：「久雨初晴隴麥肥，大公新洗白痲衣。梧桐角響炊煙起，桑柘芽長戴勝飛。」白菜花開、桑柘芽長均是春天景象；「戴勝」棲息在開闊的田園、園林、郊野的樹干上，是有名的食蟲鳥，有利於保護農田。南戲，又稱「南曲戲文」，大約在北宋末年產生於浙江東部的溫州（永嘉）地區的農村，故有「溫州雜

〔註 27〕劉彩霞《「烏」族詞的文化內涵》，《陰山學刊》2009 年第 4 期，第 45 頁。

〔註 28〕王禎《王氏農書》卷十三（文淵閣《四庫全書》本），上海古籍出版社，1987 年。

劇」、「永嘉雜劇」之稱；《張協狀元》是現存的「永樂戲文三種」之一〔註29〕。南戲帶有鮮明的地域特徵，而「梧桐角」則是浙東土物。再如釋行海《南明道中》：「酒旗猶寫天台紅，小白花繁綠刺叢。蜂蝶不來春意靜，日斜桐角奏東風。」「天台」在浙江省中東部；「南明」是新昌的古稱，也在浙江省東部。

明代王圻《三才圖會》沿用《王氏農書》中的材料，而將「梧桐角」收錄於卷三的「樂器」。《王氏農書》雖然有圖譜，但我們只能約略地看出「梧桐角」的形制，頭大尾小，類似於牛角，但是對於其材質卻是無法明瞭。白壽彝主編《中國通史》第八卷「中古時代・元時期（下）」介紹「梧桐角」是「用梧桐葉捲成角形的哨子」。這是似是而非的解釋，「梧桐角」其實是用梧桐樹皮捲成的小號角。

宋代林景熙《桐角》：「田家無律呂，聲寄始華桐。碧卷春風老，清吹野水空。客心寒食後，牛背夕陽中。不惹梅花恨，年年送落紅。」中華書局1960年版的林景熙《霽山集》以清代《知不足齋叢書》本為底本，裏面有元代章祖程的注釋；卷一收錄此詩，題下小注云：「楚間山家每季春截桐皮，捲而吹之，謂之『桐角』。」「梧桐角」是宋、元時期流行的樂器，章祖程所言應爲可信。清代《御選宋金元明四朝詩・御選宋詩》卷四十三選錄林景熙《桐角》，題下亦有章祖程小注。可見，「梧桐角」應該是用梧桐皮捲製的。

## 二、「烏鹽角」的時期、地域與材質：曲子；宋元；浙東；烏鹽皮

「梧桐角」的製作方式、地域特點等可以和「烏鹽角」互相參證。王禎《王氏農書》第十三卷「梧桐角」引用了戴復古《烏鹽角行》：「鳳簫鼉鼓龍鬚笛，夜宴華堂醉春色。繁聲緩響蕩人心，但有歡娛別無益。何如村落捲桐吹，能使時人知稼穡。村南村北聲相續，青郊雨後耕黃犢。一聲催得大麥黃，一聲喚得新秧綠。人言此角只兒戲，孰識古人吹角意？田家作勞多怨咨，故假聲音召和氣。吹此角，起東作；吹此角，田家樂。此角上與鄒子之律同宮商，合鐘呂。形甚樸，聲甚古，一吹寒谷生禾黍。」

《烏鹽角行》一詩描述了梧桐角的時令、音樂特點，堪稱古風古韻，可以和《王氏農書》中的記述互相參照。《烏鹽角》是宋、元時期流行的民

〔註29〕錢南揚《永樂大典戲文三種校注》，中華書局，1979年。

間曲調，名字樸野古怪，其起源已無法確考。楊慎《詞品》卷一：「曲名有《烏鹽角》，江鄰幾《雜誌》云：『始教坊家人市鹽，得一曲譜於角子中。翻之，遂以名焉。』戴石屏有《烏鹽角行》。元人月泉吟社詩：『山歌聒耳《烏鹽角》，村酒柔情玉練槌。』」江鄰幾即江休復，北宋時人，爲歐陽修之友，著有《嘉祐雜誌》。江鄰幾的說法看似無稽，但卻頗爲流行，《逸老堂詩話》卷上、《山堂肆考》卷一百六十一都有引述。「月泉吟社」是南宋遺民詩社；南宋末年，吳渭擔任義烏縣令，入元之後隱居吳溪，創立此社，請遺民詩人方鳳、謝翺、吳思齊等主持。「月泉吟社」的諸多作品也帶有浙東地域文化特點。

南宋的張端義《貴耳集》則認爲「鹽」是曲子名稱：「所謂『鹽』者，吟、行、曲、引之類。」清代秦巘《詞繫》進而云：「古樂府有『烏鹽角』，或取名於此。……『鹽』即曲也，古曲有《昔昔鹽》、《黃帝鹽》、《突厥鹽》，皆以『鹽』名，《嘉祐雜誌》之錯，恐不足據。」〔註30〕

以上的兩種看法其實均有誤。「烏鹽」之「鹽」既不是柴米油鹽之「鹽」，也不是曲子名稱之「鹽」，「烏鹽」是一種樹。

「烏鹽角」不僅是一個曲調，首先是一種樂器，「烏鹽」是樂器的材質，「角」是樂器的形制；作爲曲調的「烏鹽角」應源自作爲樂器的「烏鹽角」。舒岳祥《烏鹽角行》：「山中一種烏鹽樹，剝皮爲角開春路。牧童把去上牛吹，煙草茫茫沒遠陂。一聲兩聲兮桑青柘綠，三聲四聲兮麥綻秧肥。山花如火遮眉目，吹此田家太平曲。三年不聽此曲聲，捲卻地皮人痛哭。」〔註31〕「烏鹽角」也是在春天吹響，舒岳祥作品中的「桑青柘綠」、「麥綻」與前面所引《張協狀元》中描述「梧桐角」的「桑柘芽長」、「隴麥肥」很相似。

舒岳祥是浙江寧海人，宋末元初著名作家；其生活、交遊也主要在浙東一帶。「烏鹽角」的製作方式與「梧桐角」相同，都是捲皮爲角。徐似道《句》：「牧童出捲烏鹽角，越女歸簪謝豹花」〔註32〕，既然是「捲」，那麼「烏鹽角」應該是具有物理形狀的樂器無疑，而不可能是曲子。

問題的關鍵在於：製成「烏鹽角」的「烏鹽樹」是什麼？遍檢《全宋詩》，除了舒岳祥這首作品外，再無他作提到烏鹽樹。

〔註30〕馬興榮《讀詞五記》，《楚雄師專學報》2001年第4期，第17頁。

〔註31〕舒岳祥《閬風集》卷二（文淵閣《四庫全書》本），上海古籍出版社，1987年。

〔註32〕《全宋詩》卷二五一九，中華書局，1991年。

「烏鹽樹」其實是浙東的方言稱呼。宋代莊綽《雞肋編》卷上：「……劍川僧志堅云：『向遊閩中，至建州坤口，見土人競採鹽麩木葉，蒸搗置模中，爲大方片。問之，云作郊祀官中支賜茶也，更無茶與他木。』然後知此茶乃五倍子葉耳，以之治毒，固宜有效。五倍子生鹽麩木下葉，故一名鹽麩桃。衢州開化又名『仙人膽』。陳藏器云：『蜀人謂之酸桷，又名醋桷。吳人呼烏鹽。』」可知，烏鹽樹是鹽膚木的別稱。鹽膚木又稱「五倍子樹」，屬小喬木，漆樹科漆樹屬，在長江以南較適宜生長；五倍子爲醫藥、鞣革、塑料及墨水工業的重要原料。

「烏鹽角」最初是一種樂器，後來成爲南方的山歌小調，樵夫可以即興填詞、隨意演唱，如田雯《城西溪上》：「春水泱泱鴨頭綠，桃花樹樹胭脂紅。岸聲高唱烏鹽角，沙陣斜飛白勃公。」自注云：「烏鹽，山歌名；勃公，水鳥。」〔註 33〕查愼行《題泰州宮氏春雨草堂圖》：「樵去唱烏鹽，漁來歌欸乃。」〔註 34〕「烏鹽」爲山歌，「欸乃」爲漁歌。

概而言之，梧桐角、烏鹽角都是宋、元時期流行於浙東民間的土製樂器，都是截取樹皮捲製而成。兩者形制、材質相似，故樂聲也相似。兩者都具有時令性，亦即是屬於春天的樂器。梧桐樹、鹽膚木樹圍寬闊，春天樹皮青嫩、柔韌，易於剝離，也易於捲曲。

## 三、「梧桐角」、「烏鹽角」的音樂內涵：農家樂；高士情懷；春歸；祭祀；鄉情

梧桐角、烏鹽角具有濃鬱的鄉土風味，往往是兒童放牧時就地取材、信口無腔的遣興，如：

> 趙友直《牧》：「相呼相喚出煙堤，冒雨前村膝沒泥。萬斛愁懷人不解，嗚嗚桐角倚牛吹。」
>
> 釋智愚《牧童》：「煙暖溪頭草正肥，盡教牛飽臥晴曦。卷桐又入深深塢，吹盡春風不自知。」

在梧桐角聲、烏鹽角聲中所次第鋪展的是隴麥、秧針、菜花、青草、綠原、細雨、牛、牧童、農夫、村婦等一派江南風情、田園樂事；前引戴復古《烏

〔註 33〕田雯《古歡堂集》卷十四（文淵閣《四庫全書》本），上海古籍出版社，1987 年。

〔註 34〕查愼行《敬業堂集》卷四十一（文淵閣《四庫全書》本），上海古籍出版社，1987 年。

鹽角行》、舒岳祥《烏鹽角行》分別有「田家樂」、「田家太平曲」之語。「月泉吟社」詩人陳舜道《春日田園雜興十首》之六亦是這種風調：「春來非是愛吟詩，詩是田園寄興時。稼穡但憑牛犢健，陰晴每付鵓鴣知。託尋花去將予樂，借捲桐吹寫所思。撫景寓言良不淺，春來非是愛吟詩。」「興」是陳舜道這一組作品的基調，「村聲蕩漾《烏鹽角》」則是出自同組作品之二。

梧桐角、烏鹽角形制、聲音古樸，與世俗追鶩的絲竹之樂迥異其趣；高士、山人往往藉此以抒發高蹈塵外、獨立世表的情懷，如王逢《山居雜題七首》：「偶從道士飲碧螺，手把桐角吹山歌。千壑萬谷響應答，天風黃鵠雙飛過。」〔註 35〕烏斯道《王山人桃花牛歌》：「王山人，王山人，更辦烏鹽角，高吹《紫芝曲》，五湖四海春茫茫，桃源市上千山綠。」〔註 36〕《紫芝曲》或《紫芝歌》等，泛指隱居避世之曲，據《樂府詩集・琴曲歌辭二》記載，相傳爲秦代末年的商山四皓所作。

林景熙《桐角》：「聲寄始華桐」，梧桐角是桐花開放時節的梧桐皮捲製而成；而桐花是清明的物候、表徵。桐花是清明之「色」，梧桐角即清明之「聲」。清明是季春節氣，至此，春天已經過去「三分二」；所以，梧桐角是春歸之「聲」，葛紹體《惜春二首》「其二」：「桐角聲中春欲歸，一番桃李又空枝。楊花好與春將息，莫被東風容易吹。」烏鹽角與梧桐角「聲」氣相通。

在鳥類中，送別春天的則當屬杜鵑，杜鵑又名子規、謝豹。梧桐、烏鹽角聲低沉，是「低聲部」，杜鵑聲淒厲，是「高聲部」；川野之間，梧桐、烏鹽角聲與杜鵑聲「合奏」，爲春天餞行：

> 釋文珦《即景》：「青山隴麥與人齊，莓子花開謝豹啼。牛背牧兒心最樂，緩吹桐角過前溪。」
>
> 蔣夢炎《寒食》：「桐角喚回前嶂曉，子規啼破隔江煙。」

寒食、清明是中國傳統節日，唐宋時期已經有祭掃之俗；梧桐、烏鹽角聲因之而染有這一特定民俗節日清冷、孤寂，如蔣夢炎《寒食》：「桐角喚回前嶂曉，子規啼破隔江煙。麻裙素髻誰家女，哭向墦間送紙錢」；王舫《春日郊行次平野韻》：「風回別墅聞桐角，煙冷荒郊掛紙錢。」

---

〔註 35〕王逢《梧溪集》（文淵閣《四庫全書》本）卷五，上海古籍出版社，1987 年。

〔註 36〕烏斯道《春草齋集》（文淵閣《四庫全書》本）卷二，上海古籍出版社，1987 年。

梧桐角、烏鹽角是「鄉土社會」的鄉音，而寒食、清明節日又具有愼終追遠的文化內涵；所以，角聲就成爲引發游子愁緒的「觸媒」，這幾乎是兩種角聲最主要的音樂功能：

林景熙《桐角》：「客心寒食後，牛背夕陽中。」

善住《舟次江亭》：「不知何處吹桐角，獨立天涯淚欲零。」〔註 37〕

釋寶曇《郊外即事》：「一聲牛背烏鹽角，鐵作行人也斷魂。」

舒岳祥《安住寺道中》：「半村晴日烏鹽角，十里春溪雀李花。餅餌風來香冉冉，教人那得不思家。」

李孝光《客孤山》：「行李蕭蕭明日發，烏鹽角外轉淒涼。」〔註 38〕

從以上的分析可以看出，梧桐角與烏鹽角的音樂內涵是「複調」的，觸緒多端，既有歡愉，亦有悲苦；或者我們可以借用嵇康的「聲無哀樂論」，梧桐角、烏鹽角的「調子」完全是依據各人的心境、處境而定。

本節所作的梳理是一項音樂考古工作，亦是文學考古、文化考古工作。值得補充的是，在福建畲族居住地，製作「梧桐角」的技藝仍然保存著，《福建日報》2007 年 8 月 14 日有李隆智的攝影報導《樹皮做號角　嘹亮畲鄉情》：「日前，筆者來到政和縣畲族文化村後布村，看到畲民雷幫金和堂弟雷幫弟在小心翼翼地剝桐樹皮。他們將剝下的桐樹皮捲起來，不一會兒就做成了一支長 50 釐米、口徑 15 釐米的號角。……」思想史有精英思想史，亦有「一般思想史」；「一般的知識、思想與信仰眞正地在人們判斷、解釋、處理面前世界中起著作用」〔註 39〕。同樣，音樂除了絲竹「雅樂」之外，更有民間品類繁多的「俗樂」；而這些鮮活的「俗樂」紮根於中國傳統的鄉土社會，更加眞正地與我們血脈相連。梧桐角、烏鹽角是農村文化、「生態農業景觀」的構成部分，這正是我們考述它們的意義所在。

---

〔註 37〕顧嗣立《元詩選》（文淵閣《四庫全書》本）「初集」卷六十七，上海古籍出版社，1987 年。

〔註 38〕李孝光《五峰集》（文淵閣《四庫全書》本）卷十，上海古籍出版社，1987 年。

〔註 39〕葛兆光《中國思想史》「導論」，復旦大學出版社，2002 年，第 13 頁。

## 第五節　梧桐與茶葉

梧桐應用廣泛，桐葉也有「妙用」。清香適口的樹葉嫩芽均可採摘、焙製爲茶，舊時民間「柳葉茶」比較流行。桐葉茶流行度不及柳葉茶，但是更爲清雅。

### 一、青桐芽與「女兒茶」

明代李日華《紫桃軒雜綴》卷四：「泰山無好茗，山中人摘青桐芽點飲，號女兒茶。」清代陸廷燦《續茶經》援引李日華記載。《紅樓夢》第六十三回，林之孝家的帶人夜巡怡紅院，催促大家早睡，寶玉說：「……今兒因吃了面怕停住食，所以多頑一會子。」林之孝家的又向襲人等笑說：「該沏些個普洱茶喝。」襲人、晴雯二人忙說：「燜了一銚子女兒茶，已經喝過兩碗了。……」很多紅學專家、泰山文化研究者認爲這裡的「女兒茶」即青桐茶〔註 40〕。

泰山地方志中多有青桐及女兒茶的記載，明末查志隆等編《岱史》卷十二上：「茶，薄產岩谷間，山僧間有之，而城市皆無，山人採青桐芽，號女兒茶。」清代聶鈫《泰山道里記》載：「泰山西麓扇子崖之北，舊多青桐，曰青桐澗。」清唐仲冕輯《岱覽》「第三十」云：「女兒茶……清香異南茗。」〔註 41〕「薄產」，可見泰山「女兒茶」產量不高。

袁愛國《泰山茶文化》中引用了明代萬曆年間泰安人宋燾的詩作，《我思泰山高》之三：「攜我尋眞者，酌彼以青桐。至味元無味，恬然自不窮。」〔註 42〕桑調元《泰山集》卷中《女兒茶》詩云：「陰崖摘且焙，片片青桐芽。攜將聖母水，烹取女兒茶（原注：玉女池名聖母水）。」《泰山集》卷上《白鶴泉》詩云：「青桐芽自春前採（原注：惟嶽中岩谷有此茶），試汲銅瓶活火煎。」〔註 43〕

---

〔註 40〕 筆者認爲，從沖泡方式而言，《紅樓夢》中的「女兒茶」很可能並非青桐茶。青桐茶爲不發酵茶，比較鮮嫩，飲用方式爲「點飲」；而《紅樓夢》中的「女兒茶」是「燜」的，這應該是紅茶（全發酵）、烏龍茶（半發酵）的飲用方式。

〔註 41〕 以上三種泰山地方志均有現代整理、點校本，可以參考：馬銘初、嚴澄非《岱史校注》，青島海洋大學出版社，1998 年；孟昭水《岱覽校點集注》，泰山出版社，2007 年；岱林等點校《泰山道里記》，山東友誼出版社，1987 年。

〔註 42〕 《民俗研究》1995 年第 02 期。

〔註 43〕 《泰山集》收入《弢甫五嶽集》，清乾隆錢塘桑氏修汲堂本。

從前面的材料來看，至遲在明朝時候，「女兒茶」已經在泰山地區流行。「女兒茶」的原料爲青桐芽，其生長環境有兩個特點：一爲「岩谷」之間、山澗之旁；一爲山崖北面。因爲是生於山澗，空氣濕潤，所以芽葉鮮嫩；因爲生於崖北，所以芽葉較小；這兩點都是優質茶葉的成因、特點。女兒茶味道清淡，所以宋纛評價「至味元無味」。青桐分佈廣泛，以青桐芽製茶應該不是泰山「女兒茶」的「專利」。宋代劉弇《莆田雜詩二十首》其四：「桐葉誰新汲，葵芽好問津。端堪事杯酌，泠汰客襟塵」，從詩意來看，這裡的「桐葉」很可能就是茶葉的替代品。

女兒茶爲野生，產地在泰山，產量亦有限，主要見於明清文獻。我們今天所說的「泰山女兒茶」、「桐葉茶」其實均與青桐無關。1966 年起，泰安開始引種茶樹；泰山腳下的女兒茶園成爲目前我國最北方的茶葉種植基地。因緯度與海拔高、晝夜溫差大，「泰山女兒茶」葉體肥厚，耐沖泡，湯色碧綠。「桐葉茶」之「桐葉」則有臭梧桐葉與胡桐葉兩種，均有清涼降壓的藥用價值；胡桐即胡楊。

## 二、梧桐與茶葉：共生狀態；桐花薰茶；桐子點茶

梧桐與茶葉的關係尚可補綴三條材料。一，桐樹與茶樹適合「共生」。古人往往會清除茶樹邊的雜草、茂樹，謂之「開畬」，但桐樹例外，宋代趙汝礪《北苑別錄》：「草木至夏益盛。故欲導生長之氣、以滲雨露之澤，每歲六月興工。虛其本、培其土，滋蔓之草、遏鬱之木，悉用除之，政所以導生長之氣而滲雨露之澤也，此之謂『開畬』。唯桐木則留焉，桐木之性與茶相宜爾。又，茶至冬則畏寒，桐木望秋而先落；茶至夏而畏日，桐木至春而漸茂，理亦然也。」《續茶經》「卷上之一」引用此條。〔註 44〕宋代徐璣《監造御茶，有所爭執》開頭即描述了桐樹與茶樹的共生狀態：「森森壑源山，嫋嫋壑源溪。修修桐樹林，下蔭茶樹低。桐風日夜吟，桐雨灑霏霏。千叢高下青，一叢千萬枝。……」茶樹「畏日」，而梧桐樹身高大、樹陰清圓，正可庇護、養育茶樹，如釋文珦《春谷》：「竹地偏生菌，桐陰正養茶。」大概在宋代的時候，農戶已經將桐樹與茶樹「間種」，如釋文珦《建溪青玉峽雲際寺》：「野竹樊蕉徑，修桐間茗畦。」二，桐花還可以用來薰茶，這和蓮花茶的製作工藝彷彿。桐樹開花與春茶採摘爲同一時令，均爲清明、穀雨之間，如王禹偁《茶

〔註 44〕今天的共生「桐茶」則通常指油桐與油茶，這是兩種經濟植物，均可榨油。

園十二韻》:「採近桐花節，生無穀雨痕」；戴復古《田園行》:「桐樹著花茶戶富。」取桐花薰茶既新且美，《續茶經》「卷上之三」:「宗室文昭《古瓻集》:『桐花頗有清味，因收花以薰茶，命之曰『桐茶』。有『長泉細火夜煎茶，覺有桐香入齒牙』之句。」三，梧桐子可以用來「點茶」。《長物志》卷二「花木」:「青桐……其子亦可點茶」；《花鏡》卷三「花木類考」:「梧桐……其仁肥嫩而香，可生啗，亦可炒食點茶。」

此外，文人雅士還以桐葉爲飲茶之具。車萬育《聲律啓蒙》卷二「六麻」:「閒捧竹根，飲李白一壺之酒；偶擎桐葉，啜盧仝七碗之茶。」竹根、桐葉分別爲酒具、茶具；新鮮的桐葉氣味清新，葉片闊大，這種飲茶方式很容易讓人想起「碧筒杯」。段成式《酉陽雜俎·酒食》:「歷城北有使君林，魏正中，鄭公慤三伏之際，每率賓寮避暑於此。取大蓮葉置硯格上，盛酒三升，以簪刺葉，令與柄通，屈莖上輪菌如象鼻，傳吸之，名爲碧筩杯。」蘇軾《泛舟城南會者五人分韻賦詩》之三:「碧筩時作象鼻彎，白酒微帶荷心苦。」桐葉和荷葉有異曲同工之妙。

## 第六節　梧桐用途與製品雜考

桐葉與桐花在古代用作飼料，可以飼豬或者養魚。桐木取材方便、材質優良，桐木器具、製品應用於各個領域，古人的日常生活不可須臾離之。本節繼續鈎沉史料，考證桐木製品；雖然無法窮盡，卻也可以更加多側面地認識古人的生活。此外，一些製品、名物雖然名爲「桐」，但其實與梧桐無關，本節也做了一些甄辨。

### 一、桐葉飼魚與桐花養豬

中國古人以桐葉喂魚，宋代羅願《爾雅翼》卷九「桐」:「其葉飼豕，肥大三倍。至秋後，亦用以飼魚。鄉人養鯇魚者，每春以草養之，頓能肥大。秋後食以桐葉，以封魚腹，則不復食，亦不復瘦，以待春復食也。」鯇魚即草魚。孫岩《秋晚園中》亦云:「菊花供麴盡，桐葉飼魚稀。」桐葉可以作爲飼料添加劑，廣泛應用在家畜、家禽飼養中〔註45〕。

〔註45〕孫克年《桐葉作畜禽飼料添加劑的研究和應用》,《飼料研究》1993 年第 12 期；韓紹忠等《泡桐樹葉粉飼喂生長育肥豬試驗》,《中國飼料》1991 年第 2 期。

古人還以桐葉來「藏繭」。宋代陳旉《農書》卷下介紹了「藏繭之法」:「藏繭之法，先曬合燥；埋大甕地上，甕中先鋪竹簣，次以大桐葉覆之，乃鋪繭一重，以十斤爲率，摻鹽二兩；上又以桐葉平鋪，如此重重隔之，以至滿甕；然後密蓋，以泥封之。」桐葉闊大、平整，所以適合鋪墊作爲「繭層」的間隔。元代王禎的《王氏農書》、明代宋應星的《天工開物》都沿襲了《農書》的記載。

中國古人很早就用泡桐花來餵豬，《神農本草經》:「桐花飼豬，肥大三倍。」《廣群芳譜》卷七十三引明代李繼儒《群碎錄》記載:「桐花可敷豬瘡，飼豬肥大三倍。」試驗表明，泡桐花對豬的生長具有明顯的促進作用。在同期內，試驗組比對照組多增重 21.3%～26.7%〔註46〕。

桐花還可以作爲添加劑用在家禽飼養中。泡桐花穗經晾曬風乾粉碎，可以用來喂雞〔註47〕。

## 二、桐木甑子與桐木火籠、桐木風箱

甑是古代的蒸飯器具，底部有孔格以透蒸汽，原理略同於現代的蒸鍋。甑，初爲陶器，後爲木器，《格物致原》卷五十二引《器用旨歸》:「甑，所以炊飯之具。古者甑瓦器，陶者爲之。今以木，後世之制也，其於捧挈尤輕且便。」除了「輕便」之外，木甑飯還帶有天然的木香。唐宋年間，木甑很流行，如韋莊《贈漁翁》:「木甑朝蒸紫芋香」；陸游《宿彭山縣通津驛，大風，鄰園多喬木，終夜有聲》:「木甑炊餅香浮浮。」現在南方山區仍有使用木甑之習；在一些標榜復古、天然的都市飯店，也引入了木甑。木甑常以桐木製成，稱爲「桐甑」，如《劇談錄》卷下「白傅乘舟」:「船頭覆青幕，中有白衣人，與衲僧偶坐。船後有小竈，安桐甑而炊，丱角僕烹魚煮茗」；葛立方《操葉舟淩巨浪訪道祖》:「炊煙不動無桐甑，底處求僧與二童」；王質《謝王巽澤新火》:「桐甑飯香增意氣，草堂燈影換精神。」

《桐譜》「器用第七」:「凡白花桐之材以爲器，燥濕破而用之則不裂，今多以爲甑杓之類，其性理慢之故也。紫花桐之材，文理如梓而性緊，而不可爲甑。」白花泡桐密度較低，不易坼裂。《桐譜》「種植第三」又曰：「凡桐之

---

〔註46〕施仁波、習冬《飼料中添加泡桐花對豬增重效果的影響》，《畜牧獸醫雜誌》2006 年第 6 期。

〔註47〕馬玉勝《泡桐花穗粉代替部分麩皮飼喂蛋雞的試驗效果》，《江西飼料》1997 年第 4 期。

茂大，尤速於餘木，故鄙語云：『相訟好栽桐，桐樹好做甑。』訟方興，言其易大也。」可見，中國古代民間相沿，往往是用桐木來製作甑。

火籠是南方冬天的一種取暖工具。內有一個類似花盆形的瓦盆器具，外用竹片等編織成燈籠形狀，並在上方中間位置加一彎形手柄牽引；冬天的時候，可以在內瓦盆裏加入燒紅的火炭，以便取暖之用，故而得名。竹製火籠比較常見，如蕭正德《詠竹火籠》、沈約《詠竹火籠》、沈滿願《詠五彩竹火籠》。桐木比較柔軟，也可以削製成片、編織爲籠，這就是「桐木火籠」，《南史》卷七十：「范述曾……郡送故舊錢二十餘萬，一無所受，唯得白桐木火籠樸十餘枚而已。」范述曾體現了「廉吏」風範，這則材料在中國古代的政書、類書中廣爲記載。

「風箱」是壓縮空氣而產生氣流的裝置，最常見的一種由箱體、活門、拉杆等構成，用來鼓風，使爐火旺盛。以前農村用竈火做飯，風箱是常見的助火工具。風箱的箱體一般採用桐木，桐木耐磨損，拉杆來回磨擦，箱板卻不易磨損。有人選用桐木風箱的木板來製作板胡，這個原理和用桐木魚、桐木柱來製作古琴一樣。

## 三、桐木漆器與桐木傢具

桐木漆器是以桐木作底胎、以中國大漆作塗料，沿用傳統的民間技藝，製作成各種器具和各種工藝性很強的裝飾品。桐木質輕，傳熱慢，它與天然大漆的黏合性能好。因此，桐木漆器具有不變形、不崩裂、耐酸堿、耐腐蝕、耐熱性能高等特點。在一、二百度高溫的燒燙下，無異味，不走形；放入二甲苯溶液中浸泡不脫漆，耐磨耐用，防潮性能好。河南是泡桐的主產地，鄭州漆器是地方名產。

我們以樂器爲例。《元史》卷六十八「登歌樂器」：「柷一，以桐木爲之，狀如方桶，繪山於上，髹以粉。旁爲圓孔，納於椎中，椎以杞木爲之，撞之以作樂。敔一，製以桐木，狀如伏虎，彩繪爲飾。……」「柷」與「敔」都是古代的打擊樂器，都以桐木爲之，都有漆飾。

桐木光潔、質輕、無異味，適宜製作傢具。日本可以說是世界上唯一視桐木爲珍貴傢具材種的國度。日本人的臥室格局喜歡用榻榻米和擺上一套桐木傢具。在有一億二千萬人口的日本，桐木傢具的社會容量相當可觀。據瞭解，日本每年消耗大量桐材，不足用量從我國、韓國、巴西、美國進口

〔註 48〕。日本人喜愛「燒桐」。「燒桐」是一種桐木表面炭化工藝，將桐木表面用火烤出碳黑色，然後上透明漆。既能顯示桐木原來的紋路，又有藝術感。燒桐傢具、燒桐木屐、燒桐藝術品在日本均很流行。

桐木傢具在中國也很常見，桐木交易中心也應運而生；山東曹縣即有全國最大的桐木交易中心。

中國古代桐木傢具應用也很廣泛，茲舉一例，「桐木幾」。《莊子・齊物論》:「昭文之鼓琴也，師曠之枝策也，惠子之據梧也，三子之知幾乎。」「據梧」可以理解爲倚靠在梧桐之上，但是也有別解，成玄英疏:「據梧者，只是以梧幾而據之談說，猶隱几者也。」明代彭大翼《山堂肆考》卷一百八十一引《神仙傳》:「葛仙翁憑桐木幾於女幾山，學道數十年登仙，幾化爲白麂，三足，時出於山上。」《廣群芳譜》卷七十三也引用了這則材料。

## 四、桐棍、桐杵與桐柱

桐木紋理通直、木質輕軟，只要經過簡單加工即可製成長短、粗細、形制不一的棍子；而木棍無論是在禮制、勞作、生活，甚至在武術中都是廣泛運用的。前面提到的「桐杖」其實就是一種比較細的棍子。《清史稿》卷一百〇五「志第八十」關於官員的儀仗有著明細的規定，我們可以發現上自總督，下至縣佐，桐棍都是不可或缺:「直省文官，總督，……桐棍、皮槊各二；……巡撫，……桐棍、皮槊各二，……。各道……桐棍、皮槊各二……。知府與道同。府倅、知州、知縣，……桐棍、皮槊各二，肅靜牌二……縣佐，藍傘一，桐棍二。」桐木還可以製成武器，除了桐棍之外，還可以用作槍身，即「桐木槍」,《冊府元龜》卷一百九十七:「三年四月……兩浙節度使錢鏐進……桐木槍二千條。」

杵，可以視爲「微型」棍子，杵是舂米或捶衣的木棒。古人製作祭祀用的「鬱鬯酒」時，以柏木爲臼、梧桐爲杵，蓋取柏木之香、梧桐之潔。《禮記・雜記》:「鬯臼以椈，杵以梧。」椈爲柏的別稱。孔穎達疏:「搗鬱鬯用柏臼、桐杵，爲柏香桐白，於神爲宜。」中國古代有「搗衣」民俗，「搗衣」就是將布帛鋪在石砧上用木杵捶打，以期平整、鬆軟，便於縫製衣服。「搗衣」一般在秋天進行，搗衣杵也常用桐木製成。庾信《夜聽搗衣詩》:「石燥砧逾響，桐虛杵絕鳴。虛桐採鳳林，鳴石出華陰。」再如賀鑄《擬南梁慧偘法師獨杵

〔註 48〕詳參李工謙《日本人偏愛桐木傢具》,《傢具》1982 年第 3 期。

搗衣》:「嶧陽桐杵鳴，蓮岳石砧平。待誰相應節，要自不勝情。」

杜，可以視爲「巨製」棍子，杜是房屋的支撐，屋柱也常選用桐木，《桐譜》「器用第七」:「故施之大廈，可以爲棟梁桁柱，莫比其固。但雄豪侈靡，貴難得而尚華藻，故不見用者耳。今山家有以爲桁柱地伏者，諸木屢朽，其屋兩易，而桐木獨堅然而不動，斯久傚之驗矣。」桐柱稱得上是價廉物美、經久耐用。

揚州的園林、建築中即大量採用桐柱，《揚州畫舫錄》卷十七「工段營造錄」:「次之平臺品字斗科做法：平臺海墁下桐柱，即平臺簷柱，法與下簷同。……多桐柱、七五三架梁……其上簷單翹單昂斗科做法，用桐柱、大額枋……用桐柱，簷桁枋。」多年桐柱還另有「妙用」，可以製琴，這在《梧桐與音樂》一節中已有論述，可以參考。

## 五、桐車、桐輪與桐履

《齊民要術》卷五:「青、白二材，並堪車板、盤合、木屧等用。」桐木不僅可以製作車身，亦可製作車輪。《史記》中有一則材料，事涉猥褻，卷八十五:「始皇帝益壯，太后淫不止。呂不韋恐覺禍及己，乃私求大陰人嫪毐以爲舍人，時縱倡樂，使毐以其陰關桐輪而行，令太后聞之，以啖太后。」《史記正義》曰:「以桐木爲小車輪。」宋代周弼《春濃曲》:「麥門冬長柔堪結，桐輪碾盡棠梨雪。」

桐車有特殊用途，即用爲「明器」。「明器」即冥器，一般徒具器物之名，形制彷彿而不堪實用，所以傅玄《輓歌》云:「明器無用時，桐車不可馳。」

《齊民要術》卷五記載桐木有「木屧」之用，木屧即爲木質的鞋底。中國古人有穿木屐的習俗，而木屐也常常以桐木爲選材，桐木具有輕便、疏鬆的優點。我們看唐宋詩歌中的例子，許渾《贈李伊闕》:「桐履如飛不可尋」；貫休《寄景判官兼思州葉使君》:「石多桐屐齧」；仇遠《和劉君佐韻寄董靜傳高士》:「懶出恐消桐屐蠟，醉吟忘上苧袍船。」〔註 49〕

《本草綱目》第三十八卷收錄了一條藥方「屐屜鼻繩」:「屐屜，江南以桐木爲底，用蒲爲鞋，麻穿其鼻，江北不識也。久著斷爛者，乃堪入藥。」屐屜，即鞋窩。

〔註 49〕古代有以「蠟」塗抹木屐的風俗，可以使之光亮，《世說新語・雅量》:「或有詣阮（阮孚），見自吹火蠟屐，因歎曰:『未知一生當著幾量屐！』神色閒暢。」

日本仍然有穿著木屐之風，我國南方地區亦有此習。廣州連州木屐用高山白花木、泡桐木做鞋底，面上釘上布、麻、皮、棕帶，具有通風、透氣、爽腳的特點，清朝時即已風行，至今已有幾百年歷史，在廣東省各地及東南亞一帶小有名氣。

## 六、桐蕈、桐皮麵、梧桐餅、桐葉粑、桐葉粽

「蕈」是生長在樹林、草地上的高等菌類，能從土壤或朽木中汲取營養。宋代，台州的「台蕈」頗爲有名，曹勳《山居雜詩九十首》其八十四：「台蕈甘擅名。」南宋陳仁玉撰有《菌譜》，這是世界上最早的食用菌專著，記載了浙江台州的 11 種菌菇。台州的「桐蕈」有盛名，周密《癸辛雜識》後集「桐蕈鰒魚」條：「天台山所出桐蕈，味極珍，然致遠必漬以麻油，色味未免頓減。諸謝皆台人，尤嗜此品，乃並舁桐木以致之，旋摘以供饌，甚鮮美，非油漬者可比。」

桐皮面是宋代開封流行的一種小吃。《夢粱錄》卷十六「麵食店」、《都城記勝》都記載有「魚桐皮麵」。《東京夢華錄》卷之四「食店」記有「桐皮麵」、「桐皮熟膾麵」。趙萬年《徐招干請吃鱖魚桐皮》也有一則「桐皮」的資料：「簷外桃花片片飛，垂涎漢水鱖魚肥。桐皮一作饑腸飽，似得精兵解虜圍。」「桐皮」何物，已難確知。伊永文先生案云：「桐皮麵源自《齊民要術》卷九：酷似豚皮滑美之麵。下桐皮熟膾麵則爲將製成豚皮切絲食用之麵，或可備一說。」〔註 50〕「豚皮」即豬皮。按照伊永文先生的說法，「桐皮」爲「豚皮」之音轉，早已有之，《齊民要術》卷九：「豚皮餅法」：「湯溲粉，令如薄粥。大鐺中煮湯；以小杓子挹粉著銅缽內，頓缽著沸湯中，以指急旋缽，令粉悉著缽中四畔。餅既成，仍挹缽傾餅著湯中，煮熟。令漉出，著冷水中。酪似豚皮。臑、澆、麻、酪任意，滑而且美。」〔註 51〕如果「桐皮」確實是「豚皮」之音轉的話，那麼「桐皮麵」固然可以形容麵皮光滑如「豚皮」，也很有可能就是今天很多人愛吃的皮肚麵。

敦煌文獻中記載了西北的麵食，其中有「梧桐餅」。或以爲「梧桐餅」象形梧桐樹葉，高啓安《釋敦煌文獻中的梧桐餅》一文則認爲「梧桐餅」是用「胡楊淚」和麵所製成的餅：「河西走廊以西都管胡楊稱作梧桐樹。胡楊喜歡

〔註 50〕孟元老撰、伊永文箋注《東京夢華錄》，中華書局，2006 年，第 432 頁。
〔註 51〕「臑」通「胹」，煮爛的意思。

生長在鹼性的土壤裏，它能分泌出從根部吸收的過多的城，形成梧桐城，人們形象地稱作胡桐淚。在河西走廊的中部、西部，過去都分佈有大片的胡楊林，現在還有零星的胡楊分佈。……生活在甘肅河西的敦煌、金塔、酒泉、民勤及內蒙古額濟納旗一帶的人們，都有將梧桐淚採集來做餅的習慣。因爲梧桐淚的主要成分爲城，而城有中和酸和酥化麵的作用，故不但做出來的餅味道相當好，而且起麵的速度快，省去了不少發酵的時間。它的原理和用城麵或蘇打麵一樣。至今，金塔及敦煌的部分人，仍有以梧桐淚和麵做餅的。因此，可以斷定，敦煌文獻 P.4909 卷中『又造梧餅麵壹斗』中的梧桐餅，只不過是用梧桐淚和麵所造的餅。」

桐葉粑爲湘西傳統美食。此桐葉爲油桐樹葉而非梧桐樹葉；梧桐易生速長，葉片雖大卻單薄，而油桐樹葉則比較肥厚。桐葉粑外裹桐葉、內爲糯米等，蒸熟之後帶有桐葉的天然清香。仫佬族的桐葉粽與桐葉粑原理相似。與葦葉、竹葉相比，桐葉寬厚且有韌性，易於折疊、捆紮。桐葉粽的製作略微複雜。首先把糯米浸泡、磨細，磨好後裝進一布袋子中，用繩子弔掛起來，濾乾水分。把芝麻舂碎成粉末，把桐葉和綁粽子的禾杆草用溫水洗淨、弄軟。包粽子時先在桐葉上抹上一層豬油，撒一層芝麻粉，放上「糯米泥」，再撒上一層芝麻粉，根據個人口味加糖加鹽後，用葉子四周包起來，用禾杆草綁緊，放到煮沸的鍋裏煮熟，撈起涼乾，即可食用。桐葉粽形狀扁長，形似狗舌，又稱爲狗舌糍粑，鬆軟而有彈性，鮮美可口，是仫佬族的風味美食，在中秋、秋社時作爲祭品及贈送佳品。

## 七、桐布

桐布是古代的一種棉織品，其實也與梧桐無關；「桐布」之「桐」又作「橦」，在古代是指木棉樹。《廣群芳譜》卷七十三引《廣志》:「驃國有白桐木，其華有白毳，取其毳，淹漬緝織以爲布」；常璩《華陽國志・南中志・永昌郡》:「永昌郡，古哀牢國……有梧桐木，其華柔如絲，民績以爲布，幅廣五尺以還，潔白不受污，俗名曰桐華布，以覆亡人，然後服之及賣與人。」《後漢書》卷八六:「哀牢人……有梧桐木華，績以爲布，幅廣五尺，潔白不受垢污。」哀牢國的範圍大致與東漢所設全國第二大郡的「永昌郡」轄地基本一致，即東起哀牢山脈、西至緬北敏金山、南達今西雙版納南境、北抵喜馬拉雅山南麓。石聲漢先生《明末以前棉及棉織品輸入的史迹》認爲:「當時在今日雲南、緬甸邊境上的居民，已經用木本棉花織布，植物名稱是『桐』（或『橦』，見左思《蜀都賦》）。」〔註52〕木棉樹是典型的南方樹種，從雲南到兩廣、海南，再到福建都有分佈。木棉纖維短而細軟，不易被水浸濕，且耐壓性強、保暖性強。

從上引文獻來看，中國古人以木棉纖維紡織起源很早。唐詩中仍有桐布或橦布記載，如李端《胡騰兒》：「桐布輕衫前後卷，葡萄長帶一邊垂」；皮日休《醉中即席贈潤卿博士》：「桐木布溫吟倦後」；王維《送梓州李使君》：「漢女輸橦布」；王維《送李員外賢郎》：「橦布作衣裳。」

雖然木棉纖維很早就用於紡織，但是宋元時期的「木棉」（木綿），又名「吉貝」，一般另有所指，就是指今天相當普遍的經濟作物「棉花」〔註53〕。宋代明代以後，棉花普及，「桐布」就更不爲人所知了。

---

〔註52〕石聲漢《明末以前棉及棉織品輸入的史迹》，《陝西農業科學》1985 年第 2 期。

〔註53〕可以參考漆俠《宋代經濟史》第四章第一節「棉花的種植及其向江西、兩浙諸路的傳播」，中華書局，2009 年。筆者更補綴兩種「木棉」（木綿）之區別。「木棉花」爲木本，樹身高大；而「棉花」爲草本，植株矮小。「木棉花」之「花」爲紅色，如方信孺《甘溪》：「春盡踏青人不見，桄榔老大木棉紅」；而「棉花」之「花」（其實是裂開的「棉鈴」）是白色。「木棉花」開放是在春天，是典型的南方春天景物，如楊萬里《二月一日雨寒五首》其四：「卻是南中春色別，滿城都是木綿花」；而「棉花」綻白卻是在秋天。詩歌當中，頗具審美價值的「木棉花」比較常見，而以實用價值見長的「棉花」比較少見。兩者的取用方法也有別。「木棉」纖維是果實纖維，附著於木棉蒴果殼體內壁，由內壁細胞發育、生長而成；「棉花」纖維是種子纖維，由種子的表皮細胞生長而成的，纖維附著種子上。所以，「木棉」纖維是「內蘊」的，而「棉花」纖維是可以「外見」的。我們看具體例子稍作分殊。宋自遜將「木綿」之「有用」與蘆花、楊花之「無用」進行對比，爲「木綿」之寂寂無聞鳴不平，《看人取木綿》：「綠楊有花飛作絮，黃蘆有花亦爲絮。此絮天寒不可衣，但解隨風亂飛舞。木綿蒙茸入機杼，妙勝春蠶繭中縷。均爲世上一草木，有用無用乃如許。木綿有用稱者稀，楊花蘆花千古傳聲詩。」作爲「木綿」參照物的楊花、蘆花均爲白色、均外露，所以這裡的「木綿」也當具有此特徵，當爲「棉花」。再看艾性夫《木綿布歌》描寫了「木綿布」的製作工藝：「吳姬織綾雙鳳花，越女製綺五色霞。犀薰麝染脂粉氣，落落不到山人家。蜀山橦老鵠銜子，種我南園趁春雨。淺金花細亞黃葵，綠玉苞肥壓青李。吐成秋繭不用繅，回看春箔眞徒勞。烏鏐笴滑脱茸核，竹弓弦緊彈雲濤。挼挲玉箸光奪雪，紡絡冰絲細如髮。……衣無美惡暖則一，木棉裘敵天孫織。飲散金山弄玉簫，風流未遜揚州客。」從「淺金花細亞黃葵，綠玉苞肥壓青李」句來看，也是描寫「棉花」的花、果特徵。然而，艾性夫詩中的「蜀山橦老鵠銜子」卻有點概念混亂，因爲在古代「橦」爲「木棉花」之簡稱。

# 第六章　梧桐「朋友」研究

在現實應用與文化象徵中，梧桐與梓樹、楸樹、柏樹、竹子結成了「盟友」，往往是「聯袂」出現。此外，刺桐、赬桐、油桐、楊桐、海桐、胡桐、臭梧桐、拆桐等都有「桐」名。無論是其「實」相類，或者是其「名」相似，它們都是梧桐的「朋友」。《荀子・性惡篇》:「不知其子，視其友」、《史記・張釋之馮唐列傳》:「語曰:『不知其人，視其友』」，研究梧桐的朋友及其他們之間的關係也可藉以觀照梧桐〔註 1〕。

## 第一節　桐梓・梧楸・桐柏

梧桐與梓樹、楸樹、柏樹四種樹木都是材質優良、樹姿偉岸，具有卓爾不凡的人格象徵意義。中國傳統文化中，梧桐與梓樹、楸樹、柏樹常常組合出現，他們之間有著相似的實用功能、文化內涵，先秦時期即「物以類聚」。桐梓是常用的琴材，象徵著美好的品質、本性，《孟子》用來比喻養身之道。全國「桐梓」或「梓桐」地名很多。梧楸亦是良材、人才的代稱；梧楸葉落是秋天的典型物候。桐柏則一爲陽木、一爲陰木，暗合於道教陰陽和合的觀念，河南桐柏山、浙江桐柏山都是傳統的道教聖地。

### 一、桐梓：古琴；養身；行道樹；梓桐神；梓桐山；地名

梓樹，爲紫葳科梓屬喬木植物。《詩經・小雅・小弁》:「維桑與梓，必

〔註 1〕本章的部分內容以單篇論文的形式發表過，詳參:《碧梧翠竹　以類相從——桐竹關係考論》,《北京林業大學學報》(社會科學版) 2011 年第 3 期;《「刺桐・赬桐・油桐」考論》,《中國農史》2011 年第 2 期;《「楊桐・海桐・拆桐」文獻考論》,《北京林業大學學報》(社會科學版) 2012 年第 2 期。

恭敬止」，朱熹《詩集傳》卷十二：「桑、梓，二木。古者五畝之宅，樹之牆下，以遺子孫給蠶食、具器用者也。」梓有「木王」之稱，且有豐富的文化象徵意義〔註 2〕。梧桐與梓樹並聯是自然的「物以類聚」，二者均材質優良、樹身高直、用途廣泛。漢代的識字課本《急就篇》中桐、梓就是並聯的。

### （一）桐梓與古琴

《鄘風・定之方中》：「椅桐梓漆，爰伐琴瑟。」桐樹與梓樹均是優質的琴材，紋理細膩而通直，桐梓亦遂爲古琴（或箏、瑟）之代稱，我們看詩例，梅堯臣《送劉成伯著作赴弋陽宰》：「鳴箏斫桐梓」；樓鑰《謝文思許尙之石函廣陵散譜》：「幽憤無所泄，舒寫向桐梓」；謝翺《擬古寄何大卿六首》：「空山產桐梓，擬作膝上琴。」不過，桐與梓分用於不同的部位；琴面用桐材，琴底用梓材，所謂「桐天梓地」，瑟也是如此，《宋史・樂志十七》：「夔乃定瑟之制，桐爲背，梓爲腹。」梧桐有「柔木」之稱，密度很小；梓木則是硬木之代表，密度較大。二者的結合虛實相生、剛柔相濟。明代謝章鋌《賭棋山莊詩話續編》卷三：「武林吳素江，名景潮，得古琴於土中……刮磨三日，銘刻乃露。其文曰：『東山之桐，西山之梓，合而爲一，垂千萬古。』」著名樂器製作理論家關肇元先生從聲學原理作出了解釋，《聽音說琴》：「再說製作古琴的用材，自古是『桐天梓地』，就是面板用桐木，背板用梓樹木，這樣的搭配是符合聲學原理的。從物理力學性質上看，桐木質輕，傳聲性強，是良好的樂器共振木材，也不易翹裂，易乾燥和加工。北京鋼琴廠曾在三角鋼琴上試用桐木做音板，聲音效果也好。背板用較硬的梓樹木製作，構成堅實基底，有利面板振動。正如古人說：『蓋面以取聲，底以匱聲，底木不堅，聲必散逸。』梓木的性質：性固定，收縮小，不裂翹，較耐腐，易乾燥加工。這樣取材也是科學合理的。」〔註 3〕

### （二）桐梓與養身

桐梓可以作爲美好品行、人才的象徵，這是基於兩者的樹形、材質、功能，《孟子・告子上》將桐梓與樲棘對比，以種樹之道來闡說養身之道：「拱把之桐梓，人苟欲生之，皆知所以養之者。至於身，而不知所以養之者，豈

〔註 2〕陳西平《梓文化考略》，《北京林業大學學報》（社會科學版）2010 年第 1 期。
〔註 3〕關肇元《聽音説琴》，《樂器》2002 年第 10 期。

愛身不若桐梓哉？弗思甚也」；「體有貴賤，有小大。無以小害大，無以賤害貴。養其小者爲小人，養其大者爲大人。今有場師，舍其梧檟，養其樲棘，則爲賤場師焉。」檟，亦作榎，《說文解字》：「檟，楸也」、「楸，梓也」。古人經常楸、梓混同，但楸、梓實爲二物。「樲棘」則指矮小、多刺的酸棗樹，不堪材用。後代詩文中遂以桐梓爲「仁者自愛」的比喻之具，如姜特立《寄題楊先輩霧隱》：「衣錦貴尚褧，桐梓惡戕賊」；陽枋《回陸主簿賀生日詩》：「須使愛之若桐梓。」魏了翁《書小學之後序》云：「然則是不幾於愛桐梓而不思拱把之養，惡牛山之濯濯而不護萌蘗之生，雖有存焉者，寡矣。由小以至大，是學之所以成始而成終者也。」〔註4〕「牛山濯濯」同樣出自《孟子．告子上》。孟子的存養善性之說契合宋代的理學思維，所以「桐梓」之喻在宋代很流行。

### （三）桐梓共生

桐、梓常處於共生狀態，《山海經．東山經》卷四：「又南水行七百里，曰孟子之山，其木多梓桐。」《山海經》的記載很難一一稽考，不知此處的「孟子之山」、「梓桐」是否受到《孟子》「桐梓」的影響。有一點大致可以確定，「孟子之山」確實與孟子故鄉、齊魯之境關係密切，譚其驤先生《論〈五藏山經〉的地域範圍》中認爲：「總括《東山經》地域範圍，北起萊州灣，東抵成山角，西包泰山山脈，除二經南段大致到達今蘇皖二省北境外，其餘三經首尾全在今山東省境內。」〔註5〕

桐、梓森聳高直、冠幅舒展、葉大蔭密，是古代常見的行道樹，《日知錄》卷十二「官樹」：「古人於官道之旁必皆種樹，以記里至，以蔭行旅。……《續漢．百官志》：『將作大匠掌修作宗廟、路寢、宮室、陵園土木之功，並樹桐梓之類，列於道側。』」《日知錄》所引材料亦見於《通典》卷二十七、《藝文類聚》卷第四十九等；可見在漢代，桐、梓已經用爲行道樹。園林中栽植桐、梓則別饒氣勢，李格非《洛陽名園記》「叢春園」：「岑寂而喬木森然，桐梓檜柏皆就其列。」

### （四）梓桐、桐梓地名

梓桐神、梓桐山的得名正是因爲梓樹與桐樹在文化心理、現實應用等方

〔註4〕魏了翁《鶴山集》卷五十一（文淵閣《四庫全書》本），上海古籍出版社，1987年。

〔註5〕譚其驤《長水粹編》，河北教育出版社，2000年。

面的密切關係；而且與二者的樹木屬性、文化屬性相應，梓桐神是意氣軒昂、梓桐山是高人所居，我們各看典籍中的記載一則。《太平廣記》卷三〇二：「衛庭訓，河南人，累舉不第。天寶初，乃以琴酒爲事，凡飲皆敬酬之。恒遊東市，遇友人飲於酒肆。一日，偶值一舉人，相得甚歡，乃邀與之飲。庭訓復酬，此人昏然而醉。庭訓曰：『君未飲，何醉也？』曰：「吾非人，乃華原梓桐神也。昨日從酒肆過，已醉君之酒。故今日訪君，適醉者亦感君之志。今當歸廟，他日有所不及，宜相訪也。』言訖而去。」此處的梓桐神已經充分的「人格化」，帶有王維《少年行》：「相逢意氣爲君飲，繫馬高樓垂柳邊」的盛唐氣概；《太平廣記》記載的這則故事也恰好發生在「天寶」年間。司馬光《澠水燕談錄》卷四：「王樵，字肩望，淄川人也。性超逸，深於《老》、《易》，善擊劍，有概世之志。廬梓桐山下，稱淄右書生，不交塵務。山東賈同、李冠皆尊仰之。……李冠以詩寄之曰：『霜臺御史新爲郡，棘寺廷評繼下車。首謁梓桐王處士，教風從此重詩書。』」梓桐山與王處士相得益彰；梧桐、梓樹高潔出塵，望其「山」就可以想見其人。

全國以桐梓或梓桐爲地名的頗爲不少，或爲沿革、或爲新創；桐、梓的關係以及文化內涵、歷史影響通過這些地名而折射、顯現。筆者製作簡表如下：

| 序號 | 省 | 市 | 縣區 | 鎮鄉 |
|---|---|---|---|---|
| 1 | 貴州省 | 遵義市 | 桐梓縣 | |
| 2 | 四川省 | 宜賓市 | 江安縣 | 桐梓鎮 |
| 3 | 重慶市 | | 武隆縣 | 桐梓鎮 |
| 4 | 湖北省 | 黃岡市 | 蘄春縣 | 桐梓鄉 |
| 5 | 湖南省 | | 衡陽縣 | 桐梓鄉 |
| 6 | 湖南省 | | 常寧縣 | 桐梓鄉 |
| 7 | 安徽省 | | 桐城縣 | 桐梓鄉 |
| 8 | 浙江省 | | 淳安縣 | 桐梓鎮 |
| 9 | 四川省 | 達州市 | 達　縣 | 桐梓鄉 |
| 10 | 貴州省 | 瀘州市 | | 桐梓路 |

注：本表難以囊括所有地名，有的「縣」也或許已上昇成「市」。

## 二、梧楸：嘉樹；人才；秋天；墓地

楸樹，與梓樹一樣，同爲紫葳科梓屬喬木植物，二者是近緣樹木。中國古代典籍中的梓、楸往往難辨彼此〔註6〕，文化內涵也是重疊的。本書爲了論述方便，以「名」度「實」，也就是說，名爲「楸」的，就姑且認爲是楸樹；因爲如對梓、楸進行一一考辨的話，往往是理絲愈紛。

楸樹質地緻密、木質優良，應用廣泛；古代的棋盤即一般用楸木製成，稱爲「楸局」。《齊民要術》卷五「種槐柳楸梓梧柞第五十」中就將梧、楸並列。梧、楸並稱，可作爲「嘉樹」之代表，《孟子・告子上》「梧檟」已見上文，又如江休復《秋懷》:「嘉樹有梧楸」；梧、楸也可作爲人才之美稱，蘇轍《思賢堂》:「稍存楸梧高，大剪菰蒲穢」，這裡用的就是《楚辭》的比興手法，用楸梧比喻所「思」之「賢」才。

楸樹樹幹通直、枝葉伸展，有「美木」之稱，直到現在仍然是重要的綠化樹；梧、楸很早就被栽植於園林之中、路途之旁，《述異記》:「吳王別館有楸梧成林焉」:《洛陽伽藍記》卷第一「修梵寺」:「寺北有永和里，……皆高門華屋，齋館敞麗，楸槐蔭途，桐楊夾植，當時名爲貴里。」梧、楸樹蔭茂密，可以遮擋烈日，蘇轍《端午帖子詞》:「自有梧楸障畏日。」

梧、楸更多的是作爲秋天的物候標記而被聯繫在一起，《九辯》:「白露既下百草兮，奄離披此梧楸。」朱熹集注曰:「梧桐，楸梓，皆早凋。」梧、楸樹葉凋零、枝幹光禿是秋天的蕭瑟之景。陸佃《埤雅・釋木》:「楸梧早脫，故謂之秋。……董子曰：木名三時，草命一歲，若椿從春，楸從秋……」；陳淏子《花鏡》云:「此木能知歲時，清明後桐始華，桐不華，歲必大寒。立秋是何時，至期一葉先墜，故有『梧桐一時落，天下盡知秋』之句。」陸佃釋詞常有王安石《字說》一類的臆說怪談，難以爲據；陳淏子也是玄而又玄，梧桐葉落的時刻恐怕不會如此精準。不過，我們卻可以從此得出這樣的判斷：梧、楸樹葉枯黃、隕落是秋天到來的標誌，如：

> 鮑泉《秋日》詩:「露色已成霜，梧楸欲半黃。」
>
> 劉禹錫《秋聲賦》:「至若松竹含韻，梧楸蚤脫；驚綺疏之曉吹，墮碧砌之涼月。」〔註7〕

〔註6〕李朝虹《古代梓、楸考異》,《北京林業大學學報》（社會科學版）2007年第4期。

〔註7〕董誥《全唐文》卷五百九十九，中華書局，1991年。

《隋書》卷四七：「(韋世康) 與子弟書曰：『……今耄雖未及，壯年已謝，霜早梧楸，風先蒲柳。』」

《夢粱錄》卷四「七月」：「立秋日，太史局委官吏于禁廷內，以梧桐樹植於殿下，俟交立秋時，太史官穿秉奏曰：『秋來。』其時梧葉應聲飛落一二片，以寓報秋意。都城內外，侵晨滿街叫賣楸葉，婦人女子及兒童輩爭買之，剪如花樣，插於鬢邊，以應時序。」〔註 8〕

此外，梧、楸往往還被栽植於陵寢、墳墓之旁，方一夔《清明二首》其一：「漢世諸陵已古邱，悲風摵摵老梧楸」；艾性夫《悼亡》：「愁絕梧楸煙雨地，槁砧百歲擬同歸。」更多的時候是松、楸並稱，用以代指墓地。

## 三、桐柏：正氣；陽木與陰木；河南桐柏山；浙江桐柏山

梧桐爲落葉喬木、柏樹爲常綠喬木，二者在樹形、葉形等外觀上反差較大；《史記・龜策列傳第六十八》：「松柏爲百木長」，梧桐的地位亦稍遜於柏樹。梧桐是東方之木，是「陽木」；柏樹則是西方之木，是「陰木」，宋人陸佃《埤雅》云：「柏之指西，猶針之指南也。」然而，桐、柏均爲中國古老的常見樹種，而且二者在「內美」上頗多契合，早在《尚書》中，桐、柏就已經締緣。桐、柏一爲陽木，一爲陰木，暗合於道教的陰陽和合之說。中國古代，河南桐柏山、浙江桐柏山都是道教名勝；在道教文化中，河南桐柏聲名早著，而浙江桐柏在唐代後來居上。

### （一）桐、柏相契

古人製作祭祀用的「鬱鬯酒」時以柏木爲臼、梧桐爲杵，蓋取柏木之香、梧桐之潔。《禮記・雜記》：「鬯臼以椈，杵以梧。」「椈」爲柏的別稱。孔穎達疏：「搗鬱鬯用柏臼、桐杵，爲柏香桐白，於神爲宜。」「鬱鬯」是古代的一種香酒，祭祀或禮賓之用。

服食爲道家修煉方式之一，柏子、桐子均爲服食之方，可以求得長生。《太平廣記》卷四〇引《傳奇》：「……曰：『余初餌柏子，後食松脂，……不及旬朔，肌膚瑩滑，毛髮澤潤。未經數年，淩虛若有梯，步險如履地。飄飄

〔註 8〕宋代在立秋這一天有佩戴楸葉的風俗，我們再看幾則詩歌中的例子，晁說之《秋》：「前日家人帶楸葉，求身強健更何求」；范成大《立秋二絕》其二：「折枝楸葉起園瓜」；王十朋《立秋》：「年衰怯戴楸。」

然順風而翔，皓皓然隨雲而升。漸混合虛無，潛孚造化。……』古丈夫曰：『吾與子邂逅相遇，那無戀戀耶？吾有萬歲松脂，千秋柏子少許，汝可各分餌之。』」張元幹《醉蓬萊》：「柏子千秋，丹砂九轉，今宵長醉。」梧桐子具有神話原型色彩，桐子在後代也順理成章地成爲神仙、方外之士的食物，具有延年益壽、輕身益氣的功能。《藝文類聚》卷第七十八引庾信《道士步虛詞》：「歸心遊太極，迴向入無名。五香芬紫府，千燈照赤城。鳳林採桐實，春山種玉榮」；《廣群芳譜》卷四十八引《神仙傳》：「康風子服甘菊花、桐實後得仙。」

柏樹、梧桐雖則一爲陰木，一爲陽木，但都稟受天地淳正之氣，《陸氏詩疏廣要》卷上之下引用王逸少的觀點：「木有扶桑、梧桐、松柏，皆受氣淳矣，異於群類者也。松柏冬茂，陰木也。梧桐春榮，陽木也。扶桑，日所出，陰陽之中也。」《太平御覽》卷九百五十六引文略簡。正是因爲均爲「天地之正氣」所鍾，所以二者相反而相成，可以比喻君子之人格，陳棣《次韻葛教授新闢柏桐軒》：「柏桐有正性，梁琴豈其夭。……方依植壇杏，不羨干雲梗。日哦二木間，妙意遺言詮。霜枝半摧剝，月影相迴旋。後凋歲寒見，始華春意全。比德君無愧，五柳徒自賢。」

從上面的分析，我們可以看出，柏、桐的特質與道教的理論主張、行爲方式是合拍的。而且，柏、桐聯綴也暗合於道教陰陽和合的思想。所以，「桐柏」之名雖或源起偶然，但是在後代卻往往與道教有關。河南桐柏山、浙江桐柏山均是道教興盛之地。

### （二）河南桐柏山

《尚書・禹貢》兩次出現了「桐柏」這一地名：「熊耳、外方、桐柏，至於陪尾」、「導淮自桐柏，東會於泗、沂，東入於海。」雖然遠古茫茫、無從考證，但是我們大致可以推想，桐柏山之得名應當緣於山上桐柏共生的狀態。《尚書》中所提到的桐柏山位於河南省、湖北省邊境地區，是千里淮河的發源地，位於秦嶺向大別山的過渡地帶上。先唐詩文中的桐柏山大多是指作爲「淮河之源」的桐柏山，如：

> 沈炯《長安還至方山愴然自傷詩》：「淮源比桐柏，方山似削成。」
>
> 沈約《桐柏山》：「桐柏山，淮之首。肇基帝迹，遂光區有。」

梁武帝《桐柏曲》:「桐柏眞，升帝賓。戲伊谷，遊洛濱。參差列鳳管，容與起梁塵。望不可至，徘徊謝時人。」

梁武帝作品中的「眞人」已有仙遊道教之趣。唐宋時期，桐柏山也往往與河南、淮河有關，我們各舉一例，徐彥伯《淮亭吟》:「君不見可憐桐柏上，豐茸桂樹花滿山」；鄭獬《淮上》:「桐柏山中草木靈，淮源濇濇繞山鳴。」

河南桐柏山爲道教福地之一，《洞天福地紀》之「七十二福地」之第四十四:「桐柏山。在唐州桐柏縣，屬李仙君所治之處。」唐代唐州治所在河南泌陽。

中國現代史上，桐柏山更是作爲革命老區而聲名遠揚。20 世紀 20 年代，桐柏山區的鄂豫皖革命根據地連續遭受國民黨四次「圍剿」；解放戰爭時期，劉鄧大軍挺進大別山，開闢了桐柏解放區，解放軍桐柏軍區第一軍區機關設在桐柏山下新城李家溝（今湖北省隨州市隨縣萬和鎭）。另外，河南桐柏縣則有中共中央中原局、中原軍區、中原行署駐地等舊址。

### （三）浙江桐柏山

唐宋時期，浙江桐柏山的聲望後來居上；尤其是在道教文化體系中，浙江桐柏的地位要遠在河南桐柏之上。

浙江天台桐柏山因司馬承禎而聲名大著。司馬承禎爲道教上清派茅山宗第十二代宗師，與李白、賀知章、孟浩然、王維等人並稱「仙宗十友」，曾隱居於天台山。唐睿宗景雲年間，朝廷爲之新築桐柏觀，桐柏山從此成爲道教聖地。崔尙《唐天台山新桐柏觀頌（並序）》記載桐柏山地形地勢、歷史沿革頗詳:「天台也，桐柏也，代謂之天台，眞謂之桐柏，此兩者同體而異名。……桐柏山高萬八千丈，周旋八百里，其山八重，四面如一。中有洞天，號金庭宮，……昔葛仙公始居此地，而後有道之士往往因之。壇址五六，厥迹猶在。洎乎我唐，有司馬煉師居焉。景雲中，天子布命於下，新作桐柏觀。蓋以光昭我元元之丕烈，保綏我國家之永祉者也。……煉師名承禎，一名子徽，號曰天台白雲。」〔註 9〕浙東觀察副使元稹《重修桐柏觀記》亦詳細記述了桐柏觀的歷史、發展等〔註 10〕。天台山與桐柏山實質上是二位一體，析則爲二、合則爲一。唐代徐靈府《天台山記》是一篇珍貴的文獻〔註 11〕，關於「桐柏」

〔註 9〕董誥《全唐文》卷三百四，中華書局，1991 年。
〔註 10〕董誥《全唐文》卷六百五十四，中華書局，1991 年。
〔註 11〕陸心源《唐文拾遺》卷五十，上海古籍出版社，1990 年。

與「天台」的關係論述頗詳，不贅引。

唐宋詩歌中的桐柏山更多是指浙江天台境內之桐柏山：

宋之問《送司馬道士遊天台》：「桐柏山頭去不歸。」

孟浩然《宿天台桐柏觀》：「息陰憩桐柏，採秀弄芝草。」

貫休《寄天台道友》：「寄言桐柏子，珍重保之乎。」

左緯《次韻呈天台宰》：「玆山八百里，窈窕多奇迹。桐柏古洞天，金庭在其域。」

曹勳《和雙溪五首》其二：「未得歸休桐柏去，每尋故老話台州。」

非常遺憾的是，1958 年，隨著桐柏水庫建成蓄水，桐柏觀址沈於水底；讓人欣慰的是，2007 年，桐柏觀在多方努力下舉行了復建典禮。

不過值得我們注意的是，浙江境內名爲桐柏山者非止天台一處，寧海、會稽皆有。《太平寰宇記》卷九十六「桐柏山」條引夏侯曾先《志》云：「縣有桐柏山，與四明、天台相連屬，皆神仙之宮也。」這裡的《志》是《會稽地志》之簡稱，魯迅先生曾經輯入《會稽郡故書雜集》，並爲之作序。《赤城志》卷四十：「……是剡縣、天台、寧海皆有桐柏。然《道經》云：『越有金庭、桐柏，與四明、天台相連。』《眞誥》又云：『桐柏山，在剡、臨海二縣之境，一頭在會稽東海際，其一頭入海中。』然則山之綿亙如此，三邑接境，宜皆指爲桐柏也。」〔註 12〕

要言之，桐柏山位於浙江東南，與四明山、天台山相連，山脈綿延、難以斷分，所以廣義的桐柏山亦涵蓋了部分的四明山、天台山。道教「洞天福地」體系中雖然沒有明確出現浙江桐柏山，但與浙江東南、四明天台相關者頗多。這一帶以其群體優勢而在道教文化中佔有舉足輕重的位置，如「十大洞天」之第六「赤城山洞」在唐興縣，即浙江天台；「三十六小洞天」之第九「四明山洞」在越州上虞縣、第二十七「金庭山洞」在越州剡縣；「七十二福地」之第十六「司馬悔山」在浙江天台，因司馬承禎而得名〔註 13〕。

「金庭山洞」應該就在桐柏山，崔尚《唐天台山新桐柏觀頌（並序）》：「桐

〔註 12〕陳耆卿《赤城志》卷四十（文淵閣《四庫全書》本），上海古籍出版社，1987 年。

〔註 13〕《讀史方輿記》卷九十二：「縣北十三里有司馬悔山，爲天台山後，《道書》以爲第十六福地。唐時司馬承禎隱此，就征而悔，因名。」

柏山高萬八千丈，中有洞天，號金庭宮」；《太平寰宇記》卷九十六「桐柏山」條：「《靈柏經》云：『上有桐柏合生，下有丹池赤水。』南嶽眞人云：『越有桐柏之金庭，吳有勾曲之金陵。』」

可見，唐朝以後，在道教文化中，浙江桐柏山的聲名其實要在河南桐柏山之上。

## 第二節　梧桐與竹子

梧桐具有豐富的實用價值與審美意義、象徵意蘊。「物以類聚」，如果要在中國的植物譜系中爲梧桐尋求一個「最佳拍檔」的話，則非竹子莫屬。竹子在中國分佈非常普遍，英國的李約瑟稱東亞文明爲「竹子」文明。無論是在現實應用或是觀念形態中，梧桐與竹子都密切相連，桐竹或梧竹已成爲固定語詞。

桐、竹在神話原型中並列出現，在日常生活中並列應用。桐竹是人格象徵符號，從六朝到宋代，內涵漸趨豐厚、成熟。桐竹的人格象徵意義不僅體現在文學作品中，也滲透於繪畫、園林之中。桐竹是重要的繪畫題材、常見的園林景點。本節即圍繞上述問題展開。

### 一、桐竹與鳳凰

鳳凰是中國的文化圖騰，習性高潔，棲止於梧桐、以竹實爲食，《藝文類聚》卷九十九引《韓詩外傳》：「鳳乃止帝之東園，集梧桐樹，食竹食，沒身不去。」《莊子・秋水》亦云：「南方有鳥，其名鵷雛，子知之乎？夫鵷雛，發於南海而飛於北海；非梧桐不止，非練實不食，非醴泉不飲。」成玄英疏：「練實，竹實也。」鵷雛是鳳凰一類的鳥。

鳳凰是祥瑞之徵，「天下有道則現」，君王應該「修德以來之」。《魏書》卷二一下：「高祖與侍臣升金墉城，顧見堂後梧桐、竹曰：『鳳凰非梧桐不棲，非竹實不食，今梧桐、竹並茂，詎能降鳳乎？』勰對曰：『鳳皇應德而來，豈竹梧桐能降？』高祖曰：『何以言之？』勰曰：『昔在虞舜，鳳凰來儀；周之興也，鸑鷟鳴於岐山。未聞降桐食竹。』高祖笑曰：『朕亦未望降之也。』」也就是說，桐竹是鳳凰來儀的「必要條件」，而非「充分條件」；高祖其實是個明白人。

前秦的苻堅在滅掉後燕之後，慕容沖及其兄慕容泓在內的眾多鮮卑慕容部人被遷往關中。慕容沖成了苻堅的孌童，與其姊清河公主同時被寵幸。《晉書》卷一一四：「初，堅之滅燕，沖姊爲清河公主，年十四，有殊色，堅納之，寵冠後庭。沖年十二，亦有龍陽之姿，堅又幸之。姊弟專寵，宮人莫進。長安歌之曰：『一雌復一雄，雙飛入紫宮。』咸懼爲亂。王猛切諫，堅乃出沖。長安又謠曰：『鳳皇鳳皇止阿房。』堅以鳳皇非梧桐不棲，非竹實不食，乃植桐竹數十萬株於阿房城以待之。沖小字鳳皇，至是，終爲堅賊，入止阿房城焉。」這則記載有點讖緯色彩，總之，慕容沖並未逃脫苻堅之手。《北史》卷九十三、《魏書》卷九十五記載相似。

鳳凰亦是賢才之喻。《豫章冠蓋盛集記》：「鳳凰鵷雛翔於碧霄，非梧竹不下而食；賢人君子有四方之志，非樂國不適其土。」〔註14〕崔珏《哭李商隱》「其二」：「虛負淩雲萬丈才，一生襟抱未曾開。鳥啼花落人何在，竹死桐枯鳳不來。」上面兩個例子從正、反兩個角度以鳳凰與桐、竹的關係來比喻賢才與環境、條件之間的關係。

梧桐、竹子在中國文化中本就卓爾不凡，鳳凰原型意義更是強化、提升了其內涵與品格。借用索緒爾語言學的術語，梧桐與竹子共同構成了一個「能指」，其「所指」則是鳳凰；借用中國古典哲學的概念，梧桐與竹子共同構成了一個「象」，鳳凰則是「象外之象」。中國古人在居住地種植梧桐、竹子，除了營造清幽環境之外，也往往基於兩者的「所指」、「象外」功能，有託物明志之意。

## 二、桐竹的廣泛應用：音樂；子嗣；喪葬；祝壽

除了神話原型之外，桐、竹在現實應用、文化生活等方面都有著廣泛的並聯。本節不可能一一鋪展，權且擇取四個方面略作陳述，以窺一斑。

### （一）桐竹與音樂

管樂與弦樂是中國傳統樂器的兩大類；管樂器多以竹子製成，弦樂器多以桐木製成。管樂、弦樂音聲相和，桐、竹也以「樂」締緣。

「孤桐」與「孤竹」分別出自《尚書》與《周禮》，指特生之桐與特生之竹，後遂爲琴與笛之美稱。在經典注疏中，「孤桐」與「孤竹」互爲轉注、互相印證。先看「孤桐」。《尚書・禹貢》：「嶧陽孤桐」，孔安國傳曰：「孤，特

〔註14〕《江西通志》卷一百二十二（文淵閣《四庫全書》本），上海古籍出版社，1987年。

也。嶧山之陽特生桐，中琴瑟」；《尚書全解》卷八：「孤桐者，特生之桐，可以中琴瑟也。……必以孤桐者，猶言孤竹之管也。」再看「孤竹」。《周禮・春官・大司樂》：「孤竹之管，雲和之琴瑟，雲門之舞，冬日至，於地上圜丘奏之」，鄭玄注：「孤竹，竹特生者」，賈公彥疏：「孤竹，竹特生者，謂若嶧陽孤桐。」

葛洪《抱朴子・博喻》則以孤桐、孤竹共喻一理：「嶧陽孤桐，不能無弦而激哀響；大夏孤竹，不能莫吹而吐清聲。」我們再看音樂中桐、竹並稱之例：

李賀《公莫舞歌》：「華筵鼓吹無桐竹，長刀直立割鳴箏。」

李賀《感諷六首》：「舞席泥金蛇，桐竹羅花床。」

《藝文類聚》卷第四十四引夏侯淳《笙賦》曰：「嗟萬物之殊觀，莫比美乎音聲。總眾異以合體，匪求一以取成。雖琴瑟之既麗，猶靡尚於清笙。爾乃採桐竹，翦朱密。……」

### （二）桐竹與生殖崇拜

桐、竹都易生速長，桐枝的叉生名爲「桐孫」，竹根的萌蘖名爲「竹孫」，《周禮》鄭玄注曰：「孫竹，枝根之末生者也，蓋桐孫亦然」；帶有筍芽的竹鞭則名爲竹祖或竹母。桐孫與竹孫往往聯類而及，如杜牧《川守大夫劉公早歲寓居敦行里肆，有題壁十韻》：「林繁輕竹祖，樹暗惜桐孫」，戴復古《思歸二首》：「是處江山如送客，故園桐竹已生孫。」

古人常用桐、竹以比喻子嗣繁衍，一則取喻於樹枝，一則取喻於根系。這是植物崇拜與生殖崇拜的結合，如魏了翁《次韻黃侍郎生子》：「芝蘭庭殖殖，梧竹廈渠渠。」上文所引的戴復古「故園桐竹」句也很有可能是語帶雙關。民間仍然孑遺桐、竹崇拜，馬席紹《石海茶灣苗族禮俗》：「途中，押禮者還要在路邊扯一株有根、有枝、有尖的小竹和取一根完整的桐枝帶到男方家去，在交接禮儀時，作爲象徵物，預祝男女童子結髮，百年共枕，養兒育女，大發其昌。」（《興文縣文史資料》「風景旅遊名勝專輯」第十七輯）

正是因爲梧桐、竹子在本體之上不斷叉生、萌蘖，如同新生，佛教常用來演說「不生不滅」的佛理：

釋延壽《山居》：「非吾獨了西來意，竹祖桐孫盡入玄。」

《卍新纂續藏經》No. 1231《心賦注》卷一：「竹祖搖風而自長，

桐孫向日而潛榮。」

《卍新纂續藏經》No. 1599《永明道迹》:「竹祖桐孫，世食其德；大劫不壞，緣緣空寂。」

### （三）桐竹與喪葬制度

古代在喪葬中有持杖之制，父喪持竹杖、母喪持桐杖，《禮記正義》卷三十二「喪服小記第十五」:「苴杖，竹也。削杖，桐也。」苴杖是未加工的竹杖，削杖是削製的桐杖。《儀禮》、《白虎通義》記載類似，民間也有古風存留；前文已有關於「桐杖」的考述，此處不展開。

《太平廣記》卷二七九引《大業拾遺記》:「大業中，有人嘗夢鳳鳥集手上，深以爲善徵，往詣蕭吉占之。吉曰:『此極不祥之夢。』夢者恨之，而以爲妄言。後十餘日，夢者母死。遣所親往問吉所以，吉云:『鳳鳥非梧桐不棲，非竹實不食，所以止君手上者，手中有桐竹之象。《禮》云：苴杖竹也，削杖桐也。是以知必有重憂耳。』」

### （四）桐竹與祝壽

壽詞是宋詞的一個重要類型；總體來看，文學價值不高，但卻有社會風俗、文化心理方面的認識價值。壽詞喜慶、祥和，桐竹是壽詞中的常見植物意象。桐、竹壽命均較長，而且老樹新枝、繁衍生息，這切合祝壽時對長者的祝願；桐、竹均有祥瑞色彩，與鳳凰的「結緣」更爲之增色加碼，這切合祝壽時的場景氣氛。此外，桐、竹均是人格象徵，宋朝時，它們已經成爲固定搭配，內涵亦已成熟。我們看宋代壽詞（含一首壽詩）:

洪咨夔《眼兒媚》「壽錢德成」:「前庭梧竹，後園桃李，無限春風。」

魏了翁《水調歌頭》:「九帙元開父算，六甲更逢兒換，梧竹擁檀欒。」

鄧剡《霜天曉角》「壽文文溪，時守清江」:「木蘭歸海北，竹梧侵户碧。」

劉過《四犯翦梅花》「上建康錢大郎壽」:「臨安記、龍飛鳳舞，信神明有後，竹梧陰滿。」

葉巽齋《十月》:「維此十月，物寶全富。雪梅在嶺，霜菊盈圃。

梧竹之高，椿松之固。剩馥鬱芬，古根盤踞。我公之壽，此未足諭。峻峙精神，蜀江廬阜。」

音樂在政治教化、精神世界、娛樂生活中都佔有重要的地位；喪葬制度、生殖崇拜是「死生事人」；壽辰則是人生重要的紀念日。桐、竹在中國人的日常生活中幾乎是無所不在地並存。

## 三、桐竹人格象徵的內涵分析：風度；節操；儒道互補

梧桐與竹子都是中國文化中的「比德」植物，兩者的「精神聯盟」基於生物共性。桐竹是清朗不俗、直節不屈人格的象徵，具有「清」、「貞」和合的特點。唐代白居易賦予梧桐、竹子以「孤直」內涵；宋人以桐竹爲師友，陳翥則以「桐竹君」自號，桐竹完成了人格象徵符號的鑄塑。元代楊維楨另闢蹊徑，發現桐、竹的互補性，用以指導人生。

### （一）碧梧翠竹與瀟灑風度

桐、竹的主幹修直聳拔、枝葉疏朗通透，表皮光滑、顏色青翠，有著瀟灑之姿、出塵之韻。《世說新語》常以自然樹木類比人物的風姿神韻，《賞譽》篇中王恭以「清露晨流，新桐初引」讚美王忱，《任誕》篇中王子猷命人種竹，曰「不可一日無此君」。六朝時期，梧桐、竹子精神相應，唐代的韓愈則「成人之美」、順理成章，將梧、竹並稱，《殿中少監馬君墓誌》：「退見少傅，翠竹碧梧，鸞鵠停峙，能守其業者也。」梧桐與竹子在形、色方面具有相似性，而且在中國文化中「並駕齊驅」、由來已久，「碧梧翠竹」成爲品鑒、評議人物的經典意象：

文天祥《賀前人改除湖北漕，兼知鄂州》：「翠竹碧梧之韻度。」〔註15〕

洪朋《挽劉六咸臨》：「碧梧翠竹聞家子，瓊樹瑤林物外人。」

許思湄《與趙南湖書》：「久不見碧梧翠竹之姿，每於月白風清，輒深神往。」〔註16〕

「碧梧翠竹」所展示的是桐、竹的「清」性，所擬似的也是「清流」人物的俊朗風神；我們發現，同一語境下的其他意象、典故也往往來自《世說新語》，

〔註15〕文天祥《文山集》卷九（文淵閣《四庫全書》本），上海古籍出版社，1987年。

〔註16〕許葭村《秋水軒尺牘》，湖南文藝出版社，1987年。

洪朋詩作的下聯即用《賞譽》篇典故：「王戎云：太尉神姿高徹，如瑤林瓊樹，自然是風塵外物。」

我們再看兩例，韓元吉《趙仲縝梅川》：「前松後梧竹，左桂右蘭芷」；楊萬里《豫章王集大成惠「我思古人，實獲我心」八詩謝以五字》：「故家富彥士，梧竹映芝蘭。」「蘭芷」或「芝蘭」用《世說新語・言語》典故：「謝太傅問諸子：『子弟亦何預人事，而正欲使其佳？』諸人莫有言者，車騎答：『譬如芝蘭玉樹，欲使其生於階庭耳。』」

## （二）梧桐竹子與品格節操

桐、竹均高聳挺直，很少攲側旁逸，象徵士大夫挺立、端直的節操、人格：

> 張說《答李伯魚桐竹》：「結廬桐竹下，室邇人相深。……奇聲與高節，非吾誰賞心。」

> 《浙江通志》卷四十六「持節軒」：「趙師回……依正齋之西，闢小軒，手種梧竹，名以持節。」

> 林觀過《遊寶相院》：「盤飧息萬慮，竹梧凜相看。清陰交蔽芾，直節不可干。斯來結三友，欲去復盤桓。」

有別於上面所論述的「清」性，這裡所展示的是桐、竹的「貞」姿。特別值得一提的是白居易，他分別明確賦予了桐、竹「孤直」的人格內涵，這在「朋黨」之患漸顯的中唐時期具有警世意義；而且，他還由表及裏，發現了桐、竹「虛心」的共性。白居易的發現與賦予加固了桐、竹之間的聯繫。《雲居寺孤桐》：「四面無附枝，中心有通理。寄言立身者，孤直當如此」；《酬元九對新栽竹有懷見寄》：「昔我十年前，與君始相識。曾將秋竹竿，比君孤且直。中心一以合，外事紛無極。」

## （三）梧桐、竹子人格象徵的成熟：宋代陳翥自號「桐竹君」，文人以桐竹為師友

宋代，隨著儒家思想的復興、道德意識的高漲，花木「比德」達到了高峰。桐、竹集「清」性、「貞」姿於一體，文人或以爲字號，或以爲師友，體現了人格自礪與人倫相親。

宋代陳翥著有《桐譜》，這是世界上最早的泡桐專著。他自號「桐竹君」，並以詩明志、宣言，《桐竹君詠》序言：「吾年至不惑，命乖強仕，塤篪不合，

遂成支離。始有數畝之地於西山之南，乃植桐與竹。伯仲皆竊笑之，以爲不能爲農圃之事。而不知吾無錐刀之心，不迫於世利，但將以遊焉而至其中，休焉而坐其下。可以外塵紛，邀清風，命詩書之交，爲文酒之樂，亦人間之逸老，壺中之天地也。乃自號『桐竹君』，又爲之詠云。」詩云：「高桐淩紫霞，修篁拂碧雲。吾常居其間，自號桐竹君。不解仿俗利，所希脫世紛。會交但文學，啓談皆典墳。吁嗟機巧徒，反道胡足云。」〔註17〕陳翥遠離世俗，尙友同道，成爲桐竹人格意義的「形象代言人」。

宋人花木審美的一個重要特點就是建立了親和親近的人、物關係，以花木爲師爲友、與花木如兄如弟，洪咨夔《挽章冠叟》：「梧竹自師友，梅礬皆弟兄。」上文所引的林觀過《遊寶相院》：「斯來結三友」則是置身桐、竹之列，忘形爾汝。再如汪莘《梧竹亭》：「君不見梧君昔在岐山上，開花與鳳作屏障。又不見竹君昔在渭水陽，結實與鳳充餱糧。……君家甲第連朱扉，碧梧翠竹相因依。千年老鳳歎何在，一旦下集增光輝。梧君竹君喜相遇，鳳兮鳳兮君且住。……」，作者採用呼告的方式、直呼梧桐、竹子爲「君」，桐、竹也充分人化。

### （四）梧桐、竹子人格象徵的流變：元代楊維楨以梧桐之「覺之靈」與竹子之「操之特」體現了儒道互補的理念

元代末年，崑山顧瑛建造「玉山草堂」，爲東南文人聚集、酬唱之淵藪；「玉山雅集」是可以方駕東晉「蘭亭集會」、北宋「西園雅集」的文人盛會。「碧梧翠竹堂」爲「玉山草堂」的中心建築，楊維楨、高明均有記文。此前的桐、竹並稱多著眼於其共性，如色澤、姿態；楊維楨則另具隻眼，發現桐、竹的「互補」性。這種「互補性」體現了元代文人儒道交滲的心理結構、錯綜複雜的心態特點，這在封建社會具有普遍性。

楊維楨《碧梧翠竹堂記》：「仲瑛愛花木、治園池，……而於中堂焉，獨取梧竹，非以梧竹固有異於春妍秋馥者耶？人曰：『梧竹，靈鳳之所棲食者，宜資其形色爲庭除玩？』吁！人知梧竹之外者云耳。吾觀梧之華始於清明，葉落於立秋之頃，言曆者占焉，是其覺之靈者，在梧而絲弦琴瑟之材未論也。竹之盛於秋，而不徇秋零，通於春，而不爲媚，貫四時而一節焉，是其操之

〔註17〕塤、篪皆古代樂器，二者合奏時聲音相應和，因常以「塤篪」比喻兄弟親密和睦，《詩・小雅・何人斯》：「伯氏吹壎，仲氏吹篪」，「塤篪不合」則指兄弟不和。

特者，在竹而籩簡笙篪之器未論也。《淮南子》曰：『一葉落而天下知秋。』吾以《淮南子》為知梧。記《禮》者曰：『如竹箭之有筠。』吾以記《禮》者為知竹。然則仲瑛之取梧竹也，盍亦徵其覺之靈、操之特者？……子韓子美少傅之辭曰：『翠竹碧梧，能守其業者也』，徒取形色之外，而不得其靈與特者，未必為善守。」〔註 18〕

桐花清明應期而開、桐葉立秋應期而落，是「覺之靈」者；竹子四時常青、不改其色，是「操之特」者。所謂「知幾其神乎」，前者合於道家的「達生」之道；「獨立不遷」，後者合乎儒家「吾道一以貫之」的精神氣節。至於梧桐與竹子的形色，那只是「表象」者；至於梧桐與竹子的器用，那更是「粗淺」者。中國傳統的士大夫一直在「仕」與「隱」之間糾結，由於政治因素、民族關係等，這一組矛盾在元代文人身上尤其凸顯。元代文人的生活方式頗有弔詭意味，么書儀《元代文人心態》指出：「元朝文人……在不能『濟世』時，仍然要撿起隱居以『勵世』的破旗，於是創造了這種非隱非俗、半隱半俗、亦隱亦俗、名隱而實俗的隱逸形態。」〔註 19〕楊維楨對於「碧梧翠竹」的理解已經偏離了韓愈所賦予的風神俊朗之義，但卻「反常合道」，折射了元代的時代精神，也豐富了桐竹的人格喻義。

## 四、桐竹人格象徵的泛化體現之一：桐竹與繪畫

桐竹不僅是文學意象，也是文化符號；桐竹的人格象徵意義固然彰顯於文學領域，但同時彌散於繪畫、園林等藝術領域。宋元以來，中國繪畫漸入「有我之境」；文人注重筆墨意趣、表現人格襟懷〔註 20〕。「詩畫一律」，繪畫也成為文人的陶寫之具。

梅、蘭、菊、荷等「比德」花卉都是繪畫常見的題材、景物，桐、竹亦不例外。元代人特別喜愛「桐陰」題材，李日華《六研齋筆記・三集》卷三：「元人喜寫《桐陰高士圖》。子久、叔明、雲林、幼文俱有之。」元代更是中國墨竹畫的鼎盛期。趙孟頫、柯九思、吳鎮等均是個中高手。

竹子除了與「歲寒三友」、「四君子」中的花木搭配之外，桐竹組合也很常見。張丑之《書畫舫》云：「倪元鎮《碧梧翠竹圖》，筆勢蒼勁，草草而

〔註 18〕楊維楨《東維子集》卷十七（文淵閣《四庫全書》本），上海古籍出版社，1987 年。

〔註 19〕么書儀《元代文人心態》，文化藝術出版社，2001 年，第 244 頁。

〔註 20〕李澤厚《美的歷程》，中國社會科學出版社，1992 年，第 170～176 頁。

成，絕不類其平時細描輕染，略施淺色點綴，乃知此老胸中無所不有耳」，「草草而成」即倪瓚《答張藻仲書》所云：「僕之所謂畫者，不過逸筆草草，不求形似，聊以自娛耳。」〔註21〕倪瓚有《梧竹秀石圖》傳世，現藏北京故宮博物院，也是筆墨疏疏而神氣自全。畫面自題：「貞居道師將往常熟山中，訪王君章高士，余因寫梧竹秀石奉寄仲素孝廉，並賦詩云：高梧疏竹溪南宅，五月溪聲入坐寒，想得此時窗戶暖，果園撲栗紫團團。倪瓚。」自題畫作、詩與畫相得益彰也是文人畫的一個標誌。此外，他還有《梧竹草亭圖》，《爲潘仁仲寫梧竹草亭》詩云：「翠竹蕭蕭倚碧梧，一亭聊以賦閒居。」〔註22〕

明代「吳門四傑」中的沈周、仇英均有桐竹題材作品。《石渠寶笈》卷十七著錄仇英《碧梧翠竹圖》；江珂玉《珊瑚網》卷三十八有沈周自題「梧竹」詩：「畫了梧枝又竹枝，綠陰如水墨淋漓。」從沈周的題詩我們即可判斷，其畫作爲水墨畫。《御定歷代題畫詩》卷七十三目錄則有《題浦人畫梧桐竹石》、《題梧竹奇石圖》、《題浦舍人梧竹圖》等。

梧桐的樹身畫法是「橫皴」，竹子的竹竿畫法是縱向勾勒，兩者的用筆方式都和書法接近。趙孟頫在前人的基礎之上提出了「書畫同法」的觀點，其自題《秀石疏林圖》詩云：「石如飛白木如籀，寫竹還應八法通。若也有人能會此，方知書畫本來同。」元人關於「書畫同法」的論述很多，而「桐竹圖」則淺切著明地詮釋了這一觀點。「桐竹圖」往往是一株梧桐、幾竿修竹，筆致疏朗。桐、竹的枝葉集中在梢部，爲了避免構圖的「頭重腳輕」，桐竹的根部往往點綴以「秀石」、「奇石」。清奇、樸拙、靈秀的石頭與桐、竹一樣，也體現了文人不媚世俗的獨立人格。

## 五、桐竹人格象徵的泛化體現之二：桐竹與園林

南朝時已有「規模化」的桐竹列種，或於土山之上，或於莊園之中，《南史》卷四十三：「豫章王於邸起土山，列種桐竹，號爲桐山。武帝幸之，置酒爲樂，顧臨川王映：『王邸亦有嘉名不？』」《梁書》卷二十五：「桃李茂密，桐竹成陰，塍陌交通，渠畎相屬。」現代林學已經證明，桐、竹混種，能夠

〔註21〕倪瓚《清閟閣全集》卷十（文淵閣《四庫全書》本），上海古籍出版社，1987年。

〔註22〕倪瓚《清閟閣全集》卷七（文淵閣《四庫全書》本），上海古籍出版社，1987年。

提高產量〔註 23〕。豫章王列種桐竹爲祈求嘉應；徐勉廣栽桐竹或爲綠化、或爲經濟效應，未必有深致、深意。

中唐以後，隨著庶族官僚、文人地位的提升與「中隱」思想的流行，私家園林大量出現。梧桐、竹子是私家園林中不可或缺的景致，文人以此寄託塵外之思、修身自持的情志與理想；這是桐竹比德意義在生活、藝術領域的滲透、擴散。宋代劉敞在鄆州營造的園林即有「梧竹塢」的景點，《東平樂郊池亭記》:「塢曰梧竹，亭曰玩芳，館曰樂遊……孟子曰：『賢者而後樂此，不賢者雖有此，不樂也。』吾其敢自謂賢乎？抑亦庶幾焉。」〔註 24〕作者引述先聖之言，語氣間充滿了自信、自愜、自足。梅堯臣、劉攽均有酬和劉敞之作，梅堯臣《和劉原父舍人樂郊詩歌》:「傍塢梧竹暗」；劉攽《和原甫鄆州樂郊詩》:「菱藻亂幽芳，梧竹凝茂陰。」與劉敞在北方鄆州修建「樂郊池亭」約同時，蘇舜欽則在南方蘇州整治「滄浪亭」，其《郡侯訪予於滄浪亭，因而高會，翌日以一章謝之》云：「荒亭俗少遊，遷客心自愛。繞亭植梧竹，私心亦有待。」

宋代文人於園林庭院間、屋舍書齋旁普遍種植桐、竹，自有「遠韻」「幽趣」，劉摯《寄題定州楊君園亭》:「隱不在山壑，名園抱南城。梧竹有遠韻，泉石非世聲」；葛勝仲《留二季父二首》:「虛堂梧竹饒幽趣，正好端居養智恬。」劉摯的「中隱」思想和白居易一脈相承。

元代文人依違於隱、俗之間，私家園林「於世間」「出世間」，正是他們最佳的歸宿。若論在中國文學史上聲明最著的元代私家園林，當推顧瑛的「玉山草堂」。「玉山草堂」具有強大的「向心力」，文人於此雅集、題詠、唱和。顧瑛將作品彙集成《玉山名勝集》等，《四庫全書總目》提要評曰：「其所居池館之盛，甲於東南，一時勝流，多從之遊宴。……元季知名之士，列其間者十之八九。考宴集唱和之盛，始於金谷、蘭亭；園林題詠之多，肇於輞川、雲溪；其賓客之佳，文辭之富，則未有過於是集者。……」「碧梧翠竹堂」爲「玉山草堂」的主要建築之一，元末文人吟詠作品很多，難以一一臚列。楊維楨有記文，前文已經引用，此外，高明也有《碧梧翠竹堂後記》:「崑

〔註 23〕梁仰貞《桐竹混交　桐榮竹茂》，《植物雜誌》2000 年第 01 期；倪善慶《桐竹混交模式及栽培技術研究》，《江蘇林業科技》1992 年第 04 期；麻文禮《泡桐混交林混交效果分析及營造技術研究》，《福建林業科技》2002 年第 03 期。

〔註 24〕《山東通志》「卷三十五之十九上」（文淵閣《四庫全書》本），上海古籍出版社，1987 年。

山顧君仲瑛，名其所居之室曰『玉山草堂』。築圃鑿池，積土石爲丘阜，引流種樹於中，爲堂五楹，環植修梧、巨竹，森密蔚秀，蒼縹陰潤，……乃名其堂曰『碧梧翠竹堂』。……凡自吳來者，既誇仲瑛之美，則又必盛稱梧竹之雅致。……適袁君子英來自崑山，乃記其事以示子英，俾以遺仲瑛，且語之曰：『爲我語仲瑛：君碧梧翠竹之樂，不易得也，第安之，他日毋或汩於祿仕，若余之不能久留也。』至正九年九月既望，永嘉高明則誠記。」〔註 25〕

桐、竹所營造的靜謐、清幽之境爲文人所鍾愛，軒名「梧竹」者就不乏其人，如方氏、顏炳文、沈夢麟、徐兆英〔註 26〕。蘇州拙政園中有著名景點「梧竹幽居」。

明清時期，陳繼儒、陳淏子等人對桐竹的景觀效果進行了總結。《小窗幽記》:「凡靜室，須前栽碧梧，後種翠竹，前簷放步，北用暗窗，春冬閉之，以避風雨。夏秋可開，以通涼爽。然碧梧之趣，春冬落葉，以舒負暄融和之樂，夏秋交蔭，以蔽炎爍蒸烈之氣，四時得宜，莫此爲勝」;《花鏡》:「藤蘿掩映，梧竹致清，宜深院孤亭，好鳥間關。」

綜上所述，神話原型中，梧桐與竹實分別爲鳳凰的棲止之所與食物。桐、竹在現實應用、文化生活等方面都有廣泛的並聯。桐、竹是弦樂與管樂的代稱；桐孫、竹孫是生殖崇拜之物；桐杖、竹杖是母喪、父喪所持之杖；桐、竹是祝壽詞中的常見意象。梧竹是「比德」意象，具有瀟灑俊朗、節操高直的復合內涵，體現了「清」、「貞」和合的特點。梧竹不僅是文學意象，而且是文化符號，是繪畫的重要題材、園林的常見景點。

## 第三節　刺桐・赬桐・油桐

中國古代的「桐」是一個寬泛的概念，關於其分類一直是眾說紛紜。一般而言，廣義的梧桐主要是指泡桐（白桐）與梧桐（青桐）兩類。前者爲玄參科泡桐屬，後者爲梧桐科梧桐屬，二者在形態上有諸多相似之處，最爲常

〔註 25〕顧瑛《玉山名勝集》卷三（文淵閣《四庫全書》本），上海古籍出版社，1987 年。

〔註 26〕丁鶴年有《梧竹軒》「爲鳳浦方氏作」，見《鶴年詩集》卷二，文淵閣《四庫全書本》；董佐材有《題顏炳文梧竹軒》，見《大雅集》卷六，文淵閣《四庫全書》本；沈夢麟有《梧竹軒》，《花溪集》卷三，文淵閣《四庫全書》本；徐兆英有《梧竹軒詩鈔》，光緒二十七年愛虞堂刻本。

見。宋代陳翥《桐譜》則將「桐」分爲六類：白花桐；紫花桐；梧桐；刺桐；油桐；赬桐。白花桐與紫花桐即爲泡桐。從外部形態來看，後三者與泡桐、梧桐判然有別；從植物分類來看，後三者與泡桐、梧桐也是「風馬牛不相及」。早在南朝時期，陶弘景《本草集注》即已將岡桐（油桐）與梧桐並列，陳翥則擴大了「陣營」。陳翥的分類法在後代被沿用，《佩文齋廣群芳譜》卷七十三即將後三者附錄於梧桐之後。簡而言之，刺桐、油桐、赬桐與梧桐只是「名分」上的同類關係，而不具備親緣關係。

刺桐是南方樹木，刺桐花與大象、孔雀等組成了南國風情圖；宋代時，福建泉州已有「刺桐城」之名。刺桐花春末開花，顏色深紅，形如鸚鵡之嘴，有「鸚哥花」的別稱。刺桐先葉後花，民間用以預測年成。赬桐亦產於南方，赬桐花的花冠、花梗均爲紅色，形如珊瑚；花期從夏天一直延續到秋天，有「百日紅」的別稱。油桐是經濟樹種。油桐又名荏桐，但是荏油未必就是桐油。桐油可以防水，可以與石灰製成黏合劑。宋代開始，桐油煙被廣泛用於製墨業。

## 一、刺桐：南國風情

刺桐，豆科刺桐屬，落葉喬木，花形大，如蝴蝶，呈深紅色，春季開花，適合作行道樹或景觀樹，廣東、廣西、福建、海南、雲南、四川、貴州等地均有栽植，是典型的南方樹種。《南方草木狀》卷中：「刺桐，其木爲材，三月三時布葉繁密，後有花赤色，間生葉間，旁照他物，皆朱殷然。三五房凋，則三五復發。如是者竟歲，九真有之」，言簡意賅地介紹了刺桐的花色、花期以及先葉後花、接續開花的特點。《桐譜》：「類屬第二」：「一種，文理細緊而性喜裂，身體有巨刺，其形如欓樹，其葉如楓，多生於山谷中，謂之刺桐。晉安《海物異名志》云：『刺桐花，其葉丹，其枝有刺云。凡二桐者，雖多榮茂，而其材不可入器用，乃不爲工匠之所瞻顧也」，進一步描述了刺桐的樹形、葉形。陳翥重實用而輕物色，所以對刺桐頗有不屑，「二桐」者另外還指油桐。

### （一）刺桐的花期：上巳、春末夏初

蘇軾《海南人不作寒食……》：「記取城南上巳日，木棉花落刺桐開」，「上巳」爲三月初三，與《南方草木狀》的記載契合。刺桐舒葉、開花是春末夏初季節，如馬子嚴《孤鸞》：「驀地刺桐枝上，有一聲春喚」、陳允平《有感》：

「燕子不歸春漸老，東風開盡刺桐花。」這一時節也正是菜花盛開、麥子青綠之時，刺桐與他們共同組成了一幅田園風光圖，如黃公紹《望江南》：「思晴好，日影漏些兒。油菜花間蝴蝶舞，刺桐枝上鵓鳩啼。閒坐看春犁」；徐璣《永春路》：「路行僻處山山好，春到晴時物物佳。秀色連雲原上麥，清香夾道刺桐花。」

### （二）刺桐的花色與花形：紅色；鸚哥；蝴蝶

刺桐花色深紅、光豔照物，王轂《刺桐花》有「林梢簇簇紅霞爛」、「穠英鬥火欺朱槿」之句。刺桐樹身高大、花勢壯觀，詩人常用燒、燃等字眼來形容視覺感受，如李畋《句》：「燒眼刺桐繁」、黃公度《送陳應求推官》：「刺桐古城花欲燃」。

屈大均《廣東新語》卷二十五：「刺桐，花形如木筆，開時爛若紅霞，風吹色愈鮮好，絕無一葉間之。有詠者云：『一林赤玉琢玲瓏，豔質由來愛著風。日暮海天無暝色，滿山霞作刺桐紅。』」

木筆即辛夷花，其未開之時，苞上有毛，尖長如筆，所以稱「木筆」；刺桐花苞又如鸚哥的尖喙，所以刺桐花又有「鸚哥花」之別稱。明代楊慎《升菴詩話》卷一：「近日雲南提學彭綱《詠刺桐花》云：『樹頭樹底花楚楚，風吹綠葉翠翩翩，露出幾枝紅鸚鵡。』亦風韻可愛也。刺桐花，雲南名為鸚哥花，花形酷似之。」他還作有《刺桐花行》，小序云：「刺桐花……，滇中名鸚哥花，花形酷似之。開以夏秋之交，酒邊率爾命篇云。」〔註 27〕不過，顯然楊慎對於刺桐花的認知來自於耳食，缺乏目驗，所以對刺桐花的花期不甚了了，刺桐花開於春夏之交，而非「夏秋之交」。《雲南通志》卷二十七「刺桐」則云：「一名蒼梧樹，高數丈，花開丹紅，形如鸚嘴，俗名鸚哥，元江產者尤多。」

刺桐花鋪展開放時又如蝴蝶，風吹之下如蝶舞輕盈，而刺桐花的花形、花色、花香也吸引著蝴蝶。吳處厚《青箱雜記》卷六：「劉昌言……極有才思，嘗下第作詩，落句云：『唯有夜來蝴蝶夢，翩翩飛入刺桐花。』後為商丘主簿，王禹偁贈詩曰：『年來復有事堪嗟，載筆商丘鬢欲華。酒好未陪紅杏宴，詩狂多憶刺桐花。』蓋為是也。刺桐花，深紅，每一枝數十蓓蕾，而葉頗大，類桐，故謂之刺桐，唯閩中有之」；謝逸《虞美人》：「雁橫天末無消

---

〔註 27〕楊慎《升菴集》卷三十九（文淵閣《四庫全書》本），上海古籍出版社，1987 年。

息，水闊吳山碧。刺桐花上蝶翩翩，唯有夜深清夢、到郎邊。」蝴蝶遁入刺桐花叢、飛舞刺桐花上可謂「得其所哉」，所以劉昌言、謝逸分別用來比喻鄉思、相思。

### （三）南國風情與南遷悲情：大象；孔雀；鷓鴣

刺桐花是典型的南方景物，對於北方人來說有著「陌生化」的審美效應，朱慶餘《南嶺路》：「越嶺向南風景異，人人傳說到京城。經冬來往不踏雪，盡在刺桐花下行。」刺桐花與大象、孔雀等同爲南國風情，如李珣《南鄉子》：「相見處，晚晴天，刺桐花下越臺前。暗裏回眸深屬意，遺雙翠。騎象背人先過水」；李郢《孔雀》：「越鳥青春好顏色，晴軒入戶看呫衣。……刺桐花謝芳草歇，南國同巢應望歸。」

南方雖美，對於北方人而言是「雖信美而非吾土兮」，李郢《送人之嶺南》即云：「回望長安五千里，刺桐花下莫淹留。」「境由心造」，對於南遷之人來說，刺桐花等南方景物卻是「觸緒還傷」。陸粲《送陳太僕謫教海陽六首》：「大庾嶺頭日欲低，曲江祠前行客迷。一過韶陽倍惆悵，刺桐花裏鷓鴣啼。」〔註 28〕所謂「恨別鳥驚心」，古人把鷓鴣的叫聲擬爲「行不得也哥哥」；鷓鴣與刺桐花的組合堪稱「哀豔」。呂造《刺桐城》抒發懷古之幽情，也出現了鷓鴣、刺桐花，「閩海雲霞繞刺桐，往年城郭爲誰封。鷓鴣啼困悲前事，豆蔻香銷減舊容。」

### （四）刺桐與年成：「先葉後花」

《廣群芳譜》卷七十三引《溫陵郡志》：「溫陵城，留從効重加板築，植刺桐環繞之，其樹高大而枝葉蔚茂，初夏開花，極鮮紅，如葉先萌而花後發，主明年五穀豐熟。」刺桐「先葉後花」的特點正好和泡桐「先花後葉」相反。以刺桐花葉的展露順序來推斷年成是福建一帶的民俗，蘇頌《送句都官倅建陽》即云：「龍焙槍旗爭早晚，刺桐花葉候災穰。」〔註 29〕

有趣的是，在宋代王十朋與丁謂「隔空」唱起了「對臺戲」。丁謂「入鄉隨俗」，借民俗以憂民，《詠泉州刺桐》：「聞得鄉人說刺桐，葉先花發始年豐。

〔註 28〕陸粲《陸子餘集》卷八（文淵閣《四庫全書》本），上海古籍出版社，1987年。

〔註 29〕槍棋，茶葉嫩尖，芽尖細如槍，葉開展如旗。宋代建溪一帶是著名的產茶區，所產茶葉稱爲「建茶」。茶葉製成小茶餅，往往印有龍鳳圖案，稱爲「龍鳳團茶」。

我今到此憂民切，只愛青青不愛紅。」而王十朋《刺桐花》則云：「初見枝頭萬綠濃，忽驚火傘欲燒空。花先花後年俱熟，莫道時人不愛紅。」不過，王十朋可能是故作翻案文章，在其潛意識裏，對這一民俗還是「寧可信其有」的，其《夏四月不雨……》云：「刺桐抽葉張青盖，紫帽蒙霞麗錦籠。今歲家家定高廩，多苗寧復羨吳儂。」

### （五）刺桐與泉州、蒼梧郡

刺桐在南方分佈很廣，但是從花勢來看，廣西及廣東的刺桐要遜色於福建刺桐。《太平廣記》卷四〇六引《嶺南異物志》：「刺桐，南海至福州皆有之，叢生繁茂，不如福建。梧州子城外，有三四株，憔悴不榮，未嘗見花。……」；卷四〇九又引《投荒雜錄》：「刺桐花，狀如圖畫者不類，其木爲材，三四月時，布葉繁密，後有赤花，間生葉間，三五房，不得如畫者紅芳滿樹。謫掾陳去疾，家於閩，因語方物。去疾曰：「閩之泉州刺桐，葉綠而花紅房，照物皆朱殷然，與番禺者不同。乃知此地所畫者，實閩中之木，非南海之所生也。」

刺桐是泉州的市花，最遲到晚唐時期，泉州刺桐就已經聲明籍甚，曹松《送陳樵書歸泉州》云：「帝都須早入，莫被刺桐迷」，陳陶更是寫了六首《泉州刺桐花詠兼呈趙使君》，其中有「只是紅芳移不得，刺桐屏障滿中都」之句。五代時期的留從效擴建泉州，踵事增華、遍植刺桐，黃仲昭《八閩通志・卷一・地理八》：「五代時，留從效重加版築，繞植刺桐」；《溫陵郡志》：「溫陵城，留從効重加板築，植刺桐環繞之。」而到了宋代，泉州就有「刺桐城」之名：

> 曾會《寄泉僧定諸》：「赤城山去刺桐城，還往都無一月程。」
>
> 趙令矜《泉南花木》：「偶然遊宦刺桐城。」
>
> 黃公度《惜別行送林梅卿赴闕》：「刺桐城邊桐葉飛，刺桐城外行人稀。」

刺桐是泉州人的驕傲，黃公度詩中的林梅卿就是「逢人說刺桐。」（見林光朝《吏部尚書林公梅卿挽詞》）

前面已經提到，廣西一帶也有刺桐花。刺桐有「蒼梧樹」之別稱，有人認爲「蒼梧郡」的得名即與刺桐有關，《嶺南異物志》「刺桐」：「蒼桐不知所謂，蓋南人以桐爲蒼梧，因以名郡。……梧州子城外，有三四株，憔悴不榮，未嘗見花。反用名郡，亦未喻也。」這一說法很流行，如楊慎《刺桐花行》：「刺桐花，惟嶺南及滇中有之。《異物志》曰：『刺桐即蒼梧，嶺南多此物，因以名郡。』……」；屈大均《廣東新語》卷二十五：「或謂刺桐即蒼梧」；《雲南通志》卷二十七：「刺桐：一名蒼梧樹。」屈大均比較下語謹慎，「或」未置可否。

筆者贊同屈大均的態度。蒼梧郡雖然設置於漢武帝元鼎六年（公元前 111 年），但蒼梧地名卻是古已有之，先秦典籍中經常出現，如《離騷》：「朝發軔於蒼梧兮，夕吾至乎懸圃。」《山海經》中更是多次出現蒼梧，《海內南經》：「蒼梧之山，帝舜葬於陽，帝丹珠葬於陰」；《大荒南經》：「赤水之東，有蒼梧之野，舜與叔均之所葬也」；又《海內經》：「南方蒼梧之丘，蒼梧之淵，其中有九嶷山，舜之所葬，在長沙零陵界中。」遠古茫茫，難以稽考，很難斷定蒼梧就是刺桐。

## 二、赬桐：耐久紅花

### （一）赬桐之別名：貞桐、赭桐、山丹、山大丹

赬桐，馬鞭草科赬桐屬，又名貞桐，多年生或落葉小灌木，葉大柄長，分佈於南方各省，適合盆栽。在刺桐、油桐、赬桐三種「桐」中，赬桐的「體型」最小，所以往往被視之爲「草」；但是，其葉子卻頗爲闊大，「葉大柄長」正類似於「桐」，這大概也正是它有「桐」名的原因。我們看兩則文獻記載，《南方草木狀》卷上：「貞桐花，嶺南處處有，自初夏生至秋。蓋草也，葉如桐，其花連枝萼，皆深紅之極者，俗呼貞桐花，貞，音訛也。」《桐譜》「類屬第二」：「一種，身青，葉圓大而長，高三四尺便有花，如眞紅色，甚可愛，花成朵而繁，葉尤疏，宜植於階壇庭榭，以爲夏秋之榮觀，厥名眞桐，亦曰赬桐焉。」

赬桐亦爲典型南方植物，尤其盛產於廣東、福建，不過，早在中唐時期，李德裕即已在洛陽的「平泉山莊」中引種了赬桐，《平泉山居草木記》：「是歲又得鍾陵之同心木芙蓉，剡中之眞紅桂，嵇山之四時杜鵑、相思紫苑、貞桐、山茗。……」〔註 30〕

屈大均《廣東新語》卷二十五記載的「山丹」、「山大丹」或即赬桐：「山大丹，……是花多野生，移至家園培養，乃益茂盛，故曰山丹。予詩：『山丹

〔註 30〕董誥《全唐文》卷七百八，中華書局，1991 年。

無大小，寸寸是珊瑚。』考宋徽宗賜此花名珊瑚林，黃聖年以爲即『赬桐』。有句云：『花似彩絲堪續命，樹驚榴火合中天。』其花開以端陽，開又最久，故云。」

赬桐又名「赭桐」，「赬」與「赭」都是言其花色。丁謂《途中盛暑》：「滿眼赭桐兼佛桑。」丁謂曾爲福建採訪使，「佛桑」與「赭桐」都爲閩中景物。佛桑，即扶桑，唐段成式《酉陽雜俎續集・支植上》：「閩中多佛桑樹。樹枝葉如桑，唯條上勾。花房如桐，花含長一寸餘，似重臺狀。花亦有淺紅者。」赭桐，即爲赬桐。《廣東新語》卷二十五：「山丹，一曰山大丹，……予詩云：『願君如山丹，花紅至百日。』又云：『願君似山丹，紅顏得長保。一開三月餘，黃落猶能好。』山丹或謂即赭桐，木棉即刺桐，蓋嶺南珍木多名桐，非桐而以爲桐，亦猶水松非松以爲松也。」而「山丹」即是赬桐之別名，從所描寫的性狀、花色來看，也大致與赬桐符合。

赬桐的花萼、花冠、花梗均爲鮮豔的深紅色，花期較長，《浙江通志》卷一百〇四：「貞桐，《平泉草木記》：『稽山之貞桐』，注：其花鮮紅可愛，且耐久。」詩文描寫大多以這兩點爲中心，赬桐也因之而有「珊瑚林」、「百日紅」之別稱。

### （二）「鶴頂」、「珊瑚林」

《南方草木狀》、《桐譜》分別用「深紅之極」、「眞紅色」來形容赬桐花色，紅、朱、麗等是描寫赬桐的不二詞選；即便是與石榴花、鶴頂等相比，赬桐也要勝出一籌，如：

> 舒岳祥《同正仲賦赬桐彩蝶》：「守著赬桐不爲香，翩如鳳子往來忙。徘徊最愛眞紅色，搖曳偏垂五彩裳。……」
>
> 方岳《赬桐花二首》：「厥草惟夭簇絳繒，新紅初滴尚炎蒸。」
>
> 舒岳祥《詠赬桐花》：「朱草文明瑞，茲花上品朱。……且貪顏色好，鶴頂似他無。」
>
> 張明中《樫桐二首》：「石榴安敢擬樫桐，借問司花也不中。鶴頂丹砂猩血服，試評卻有此來紅？」

赬桐的更爲特殊之處在於其花梗亦爲紅色。當花瓣即將凋落時，花梗的形色更爲凸顯，狀如珊瑚，所以宋徽宗賜名爲「珊瑚林」，舒岳祥《詠赬桐花》：「麗奪炎精盛，名霑御賜殊。」詩小注云：「此花徽廟賜名珊瑚林。」

我們再看《廣群芳譜》卷七十三所引明代沈天孫的《赬桐》：「朱萼疑看九月楓，繁枝又借嶧陽桐。丹鬚吐舌迎風豔，絳蠟籠紗照月空。西域應分安石紫，寢宮可作麥英紅。綠珠宴罷歸金谷，七尺珊瑚映水中」，「朱」、「丹」、「絳」、「紅」等字眼不厭其繁地描繪其顏色，「七尺珊瑚」則總體狀其形色。

### （三）「百日紅」、「耐久朋」

赬桐夏初開花，陸游《園中觀草木有感》：「木筆枝已空，玉簪殊未花。赬桐時更晚，春盡始萌芽。」其花期一直延亙到秋天，幾達半年之久，不僅遠遠超過了「十日紅」，甚至達到了「百日紅」。

張明中《桱桐二首》：「百花耐久說桱桐，選甚薰風秋雨中。誰道花無紅十日，此花日日醉潮紅」，「薰風」即爲南風，指夏天。這首絕句和「竹溪雷公」的作品有相似之處，《娛書堂詩話》：「赬桐花，前輩少詠，竹溪雷公常賦云：『粲粲朱英葉似桐，薰風披拂到西風。迎秋送夏嘗相見，誰道花無十日紅。』器業遠大，於此見矣。」〔註 31〕

「百日紅」是赬桐的別稱，陸游《思政堂東軒偶題》：「喚起十年閩嶺夢，赬桐花畔見紅蕉。」自注：「赬桐，嘉州謂之百日紅。」洪適《山居二十詠》「赬桐」亦云「花涵百日紅，色到三秋重。葉大好題詩，叢卑難集鳳」，「葉大」爲赬桐與梧桐的相似之處，「叢卑」則是與梧桐的不似之處。

呂陶《絕句五首》「其一」頗有相似之處：「可愛山花百日紅，南風開得到西風。一般顏色差長久，移取栽培後圃中。」此處的「百日紅」亦當爲赬桐，赬桐往往野生成片。

正因爲赬桐花期長，所以詩人引以爲「耐久朋」〔註 32〕，方岳《赬桐花二首》：「西風坐閱芙蓉老，合是花中耐久朋。」

## 三、油桐：經濟作物

油桐，大戟科油桐屬。落葉喬木，4～5 月開花，果期 7～10 月；花後子房膨大，結球形核果；果內有種子 3～5 粒；種子具厚殼狀種皮，寬卵形；種仁含油，高達 70%，桐油是重要工業用油。四川、貴州、湖南、湖北是中國

〔註 31〕趙與虤《娛書堂詩話》（文淵閣《四庫全書》本），上海古籍出版社，1987 年。

〔註 32〕「耐久朋」指能夠保持長期友誼的朋友，出自《舊唐書・魏玄同傳》：「玄同素與裴炎結交，能保終始，時人呼爲『耐久朋』。」

的四大桐油產區，其他南方省份也多有油桐分佈。油桐是一種經濟植物，其名在古典文學作品中比較少見，遍檢《全宋詩》，僅見一例，陳藻《歸入古田界作》:「步步溪山勝，橋亭建劍風。土宜辭荔子，村塢盡油桐。」「古田」即今天的古田縣，位於福建東北，爲寧德市轄縣；「建劍」即建甌市一帶，在福建省北部。

《桐譜》「類屬第二」:「一種，枝幹花葉與白桐花相類，其聳拔遲小而不侔，其實大而圓，一實中或二子或四子，可取油爲用。今山家多種成林，蓋取子以貨之也」，簡略描述了油桐的樹形、果實以及實用價值。《佩文齋廣群芳譜》卷七十三相對比較詳細，介紹了油桐的別名、樹形、花形、花色、花期以及毒性、具體應用：「岡桐，一名油桐，一名荏桐，一名罂子桐，一名虎子桐」；「樹小，長亦遲，早春先開淡紅花，狀如鼓子花，實大而圓，每實中二子，或四子，大如大楓子，肉白味甘，食之令人吐。人多種之，取子作桐油，入漆及油器物艌船，爲時所須。……」油桐是「中國植物圖譜數據庫」收錄的有毒植物，桐實尤甚。桐油在中國古代用途很廣，今天有的方面已有替代品，有的方面則已鮮爲人知。本書首先辨正「荏油」與桐油之別，然後簡要介紹古代桐油的三種用途。

### （一）荏油與桐油：荏油一般指白蘇子油，而非桐油

油桐，又名荏桐；但是荏油未必就是桐油。程大昌《演繁錄》續集卷五：「桐子之可爲油者，一名荏桐。予在浙東，漆工稱：當用荏油。予問荏油何種？工不能知，取油視之，乃桐油。」這條材料的可信度頗讓人懷疑，或許在浙東民間，桐油確有荏油之俗稱；但是，中國古代，荏油卻歷史更爲悠久，另有所指。

「荏」是蘇子的別稱，屬一年生草本植物，有紫蘇和白蘇之分，紫蘇多藥用，白蘇可食用也可榨油。古代典籍中，單稱「荏」一般指白蘇，單稱「蘇」一般指紫蘇。《爾雅》卷八「蘇，桂荏」，《本草綱目・草三・蘇》:「曰紫蘇者，以別白蘇也。蘇乃荏類，而味更辛如桂，故《爾雅》謂之桂荏。」

荏油即爲白蘇子油，可以食用，亦可爲油漆，《名醫別錄》陶弘景注：「荏狀如蘇，高大白色，不甚香……笮（即榨）其子作油，日煎之，即今油帛及和漆所用者。」賈思勰著《齊民要術》卷三：「紫蘇、羌芥、薰柔與荏同時，宜畦種」；「荏子，秋末成。收子壓取油，可以煮餅。荏油色綠可愛，其氣香美。爲帛煎油彌佳。荏油性淳，塗帛勝麻油。」雖然陶弘景與賈思勰有「不

甚香」或「香美」的細小分歧，但是對於其功用的認識卻基本相同，熟荏油可以用作油料，製作油布。

（二）桐油可以防水，製作油布

中國古代的油布、油紙一般就是在棉布、棉紙上塗上桐油，有防水作用，且乾燥快、光亮、清香。油紙傘、轎子頂均是這種工藝，王質《栗里華陽窩詞》：「在我窩兮不可傷，竹竿濼濼桐油香，遮雨遮風遮夕陽。」自注：「山轎宜用紫竹、斑竹，以輕壯爲良……紙、梧桐油爲頂衣，以清滑爲良。」此外，桐油也常常用於傢具，由於其隔離效果好，更有防蛀作用：木材內的蟲卵無法發育、成形，外部的蟲子也無法侵入其中。

（三）桐油與石灰可以製成黏合劑，填補縫罅

《廣群芳譜》說桐油可以用於「艌船」，所謂「艌船」就是用桐油和石灰調製成黏合劑，塡實船縫。《新元史》卷五四：「諸堰皆甃以石，範鐵以關其中，取桐油，和石灰，雜麻枲，而搗之使熟，以苴罅漏。」《天工開物·石灰》：「凡灰用以固舟縫，則桐油、魚油調厚絹、細羅，和油杵千下塞艌。」明朝初年，出於海運、防倭之需，造船業大興，於是明太祖專門下旨在南京的鍾山南麓圈建了漆園、桐園、棕園，《明一統志》卷六：「以上三園俱在鍾山之陽。洪武初，以造海運及防倭，戰船所用油、漆、棕悉出於民，爲費甚重，乃立三園，植棕、漆、桐樹各千萬株以備用，而省民供焉。」同理，桐油、石灰黏合劑也被廣泛地用於房屋建築、傢具製造等。

（四）桐油煙可以製墨

製墨的成分包括色料、膠合料與添加劑三種；從漢代到宋代，色料主要是松煙。而從宋代開始，桐油煙在製墨業中被採用，且頗受推崇〔註 33〕。宋代蜀中桐油煙製墨業比較發達，有名家「蒲舜美」。晁公溯《涪川寄蒲舜美桐煙墨來，試之良佳，因成長句》：「西風吹林秋日白，修桐葉凋霣寒碧。霜餘結實鳳不至，野人取之出膏液。山中老翁頗喜事，買膏燃光歸照室。旋收輕煤下玉杵，陰房掩翳煙不出。澤麋解角麝薦香，嚴冬折膠天與力。律灰吹盡無裂文，外乾中堅介如石。……」〔註 34〕，介紹了桐煙墨的製作過程與質地。

〔註 33〕錢存訓《中國紙和印刷文化史》，廣西師範大學出版社，2004 年，第 219～222 頁。

〔註 34〕陸友《墨史》卷下：「蒲大詔，閬中人，得墨法於黃魯直，所製甚精，東南士

楊萬里《試蜀中梁杲桐煙墨，書玉板紙》亦有一則關於蜀中桐煙墨的材料：「子規鄉里桐花煙，浣花溪頭瓊葉紙。」《全宋詩》中另有一則桐煙墨材料，產地則在安徽九華山，趙汝績《墨歌》：「空山老桐勁如鐵，英枝翦翦夜撐月。霜風著子涵玉膏，烈手崇朝剖融結。……九華山下祝公子，頗以膠法成其名。相逢但問詩有幾，以詩換墨兩自喜。」

《春渚紀聞》卷八「桐華煙如點漆」：「潭州胡景純專取桐油燒煙，名『桐花煙』，其制甚堅薄，不爲外飾以炫俗眼。大者不過數寸，小者圓如錢大。每磨研間，其光可鑒。畫工寶之，以點目，瞳子如點漆云。」《雲麓漫鈔》卷十：「邇來墨工以水槽盛水，中列粗椀，燃以桐油，上復覆以一椀，專人掃煤，和以牛膠揉成之，其法甚快便，謂之『油煙』。或訝其太堅，少以松節或漆油同取煤，尤佳。」從這兩段材料我們可以看出桐煙墨具有取材方便、流程快捷、色彩光亮的優點，只是略嫌堅硬；但是小疵大醇，無妨其品質。陸友《墨史》卷下採用了《春渚紀聞》中的這則材料。

到了元代，桐煙墨更爲普及，《清閟閣全集》中即有數則材料，卷三《贈陶得和製墨》：「桐花煙出潘衡後」；卷三《題墨贈李文遠》：「義興李文遠，墨法似潘衡。麋角膠偏勝，桐花煙更清。……」；卷九《題荊溪清遠圖》：「荊溪吳國良，工製墨，善吹簫，好與賢士大夫遊。……並以新制桐花煙墨爲贈。」潘衡是北宋時的墨工，與蘇軾有交往；「麋角膠」則是製墨的黏合劑。明代宋詡則將桐煙墨推爲首佳，《竹嶼山房雜部》卷七：「墨取桐油煙爲上，豆油煙次之。」

南宋時期，已有榨取桐油的小作坊。元代蔣正子《山房隨筆》：「昔紹興學正……至山中村舍，時暑行倦饑渴，入一野室，見數人搗桐油，一老下碓。」在油漆業發達的兩浙、京西諸路，這類榨油作坊也是爲數不少的，桐油也是市場上的一種商品〔註 35〕。

本節爬抉梳理了古代典籍中的相關記載，描述了刺桐、赬桐、油桐的物色、形狀、功用，分析了其文化內涵。三者的地位固然不能方駕於梧桐，但或以審美價值、或以實用價值，皆有以自立。而且直到現在，刺桐、赬桐依然是重要的行道樹、觀賞樹，尤其是在南方；桐油也是重要的工業植物油。「鑒

---

大夫喜用。嘗有中貴人持以進御，高宗方留意翰墨，視題字曰：『錦屏蒲舜美』。問何人，中貴人答曰：『蜀墨工蒲大韶之字也。』……」

〔註 35〕漆俠《宋代經濟史》，中華書局，2009 年，第 673 頁。

古知今」，本書的論述對於更好地認識三者亦有一定的意義。

## 第四節　楊桐．海桐．臭梧桐．胡桐．折桐

正如謝弗在《唐代的外來文明》中所說：「在漢文中，將許多很重要但是卻相互無關的樹都稱爲『桐』。」〔註36〕中國古代的「桐」除了梧桐、泡桐之外，尚有不少。本節主要從古代詩文、植物志、花卉志中鈎稽材料，簡單論述楊桐、海桐、臭梧桐、胡桐、「拆桐」等「桐」類樹木，辨正訛誤、揭明價值。

### 一、楊桐：植物染料；祭祀用品

楊桐爲山茶科楊桐屬常綠喬木，葉革質，長圓形或長圓狀橢圓形。楊桐樹葉在古代可以作爲植物染料，明末清初方以智《物理小識》卷六：「凡橰、楓、樺、烏桕、檗、楊桐皆可染。」不過，與梔子、杜鵑花、山礬以及上面所提到的其他植物染料之廣泛應用不同，楊桐主要用於染飯。楊桐葉飯起源於南方寒食民俗，融入了道家養生觀念。楊桐染飯可能最早與清明、寒食的祭祀習俗有關，宋代范致明《岳陽風土記》即云：「岳州四月八日取羊桐葉淅米爲飯，以祠神及祖先」，「羊桐」即楊桐。道家賦予楊桐飯「青精飯」的美名，民間則因其顏色、材料，直呼爲「烏桐飯」；而且，如果火候把握不好，「烏桐飯」還會成爲爛飯，謝邁《青精飯三首》其二：「從來見說青精飯，晚遇眞人隱訣中。長恨聞名不相識，那知俚俗號烏桐」；其三：「南人雖號烏桐飯，過熟翻成作淖糜。」明代彭大翼《山堂肆考》卷九引《零陵總記》：「楊桐葉、細冬青，居人遇寒食，采其葉染飯，色青而有光，食之資陽氣，道家謂之『青精乾石䭀』，杜詩『豈無青精飯，使我顏色好』，鄭畋詩『圓明青䭀飯，光潤碧霞漿。』」〔註37〕清代《廣群芳譜》卷三引用《雲陽雜記》：「蜀人遇寒食，用楊桐葉並細冬青葉染飯，色青而有光，食之資陽氣，道家謂之『青精乾䭀食』。今俗以夾麥、青草搗汁和糯米作青粉團，烏桕葉染烏飯作糕，是此遺意」，明代高濂《遵生八箋》卷三記載與此相似。「雲陽」在今天重慶境

〔註36〕謝弗著；吳玉貴譯《唐代的外來文明》，中國社會科學出版社，1995年，第402～403頁。

〔註37〕關於「青精飯」，請參考閻豔《釋「青精飯」》，《廣播電視大學學報》（哲學社會科學版）2003年第2期。

內，「零陵」在今天湖南境內。

僧道以楊桐葉飯爲布施，明代田汝成《西湖遊覽志》卷二十記載清明民俗：「僧道採楊桐葉染飯，謂之青精飯，以饋施主。」

南方民間一直有寒食、清明前後吃「烏飯」的民俗，染色原料不僅有楊桐葉，「南燭」也很常見。「南燭」原屬杜鵑花科，現屬烏飯樹科，爲常綠灌木，有烏飯草、黑飯草等別稱。楊桐、南燭均可染飯，易滋混淆，《本草綱目》卷三十六「南燭」條下就將「楊桐」列爲南燭的別名之一。「南燭」與「楊桐」實爲兩物，閻豔《「南燭」辨》一文可以參看〔註 38〕，此外，更可補充。一，「南燭」在我國主要分佈於華東、華南，僅少數分佈至西南，楊桐則廣泛分佈於華東、華南、西南。上文所引的「楊桐飯」資料多與西南有關。二，「桐」類植物大多具有一個共性，即葉形闊大，「南燭」樹葉長僅 2～6 釐米，「楊桐」樹葉則達 8～15 釐米，「南燭」從葉形上很難符合約定俗成的「桐」樹歸類方法。

値得補綴的是，楊桐不僅在中國民俗文化、宗教文化中具有特殊的功能、作用，在日本亦有「神木」之稱。捆紮成束、狀如佛手的楊桐葉是祭祀供品，無論是寺廟或者家庭，都是常備品，需求量極大。近年來，中國東南沿海的農民把握商機，採摘、加工、出口楊桐葉已經成爲產業。

## 二、海桐：造景綠化；「海桐」與「山礬」一般分指兩物

海桐爲海桐科海桐花屬常綠小灌木或喬木，葉革質；主要產於中國江蘇南部、浙江、福建、臺灣、廣東等地。海桐的根、葉和種子均可入藥。海桐是著名的觀葉植物，可以用作花壇造景、園林綠化，也可以作爲籬障。海桐可以和楊梅嫁接，《物理小識》卷九：「海桐，可爲藩障，可接楊梅，別一種也」；兩者葉形相似，項安世《楊梅》：「吾家里曲修家木，葉如海桐實如穀。」

海桐初夏時節開花，張孝祥《欽夫折贈海桐，賦詩，定叟晦夫皆和，某敬報況》：「童童翠蓋擁天香，窮巷無人亦自芳。能致詩豪四公子，不教辜負好風光」；陸游《初暑》：「山鵲喜晴當戶語，海桐帶露入簾香。」海桐株形圓整，葉子聚生枝頂，張孝祥用「童童翠蓋」形容非常貼切。此外，海桐花期爲 5 月，陸游於「初暑」時節聞到「入簾」之「香」，恰逢其時。

〔註 38〕閻豔《「南燭」辨》，《漢字文化》2001 年第 1 期。

在中國古代，植物命名比較混亂，名同實異者比比皆是。海桐有山礬、七里香之別名，但其實更多的情況下，山礬、七里香另有其花。「海桐皮」也不是海桐的樹皮。下文就做一些辨正。

### （一）海桐雖然別名「山礬」，但一般而言，山礬與海桐是兩種花木

海桐，別名山礬，《廣群芳譜》卷三十七引《春風堂隨筆》：「辛丑南歸訪舊，至南浦，見堂下盆中有樹婆娑鬱茂，問之，曰：『此海桐花，即山礬也。』」《中國花經》在「海桐」條目下也收錄了「山礬」這一別名。其實，山礬不僅僅是海桐的別名，更是另有「眞身」。山礬花爲山礬科山礬屬，分佈於江南諸地。所謂「來而不往非禮也」，山礬亦有海桐之別名，《廣群芳譜》卷三十七引《學圃餘疏》：「山礬，一名海桐，樹婆娑可觀，花碎白而香，宋人灰其葉，造黝紫色。」

雖然山礬與海桐互爲別名，但是在絕大多數情況下，古人所說的山礬與海桐顯然是兩種不同的花木，趙翰生《宋代以山礬染色之史實和工藝的初步探討》一文已經作了辨正〔註 39〕。《春風堂隨筆》、《學圃餘疏》分別是明代陸深、王世懋的著作，海桐、山礬混同很有可能是明朝才出現的情況；在山礬名氣最大的宋朝，海桐、山礬並未混淆。本書鈎稽宋代詩歌材料，在趙翰生論文的基礎上再略作申說。

二者最顯見的區分乃在於花期之不同，海桐的花期是在初夏，而山礬的花期是在春天。

山礬爲常綠灌木或喬木，生於山谷溪邊或山坡林下。山礬之得名與揚名，黃庭堅厥功甚偉，《戲詠高節亭邊山礬花二首》小序：「江湖南野中，有一種小白花，木高數尺，春開極香，野人號爲鄭花。王荊公嘗欲求此花栽，欲作詩而陋其名，予請名曰山礬。野人採鄭花葉以染黃，不借礬而成色，故名山礬。海岸孤絕處，補陀、落伽山，譯者以謂小白花山，予疑即此山礬花爾。不然，何以觀音老人堅坐不去耶？」這段文字交代了山礬的產地、樹形、花色、花香、花期、異名、功用等；可見宋代之前，尚未有「山礬」之名。《王充道送水仙花五十枝欣然會心爲之作詠》更爲梅花、水仙、山礬敘昆仲：「山礬是弟梅是兄」，這成爲宋代花木品評中重要的「話頭」，附和、異議

〔註 39〕趙翰生《宋代以山礬染色之史實和工藝的初步探討》，《自然科學史研究》1999 年第 1 期。

者皆有之。

宋詩中關於山礬的描寫無不貼合於春天物候，羅椅《絕句二首》其一：「二月山礬九月桂，江南處處得閒行。」在通行的「二十四番花信風」之說中，山礬花爲大寒第三候：「一候瑞香、二候蘭花、三候山礬。」

山礬開於梅花之後、酴醾之前，是妝點春景的重要花卉，陳淵《歸自郡城見道中山礬盛開》：「梅豆班班已滿枝，暗香猶未吐酴醾。和風暖日江南路，正是山礬爛漫時」；滕岑《山礬》：「水仙委蛇江梅老，架上酴醾雪未翻。千斛妙香留不用，一時分付與山礬。」

可見，單純從花期來分辨，海桐與山礬就是絕然不同的兩種花木。

### （二）海桐雖然別名「七里香」，但一般而言，「七里香」更多是指山礬

植物花卉著作中也大多將「七里香」列爲海桐的別名之一，明代楊慎《升菴集》卷八十「四海亭」：「花名有海字者，皆從海外來，海棠、海榴是也。海紅花即山茶也，海桐花即七里香也。亡友陸子淵欲以四花名爲四詞，然不知海紅花即山茶也。」但筆者懷疑，海桐別名「七里香」是明代在將海桐等同於山礬的基礎之上推演出來的；明代的海桐花其實往往就是指山礬花。在宋詩中，「七里香」是山礬的美稱。也就是說，因爲海桐＝山礬，山礬＝七里香，所以海桐＝七里香。海桐主要是觀葉植物，並不以花著名。山礬卻是香氣遠播，請看詩例：

> 趙汝鐩《山礬》：「七里香風遠，山礬滿路開。野生人所賤，移動卻難栽。」
>
> 董嗣杲《山礬花》：「小白挼香傳七里，繁英篩雪餞三春。」
>
> 楊公遠《旅寓岑寂中園丁送花四品因賦五絕》「其二」：「玉蕊花開觸處芳，瓷瓶安頓細平章。怕渠不肯梅花弟，能趁春風七里香。」

海桐之所以有「七里香」之別稱，乃是假託於山礬花；海桐花氣往往爲人所輕慢、厭惡，以至於有「臭桐」之稱，詳見下文。

### （三）「海桐皮」與海桐無關

海桐皮是常見的中藥材，味苦、辛、性平。《本草綱目》卷三十五：「海桐皮能行經絡，達病所。又入血分，及去風殺蟲」；「苦平無毒。去風殺蟲。

煎湯，洗赤目。」海桐皮爲豆科植物刺桐的乾燥樹皮〔註 40〕，主產於廣西、雲南、福建、湖北等地。刺桐原產於熱帶亞洲，如印度、馬來西亞等地，後來傳入中國；正如楊愼所云，凡是從「海外」來的物種，我們習慣冠之以「海」。這大概就是刺桐皮被稱之爲海桐皮的原因了。在江蘇、浙江等地，還以五加科植物刺楸的樹皮作海桐皮使用。

此外，明代鮑山的《野菜博錄》卷三還收錄了一種名爲「海桐皮」的野菜：「海桐皮，生山谷中，樹高二三丈，葉如手大，味苦，性平無毒」；「食法：採嫩葉煠熟，水淘淨，油鹽調食。」

## 三、臭梧桐：觀賞花木：「百日紅」

臭梧桐，又名海州常山，爲馬鞭草科大青屬，落葉灌木或小喬木。花序大、花期長，植株繁茂，花果並存，紅、白、藍相映，是著名的觀賞花木，根、莖、葉、花均可入藥。臭梧桐在中國分佈廣泛，從東北到西南均有。

宋代蘇頌《圖經本草》「蜀漆（常山苗）」下有「臭梧桐」：「海州出者，葉似楸葉，八月開花，紅白色，子碧色，似山楝子而小。」

《廣群芳譜》「百日紅」條目引《學圃餘疏》：「臭梧桐者，吳地野生，花色淡，無植之者。淮揚間成大樹花微者，縉紳家植之中庭，或云『後庭花』也。獨閩中此花紅鮮異常，能開百日，名『百日紅』。花作長鬚，亦與吳地不同。園林中植之，灼灼出矮牆上。至生深澗中，與清泉白石相映，斐然奪目。永嘉人謂之『丁香花』。」這段文字描述了臭梧桐在不同地區的變異，臭梧桐可以作爲籬障；「後庭花」爲臭梧桐的別名之一。「百日紅」下小注：「與紫薇名同物異。」

《廣群芳譜》卷七十三「臭桐」條：「臭桐，生南海及雷州，近海州郡亦有之。葉大如手，作三花尖，長青不凋，皮若梓，白而堅韌，可作繩，入水不爛，花細白如丁香，而嗅味不甚美，遠觀可也。人家園內多植之，皮堪入藥，採取無時。」這是一段拼湊而成的文字，此處的「葉大如手，作三花尖」者不是臭梧桐，而是刺桐；「花細白如丁香」者也不是臭梧桐，而應該是海桐；臭梧桐的花爲紅色。清代陳元龍《格致鏡原》卷六十五、清代《欽定授時通考》卷六十七的文字相似而略簡，兩書均稱「海桐」。「海桐」之所以有「臭

〔註 40〕「海桐皮」爲刺桐樹皮，這在中醫藥學中是常識，也可參看祁振聲《關於「海桐」原植物的考證》，《植物學報》1985 年第 2 期。

桐」之名當來自於其花氣，《遵生八箋》卷十六「海桐花」：「花細白如丁香而嗅味甚惡，遠觀可也」，這是《廣群芳譜》的敘述所本。

## 四、胡桐：「胡桐淚」：焊劑：和麵

胡桐，更爲我們所熟知的名字是胡楊，是楊柳科楊屬胡楊亞屬植物，常生長在沙漠中，耐寒、耐旱、耐鹽鹼。世界上絕大部分的胡楊分佈在中國，而中國 90%的胡楊則生長在塔里木河流域。胡桐樹身高大，與梧桐、泡桐相埒。中國古代的植物分類往往依據於葉形，「桐」類植物大多具有大葉片、長葉柄，胡桐樹葉卻更與「楊」類似，而與「桐」較遠；其名稱起源或另有所據〔註 41〕。

《漢書》卷九六已有胡桐記載：「鄯善國，……國出玉，多葭葦、檉柳、胡桐、白草。」鄯善本名樓蘭，即在今天的新疆鄯善境內。顏師古注曰：「胡桐亦似桐，不類桑也。蟲食其樹而沫出下流者，俗名爲胡桐淚，言似眼淚也，可以汗金銀，工匠皆用之。流俗語訛呼『淚』爲『律』。」胡桐流出的汁液稱爲「胡桐淚」，又因音近而訛爲「胡桐律」。「胡桐樹脂」在唐代傳入中國內地，具有治療毒熱與焊接金銀器的焊劑之用〔註 42〕。宋代錢易《南部新書》「辛」亦云：「胡桐淚，出樓蘭國。其樹爲蟲所蝕，沫下流出者，名爲胡桐淚，言似眼淚也。以汁金眼，今俗呼爲胡桐律，訛也。」

此外，胡桐淚可以用來和麵，製作「梧桐餅」。敦煌文獻中記載了西北的麵食，其中有「梧桐餅」，或以爲「梧桐餅」象形梧桐樹葉。高啓安《釋敦煌文獻中的梧桐餅》一文則認爲「梧桐餅」是用「胡楊淚」和麵所製成的餅，前文已有引用，不贅述。

## 五、拆桐（坼桐、折桐）：泡桐的傳訛

宋代詩詞中，又經常有「拆桐」之名；其實，「拆桐」是後人誤讀、斷取柳永詞而創造的，就是泡桐樹。柳永《木蘭花慢》「其二」：「拆桐花爛漫，乍疏雨、洗清明。正豔杏澆林，緗桃繡野，芳景如屏」，「共時性」地展現了清明時節桐花、豔杏、緗桃的交映生姿。桐花即泡桐花，「拆」就是開放的意思；

〔註 41〕王守春《胡桐一詞的起源與古代樓蘭地區的生態環境》，《西域研究》2002 年第 1 期。

〔註 42〕謝弗著；吳玉貴譯《唐代的外來文明》，中國社會科學出版社，1995 年，第 403 頁。

但後人不曉詞律、不懂詞意，遂以爲世間有一種花，名爲「拆桐花」。南宋沈義父《樂府指迷》即表示不解：「近時詞人多不詳看古曲下句命意處，但隨俗念過便了。如柳詞《木蘭花》云：『拆桐花爛漫』，此正是第一句，不用空頭字在上，故用『拆』字，言『開了桐花爛漫』也。有人不曉此意，乃云此花名爲『拆桐』，於詞中云：『開到拆桐花』，開了又『拆』，此何意也？」

語言學裏有一個規律叫「積非成是」；柳詞被廣泛誤讀，「拆桐」遂成爲一個固定詞語。拆又與「坼」、「折」或通用、或形近，坼桐、折桐也隨之衍生。我們先看「拆桐」、「坼桐」之例：

高翥《春日北山二首》：「春色滿山歸不去，拆桐花裏畫眉啼。」〔註 43〕

高翥《小樓雨中》：「所欠短欄晴景好，拆桐花下共扶疏。」

宋伯仁《倦吟》：「競病推敲欲嘔心，何如危坐拆桐陰。」〔註 44〕

武衍《春日湖上》：「拆桐花上雨初乾。」〔註 45〕

周密《鷓鴣天》「清明」：「拆桐開盡鶯聲老。」

陳允平《醉桃源》：「東風開到坼桐花。」

《洞天清錄》云：「有花桐，春來開花如玉簪而微紅，號折桐花」，這裡的「折桐花」其實也是泡桐花。玉簪是百合科多年生草本花卉，花蕾猶如髮簪，花朵形似喇叭；泡桐花也形似喇叭，清明前後開花，白桐花的花心有微紅。請看「折桐」詩例：

《全芳備祖後集》卷十八引：「開盡群花欲折桐。」

韓淲《三月五日》：「澗流清轉佛仙家，雨歇春風水浪沙。得酒有詩人共逸，山腰初見折桐花。」

范成大《破陣子》「祓禊」：「淚竹斑中宿雨，折桐雪裏蠻煙。」

陳芸《芸隱提管詩來依韻奉答》：「我詩如折桐，經霜爲一

〔註 43〕文淵閣四庫全書本《菊磵集》作「折桐」，文淵閣四庫全書本《兩宋名賢小集》卷三百十四作「折桐」。

〔註 44〕文淵閣四庫全書本《江湖小集》卷七十二作「拆桐」，文淵閣四庫全書本《西塍集》作「折桐」。

〔註 45〕文淵閣四庫全書本《江湖小集》卷九十三作「拆桐」，文淵閣四庫全書本《兩宋名賢小集》卷三百三十二作「折桐」。

空。……莫謂背於時，會在春風中。小雨灑清明，又是一番紅。」

「祓禊」是上巳（三月三日）風俗，此時正是泡桐花期，詳見「桐花」一節；泡桐經霜落葉、「清明」發花，陳芸詩中所描寫的「折桐」物性也與泡桐吻合。「折」又因「折桐」之名而衍生出「開放」之意，如劉克莊《寒食清明二首》：「過眼眼年光疾彈丸，桐華半折燕初還」〔註 46〕；施樞《晚望》：「桐華折盡春歸去。」〔註 47〕

總之，楊桐等樹木雖然遠不及「桐」類家族中的梧桐、泡桐煊赫，但也自有其實用與觀賞價值。楊桐在中國古代可以作爲植物染料，寒食、清明前後以楊桐葉染飯是南方民俗。海桐是常綠小喬木或灌木，株形圓整，是常見的園林觀葉植物。明代以後，海桐與山礬、七里香往往混爲一體，山礬春天開白色小花，香氣彌遠，有「七里香」之雅稱。臭梧桐花期長、花序大，亦爲著名園林花木。海桐、臭梧桐均有藥用價值。胡桐即胡楊，胡桐樹身高大，與梧桐、泡桐相埒，但因爲產自西域，中土不見。胡桐樹脂有藥用價值，而且可以用作城。「拆桐」是後人斷取柳永詞而生造出來的，「拆桐花」其實就是泡桐花。

〔註 46〕劉克莊《後村集》卷九（文淵閣《四庫全書》本），上海古籍出版社，1987 年。

〔註 47〕施樞《芸隱橫舟稿》（文淵閣《四庫全書》本），上海古籍出版社，1987 年。

# 徵引書目


B

1. 《北溪大全集》,〔宋〕陳淳著，文淵閣《四庫全書》本，上海古籍出版社，1987 年影印。
2. 《筆・劍・書》，梁羽生著，百花文藝出版社，2002 年版。

C

1. 《滄溟集》,〔明〕李攀龍著，文淵閣《四庫全書》本，上海古籍出版社，1987 年影印。
2. 《槎翁詩集》,〔明〕劉崧著，文淵閣《四庫全書》本，上海古籍出版社，1987 年影印。
3. 《長水粹編》，譚其驤著，河北教育出版社，2000 年版。
4. 《長物志校注》,〔明〕文震亨著陳植校注，江蘇教育出版社，1984 年版。
5. 《誠意伯文集》,〔明〕劉基著，文淵閣《四庫全書》本，上海古籍出版社，1987 年影印。
6. 《赤城志》,〔宋〕陳耆卿著，文淵閣《四庫全書》本，上海古籍出版社，1987 年影印。
7. 《春草齋集》,〔明〕烏斯道著，文淵閣《四庫全書》本，上海古籍出版社，1987 年影印。
8. 《詞話叢編》，王弈清、唐圭璋編，中華書局，1986 年版。
9. 《翠寒集》,〔元〕宋無著，文淵閣《四庫全書》本，上海古籍出版社，1987 年影印。

D

1. 《岱覽校點集注》，孟昭水注，泰山出版社，2007 年版。

2. 《岱史校注》，馬銘初、嚴澄非校注，青島海洋大學出版社，1998 年版。
3. 《待制集》，〔元〕柳貫著，文淵閣《四庫全書》本，上海古籍出版社，1987 年影印。
4. 《道園學古錄》，〔元〕虞集著，文淵閣《四庫全書》本，上海古籍出版社，1987 年影印。
5. 《定山集》，〔明〕莊昶著，文淵閣《四庫全書》本，上海古籍出版社，1987 年影印。
6. 《東京夢華錄》，〔宋〕孟元老撰伊永文箋注，中華書局，2006 年版。
7. 《東維子集》，〔元〕楊維楨著，文淵閣《四庫全書》本，上海古籍出版社，1987 年影印。
8. 《東洲初稿》，〔明〕夏良勝著，文淵閣《四庫全書》本，上海古籍出版社，1987 年影印。
9. 《斗南老人集》，〔明〕胡奎著，文淵閣《四庫全書》本，上海古籍出版社，1987 年影印。

F

1. 《范德機詩集》，〔元〕范梈著，四部叢刊初編本，商務印書館，1922 年版。
2. 《方壺存稿》，〔宋〕汪莘著，文淵閣《四庫全書》本，上海古籍出版社，1987 年影印。

G

1. 《耕學齋詩集》，〔明〕袁華著，文淵閣《四庫全書》本，上海古籍出版社，1987 年影印。
2. 《谷城山館詩集》，〔明〕于愼行著，文淵閣《四庫全書》本，上海古籍出版社，1987 年影印。
3. 《古歡堂集》，〔清〕田雯著，文淵閣《四庫全書》本，上海古籍出版社，1987 年影印。
4. 《管錐編》，錢鍾書著，中華書局，1991 年版。
5. 《廣群芳譜》，文淵閣《四庫全書》本，上海古籍出版社，1987 年影印。
6. 《圭峰集》，〔元〕盧琦著，文淵閣《四庫全書》本，上海古籍出版社，1987 年影印。

H

1. 《漢唐文學的嬗變》，葛曉音著，北京大學出版社，1999 年版。
2. 《漢魏六朝筆記小說大觀》，上海古籍出版社編，上海古籍出版社，1999 年版。

3. 《鶴年詩集》,〔元〕丁鶴年著，文淵閣《四庫全書》本，上海古籍出版社，1987 年影印。
4. 《鶴山集》,〔宋〕魏了翁著，文淵閣《四庫全書》本，上海古籍出版社，1987 年影印。
5. 《花鏡》,〔清〕陳淏子輯伊欽恒校注，農業出版社，1979 年版。
6. 《華陽集》,〔宋〕王珪著，文淵閣《四庫全書》本，上海古籍出版社，1987 年影印。
7. 《黄庭堅詩集注》，劉尚榮校點，中華書局，2003 年版。
8. 《會昌一品集》,〔唐〕李德裕著，文淵閣《四庫全書》本，上海古籍出版，1987 年影印。

J

1. 《霽山文集》,〔宋〕林景熙著，文淵閣《四庫全書》本，上海古籍出版社，1987 年影印。
2. 《劍南詩稿》,〔宋〕陸游著，文淵閣《四庫全書》本，上海古籍出版社，1987 年影印。
3. 《景文集》,〔宋〕宋祁著，文淵閣《四庫全書》本，上海古籍出版社，1987 年影印。
4. 《敬業堂詩集》,〔清〕查愼行著，文淵閣《四庫全書》本，上海古籍出版社，1987 年影印。

K

1. 《可閒老人集》,〔明〕張昱著，文淵閣《四庫全書》本，上海古籍出版社，1987 年影印。

L

1. 《禮部集》,〔元〕吳師道著，文淵閣《四庫全書》本，上海古籍出版社，1987 年影印。
2. 《兩宋名賢小集》,〔宋〕陳思編；〔元〕陳世隆補，文淵閣《四庫全書》本，上海古籍出版社，1987 年影印。
3. 《林蕙堂全集》,〔清〕吳綺著，文淵閣《四庫全書》本，上海古籍出版社，1987 年影印。
4. 《嶺南風物記》,〔清〕吳綺著，文淵閣《四庫全書》本，上海古籍出版社，1987 年影印。
5. 《龍坡雜文》，臺靜農著，三聯書店，2002 年版。
6. 《陸子餘集》,〔明〕陸粲著，文淵閣《四庫全書》本，上海古籍出版社，1987 年影印。

7. 《洛陽伽藍記校釋》,〔北魏〕楊衒之撰周祖謨校釋，中華書局，1963年版。

M

1. 《馬太鞍阿美族的物質文化》，李亦園等著，中央研究院民族學研究所，1962年版。
2. 《幔亭集》,〔明〕徐熥著，文淵閣《四庫全書》本，上海古籍出版社，1987年影印。
3. 《眉庵集》,〔明〕楊基著，文淵閣《四庫全書》本，上海古籍出版社，1987年影印。
4. 《梅村集》,〔清〕吳偉業著，文淵閣《四庫全書》本，上海古籍出版社，1987年影印。
5. 《美的歷程》，李澤厚著，中國社會科學出版社，1992年版。
6. 《夢粱錄》,〔宋〕吳自牧撰，文淵閣《四庫全書》本，上海古籍出版社影印。

N

1. 《南軒集》,〔宋〕張栻著，文淵閣《四庫全書》本，上海古籍出版社，1987年影印。

P

1. 《佩文齋詠物詩選》，文淵閣《四庫全書》本，上海古籍出版社，1987年影印。
2. 《屏山集》,〔宋〕劉子翬著，文淵閣《四庫全書》本，上海古籍出版社，1987年影印。
3. 《曝書亭集》,〔清〕朱彝尊著，文淵閣《四庫全書》本，上海古籍出版社，1987年影印。

Q

1. 《七綴集》，錢鍾書著，中華書局，1994年版。
2. 《清閟閣全集》,〔元〕倪瓚著，文淵閣《四庫全書》本，上海古籍出版社，1987年影印。
3. 《曲阜集》,〔宋〕曾肇著，文淵閣《四庫全書》本，上海古籍出版社，1987年影印。
4. 《全芳備祖》，文淵閣《四庫全書》本，上海古籍出版社，1987年影印。
5. 《全晉文》,〔清〕嚴可均輯、何宛屏等審訂，商務印書館，1999年版。
6. 《全梁文》,〔清〕嚴可均輯、馮端生審訂，商務印書館，1999年版。

7. 《全三國文》，〔清〕嚴可均輯、馬志偉審訂，商務印書館，1999 年版。
8. 《全宋詞》，中華書局，1999 年版。
9. 《全宋詩》，北京大學古文獻研究所主編，北京大學出版社，1991～1998 年版。
10. 《全宋文》，〔清〕嚴可均輯、苑育新審訂，商務印書館，1999 年版。
11. 《全唐詩》，中華書局，1999 年版。
12. 《全唐文》，〔清〕董誥等編，上海古籍出版社，1995 年版。
13. 《清容居士集》，〔元〕袁桷著，文淵閣《四庫全書》本，上海古籍出版社，1987 年影印。
14. 《秋水軒尺牘》，〔清〕許葭村著，湖南文藝出版社，1987 年版。

S

1. 《山家清供》，〔宋〕林洪撰，《叢書集成初編》本。
2. 《尚書全解》，〔宋〕林之奇撰，文淵閣《四庫全書》本，上海古籍出版社，1987 年影印。
3. 《升菴集》，〔明〕楊慎著，文淵閣《四庫全書》本，上海古籍出版社，1987 年影印。
4. 《詩國高潮與盛唐文化》，葛曉音著，北京大學出版社，1998 年版。
5. 《詩經注析》，程俊英、蔣見元著，中華書局，1991 年版。
6. 《石田詩選》，〔明〕沈周著，文淵閣《四庫全書》本，上海古籍出版社，1987 年影印。
7. 《蜀檮杌》，〔宋〕張唐英撰，文淵閣《四庫全書》本，上海古籍出版社，1987 年影印。
8. 《宋代經濟史》，漆俠著，中華書局，2009 年版。
9. 《宋代詠梅文學研究》，程傑著，安徽文藝出版社，2002 年版。
10. 《宋詩學導論》，程傑著，天津人民出版社，1999 年版。

T

1. 《談美》，朱光潛著，安徽教育出版社，1997 年版。
2. 《泰山道里記》，岱林等點校，山東友誼出版社，1987 年版。
3. 《唐代的外來文明》，〔美國〕謝弗著吳玉貴譯，中國社會科學出版社，1995 年版。
4. 《唐代園林別業考論》，李浩著，西北大學出版社，1996 年版。
5. 《唐宋詞社會文化學研究》，沈松勤著，浙江大學出版社，2000 年版。
6. 《唐五代筆記小說大觀》，上海古籍出版社編，上海古籍出版社，1999

年版。

7. 《唐文拾遺》，〔清〕陸心源編，上海古籍出版社，1990年版。

W

1. 《宛陵集》，〔宋〕梅堯臣著，文淵閣《四庫全書》本，上海古籍出版社，1987年影印。
2. 《王氏農書》，〔元〕王禎著，文淵閣《四庫全書》本，上海古籍出版社，1987年影印。
3. 《望雲集》，〔明〕郭奎著，文淵閣《四庫全書》本，上海古籍出版社，1987年影印。
4. 《文山集》，〔宋〕文天祥著，文淵閣《四庫全書》本，上海古籍出版社，1987年影印。
5. 《文毅集》，〔明〕解縉著，文淵閣《四庫全書》本，上海古籍出版社，1987年影印。
6. 《文苑英華》，文淵閣《四庫全書》本，上海古籍出版社，1987年影印。
7. 《梧溪集》，〔元〕王逢著，文淵閣《四庫全書》本，上海古籍出版社，1987年影印。
8. 《五峰集》，〔元〕李孝光著，文淵閣《四庫全書》本，上海古籍出版社，1987年影印。

X

1. 《西郊笑端集》，〔明〕董紀著，文淵閣《四庫全書》本，上海古籍出版社，1987年影印。
2. 《夏氏尚書詳解》，〔宋〕夏僎撰，文淵閣《四庫全書》本，上海古籍出版社，1987年影印。
3. 《熊峰集》，〔明〕石珤著，文淵閣《四庫全書》本，上海古籍出版社，1987年影印。
4. 《徐孝穆集箋注》，〔陳〕徐陵著、〔清〕吳兆宜箋注，文淵閣《四庫全書》本，上海古籍出版社，1987年影印。

Y

1. 《雁門集》，〔元〕薩都剌著，文淵閣《四庫全書》本，上海古籍出版社，1987年影印。
2. 《藥房樵唱》，〔元〕吳景奎著，文淵閣《四庫全書》本，上海古籍出版社，1987年影印。
3. 《堯峰文鈔》，〔清〕汪琬著，文淵閣《四庫全書》本，上海古籍出版社，1987年影印。

4. 《藝術哲學》，〔法國〕丹納著，人民文學出版社，1986 年版。
5. 《庸菴集》，〔元〕宋禧著，文淵閣《四庫全書》本，上海古籍出版社，1987 年影印。
6. 《玉井樵唱》，〔元〕尹廷高著，文淵閣《四庫全書》本，上海古籍出版社，1987 年影印。
7. 《玉山名勝集》，〔元〕顧瑛編，文淵閣《四庫全書》本，上海古籍出版社，1987 年影印。
8. 《玉山璞稿》，〔元〕顧瑛著，文淵閣《四庫全書》本，上海古籍出版社，1987 年影印。
9. 《潏水集》，〔宋〕李復著，文淵閣《四庫全書》本，上海古籍出版社，1987 年影印。
10. 《娛書堂詩話》，〔宋〕趙與虤著，文淵閣《四庫全書》本，上海古籍出版社，1987 年影印。
11. 《御選宋金元明四朝詩》，文淵閣《四庫全書》本，上海古籍出版社，1987 年影印。
12. 《御製詩集》，文淵閣《四庫全書》本，上海古籍出版社，1987 年影印。
13. 《元代文人心態》，么書儀著，文化藝術出版社，2001 年版。
14. 《元詩選》，〔清〕顧嗣立編，文淵閣《四庫全書》本，上海古籍出版社，1987 年影印。
15. 《元音》，〔明〕孫原禮編，文淵閣《四庫全書》本，上海古籍出版社，1987 年影印。
16. 《永樂大典戲文三種校注》，錢南揚校注，中華書局，1979 年版。

Z

1. 《湛然居士集》，〔元〕耶律楚材著，文淵閣《四庫全書》本，上海古籍出版社，1987 年影印。
2. 《震澤集》，〔明〕王鏊著，文淵閣《四庫全書》本，上海古籍出版社，1987 年影印。
3. 《中國荷花審美文化研究》，俞香順著，巴蜀書社，2005 年版。
4. 《中國紙和印刷文化史》，〔美國〕錢存訓著，廣西師範大學出版社，2004 年版。
5. 《竹洲集》，〔宋〕吳儆著，文淵閣《四庫全書》本，上海古籍出版社，1987 年影印。
6. 《宗伯集》，〔明〕馮琦著，文淵閣《四庫全書》本，上海古籍出版社，1987 年影印。

7. 《宗子相集》,〔明〕宗臣著，文淵閣《四庫全書》本，上海古籍出版社，1987 年影印。
8. 《檇李詩繫》,〔清〕沈季友著，文淵閣《四庫全書》本，上海古籍出版社，1987 年影印。

# 後　記

我一直很喜歡《詩經・大雅・卷阿》中的四句：「鳳凰鳴矣，于彼高岡。梧桐生矣，于彼朝陽」，興象高遠。我後來註冊博客、微博的時候，都是以「于彼高崗」爲名。可以這麼說，我有著根深蒂固的梧桐情結。2000 年，我以「中國文學中的梧桐意象研究」爲題申請到了南京師範大學文科青年基金項目，撰寫發表了《紅葉辨》、《中國文學中的梧桐意象》等論文。這是我申請到的第一個科研項目，也是我花木文化研究的「練筆」，後來就投入到了博士論文的寫作中；梧桐研究亦「淺嘗輒止」。2005 年，拙著《中國荷花審美文化研究》在巴蜀書社出版，這是根據我的博士論文增飾而成。

然而 2005 年之後，我個人陷入了迷茫期，大概有點類似於陶淵明所說的「違己交病」，無所適從以至於一事無成。加之 2007 年女兒出生，我又轉型爲「奶爸」，更爲自己的學業荒疏找到了冠冕堂皇的理由。2009 年暑假在一次同門的聚會上，程傑老師輕輕地說了一句：「你還是做你以前的梧桐研究、花木研究吧！」這句話如同醍醐灌頂。我又想起清人所說的：「不爲無益之事，何以遣有涯之生」，也「不須計較與安排」了，由著自己興趣做點事情吧！聊勝於無所事事。

2010 年以來，我發表了 20 餘篇花木研究論文，主要集中於梧桐研究。感謝《北京林業大學學報》（社會科學版）、《江蘇社會科學》、《明清小說研究》、《農業考古》、《中國農史》、《閱江學刊》、《中國韻文學刊》、《南京林業大學學報》（人文社會科學版）、《江蘇教育學院學報》（社會科學版）、《溫州大學學報》（社會科學版）、《南京師範大學文學院學報》等雜誌刊登拙作；感謝何曉琦、李靜、胡蓮玉、陳文華、沈志忠、渠紅岩、徐煉、張月紅、吳春浩、朱青海、吳錦等老師的精心編輯。

特別感謝的是《北京林業大學學報》的何曉琦老師。2009 年，她給我發了一份「森林文化研究」的會議邀請函，此時的我已經離開古典文學研究、花木文化研究四年有餘了。我很感念她還記得我，但實在無法參會。為了「塞責」，我寄了一份學生的作業《中國梔子審美文化探析》給她所在的學報。這篇論文很快通過了初審，並反饋了修改意見。我自知論文比較粗糙，能通過初審實屬幸運。於是，我另起爐竈，花了一個多月的時間寫作、打磨。論文順利發表了，並被《中國人民大學複印資料》「美學卷」全文轉載。這是我重操舊業之後的第一篇論文。後來何老師得知我從事梧桐研究，又向我約稿；《雙桐意象考論》、《碧梧翠竹　以類相從——桐竹關係考論》、《「楊桐．海桐．折桐」文獻考論》等論文得以發表。倘若沒有這麼順利的開局，我研究的積極性肯定會大減。感謝《中國韻文學刊》，我與該雜誌的編輯迄今尚不相識，但這兩年間，他們連續刊發了我三篇花木名物考證文章：《「半死桐」考辨》、《「豆蔻」小考——兼論杜牧「豆蔻梢頭二月初」》、《「鬱金」考辨——兼論李白「蘭陵美酒鬱金香」》；這對我所做的這種邊緣、另類研究亦是激勵。

感謝程傑老師一直以來的鼓勵。他的學術態度對我有「警頑立懦」之功，時時燭照、鞭策自己。感謝師弟盧曉輝、任群，他們為我裝備了電子資源庫，大大便利了我的工作。感謝師妹渠紅岩，數度向我約稿。

也感謝我的妻子凡燕，容忍我「不務正業」。女兒俞非魚伴隨我的寫作而成長，她很活潑、好動，給我帶來了很多的快樂。但是，我的寫作幾乎是跟她打時間差，早晨她未起時我已起、中午她已睡時我未睡，這樣錙銖積累，才有這部書稿。

《中國梧桐審美文化研究》的寫作跨越了十年，甘苦自知。我在上一部《中國荷花審美文化研究》的後記中寫道：「在歧路紛出的年代，我已經走上了另一條研究之路，所有的想法只能擱置；這是我古典文學研究的第一部書，我不知道還有沒有可能有後續之作。行筆至此，多少有點惘然與無奈。」這應該算是一部「後續」之作，但這之後有沒有繼續之作，我還是不敢說、不知道。

俞香順　2013 年 11 月於南京龍江非魚齋